Kjell Ola Dahl, 1958 in Norwegen geboren, schreibt seit einigen Jahren mit großem Erfolg Kriminalromane, seinen Beruf als Lehrer hat er dafür aufgegeben. Er wurde in Norwegen 2001 mit dem angesehenen „Riverton-Krimi-Preis“ ausgezeichnet. Seine Kriminalromane erscheinen in elf Ländern. In *Blutfeinde* schickt Kjell Ola Dahl seine beiden Kommissare Gunnarstranda und Frølich zum sechsten Mal auf die Straßen Oslos.

Weitere Titel des Autors:

14903 Ein letzter Schatten von Zweifel
15187 Sommernachtstod
15324 Schaufenstermord
15426 Lügenmeer
15547 Tödliche Investitionen
15840 Knochengrab

92303 Schwarzes Gold

Kjell Ola Dahl

Blutfeinde

Norwegen-Krimi

Aus dem Norwegischen von
Kerstin Hartmann

BASTEI
LÜBBE
TASCHENBUCH

BASTEI LÜBBE TASCHENBUCH
Band 16427

1. Auflage: Mai 2010

Vollständige Taschenbuchausgabe
der in Ehrenwirth erschienenen Hardcoverausgabe

Bastei Lübbe Taschenbuch und Ehrenwirth
in der Bastei Lübbe GmbH & Co. KG

Titel der norwegischen Originalausgabe: »Svart Engel«
Originalverlag:
Kagge Forlag, Oslo
Published by agreement with Salomonsson Agency

Für die deutschsprachige Ausgabe:

Titelillustration: © mauritius images / Nonstock
Umschlaggestaltung: Kirstin Osenau
Autorenfoto: Marte Garmann Johnsen
Satz: Dörlemann Satz, Lemförde
Gesetzt aus der Bembo, Linotype
Druck und Verarbeitung: GGP Media GmbH, Pößneck
Printed in Germany
ISBN 978-3-404-16427-1

1

Er lag auf dem Rücken, die Beine gespreizt, die Arme zur Seite ausgestreckt. Er trug hellbraune Schnürschuhe, helle Jeans und ein dunkles Jackett über einem blau-weiß gestreiften Hemd. Der eine Arm lag bis zur Schulter hinter der Bank, die zwischen zwei Granitblöcken am Straßenrand stand. Die Finger der anderen Hand waren gespreizt, als hätten sie nach etwas gesucht, woran sie sich festhalten konnten. Der Sekundenzeiger der Armbanduhr schlug wie ein winziger Hammer. Die Uhr zeigte sieben Minuten nach drei.

Gunnarstranda hob den Kopf und sah zu den Häuserwänden um den Grønland Torg hinauf. Hinter einigen Fenstern brannte Licht. Hier und da konnte er blasse, neugierige Gesichter zu ihnen hinunterschauen sehen.

Die Scheinwerfer warfen ein grelles, gleißendes Licht auf den Asphalt und das Kopfsteinpflaster. Das Absperrband flatterte, als eine Windbö über den Platz strich. Hinter der Absperrung hatten sich Schaulustige versammelt. Die meisten waren uniformierte Polizisten.

Eine Gestalt in einem weißen Overall stocherte am Stamm eines der Bäume herum, die die Straße säumten. Es war eine Frau. Plötzlich drehte sie sich um. »Seht mal!« Sie zeigte ihren Fund mit einer kleinen Zange. Es war ein Stück Metall. Die Frau drehte die Zange und schaute sich das Fundstück genau an.

Gunnarstranda begutachtete den Winkel des Lochs in der Baumrinde und schaute zur Bank hinüber. Als er Schritte hörte, stand er auf. Aus dem blendenden Scheinwerferlicht trat Schwenke, der Gerichtsmediziner. Er zog Plastikhandschuhe an, beugte sich über die Leiche und öffnete einen Knopf des Hemdes, das an dem toten Körper klebte. »Eine einzige Wunde«, stellte er fest.

Sie drehten den Toten auf die Seite. Schwenke zog die Jacke und das Hemd auf dem Rücken der Leiche nach oben. Er strich mit dem Finger über die Austrittswunde, stand dann auf und rollte sich die Handschuhe wieder herunter. »Sündige Sommernacht, was Gunnarstranda? Oder hast du etwa im Bett gelegen und geschlafen, als der Anruf kam?«

Der Kommissar sah starr auf die Leiche hinunter. »Irgendwann müssen wir uns mal über meine Alpträume unterhalten. Sie verändern ihren Charakter.«

»Du weißt, wer das ist?«

Gunnarstranda nickte. »Ivar Killi. Polizeibeamter.« Er wies mit ausgestrecktem Arm auf die Polizisten, die sich auf dem Bürgersteig hinter der Absperrung versammelt hatten. »Hast du dich nicht gefragt, warum alle Bullen der Stadt jetzt hierhertraben?«

Der Gerichtsmediziner sah sich erneut um, dann wanderte sein Blick zu dem Toten. »War er im Dienst?«

Gunnarstranda zog eine Zigarette aus der Tasche. »Findest du, dass das eine Rolle spielt?« Die Selbstgedrehte hatte sich in seiner Tasche wie eine Banane verbogen, und die Flamme des Feuerzeugs erhellte sein mageres Gesicht, sodass es für ein paar Sekunden an einen Totenschädel erinnerte. Er hustete.

»Nun hör doch endlich mit dem Rauchen auf«, zischte der Gerichtsmediziner angewidert, »du klingst wie ein Esel mit Asthma.«

Gunnarstranda starrte abwesend auf den Toten hinunter. »Killi war Nichtraucher«, sagte er und blickte auf. Emil Yttergjerde stieg über die Absperrung und kam zögernd auf sie zu. Yttergjerde wirkte blass und betreten. »Petter Bull war zuerst da«, sagte er und fügte hinzu: »Aber es werden immer mehr. Die Nachricht verbreitet sich schnell. Die Leute können es einfach nicht begreifen.«

Gunnarstranda inhalierte und piepste atemlos. »Wir haben gerade überlegt, ob Killi im Einsatz war.«

Yttergjerde antwortete nicht sofort. Als er sprach, klang seine Stimme leise und kühl. »Ivar war seit vier Wochen krankgeschrieben«, sagte er. »Und wenn das jemand ganz genau wissen sollte, dann ja wohl du!«

Schwenke zog beim letzten Satz beide Augenbrauen hoch. Er sah von einem Polizisten zum anderen.

Das grelle Licht wurde von der Rauchwolke reflektiert, die Gunnarstrandas Gesicht umhüllte. »Wo ist Bull?«, fragte er tonlos.

Yttergjerde zeigte auf den Streifenwagen. »Im Wagen. Petter muss sich erst mal beruhigen.«

»Und die Bedienung, die Alarm geschlagen hat?«

»Wartet drinnen.«

»Gehst du?«

Yttergjerde drehte sich ohne ein Wort um und entfernte sich mit schnellen Schritten.

Gunnarstranda und Schwenke blieben schweigend zurück und sahen zu, wie er über die Absperrung stieg, sich einen Weg durch die Menge bahnte, die Straße überquerte und schließlich im Eingang des Lokals *Asylet* verschwand – einem gelben Fachwerkhaus zwischen den Geschäften *Kamal Fashion* und *Barnevognhuset*.

Schwenke räusperte sich. »Was läuft jetzt?«

»Ein paar von uns fahren herum und suchen nach drei Pakistanis. Frag mich nicht, warum. Ich hoffe, diese Frau kann mir das beantworten.«

Eine Frau in Jeans und Pulli trat aus der Tür.

»Wo sind deine Kumpels?«, fragte Schwenke.

»Frølich hat einen neuen Job.«

»Gekündigt?«

»Es war eine Stelle ausgeschrieben. Abteilung Vermisste. Er fahndet nach Leuten, die verschwunden sind.«

Schwenke wies mit dem Kopf zum Eingang des *Asylet*. »Ist das nicht die Kneipe, wo ihr Polizisten euer Freitagabendpils trinkt?«

»Einige tun das, ich nicht.«

»Ich meine, wenn das hier an einem Freitag passiert wäre, dann –«

»Es ist nicht an einem Freitag passiert.« Gunnarstranda drückte die Zigarettenkippe in einer Streichholzschachtel aus, die er in die Tasche steckte, als die Frau näher trat.

Sie gaben sich die Hand.

Gunnarstranda nickte zum Toten hinüber und fragte: »Haben Sie diesen Mann schon mal gesehen?«

Sie zögerte.

»Sie haben ihn schon einmal gesehen?«

»In letzter Zeit nicht, aber er war schon mal da. Es kommen viele Polizisten.«

»Sie wissen, dass er Polizist war?«

Sie nickte.

»Haben Sie ihn gekannt?«

»Keine Ahnung, wie er heißt, aber ich habe ihn zusammen mit den anderen Polizisten gesehen, als Gast. Vielleicht kannte ihn jemand von den anderen Kellnern, ich weiß nicht.« Sie erschauderte. »Ist schon etwas unangenehm, jetzt hier so über den Mann zu reden.«

Gunnarstranda zog sie zur Seite. Sie gingen ein paar Schritte weg von Schwenke, der sich wieder über den Toten beugte.

»Sie haben uns angerufen?«

»Ja.«

»Nachdem der Schuss gefallen war?«

Die Frau atmete tief. »Es hat drinnen angefangen. So um halb eins. Ein Gast wollte nicht auf mich hören.« Sie wies mit dem Kopf in Richtung *Asylet.* »Wir wollten zumachen. Wir schließen um eins. Fast alle waren draußen. Dieser Typ wollte ein Bier. Ich habe es ihm verweigert, aber er wollte nicht gehen, also musste ich laut werden, hab ihm gesagt, er soll sich verpissen. Da hat er ein Glas nach mir geworfen und geschrien, er würde mich umbringen.«

»Wo war der Türsteher?«

»Wir haben keinen.«

Gunnarstranda zog die Augenbrauen hoch.

»Wir brauchen keinen. Gibt fast nie Ärger bei uns. Wir schließen früh, und, wissen Sie, bei so vielen Polizisten unter den Gästen …«

»Was ist passiert, nachdem er das Glas geworfen hat?«

»Er ist abgehauen, und ich bin hinterher.«

»Sie? Hinter dem Gast hergelaufen?«

»Ja. Dachte mir, das wär das Beste. Wenn die Polizei ihn gekriegt hätte, hätten sie ihn eingesperrt und so weiter, also hab ich versucht, das allein zu regeln. Ich bin hinterhergelaufen.«

»Hinter einem Gast? Und er war – Pakistani?«

»Keine Ahnung. Sah eigentlich eher arabisch aus.«

Gunnarstranda verschränkte die Hände hinter dem Rücken und überlegte, was er von diesem Anfang halten sollte.

Die Frau fuhr fort: »Er sprach fehlerfrei Norwegisch, aber, wie gesagt, sah ziemlich ausländisch aus. Es war eigentlich komisch. Wir sind hintereinander her über den Markt gerannt, und er blieb ungefähr am U-Bahn-Eingang da hinten stehen.« Sie zeigte in die Richtung.

Gunnarstranda drehte sich um und betrachtete den leeren Eingang. »Ja? Und dann?«

»Er schrie und tobte, fuck you, fuck you. I kill you, Scheißrassistin –«

»Wurde er tätlich, hat er versucht, Sie zu schlagen?«

»Nein. Aber er war mir schon nicht so ganz geheuer, also bin ich stehen geblieben. Es waren wohl so zwanzig, fünfundzwanzig Meter zwischen uns. Ich hab ihm gesagt, er soll nach Hause fahren und schlafen gehen. Ich hab gesagt: ›Es sind immer viele Polizisten im *Asylet*. Vielleicht sind noch nicht alle nach Hause gegangen. Du kannst mich um Entschuldigung bitten, dann vergessen wir das Ganze, damit du beim nächsten Mal auch reinkommst. Verstehst du, du musst dich bei uns ordentlich benehmen.‹«

»Zwanzig Meter? Sie standen ungefähr …« Gunnarstranda ging ein paar Schritte in Richtung U-Bahn-Eingang. »Sie standen ungefähr hier?«

Sie nickte.

»Haben Sie jemanden gesehen, der auf dieser Bank saß oder in der Nähe stand?«

Sie zögerte. »Nein, ich hab mich völlig auf den Typen am U-Bahn-Eingang konzentriert.«

»Wo ist er hin?«

»Ich dachte, er hätte die Botschaft verstanden, also hab ich mich umgedreht und bin zurückgegangen. Als ich gerade über die Straße gehen wollte, hielt ein Auto am Taxistand, ein Audi –«

»Standen keine Taxis da?«

»Nein.«

»Okay«, nickte Gunnarstranda, »also ein Auto hielt an …«

»Ziemlich große Karre, und ganz neu. Ich versteh nicht viel von Autos, aber ich habe die olympischen Ringe vorne drauf gesehen. Also ein Audi. Zwei Männer sprangen raus. Und mit dem Schreihals da waren es dann drei.

Alle hatten Schlagstöcke dabei. Ich rief sofort die Polizei an. Vom Handy.«

Gunnarstranda nickte beruhigt. »Drei Leute«, murmelte er. »Und seine beiden Freunde? Sahen die auch aus wie ausländische Norweger?«

»Pakistanis, würde ich tippen.«

Gunnarstranda sagte: »Das war gleich danach?«

Sie nickte.

»Gegen halb eins?«

»Vielleicht war es auch zehn nach halb oder Viertel vor.«

»Und was ist dann passiert?«

»Ich bin stehen geblieben. Dachte, die würden auf mich losgehen, wissen Sie, Rache oder so was. Aber die haben mich total ignoriert. Sie sind zum Eingang vom *Asylet* gegangen. Vielleicht haben sie mich auch nicht gesehen, keine Ahnung. Es waren noch nicht alle Gäste gegangen, ein paar kamen nämlich gerade raus, und vor der Tür standen welche und haben geraucht und geredet. Ein paar Gäste haben sich dann irgendwie eingemischt und gelacht, wissen Sie; wohl um die Gemüter zu beruhigen, haben sie gesagt, ist ja gut, das Leben ist doch schön, oder so was. Und einer von diesen Gästen bekam einen Schlagstock auf den Arm, und er schrie, sein Arm wäre gebrochen. Und dann haben die anderen reagiert. Es wurde eine richtige Prügelei. Und ich hab versucht, sie wieder zu beruhigen.«

»Wie viel Zeit war da vergangen, seit der Wagen am Bürgersteig gehalten hatte?«

»Es ging alles ganz schnell. Höchstens ein paar Minuten.«

»Und wie ging es weiter?«

»Es gab das totale Chaos. Die letzten Gäste hörten drinnen im Hof den Krach und liefen alle auf die Straße.

Besoffene, aufgebrachte Leute, aber ich sah keinen einzigen Polizisten. Die drei Typen haben die Leute mit Schlagstöcken gejagt –«

»Moment mal«, sagte Gunnarstranda, »Sie sagen die ganze Zeit *Schlagstöcke*. Haben Sie gesehen, ob jemand von den dreien eine Schusswaffe dabeihatte?«

»Nein. Aber es war dunkel, man konnte überhaupt nichts sehen, nur Leute, die über die Straße liefen, und man hörte berstendes Glas und Geheul und Geschrei. Dann knallte es. Peng. Ein Schuss. Das war ganz deutlich. Da brach dann die totale Panik aus. Die Leute rannten hin und her. Und ich hab überhaupt nichts mehr begriffen. Aber dann hab ich gehört, wie eine Frau rief, jemand sollte den Notarzt rufen.«

»Das war die, die den Toten gefunden hat?«

»Ich habe nicht gesehen, was passiert ist. Ich hatte nur eins im Kopf, nämlich ob jemand verletzt war, und bin in die Richtung gelaufen.«

»Haben Sie gesehen, wer geschossen hat?«

»Nein. Hab auch keine Waffe gesehen, nur Schatten im Dunklen.«

»Wissen Sie, wer gerufen hat?«

»Nein. Als ich hier ankam und einen Mann am Boden liegen sah, war niemand mehr auf dem Platz. Er lag da und war tot. Ganz weiß.«

»Sie haben gesagt, einer der Gäste hätte sich offenbar den Arm gebrochen. Und was hat er dann gemacht?«

»Die Leute sind verschwunden. Hier und da stand noch jemand rum, aber sie haben gesagt, sie hätten nichts gesehen, also weiß ich auch nicht mehr.«

»Dieser Mann, hinter dem Sie hergelaufen sind – Sie sagen, er wollte ein Bier. Ist Ihnen vielleicht aufgefallen, ob er sich schon vorher aggressiv verhalten hat?«

Sie schüttelte den Kopf. »Ich hatte den Mann noch nie

gesehen, bis er plötzlich an der Theke stand und ein Bier wollte. Ich glaube, er war gerade erst reingekommen.«

»Wie sah er aus?«

»Um die dreißig, rasierter Kopf, mit einer Tätowierung, die ein bisschen den Hals rauf zu sehen war. Er trug einen weißen Pulli, der wohl das meiste von dem Motiv verdeckt hat.«

»Kräftig?«

»Nicht besonders groß, vielleicht einssiebzig, schlank, aber nicht dünn. Muskeln. Trainiert bestimmt öfter. Seine Bewegungen waren ziemlich abrupt, wie bei vielen unruhigen Männern.«

»War er allein, als er am Tresen stand und Bier wollte?«

Sie runzelte nachdenklich die Stirn. »Kann sein, dass er mit einer Frau zusammen war. Da stand eine Frau, aber ich bin mir nicht sicher, ob sie zusammen waren. Vielleicht war sie nur ein Gast, der gerade gehen wollte.«

»Sie wissen nicht, wer diese Frau war?«

»Keinen Schimmer.«

»Noch nie gesehen?«

Sie zuckte mit den Schultern.

»Können Sie sie beschreiben?«

»Jung, recht hübsch, hab sie nur aus dem Augenwinkel gesehen, als ich losgerannt bin.«

»Blond? Dunkel?«

»Rothaarig. Gefärbt, so schreiend rot, daran erinnere ich mich.«

»Mit Rock? Oder Hose?«

»Kurzer Rock, glaube ich. Oder – eigentlich erinnere ich mich nur an die roten Haare.«

»Sie sagen, dass der Tote kein Stammgast war. Sind Sie ganz sicher?«

Sie nickte. »Ich kenne die Gesichter von den meisten Polizisten, und die sitzen in der Regel zusammen. Aber wir hatten ja schon zu. Ich war allein und wollte zumachen. Der Laden war fast leer, als der Typ das Bier bestellt hat.«

»Waren gestern Abend denn Polizisten da?«

»Früher am Abend, ja.«

»Haben Sie den Toten bemerkt, als der Krach losging?«

Sie schüttelte wieder den Kopf. »Nein. Es war das totale Chaos und dann knallte der Schuss. Es kann ja sein, dass er da einfach schon vorher auf der Bank gesessen hat, als die Schlägerei losging. Aber auch wenn er da gesessen hätte, weiß ich nicht, ob ich ihn im Dunkeln gesehen hätte.« Sie zuckte mit den Schultern. »Ich hab die Bank überhaupt nicht gesehen.«

Gunnarstranda nickte schwerfällig. Es wurde langsam Tag. Hinter den Wohnblocks, die um den Platz herum aufragten, färbte sich der Himmel lila. Die Blocks erinnerten ihn an Theaterkulissen. Er sagte: »Kommen Sie bitte ins Präsidium, um das Vernehmungsprotokoll zu unterschreiben, irgendwann heute oder morgen.«

Knappe zwei Stunden später erklärte er den Kollegen auf dem Präsidium die Lage. Der Raum war brechend voll. Viele hatten Ivar Killi gekannt. Einige hatten mit ihm zusammengearbeitet, mit ihm trainiert, waren mit ihm auf der Polizeischule oder einfach so ab und zu mit ihm unterwegs gewesen. Viele waren einfach nur wegen des Schocks gekommen. Das Schlimmste, was in diesem Job passieren konnte, war passiert. Ein Kollege war erschossen worden.

Abteilungsleiter Rindal war kurz erschienen und dann wieder gegangen. Er hatte sein Beileid ausgesprochen und gesagt, es würden Gesprächsgruppen eingerichtet, sodass alle kommen und über die Sache sprechen könnten. Aber nun wollte er den Ermittlungen nicht weiter im Wege stehen. Damit hatte er das Wort an Gunnarstranda übergeben und sich zurückgezogen.

Die Stimmung war geladen. Reihenweise verweinte, stumme Gesichter. Augen, die dem Kontakt mit anderen Augen auswichen. Lena Stigersand zerknüllte ein Taschentuch in der Hand. Sie war nicht die Einzige. Alle waren erschüttert.

Gunnarstranda betrachtete seine Kaffeetasse, während er sprach. »Wir haben eine Personenbeschreibung der drei rausgeschickt, die die Schlägerei angezettelt haben. Wir haben wenig in der Hand, aber – alle Männer, die draußen rumlaufen, müssen sich ausweisen, und alle alten Bekannten, auf die die Kollegen heute Nacht stoßen, werden nach Waffen durchsucht.«

Stille breitete sich im Raum aus.

Gunnarstranda räusperte sich und fuhr fort: »Obwohl unsere Chancen, die Mordwaffe zu finden, wahrscheinlich minimal sind. Aber es hat schon Beschlagnahmungen gegeben, diverse Messer und eine abgesägte Schrotflinte.«

Das Schweigen der Anwesenden war voll knisternder Feindseligkeit. Gunnarstranda ließ sich nichts anmerken. Hier ging es um den Mord an Killi. Nicht um ihn selbst.

Dennoch erklärte Gunnarstranda, er habe Killi zwar nicht persönlich gekannt, fühle aber mit all denen, die einen Freund verloren hätten.

Dann schwieg er. Niemand sagte etwas.

Gunnarstranda wusste, vielen Kollegen passte es nicht, dass er die Ermittlungen leitete. Aber das war nicht seine Schuld. Und was erwarteten sie eigentlich? Sollte er zurücktreten?

Er ergriff wieder das Wort. Informierte die Anwesenden, dass Ivar Killi seit fast vier Wochen krankgeschrieben gewesen war. Inwieweit der Mord etwas mit seiner

Arbeit als Polizist zu tun habe, dazu könne man jetzt noch nichts sagen. Das *Asylet* sei in der Stadt allgemein als ein Lokal bekannt, in dem viele Polizisten freitags ihr Feierabendbier tranken. Gestern, am Samstag, seien nur wenige Polizisten da gewesen. Die Kellnerin, die dem Unruhestifter hinterhergelaufen war, meine, Killi sei an dem Abend nicht im *Asylet* gewesen. Höchstwahrscheinlich habe er sich draußen auf dem Platz befunden, als die Schlägerei begann. Außerdem sei zu diesem frühen Zeitpunkt noch nicht auszuschließen, dass Killi eine engere Beziehung zum Täter gehabt hatte. Es sei zu früh, um überhaupt irgendetwas auszuschließen, solange es keine Tatzeugen gab – und man noch keinen Überblick über den tatsächlichen Ablauf hatte. Deshalb stünde jetzt an oberster Stelle, sich diesen Überblick zu verschaffen. Sie müssten in Grønland von Tür zu Tür gehen, um Zeugen für die Schlägerei, die Schussszene und den Mord zu finden.

»Kollegen, die eventuell am Samstagabend im *Asylet* gewesen sind, müssen sich melden, sodass wir hundertprozentig abklären können, ob Killi dort war oder nicht. Außerdem bitten wir die Pressestelle, die übliche Pressemeldung rauszuschicken, mit der Aufforderung an eventuelle Zeugen, sich bei uns zu melden.«

Erneut breitete sich Stille aus, nur unterbrochen von einem zischenden Laut, als jemand eine Colaflasche öffnete.

Gunnarstranda fuhr fort: »Hier ist die Hölle los, wenn die Presse erfährt, dass Killi einer von uns war, egal, ob krankgeschrieben oder nicht.« Er räusperte sich und wiederholte, was der Abteilungsleiter schon ausgeführt hatte: »Jeglicher Kontakt mit den Medien muss also über die Pressestelle laufen.«

Die Tür ging auf. Alle Blicke richteten sich auf die Wachhabende Ingrid Kobro, die in der Türöffnung erschien. Sie war ebenso betroffen wie die anderen und sprach mit leiser Stimme:

»Habe gerade eine Meldung aus Halden reingekriegt. Sie haben auf der E6 einen Wagen gestoppt, der zu schnell fuhr – drei junge Männer in einem Lexus mit Osloer Kennzeichen.« Sie warf einen kurzen Blick auf das Fax. Ihre Hand und das Papier zitterten leicht. »Offensichtlich gehören alle drei zur Kategorie *Unsere neuen Landsleute.*«

Die Wachhabende sah Gunnarstranda an, während sie sprach, und sparte sich weitere Erklärungen.

Er fragte: »Norwegische Staatsbürger?«

Ingrid Kobro nickte. »Nach eigener Aussage, ja.« Sie sah wieder auf das Fax und las vor: »Khan, Fares und Sharif. Geben an, sie seien Sozialhilfeempfänger – fahren aber einen Lexus – und auch nicht gerade das billigste Modell, soviel ich verstanden habe.« Sie hielt inne.

»Welcher Fares?«

Emil Yttergjerde hatte die Frage gestellt. Aber mehrere andere teilten sein Interesse. Es wurde gemurmelt.

Kobro sah auf das Fax. »Darak Fares.«

Das Gemurmel wurde lauter. Der Name war bekannt.

Kobro hob die Stimme: »Keine Waffen beschlagnahmt, keine Drogen, die Frage ist nur, wie wir darauf reagieren sollen.«

»Wem gehört der Wagen?«

Diesmal war es Petter Bull, der durch das Stimmengewirr gerufen hatte. Alle drehten sich zu ihm um. Bulls Gesichtsausdruck war hitzig, fast fiebrig.

Die Wachhabende zuckte mit den Schultern. »Der Wagen wurde von einer Firma geleast: *Fixit Kfz-Werkstatt.*«

Noch ein bekannter Name. Es schien, als würde ein Damm brechen. Alle redeten durcheinander.

Gunnarstranda ließ seinen Blick durch den Raum

schweifen. Er verstand die plötzliche Aufregung, aber er teilte sie nicht. Als Gunnarstranda Kobros Blick spürte, sah er auf. Sie sahen sich an.

Das Gerede verstummte.

Kobro fragte: »Soll ich darum bitten, dass sie die drei hierhertransportieren, damit sie bei uns verhört werden können?«

Gunnarstranda schüttelte den Kopf. »Warum? Die Polizei in Halden hat gegen den Fahrer des Wagens etwas in der Hand. Außerdem können sie die drei auch dort fragen, wo sie heute Nacht zwischen Mitternacht und ein Uhr gewesen sind.«

»So ein Quatsch!« Es war Yttergjerde, der die Stille brach, und er sprach im Namen von vielen: »Alle hier wissen, dass diese Autowerkstatt reine Fassade ist. Wir haben drei Schwerstkriminelle, auf der Flucht nach Schweden, kurz nachdem jemand unseren Kollegen erschossen hat. Was sagt uns das?«

Gunnarstranda schwieg. Er nippte an seinem Kaffee, der kalt geworden war und fürchterlich schmeckte.

Die Stimmung im Raum war immer noch geladen. Gunnarstranda nahm wahr, dass die Leute ihn unverwandt anstarrten. Er begegnete wieder Kobros Blick. Sie fragte:

»Und was jetzt?«

Eine Stimme aus dem Raum rief hitzig: »Was für eine Frage! Darak Fares ist ein verdammter Krimineller.«

Es wurde für ein paar Sekunden still.

»Er ist dem Typen nicht unähnlich, den das Bierfräulein beschreibt«, sagte Lena Stigersand. »Er ist ungefähr dreißig, trägt den Schädel glatt rasiert und hat eine Tätowierung.«

»Rasierte Schädel und Tätowierungen gibt es bei Dreißigjährigen ungefähr so häufig wie zehn Zehen bei Neugeborenen«, sagte Gunnarstranda trocken.

»Diese Werkstatt hat nie ein Auto repariert«, sagte Emil Yttergjerde. »Alle, die da arbeiten, sind entweder arbeitsunfähig oder dauerkrank geschrieben. Da ist es doch wohl keine Frage, was mit den drei Jungs in dem Wagen passiert.«

Gunnarstranda sah ihn scharf an. »Was stellst du dir eigentlich vor? Willst du dein Pferd satteln, ein Lasso mitnehmen und Ku Klux Klan spielen? Der Fahrer des Wagens ist zu schnell gefahren. Der Fall untersteht der Polizei in Halden. Darüber hinaus müssen die drei aussagen, wo sie sich befanden, als Killi erschossen wurde. Wir brauchen unsere kostbare Zeit nicht mit so was zu verschwenden.«

Es wurde wieder gemurmelt.

»Keine Zeit verschwenden? Hältst du es für Zeitverschwendung, die Typen zu verhören, die Ivar auf dem Gewissen haben?«

Gunnarstranda frage sich, was eigentlich mit den Leuten los war. Er betrachtete Petter Bull über den Rand seiner Brille hinweg und sagte: »Du und ich und alle hier wissen, dass diese drei Typen eine klare Strategie verfolgen werden, und zwar die Schnauze zu halten. Was wir brauchen, sind Leute, die uns erzählen können, was passiert ist, als der Schuss fiel.«

»Und das sagst du, obwohl drei Männer schon gefasst sind?«

Gunnarstranda schüttelte den Kopf und sagte: »Der Täter ist also schon gefasst? Ohne dass wir wissen, wer geschossen hat und mit welcher Waffe? Diese Jungs fuhren einen Lexus. Wir suchen drei Männer in einem Audi. Die einzige Übereinstimmung ist bis jetzt die Zahl drei und die Tätowierung. Hier geht es darum, Ressourcen zu verteilen und das Richtige zu tun –«

»Das Richtige zu tun? Und das sagst ausgerechnet du?«

Die Worte kamen von Lena Stigersand. Sie schlugen wie ein Blitz ein. Es wurde vollkommen still.

Gunnarstranda drehte den Kopf in ihre Richtung. Diese dumme Diskussion über die Methodenwahl war eigentlich ein Meinungsaustausch über ihn gewesen. Naiverweise hatte er das nicht sofort begriffen, sondern angebissen. Er wurde langsam alt.

Sein Blick wanderte durch den Raum. Obwohl Lena Stigersand die Katze aus dem Sack gelassen hatte, war deutlich, dass alle ihre Verachtung und Wut teilten. Die Missstimmung war massiv zu spüren.

Schließlich setzte die Wachhabende Ingrid Kobro einen Punkt. Sie nickte Gunnarstranda nachdrücklich zu. Er stand auf und ging zu ihr auf den Flur. Sie schloss die Tür, betrachtete ihn ausdruckslos und flüsterte: »Das ist ja, wie über ein Minenfeld zu laufen. Hab so was noch nie erlebt.«

Gunnarstranda sagte: »Es gibt mindestens fünfzig Wohnungen mit Blick auf den Tatort. Smalgangen, Grønlandsleiret, Tøyenbekken, Tøyengate und Motzfeldts Gate, überall wohnen Leute. Es wird einige geben, die auf ihrer Terrasse gesessen und in der Sommerhitze einen Weißwein getrunken haben. Einige der Nachbarn waren Gäste im *Asylet*. Mehrere haben garantiert an der Schlägerei teilgenommen, bevor Killi erschossen wurde. Wir stehen hier und quatschen, während die Zeit vergeht, und die Zeit arbeitet gegen uns. Die einzige Zeugin ist bis jetzt die Kellnerin, die hinter dem Mann hergelaufen ist, der abhauen wollte. Wie wahrscheinlich ist es, dass der Mann eine Schusswaffe hatte? Er hat ein Glas nach ihr geworfen, als er sauer wurde. Dann kamen zwei seiner Freunde, die ihn mit einem Schlagstock versorgt haben. Wir brauchen Leute, die von Tür zu Tür gehen, um rauszufinden, was in der Zeit vor und nach dem Schuss passiert ist.«

Kobro zögerte, als suche sie nach Worten. Dann sagte

sie: »Können wir sicher sein, dass in dieser Situation die Vernunft der richtige Ratgeber ist? Ivar Killi war beliebt. Da drinnen sitzen seine Freunde. Du musst berücksichtigen, dass dieser Fall Gefühle weckt.«

Gunnarstranda antwortete: »Eine so dünne Spur zu verfolgen, und das so früh, ist völlig idiotisch! Die drei können von den Kollegen abgeklopft werden, die sie verhaftet haben.«

»Sie gehören zu einer Bande, garantiert«, wandte Kobro ein.

»Sicher. Aber wenn das so ist, wird niemand es schaffen, auch nur ein Wort aus ihnen rauszupressen – weder unsere Leute noch andere. Und was wir brauchen, ist ein Überblick über das, was heute Nacht auf dem Platz passiert ist.«

»Das verstehe ich«, sagte Kobro leise. »Aber mein Bauchgefühl sagt, dass die drei auf dem Weg nach Schweden waren. Wenn die jetzt mit einer Vorladung davonkommen, dann sind sie in no time über die Grenze.«

Gunnarstranda dachte nach. »Die Kellnerin«, sagte er. »Ist die schon nach Hause gegangen?«

Kobro schüttelte den Kopf. »Sie wartet drüben bei mir.«

»Halt sie noch ein paar Stunden fest. Finde raus, wer von den dreien im Lexus vorbestraft ist. Konfrontiere die Frau mit Fotos von ihnen. Das muss reichen.«

Kobro öffnete die Tür zum Gruppenraum. Sie gingen hinein. Das Murmeln und die Gespräche verstummten. Alle warteten gespannt, wie der Beschluss lautete.

Kobro sah schnell zu Gunnarstranda hinüber, holte tief Luft und sagte: »Ich habe eine gute und eine schlechte Neuigkeit. Die Techniker haben am Tatort die Kugel gefunden, die Ivar wahrscheinlich getötet hat. Das Ballistiklabor der Kripo wird sie untersuchen, wenn morgen der

Dienst losgeht. Die leere Hülse wurde merkwürdigerweise nicht gefunden. Die schlechte Nachricht ist, wir vergeuden unsere Zeit, wenn wir hier sitzen. Je schneller wir uns einen Überblick über mögliche Zeugen verschaffen, desto schneller kommen wir mit der Ermittlung voran. Gunnarstranda braucht Leute, die in Grønland von Tür zu Tür gehen.«

Niemand sagte ein Wort. Es wurden nur Blicke gewechselt.

Gunnarstranda seufzte schwer. »Die Polizei in Halden verhört die drei, die auf der E6 zu schnell gefahren sind.« Er drehte sich um und wollte den Raum verlassen.

Eine Stimme flüsterte: »Du Arschloch.«

Ein anderer brüllte ihm hinterher: »Du solltest dich krankmelden, Gunnarstranda. So einiges deutet darauf hin, dass du nicht der Richtige bist für diesen Job.«

2

Frank Frølich blieb vor dem Eingang stehen, um die Hausnummer zu überprüfen. Hinter ihm wurde eine Wagentür geöffnet.

Eine dunkelhaarige Frau Ende zwanzig hievte sich aus einem schwarzen Saab. Sie verbarg ihre Augen hinter einer riesigen lila Sonnenbrille im Nostalgiestil. »Sie sind der Mann von der Polizei?« Sie streckte ihm die Hand entgegen.

»Fride Welhaven?«

Sie schüttelten sich die Hände.

Dann holte sie ein Schlüsselbund aus ihrer Umhängetasche und schloss die Eingangstür auf. Ihre Sandalen klapperten, als sie zum Fahrstuhl ging und auf den Knopf drückte. Ein schwerer Ruck ertönte aus einer oberen Etage, als sich der Fahrstuhl in Bewegung setzte.

Er räusperte sich. »Die Post?«

Ohne ein Wort klapperte sie zu den Briefkästen und schloss einen davon auf. Er betrachtete sie diskret. Ihr Kleid war ebenfalls im Nostalgiestil: weiß mit Rosenmuster. Ihre Beine waren sonnengebräunt. Das Gesicht schmal, symmetrisch, die Haare kurz, jungenhaft.

Der Briefkasten war zum Bersten voll. Weiße Umschläge ragten zwischen knallbunten Reklamesendungen hervor.

Der Fahrstuhl war eng und alt. Er hielt mit einem Knall und schaukelte ein wenig.

Mit der Post unter dem Arm schloss sie die Wohnungstür auf.

»Wohnt er hier allein?«

Sie nickte.

»Geschieden?«

»Meine Mutter ist tot.«

»Schon lange?«

»Vier Jahre und drei Monate. Krebs.«

Sie gingen hinein. Ein Garderobenschrank dominierte den Flur. Ein hoher, emaillierter Krug diente als Schirmständer. Auf dem Boden lag ein geknüpfter Teppich mit einem detailreichen Muster in Rot und Blau.

Frølich sagte: »Ich brauche eine Liste von Freunden und Bekannten, die möglicherweise wissen könnten, was er in der letzten Zeit unternommen hat.«

Sie nickte stumm.

»Ist so was noch nie vorgekommen?«

»Was?«

»Dass Ihr Vater mehrere Tage nichts von sich hören lässt?«

»Es kam vielleicht schon mal vor, dass er weg war, aber nie, ohne anzurufen oder Bescheid zu sagen. Außerdem waren wir zum Essen verabredet – gestern.«

»Er kann es nicht einfach vergessen haben?«

»Nein.« Sie schüttelte den Kopf und fügte hinzu, wie um zu unterstreichen, wie undenkbar das war: »Absolut nicht.«

»Haben Sie Geschwister?«

Sie schüttelte den Kopf. »Er ist tot. Mein Bruder.«

Frank Frølich sah sie nachdenklich an. Sie sagte nichts mehr. Er fragte: »Schon lange?«

»Vier Monate.«

»Mein Beileid.«

Sie antwortete nicht. Wandte sich ab.

»Ihr Vater leidet sehr darunter?«

»Natürlich.«

»Er trauert, ist deprimiert?«

»Es ist jetzt vier Monate her. Die Zeit vergeht. Wir kommen darüber hinweg.«

»Könnte vielleicht der Tod Ihres Bruders Ihren Vater veranlasst haben … irgendetwas zu tun?«

Abrupt wandte sie sich ihm zu, wie um zu prüfen, was er damit andeuten wollte. »Wenn Sie wissen wollen, ob er sich das Leben genommen hat, dann ist die Antwort nein.«

Sie starrte ihn durch ihre Sonnenbrille trotzig an, lange.

Er ließ das Thema ruhen und fragte stattdessen: »Könnte er spontan in Urlaub gefahren sein?«

»Urlaub?« Sie sprach das Wort aus, als hätte er etwas komplett Idiotisches gesagt.

»Ja, Pauschalreise nach Spanien, Städtetour nach London oder Rom oder so was?«

Sie schüttelte wieder den Kopf.

»Ist er ein Naturliebhaber, geht er manchmal einfach wandern?«

»Vielleicht ist er wandern gegangen, aber … zum Sommerhaus? Er ist noch kein einziges Mal da gewesen, seit Mama gestorben ist.«

»Wo liegt das Sommerhaus?«

»Auf dem Ringebufjell.«

»Es ist also theoretisch möglich, dass er dorthin gefahren ist?«

Sie öffnete eine Schublade und holte ein Handy heraus. »Das ist seins. Er ist gegangen, ohne ein Handy mitzunehmen.«

Frølich wartete auf die Fortsetzung.

Sie musste sich räuspern. »Er hat kein einziges Lebenszeichen von sich gegeben, schon so lange. Das ist völlig … völlig …« Sie fand keine Worte, nahm sich zusammen und sagte: »Nein. Ich glaube nicht, dass er wandern gegangen und einfach verschwunden ist.«

»Ich werde auf jeden Fall die örtliche Polizei informieren«, sagte Frølich, »um zu überprüfen, ob er im Sommerhaus ist oder nicht.«

Sie zuckte mit den Schultern.

Er streckte die Hand aus. »Und das Handy kann nützlich sein, um herauszufinden, mit wem er gesprochen hat, bevor er verschwand.«

»Der Akku ist leer«, sagte sie und reichte ihm das Handy. »Keine Ahnung, wie der Pincode ist.«

Frølich steckte es in die Tasche. »Sie hatten sich zum Essen verabredet?«

»Gestern. Er hatte einen Tisch im *Engebret* bestellt. Ich mag das *Engebret* nicht besonders. Das ist mehr sein Stil. Aber wir essen dort ab und zu zusammen. Ich hatte schon seit Tagen ständig versucht, ihn anzurufen, und war richtig in Sorge. Aber ich bin hingefahren, zum Restaurant, obwohl ich ihn nicht erreicht hatte. War erleichtert, dass er einen Tisch bestellt hatte. Aber dann saß ich da mehr als zwei Stunden lang rum – allein –, musste allein essen. Er hätte mich niemals freiwillig in so eine Situation gebracht.«

»Hat er früher nie etwas Ähnliches getan?«

»Nie.«

»Haben Sie gefragt, wann der Tisch bestellt wurde?«

Sie nickte. »Vor über einer Woche. Am selben Tag, als wir uns verabredet hatten.«

»Es könnte ja sein, dass ihm etwas zugestoßen ist, als er zum Beispiel morgens joggen war.«

»Papa geht nicht joggen.«

»Er ist nicht herzkrank?«

Sie schüttelte den Kopf.

»Hat nie über Schmerzen oder Unwohlsein geklagt?«

»Nein.«

»Es erscheint Ihnen unwahrscheinlich, dass es ihm plötzlich schlecht gegangen sein könnte?«

»Sie meinen einen Schlaganfall? Infarkt? Das hätte ihm doch an irgendeinem Ort passieren müssen, zum Beispiel hier oder im Büro oder …«

»Was glauben Sie, was passiert ist?«

»Was ich glaube?« Sie verharrte einen Moment nachdenklich. »Ich habe Angst, dass ihm – jemand etwas getan hat.«

»Jemand?«

»Papa ist Anwalt, er hat Klienten und macht Geschäfte. Er hat gesagt, dass manche davon unangenehm sind – auch gefährlich.«

»Kennen Sie Namen von Klienten?«

Sie schüttelte den Kopf, nahm die Sonnenbrille ab und fuhr sich mit dem Handrücken über die großen, braunen, glänzenden Augen. Sie schluckte.

»Ist es schon einmal vorgekommen – dass jemand versucht hat, ihm etwas anzutun?«

»Ich weiß, dass Klienten ihm gedroht haben. Er hat es ganz offen erzählt, nachdem er den Telefonhörer aufgelegt hatte: ›Der Mann ist lebensgefährlich‹, so was in der Art –«

»Und Namen?«

»Ich habe keine Ahnung, wer das war. Aber ich hatte das Gefühl, etwas war komisch an der Verabredung im *Engebret*. Ich glaube, er wollte, dass ich reagiere, wenn er nicht kommt, dass ich etwas tue.« Ihr Gesicht verzog sich. Sie wandte sich abrupt ab und stolperte in die Küche hinaus. Wusch sich das Gesicht.

Frølich sah sich im Wohnzimmer um. Designerregal und Esstisch, ein paar Sessel vor einem Flachbildschirm. Das Zimmer war aufgeräumt. Nichts auf dem Esstisch, nichts auf dem Couchtisch. Er öffnete eine Tür. Schlafzimmer. Ein gemachtes Doppelbett mit weißem Bettüberwurf. Keine Bilder an den Wänden. Aufgeräumter Nachttisch. Zwei Ausgaben von *The Economist* und eine halb verbrauchte Tube Wundsalbe. Er schob die Schranktüren zur Seite. Anzüge und Hemden in Reih und Glied. Er zog einen Drahtkorb aus dem Regalschrank. Hemden, fein zusammengelegt. Eine große, farbenfrohe Sammlung von Schlipsen auf einem Bügel.

Er ging weiter durch eine Tür in eine Art Privatbüro. An der Wand hing das Bild eines Mannes, der stolz neben einem riesigen Lachs kniete, mindestens zehn-zwölf Kilo schwer. Welhavens Gesicht mit einem breit lächelnden Mund und grauem Seitenscheitel.

In der Ecke stand ein Sekretär, in dem der Schlüssel steckte. Frank Frølich schloss ihn auf und klappte die Schreibplatte herunter. Nichts außer einem Füller vor einer kleinen Reihe Schubladen. Er öffnete eine davon. Fand einen Haufen ausrangierter Brieftaschen. Alle leer. Er rief zu ihr hinaus: »Sie wissen nicht vielleicht, wo er seinen Pass aufbewahrt?«

»Ist er nicht im Sekretär?«

»Soweit ich sehen kann, nicht.«

Sie stand in der Tür. »Vielleicht hat er ihn im Büro.«

»Könnte Ihr Vater das Land verlassen haben?«

»Niemals, ohne mir Bescheid zu sagen.«

»Hat er eine Haushaltshilfe?«

»Ramona, eine Polin. Sie kommt zweimal die Woche.«

»Ramona, und weiter?«

»Weiß ich nicht. Ich kann Ihnen die Telefonnummer geben.«

Das Sonnenlicht fiel durch das Fenster hinter ihr und machte ihr Kleid durchsichtig. Er wandte sich ab.

»Arbeitet Ihr Vater manchmal zu Hause?«

»Ziemlich selten, glaube ich.«

»Wann haben Sie ihn das letzte Mal gesehen?«

»Am Dienstag. Hier. Er wirkte unkonzentriert und hat von Problemen gesprochen.«

»Von Problemen?«

»Vermutlich etwas mit der Arbeit, er wirkte völlig fertig, wollte aber nicht darüber sprechen. Er hatte dunkle Ringe unter den Augen. Seine Hände zitterten, und er hatte offenbar lange nicht geschlafen. Wenn Sie gesehen hätten, wie er aussah, würden Sie nicht fragen, ob er sich im Wald verlaufen hat.«

»Und dieser Zustand hatte nichts mit Ihrem Bruder zu tun?«

»Nein. Wir haben kein Problem damit, über Marius zu sprechen. Das hier hatte definitiv mit Papas Job zu tun.«

»Hat er etwas Besonderes erwähnt, etwas Unbekanntes, Namen oder sonst irgendetwas, worüber Sie im Nachhinein gestolpert sind?«

»Nichts, was mir jetzt einfiele.«

»Etwas ganz anderes: Hatte Ihr Vater Damenbekanntschaften?«

»Nicht dass ich wüsste.«

Plötzlich wurde Frølich ärgerlich. »Und was meinen Sie damit? Nicht dass Sie wüssten?«

»Ich nehme schon an, dass mein Vater ein Sexualleben hat, aber ich finde, es geht mich nichts an.«

»Wenn er also eine Beziehung hatte, dann wissen Sie nichts davon?«

»Ungefähr so, ja.«

»Sie wüssten auch nicht, wo Sie suchen könnten?«

Die Frage verletzte sie. Ihr Gesicht verzog sich wieder.

»Was ist mit seinem Auto?«, fragte Frølich.

»Ein Volvo S80, silbergrau. Er steht meistens direkt vor der Tür.«

»Aber jetzt nicht?«

»Er kann sonst wo stehen. Es ist nicht immer leicht, in der Nähe einen Parkplatz zu finden.«

»Aber Sie wissen nicht, wo er ist?«

Sie schüttelte den Kopf.

»Die Autoschlüssel?«

»Sind nicht hier.«

Er ging an ihr vorbei in den Flur und griff nach dem Stapel Briefe, den sie dort auf das Regal gelegt hatte. Studierte die Absender. Viele Rechnungen. »Die hier nehme ich mit«, sagte er, »und außerdem brauche ich eine Kopie des Wohnungsschlüssels.«

3

Die Wohnung von Polizeiobermeister Ivar Killi befand sich im Untergeschoss einer rot gestrichenen Bauhausvilla in Ullevål Hageby. Ingrid Kobro hatte erzählt, dass Killi sie von der älteren Dame gemietet hatte, die in der Etage darüber lebte.

Die Hausbesitzerin war eine kleine Frau, zwischen siebzig und achtzig Jahre alt, und trug eine große Sonnenbrille und ein riesiges Kopftuch. Sie stützte sich auf eine Gehhilfe und wirkte fast taub.

»Schlüssel!«

»Was haben Sie gesagt?«

»Schlüssel!«

»Was ist mit dem Müll?«

Gunnarstranda ließ sie stehen und stapfte die Treppe hinunter zu Killis Wohnungstür. Er stellte fest, dass sie abgeschlossen war, allerdings war sie alt, und der Rahmen war nicht dicht. Gunnarstranda verließ das Grundstück, ging zum Wagen und holte einen kräftigen Schraubenzieher aus dem Kofferraum. Die Hausbesitzerin beobachtete ihn von einem Fenster aus. Sie stand halb versteckt hinter der Gardine. Er winkte ihr mit dem Schraubenzieher zu. Sie hob eine Hand und winkte zaghaft zurück. Er trat noch einmal durch die Pforte und hielt inne. Blieb ein paar Sekunden stehen und betrachtete die Fahrräder, die an der Hauswand standen. Drei Fahrräder vom Typ Mountainbike, von der einfachen bis hin zur höchst avancierten Ausführung.

Er stand vor Killis Tür. Mit dem Schraubenzieher

drückte er das Türblatt so lange vorsichtig zur Seite, bis das Schnappschloss sich vom Rahmen löste. Er öffnete die Tür und trat ein.

Die Wohnung roch nach einer maskulinen Mischung aus altem Schweiß und noch älterem Deo, vermischt mit dem Geruch von altem Müll oder leicht verdorbenen Lebensmitteln. Er kam an einem breiten Bücherregal mit wenigen Büchern vorbei, ging nach rechts weiter zu einem riesigen Fenster und öffnete es. Frische Luft strömte herein und machte das Atmen leichter.

Ein Haufen Männerillustrierte lag auf dem Sofa. Auf den Titelseiten prangten junge Mädels im Bikini mit vorgeschobener Hüfte, die sich mit den Fingern durchs Haar strichen.

Auf dem flachen Couchtisch lag ein Laptop. Er war ausgeschaltet. Der Adapter lag auf dem Boden, das Netzteil war angeschlossen.

Gunnarstranda öffnete die Tür zu einem Schlafzimmer. Doppelbett. Das Bettzeug zerwühlt. Ein Fernseher mit eingebautem DVD-Player stand davor. Daneben ein Stapel Filme. Lars Monsen, der quer durch Canada reiste, eine Dokumentation über Hundeschlittenrennen sowie diverse Natur- und Jagdvideos.

Der Kleiderschrank war vom Typ IKEA, bei dem früher oder später die Türen ihren Geist aufgeben und sich nicht mehr ganz schließen lassen. Ganz rechts stand ein metallener Waffenschrank mit offenem Hängeschloss. Eine Jagdflinte der Marke Remington stand an die Hinterwand des Schrankes gelehnt. Daneben eine doppelläufige Schrotflinte vom Kaliber 12. Das untere Regalbrett war mit Munitionsschachteln bedeckt.

Gunnarstranda kehrte dem Schrank den Rücken zu und warf einen Blick auf die schmale Terrasse. Der Bodenbelag konnte eine Renovierung vertragen. In einer

Ecke standen auf morschen Planken zwei Taucherflaschen und ein elektrischer Kompressor.

Der Anblick des Terrassenbodens erinnerte ihn daran, dass er die Bodenplanken der Terrasse seines Sommerhäuschens auswechseln musste.

Er lehnte sich an die Wand und ließ den Blick wandern. *Ivar, wo hast du deine Geheimnisse?*

Sein Blick fiel auf den Laptop. Er ging zum Tisch und schaltete ihn ein. Das Gerät surrte. Das Bild auf dem Schirm war Windows Standard und sagte ihm gar nichts. Er schaltete den Laptop wieder aus.

In der Türöffnung zum Schlafzimmer blieb er stehen und blickte vom Fernseher zum Doppelbett, dann zum Schrank und wieder zum Bett. Er trat ans Bett und hob Kissen und Decke hoch. Nichts. Er ging in die Hocke und schaute unters Bett. Da lag etwas. Eine Kamera. Er zog sie hervor. Modernes Teil. Typ Spiegelreflex. Digital. Er schaltete die Kamera ein. Das Display leuchtete. Ein Nachtbild: riesiger Vollmond über einer Wasserfläche. Er blätterte weiter. Mehrere Naturbilder, eine grasende Elchkuh, ein Fuchsjunges, das mit aufgerissenem Maul auf einem Grashügel saß.

Neues Bild: Eine Frau mit Knebel im Mund saß gefesselt auf einem Küchenstuhl. Das Seil schnitt tief in ihre Haut ein.

Er drückte auf ein paar Knöpfe, um das Foto besser sehen zu können. Runzelte die Stirn. Hätte gern eine Vergrößerung gehabt. Sie war wie eine Fetischistin verkleidet, mit Handschuhen bis zu den Ellenbogen, Strümpfen und Hüfthalter mit Strapsen. Das Merkwürdige war, dass sie mit geschlossenen Knien und die Füße auf den Zehenspitzen dasaß wie ein Mannequin, obwohl sie am Oberkörper gefesselt und geknebelt war. Auf dem nächsten Bild lag sie bäuchlings auf einem Tisch, die Handgelenke und die Knöchel mit Handschellen an die Tischbeine gekettet. Die Strümpfe hatten hinten eine Naht, wie bei Pin-up-Models aus den fünfziger Jahren. Der Tisch kam ihm bekannt vor. Er ging zurück ins Wohnzimmer. Sie war an Killis Wohnzimmertisch gefesselt gewesen. Kein Zweifel. Die Fotos waren in dieser Wohnung entstanden.

Die Frau war jung. *Wie alt mochte sie sein?*

Gunnarstranda schaute einige Sekunden nachdenklich auf die Kamera, nahm den Speicherchip heraus und steckte ihn in die Tasche. Dann ging er in die Küche und schaute in den Mülleimer. Daher kam der faulige Geruch. Ein unbestimmbares Nudelgericht lebte darin sein Eigenleben, zusammen mit Kaffeesatz und schwarzen Bananenschalen.

Er schloss das Fenster und verließ die Wohnung. Schlug die Tür zu, prüfte, ob das Schloss eingerastet war. Drehte sich um und ging zum Wagen zurück.

4

»Heute ist Sonntag, und ich begreife nicht, warum wir dieses Gespräch ausgerechnet jetzt führen müssen.«

Helmer Paust sah aus wie ein Schwede auf Mallorca: hochgeschobene Sonnenbrille im Haar, gelbes Hemd, rote Bermudas, sonnengebräunte Beine und weiße Tennissocken in braunen Slippern.

»Welhaven ist verschwunden. Sie erweisen ihm und der norwegischen Staatsanwaltschaft einen Dienst.«

Sie schlenderten einen Korridor entlang. Helmer Paust schloss eine Bürotür auf.

»Ist das hier Welhavens Büro?«

»Nein, das ist meins.«

»Sie und Welhaven haben zusammengearbeitet?«

»Nein.« Paust zog einen Stuhl für Frølich heran, bevor er sich selbst setzte. Sein locker hängendes Hemd konnte im Sitzen den Bauch nicht mehr kaschieren.

»Jeder hatte seine Praxis. Aber wir haben uns die Räume und administrative Dienste wie die Sekretärin, die Vermittlung und so weiter geteilt. Ich habe sie angerufen. Sie war stinksauer, aber ich habe auch nicht so starke Argumente vorgebracht wie Sie: Welhaven und der Staatsanwaltschaft einen Dienst erweisen. Ich bin gespannt, was passiert, wenn Sie ihr das servieren.« Paust grinste schief und warf seine Haartolle zurück. Er ging auf die sechzig zu, hatte hängende Wangen und Ringe unter den Augen. Unter dem ziemlich langen Haar wirkte das Gesicht wie ein verwitterter Terrakottatopf unter einer welken Zimmerpflanze.

»Haben Sie Welhaven in den letzten Tagen gesehen?«

»Nicht seit Anfang letzter Woche.«

»Irgendeine Idee, wo er sich aufhalten könnte?«

»Keine Ahnung. Wir haben außerhalb der Bürogemeinschaft wenig Kontakt. Als seine Tochter anrief, habe ich gedacht, dass er wohl auf Reisen ist.«

»Könnte das sein? Dass er verreist ist?«

»Ohne ihr etwas zu sagen? Das bezweifle ich.«

»Die beiden sind ja sozusagen allein miteinander – oder?«

»Wie gesagt, wir wissen nicht sonderlich viel voneinander.«

»Wie hat er den Verlust seines Sohnes verkraftet?«

»Das war natürlich ein Schlag.« Als Frølich weiterfragen wollte, fügte er hinzu: »Aber – ich bin eigentlich nicht der Richtige, um über sein Privatleben zu sprechen. Wir hatten selten oder nie privat miteinander zu tun – wenn ich es mal so ausdrücken darf.«

»Aber Sie werden mir doch sagen können, ob er seit längerer Zeit traurig war oder –«

»Das nehme ich an – aber Arne lässt selten jemanden an sich heran.«

»Er soll bedroht worden sein. Wissen Sie davon?«

Paust klappte den Mund zu und dachte nach, bevor er antwortete: »In dieser Branche trifft man ab und zu auf instabile Menschen, Klienten, die eigentlich einen Therapeuten suchen oder brauchen. Aber das gehört ganz einfach zu diesem Job.«

Frølich räusperte sich. »Ich meine ganz konkrete Drohungen.«

Paust richtete seinen Blick einen Moment lang auf einen Punkt an der Decke und sagte dann: »Ich weiß auf jeden Fall, dass er mit einem Klienten einen Konflikt hatte, aber Herrgott noch mal, das ist verdammt lange her – ein Typ mit einer Unfallverletzung. Es war eine Schadenersatzklage, die nicht so gut gelaufen ist. Hinterher hat die Familie behauptet, Arne hätte ein unangemessen hohes Honorar von ihnen gefordert. Irgend so etwas.«

»War an diesen Anklagen etwas dran?«

»Das kann ich mir wirklich nicht vorstellen«, sagte Paust steif.

»Welhaven soll mehrmals als Konkursverwalter tätig gewesen sein.«

»Das stimmt wohl. Das mache ich selbst auch.«

Frank Frølich musste sich erneut räuspern. »Ich denke, dass ein Konkursverwalter doch sicherlich leicht in die Kritik gerät, vor allem bei Leuten, die viel zu verlieren haben …«

»Ein Konkursverwalter ist nur ein Makler, ein Dirigent.«

»Der sich gut bezahlen lässt.«

Jetzt beschloss Paust, den Polizisten direkt anzuschauen. »Manche Kreditoren haben Arne sicherlich vorgeworfen, sie mit seinen Honorarforderungen völlig zu ruinieren. Solche Vorwürfe sind ganz gewöhnlich bei Konkursverfahren, aber sie sind auch vollkommen aus der Luft gegriffen.«

»Kennen Sie Namen von solchen Kreditoren?«

»Nein.« Paust hob einen Finger, um den Polizisten zum Schweigen zu bringen. Sie hörten, wie irgendwo auf der Etage ein Schlüssel in einem Schloss herumgedreht wurde. »Da kommt Lisa, fragen Sie sie. Sie kann Ihnen sicher Kopien von den Akten geben, die für Sie interessant sein könnten. Sie werden allerdings nicht viel Interessantes finden. Es sind hauptsächlich Pommes-Buden und Maschinenbaubetriebe, lauter ungelernte Legastheniker, die nicht die blasseste Ahnung von Buchhaltung haben. Einen Konkurs abzuwickeln ist ein in vieler Hinsicht anstrengender Job.«

»Kennen Sie Namen von Leuten, die behauptet haben, dass Welhaven sich unrechtmäßig an solchen Konkursen bereichert hätte?«

»Ich weiß, dass Leute so was behauptet haben, ja. Aber ich habe keine Ahnung, wer das war.«

»Wissen Sie von anderen Drohungen, die in diesem Zusammenhang relevant sein könnten?«

Paust holte tief Luft, legte die Unterarme auf den Tisch und dachte noch einmal nach. »Ich persönlich glaube, dass Sie damit auf dem Holzweg sind. Jedenfalls in Fällen, wo Arne der Konkursverwalter war. Aber wenn wir nun schon darüber sprechen – ich habe vor ein paar Wochen ein hektisches Telefongespräch mit angehört, zwischen Arne und – ich kann mich nicht an den Namen erinnern –, aber Arne hat viele merkwürdige Sachen laufen. Er ist auch Teilhaber an einem Restaurant irgendwo, in Gran oder Kløfta oder Bjørkelangen, weiß der Himmel. Anscheinend haben sie da den gesamten Umsatz in einem Safe im Büro aufbewahrt. An dem Tag, als das Telefongespräch stattfand, hatte der Geschäftsführer den Safe leer vorgefunden und dann Arne beschuldigt, ihn geleert zu haben. Selbstverständlich eine lächerliche Behauptung.«

»Aber es gab also Drohungen. Womit wurde gedroht?«

»Der Mann verlangte das Geld zurück und drohte mit Gewalt. Aber Arne hat hinterher nur gegrinst.«

»Wäre es denn möglich, dass Welhaven gekidnappt wurde – von einem oder mehreren persönlichen Feinden?«

Helmer Paust runzelte zweifelnd die Stirn. »Das klingt ein bisschen wie in einem schlechten Film, oder? Arne Werner Welhaven wird in einen wartenden Wagen gezerrt, von einem unheimlichen Undercover mit Pistole im Mantel?«

»Sie halten es also für unwahrscheinlich?«

»Ja.«

»Was glauben Sie denn, was Welhaven zugestoßen sein könnte?«

Der Anwalt breitete die Arme aus. »Woher soll denn ich das wissen?«

»Was machen Sie sich für Gedanken? Wenn Menschen etwas passiert, dann denkt man sich doch seinen Teil, man versucht, sich eine Erklärung zusammenzureimen. Was denken Sie, wenn Sie hören, dass er verschwunden ist?«

»Ich denke, dass das alles Quatsch ist. Ein Missverständnis. Arne muss verreist sein und einfach vergessen oder darauf gepfiffen haben, Bescheid zu sagen.«

»Ein solches Vorgehen würde also zu Welhavens Persönlichkeit passen?«

Paust schnitt wieder eine Grimasse. »Eigentlich nicht. Es ist nur so total verrückt, da weiß man einfach nicht, was man glauben soll.«

»Ich würde gern sein Büro durchsuchen«, sagte Frølich schnell.

Die Idee gefiel Paust überhaupt nicht. »Tja«, sagte er schließlich, »aber wenn Welhaven hinterher sauer wird –«

»Dann muss er das mit seiner Tochter klären«, unterbrach ihn Frølich sanft. »Sie können die Verantwortung dafür mir überlassen.«

Paust stand auf, als die Tür aufging. »Lisa«, sagte er. »Danke, dass Sie gekommen sind. Das hier ist Herr Frølich von der Polizei.«

Frølich saß noch eine Weile in Welhavens Büro und blätterte in Akten. Notierte fleißig auf seinem Block und legte die Dokumente, von denen er eine Kopie gebrauchen konnte, auf einen Haufen. Er durchsuchte die Schreibtischschubladen und fand Welhavens Pass. Also war es sehr unwahrscheinlich, dass er im Ausland war.

Als er danach den Flur entlangging, traf er wieder auf Lisa. Sie war ungeduldig.

»Bald fertig?«

Er zog die Schultern hoch. Lisa war in den Vierzigern. Ihr Gesicht war klein und kugelrund und erinnerte ihn an einen Stecknadelkopf. »Wäre es möglich, dass ich einen Blick auf Welhavens Terminkalender werfe?«

Zwei ehrgeizige Augen betrachteten ihn abschätzend durch die Brillengläser. Wenn Lisa ja sagte, würde es noch länger dauern – und sie hatte sicher eine Verabredung, zu der sie nicht zu spät kommen wollte.

»Ich denke schon«, sagte sie, machte auf dem Absatz kehrt und ging in ein helles Büro mit Blumentöpfen auf der Fensterbank. Sie öffnete eine Schreibtischschublade und holte einen grünen Kalender hervor.

»Ist es schon mal vorgekommen, dass Welhaven mehrere Tage nicht da war, ohne vorher Bescheid zu sagen?«

»Nein, nie ohne Bescheid zu sagen.«

»Dann ist das jetzt also etwas Besonderes?«

»Ja, es rufen schließlich Leute an, die stinkwütend sind, weil er Verabredungen nicht eingehalten hat. Am Freitag hätte er im Gericht sein sollen.«

»Er hätte im Gericht sein sollen und ist nicht erschienen?«

Lisa schielte wieder auf den Kalender hinunter. »Ja.«

»Ist das schon einmal vorgekommen?«

Sie schüttelte den Kopf, nahm den Kalender und sagte: »Ich mache Ihnen eine Kopie. Welche Tage interessieren Sie?«

5

Gunnarstranda fuhr zurück in die Stadt. Er dachte an die Fotos. Wahrscheinlich war das Mädchen zu jung, um ein professionelles Modell zu sein. Er hatte auch nicht den Eindruck, dass die Fotos eine Misshandlung oder andere strafbare Tatbestände dokumentierten. Dafür wirkten sie zu sehr wie Kunstfotos, gestellt, mit spezieller Beleuchtung, die besonders scharfe Schatten produzierte. Der Stuhl, an den das Mädchen gefesselt war, stand in einer Art Rampenlicht. Das fetischistische Outfit wirkte altmodisch. Sie hatte von Foto zu Foto einzelne Kleidungsstücke gewechselt.

Was für eine Beziehung mochte zwischen ihr und Killi bestehen? Ihre Jugend gebot, dass die Fotos entwickelt und der Sitte übergeben werden mussten. Aber die Leute bei der Sitte arbeiteten sonntags nicht.

Er tankte im Munkedamsveien unter dem Konzerthaus und überlegte, welche Kontakte er an einem Sonntag nutzen konnte. Es waren nicht viele. Aber er kannte eine Veteranin aus dem Milieu: Anita. Während er da stand und den Tankstutzen festhielt, wog er Für und Wider gegeneinander ab. Es wäre ein Schuss ins Ungewisse, aber immerhin ein Versuch.

In den Achtzigern, während der Jahre des Aufschwungs und der Geldflut, hatte Anita als Stripperin und Prostituierte in einer Gogo-Bar für Yuppies gearbeitet. Eines Montagmorgens war sie wegen groben Diebstahls festgenommen worden, als sie versucht hatte, einen Scheck über zehntausend Kronen einzulösen. Der Inhaber einer Gebrauchtwagenfirma hatte sein Scheckheft sowie eine große Summe Bargeld als gestohlen gemeldet. Anita behauptete, das Geld sei das Honorar für sexuelle Dienste gewesen. Gunnarstranda, der den Autohändler wegen anderer Dinge im Visier hatte, untersuchte den Fall, was dazu führte, dass der Mann wegen Unterschlagung, falscher Anzeige und Falschaussage verurteilt wurde. Anita begann ein neues Leben als Kindergartenassistentin in Sarpsborg. Alles ging gut, bis einer der Väter sie in betrunkenem Zustand besuchte. Als er nicht bekam, was er wollte, nahm er es sich mit Gewalt. Sie zeigte ihn an wegen Vergewaltigung. Doch der Anwalt des Mannes wusste Anitas Vergangenheit auszunutzen: einmal Hure, immer Hure. Der Mann wurde freigesprochen. Anita wurde gekündigt. Die Eltern wollten nicht, dass ihre Kinder von einer Prostituierten betreut wurden. Danach war Anita bei ihren Leisten geblieben. Jetzt war sie Mitte vierzig und reiste durch Østlandet mit einem Wohnmobil, in dem sie Kunden in kleineren Ortschaften bediente.

Das Telefon klingelte drei Mal, bevor sie abnahm.

»Bist du in der Stadt?«, fragte Gunnarstranda.

»Bist du's?«, fragte sie ungläubig. »Und dann gleich so frühmorgens?«

»Ich brauche ein paar Informationen.«

»Lieber Gott«, sagte sie erleichtert, »und ich dachte schon, du würdest als Kunde anrufen.«

Gunnarstranda schwieg.

»Aber hör zu, ich bin bei der Arbeit.«

»Wo?«

»In Stange, Hedmark.«

»Hast du was von einem Polizisten gehört, der Bondage-Fotos von kleinen Mädchen in Unterwäsche aus den fünfziger oder sechziger Jahren macht?«

»Was für'n Bondasch?«

»Gefesselt mit Seil und Knebel im Mund.«

»Wie klein sind die Mädchen?«

»Das Mädchen ist so circa vierzehn, fünfzehn.«

»Und es ist nicht Kidnapping oder Vergewaltigung?«

»Kann natürlich sein, aber es wirkt irgendwie nicht so. Sieht verdammt gestellt aus.«

»Fragt sich, ob ich dir da helfen kann. Wenn sie's freiwillig macht, würde ich tippen, es ist ein Mädchen aus der Nachbarschaft, das sich was dazuverdient für neue Klamotten oder eine Handy-Karte. Die Welt ist nicht mehr so wie damals, als du jung warst, Gunnarstranda.«

»Auf jeden Fall …«

»Werde mich mal umhören, bei Leuten, die ich kenne«, sagte Anita, »aber ich glaube nicht, dass du bei mir auf das richtige Pferd setzt.«

Gunnarstranda verabschiedete sich. Dann durchsuchte er seine Taschen nach einem Zettel, auf dem er einen Namen notiert hatte. Die Notfallambulanz in Oslo hatte einen nächtlichen Armbruch bestätigt. Das konnte der Mann sein, der vor dem *Asylet* verprügelt worden war.

Der Mann wohnte im Simensbråten. Ein gutmütiger Kerl mit Glatze, üppigem Bart und dickem Bauch in einem geräumigen Jogginganzug. Er wartete auf einer Bank auf dem Rasen vor seinem Block. Sein Unterarm war eingegipst. Er streckte die Hand in die Luft, wie zum Indianergruß. Die ganze Zeit wedelte er mit den Fingern, weil der Arzt ihm gesagt hatte, es sei wichtig, sie zu bewegen.

Gunnarstranda setzte sich neben ihn und begann, ihn auszufragen.

Der Mann wirkte erschöpft und hatte den Schock noch nicht überwunden. Er konnte nicht begreifen, wie jemand ohne Grund andere Menschen verletzten konnte, und klagte über die Moral der Leute, die Zeit, in der wir leben, und die Tatsache, dass die Menschen zu viel Zucker aßen.

»Zucker?«, fragte Gunnarstranda geduldig.

»Unsere Ernährung ist schlecht. Die Kinder schlagen die Lehrer in der Schule. ADHS und das ganze Zeugs. Was die Kinder so verrückt macht, ist der Zucker. Das steht in der Zeitung. Wenn die Kinder nicht mehr so viel Cola trinken würden und Fruchtgummi und solches Teufelszeug essen, was sie die ganze Zeit in sich reinstopfen, dann würde auch was aus ihnen. Aber glauben Sie, die Frauen hätten den Schneid dazu? Während ich hier auf der Bank saß, habe ich mindestens drei Mütter gesehen, die ihrem Kind einen gezuckerten Schnuller ins Mäulchen steckten, damit es die Klappe hält. Ist es da ein Wunder, dass es so endet?« Er wedelte mit den Fingern, die aus dem Gips hervorragten.

Gunnarstranda fragte den Mann, ob er etwas von der Schussszene gesehen hatte.

Nein. Er war gleich in Richtung Ambulanz abgezogen. Hatte sofort nach dem Schlag gemerkt, was mit dem Arm los war, und eine solche Begegnung mit einem Schlagstock war genug.

»Haben Sie den Schuss gehört?«

»Ja, klar, der war ja nicht zu überhören. Hätte mir fast in die Hose geschissen, ehrlich gesagt.«

»Wo waren Sie, als der Schuss fiel?«

»Auf der Brücke über den Fluss, auf dem Weg zum Notarzt.«

»Haben Sie sich umgedreht, um zu sehen, was passiert war?«

»Das schon, aber ich hab nur Leute rennen sehen. Schatten. Es war schließlich stockfinster.«

»Und die Lichter von den Geschäften und die Straßenbeleuchtung haben auch nichts genützt?«

»Nein. Grüne Lichter, rote Lichter, das war, wie auf Farbnegative zu gucken. Und die Leute flimmerten hin und her.«

»Normalerweise stehen Taxis dort am Halteplatz«, sagte Gunnarstranda.

»Ich kann mich nicht erinnern, eins gesehen zu haben. Es war unheimlich dunkel.«

Der Polizeibeamte dachte nach. »Haben Sie gesehen, ob die drei Unruhestifter Waffen bei sich hatten?«

Der Mann zuckte zusammen. »Glauben Sie, dass einer von denen geschossen hat?«

»Ich glaube gar nichts. Ich will nur wissen, was Sie gesehen haben.«

»Ich hab nur den Schlagstock gesehen, den der Kerl in der Hand hatte. Als der Schuss knallte, dachte ich, dass jemand anders auf die schießt, jemand, der es genau wie ich Scheiße fand, mit einem Schlagstock verprügelt zu werden.«

Gunnarstranda überlegte, während der Mann mit den Fingern wedelte.

»Würden Sie den Mann wiedererkennen, der Sie geschlagen hat?«

»Überall, in der U-Bahn, in der Schlange beim Weinmonopol, die Visage vergesse ich nie mehr.«

»Wissen Sie, warum er die Schlägerei angefangen hat?«

»Keine Ahnung.«

Gunnarstranda wartete.

»Das war wie im Fernsehn. Hab am Anfang gedacht, es wär nur Spaß. So ein Glatzkopf und zwei Kumpels, alle mit dem Hosenbund fast in den Knien. Toben da rum und schlagen die Leute mit Stöcken. Hab so was noch nie erlebt, ja außer im Fernsehen.«

Gunnarstranda bat den Mann, so bald wie möglich ins Präsidium zu kommen und sich Fotos anzuschauen.

Eine halbe Stunde später, als er sich den Fußweg zum Haupteingang des Polizeipräsidiums hochquälte, stand er plötzlich Petter Bull und Emil Yttergjerde gegenüber. Ein paar Sekunden lang sahen sie sich nur an.

»Ich dachte, ihr geht in Grønland von Tür zu Tür?«

»Hast du die letzten Neuigkeiten noch nicht gehört?«, fragte Petter Bull und grinste unfreundlich. »Die Frau, die im *Asylet* arbeitet, hat den Mann identifiziert, der das Bierglas geworfen und randaliert hat.«

Den beiden gefiel die Situation, und sie grinsten sich gegenseitig an. Emil Yttergjerde sagte: »Der Mann heißt Darak Fares. Das ist der Mann, den du der Polizei in Halden überlassen wolltest.«

Gunnarstranda las Schadenfreude, Verachtung und Wut im Blick des jüngeren Polizeibeamten. Er begriff, dass das, was jetzt geschah, ein Alarmzeichen war. Diese Ermittlungen konnten tatsächlich aus dem Ruder geraten. Die Energie, mit der die beiden Männer gegen ihn arbeiteten, musste in Arbeit umgesetzt werden. Er fragte: »Kennt ihr euch mit Computern aus?«

Bull hob die Hand und fragte: »Wieso?«

»Ich habe in Killis Wohnung eine Kamera gefunden.«

»Eine Kamera?«

»So eine digitale, hab den Chip mit den Fotos mitgenommen, aber ich brauche jemanden, der mir die Fotos entweder auf meinen Rechner lädt oder ausdruckt.«

»Schnüffelst du in Ivars privaten Fotos rum?«

Gunnarstranda betrachtete Petter Bull mit mildem Blick. »War nicht so schlimm«, sagte er. »Bis später.«

Er drehte ihnen den Rücken zu und ging den Hügel hinauf, ohne sich umzusehen. Als er durch die Tür trat, warf er doch noch einen Blick über die Schulter. Petter Bull und Emil Yttergjerde standen immer noch am selben Fleck und schauten ihm nach.

6

Frank Frølich brauchte Zeit, um Welhavens Terminkalender zu durchforsten. Eine Verabredung, die sehr häufig vorkam, war mit den Initialen MH eingetragen. Er blätterte so lange, bis er eine Seite fand, auf der der Name ausgeschrieben war: Maria Hoff. Er durchsuchte die Gelben Seiten und fand nur eine einzige Person mit diesem Namen in Oslo, eine Psychologin. Er rief sie unter ihrer Privatnummer an. Dreimal meldete sich ein Anrufbeantworter. Beim ersten Mal sagte er nur seinen Namen und bat um Rückruf. Beim zweiten Mal fügte er den Titel »Polizeibeamter« hinzu. Aber nichts davon schien die Neugier der Psychologin zu wecken. Erst nach seinem dritten Anruf, als er Welhavens Verschwinden erwähnte, meldete sie sich. Zögernd bestätigte sie, dass Welhaven ihr Patient war. Aber es erschien ihr nicht nötig, Frølich zu treffen. Diese Woche sei sie völlig ausgebucht. Ob er denn nicht meine, dass Welhaven von selbst wieder auftauchen würde?

»Sie müssen doch sicherlich ab und zu eine Ruhepause einlegen, oder?«, fragte Frølich entwaffnend.

Doch, das musste sie natürlich.

Und wenn sie zum Beispiel morgen in ihrer Mittagspause miteinander sprächen?

Sie nahm sich Bedenkzeit, entschied dann aber, dass sie eine halbe Stunde erübrigen könnte, und schlug das *Bølgen&Moi* in Briskeby vor, weil es von ihrer Praxis aus gut zu Fuß erreichbar war. Frølich stimmte zu. Dann rief er Fride Welhaven an und erklärte ihr, er brauche noch weitere Informationen über ihren Vater sowie einige Vollmachten.

»Fragen Sie doch einfach«, sagte sie.

»Können wir uns nicht irgendwo zum Kaffee treffen?« Er schlug ihr dieselbe Zeit und denselben Ort vor. »Ich bin dort sowieso mit jemandem verabredet«, erklärte er.

Hinterher suchte er im Internet nach *Marius Welhaven*. Er merkte schnell, warum ihm der Name bekannt vorkam. Es tauchten Pressefotos von einer Ehrenmahnwache auf dem Militärflugplatz Gardemoen auf. Die Bilder hatte er schon einmal gesehen, als sie über den Fernsehschirm flimmerten. Marius Welhaven hatte das Schicksal in Afghanistan ereilt. Ein erklärter Islamist war in Meymaneh mit einem Auto voller Dynamit in eine Militärpatrouille gefahren. Zwei Tote und mehrere Verletzte. Marius Welhaven – geboren am 14. September 1981, im Dienste der Nato im Telemarkbataillon – fiel für Norwegen am 23. März 2006. Der Junge war also nicht einmal fünfundzwanzig Jahre alt geworden. Der Sarg war in die norwegische Flagge gehüllt. Militärische Ehrenmahnwache, Trauernde. So aus der Ferne fotografiert hätte es fast ein Gemälde aus der Romantik sein können. Das Foto war körnig, die Gesichter der Hinterbliebenen waren nicht gut zu erkennen. Frølich erkannte Welhaven an seinem grauen Haar. Der Anwalt trug einen dunklen Staubmantel, hatte die Hände nachdenklich hinter dem Rücken verschränkt, den Blick zu Boden gerichtet. Neben ihm stand eine dunkelhaarige Frau mit Sonnenbrille im Nostalgiestil, Fride Welhaven.

Frank Frølich betrachtete das Foto eine Weile. Auf welcher Art von Beziehung beruhte die Trauer des Mannes? Hatte der Vater den Sohn unterstützt, oder war er dagegen gewesen, als dieser die militärische Laufbahn einschlug und sich aktiv für den Dienst in Afghanistan bewarb? Vater und Sohn hatten wahrscheinlich ausführlich darüber diskutiert. Der Junge war Minenräumer gewesen. Welhaven musste besorgt gewesen sein, weil sein Sohn so eng mit Sprengstoff in Berührung kam. Der Gedanke, was Dynamit mit einem Körper machen kann, musste ihn geängstigt haben. Und dann wurde der Alptraum Wirklichkeit. Jemand hatte den Sohn in den Tod gebombt. Der Vater hatte die Tür geöffnet und in das Gesicht eines Pfarrers schauen müssen, der ihm die Todesnachricht überbrachte.

Welhaven und seine Frau hatten gemeinsam zwei Kinder zur Welt gebracht, waren eine Familie gewesen. Die Kinder waren groß geworden. Dann starb die Mutter. Der Vater blieb mit zwei Kindern allein. Dann starb der Sohn.

Frank Frølich lehnte sich im Sessel zurück und dachte: *Der Junge ist vor etwas mehr als vier Monaten gestorben. Welhaven ist vor ungefähr einer Woche verschwunden. Könnte sein Verschwinden mit dem Tod des Sohnes zu tun haben?*

Er zeichnete ein großes T auf ein leeres Blatt Papier. Überschrift: *Selbstmord?* Auf die eine Seite des Mittelstrichs schrieb er: *Depression – zwei Todesfälle in der Familie, Ehefrau und Sohn.* Auf die andere Seite schrieb er: *Selbstmord beinhaltet, die Tochter einsam zurückzulassen, der Abstand zwischen den Todesfällen und dem Verschwinden ist mehr als drei Monate.* Unter das T-Konto schrieb er: *Eventuell auslösendes Ereignis?*

7

Gunnarstranda saß nachdenklich am Schreibtisch und wog den Fotochip in der Hand. Er überlegte, wie er sich die Bilder genauer ansehen konnte, ohne sich noch einmal Hilfe suchend an die Kollegen wenden zu müssen.

Die Tür ging auf. Abteilungsleiter Rindal steckte den Kopf herein. »Beschäftigt?«

»Nein.« Gunnarstranda legte den Chip wieder in die Schreibtischschublade und schob sie zu.

Rindal war kräftig gebaut und fast kahlköpfig, mit Resten von Locken um beide Ohren. Er erinnerte an Gene Hackman, was er auch sehr bewusst und gerne ausnutzte. Manchmal kam er tatsächlich mit dem gleichen Hut und Mantel zur Arbeit, wie sie Hackman in *The French Connection* getragen hatte.

Jetzt trug er Uniform und war schlecht gelaunt. Er warf eine kleine Akte auf den Schreibtisch und sagte: »Das Dezernat für interne Ermittlungen schlägt vor, den Fall Ivar Killi zu den Akten zu legen.«

Rindal setzte sich, bevor Gunnarstranda ihm einen Stuhl anbieten konnte.

Sie schauten sich an. Rindal fragend, Gunnarstranda abwartend.

»Was hattest du eigentlich gegen Ivar Killi?«, fragte Rindal.

»Nichts.«

Rindal nickte zur Akte. »Diese Papiere besagen etwas anderes.«

Gunnarstranda antwortete nicht.

Rindal schlug die Beine übereinander und zog sorgfältig die Hosenbeine über den Knien hoch. Der schmale Mund in seinem breiten Gesicht kräuselte sich zu einem sardonischen Hackman-Lächeln. »Findest du, dass dieses Gespräch gut anfängt?«

Gunnarstranda lehnte sich zurück, noch immer schweigend. Sie betrachteten sich abschätzend und wachsam. Schließlich brach Rindal das Schweigen.

»Kannst du mir sagen, was für ein Monster du in dem armen Kerl gesehen hast und warum?«

»Ivar Killi und ich waren im Einsatz, als uns ein Wagen gemeldet wurde, der bei einer Straßensperre nicht gehalten hatte. Gegen meine Anweisung begann Killi eine Autojagd –«

Rindal wollte unterbrechen, aber Gunnarstranda ließ ihm keinen Raum: »Killi hat sich selbst, mich und andere Verkehrsteilnehmer in Lebensgefahr gebracht, indem er fast hundertfünfzig fuhr – in einer 80er-Zone – auf dem Mosseveien. Dann hat er den Fahrer von der Straße gedrängt, das Fenster auf der Fahrerseite mit einer Maglite zerschlagen, den Fahrer mit Pfefferspray vollgesprüht und ihm mehrere Faustschläge ins Gesicht verpasst. Dann hat er angefangen, den Mann mit seiner Taschenlampe zu schlagen, sodass der am Kopf blutete und hinterher in die Unfallambulanz gefahren werden musste – in einem Krankenwagen, den ich rufen musste – gegen Killis Willen. Als ich ihn gefragt habe, warum er keinen Krankenwagen rufen wollte, hat er behauptet, der Mann brauche keine ärztliche Hilfe, er würde nur simulieren.«

Rindals sardonisches Lächeln erschien wieder. Er breitete die Arme aus. »Das Leben ist hart, wir leben in einer schwierigen Welt, und Verhaftungen sind in der Regel von Adrenalinschüben und geringen Toleranzgrenzen geprägt. Das wissen wir beide. Die Frage ist, warum du –

und zwar ausgerechnet du – so verdammt auf Killis eventuelles Fehlverhalten fixiert warst?«

Gunnarstranda beäugte Rindal skeptisch und fragte sich, worauf er eigentlich hinauswollte. Er ärgerte sich über Rindal. Das einzig Positive an ihm war sein hitziges Temperament, was ihn ehrlich machte – immerhin. Aber die Formulierung »ausgerechnet du« verriet, in welche Richtung Rindal das Gespräch drehen wollte.

»Eventuelles Fehlverhalten?«, fragte Gunnarstranda langsam.

Rindal blätterte in dem Bericht, schlug erneut fein säuberlich die Beine übereinander, ließ dann die Brille auf dem Nasenrücken hinuntergleiten, hielt inne und schielte über den Brillenrand.

»In diesem Bericht steht, der Fahrer des Wagens weigerte sich, auf Geheiß der Polizei anzuhalten. Er widersetzte sich der Verhaftung und wurde handgreiflich. Der Arzt schlussfolgerte, dass die Verletzungen ebenso gut vom Autounfall wie von der Rangelei hinterher stammen konnten.«

»Aber ich war dabei«, sagte Gunnarstranda scharf, »und ich weiß, woher die Verletzungen kamen. Jetzt ist Killi tot – er ruhe in Frieden. Als Frølich seinen neuen Job begonnen hat, hast du mir Killi an die Seite gestellt. Er war ein schicker Typ und sicherlich gut in der Schule. Aber man musste ihm die Hörner stutzen, und ich wollte nicht gezwungen werden, mit einem Idioten zusammenzuarbeiten!«

»Du sprichst über einen verstorbenen Kollegen«, sagte Rindal steif und strich sich mit zwei Fingern über den Nasenrücken. »Du hättest überhaupt nichts tun müssen. Niemand will besonders gern mit dir zusammenarbeiten. Du hättest mir eine Andeutung machen können, und ich hätte ihn augenblicklich umgesetzt.«

»Du willst die Sache also so hindrehen, als sei es *mein Problem* gewesen?«

»Der Fall ist ohnehin zu den Akten gelegt. Was ich mich frage, ist: Wenn es so verdammt wichtig war, Killi in die Schranken zu weisen, warum hast du die Sache dann nicht intern geregelt?«

»Das habe ich versucht.«

»Aber nicht genug!«

Gunnarstranda faltete die Hände und schwieg. Er begann im Stillen zu zählen und war bei zwölf angelangt, als Rindal wieder das Wort ergriff.

»Der Fahrer des Wagens war im Besitz von mehreren Dosen Amphetamin.«

»Okay«, sagte Gunnarstranda ärgerlich. »Und jetzt wird niemand erfahren, was Killis Motiv war, so auszuflippen, weil man Killi für nichts mehr zur Rede stellen kann. Was regst du dich also so auf?«

»Ich frage mich, ob man sich auf dich verlassen kann, Gunnarstranda.«

»Das fragst du dich, nach fünfundzwanzig Jahren?«

»Du bist mit Killi im Einsatz. Er macht einen Fehler, und das Erste, was du tust, ist, den armen Kerl anzuzeigen?«

Gunnarstranda holte tief Luft.

Rindal deutete Gunnarstrandas Schweigen als Zugeständnis, und das brachte ihn in Fahrt. »Du hast Killi nicht nur angezeigt. Du schreibst in deinem Bericht, er sei deiner Meinung nach für den Polizeidienst nicht geeignet. Und ich und andere mussten sich mit diesem beschissenen *Dezernat* für Disziplinarverfahren herumschlagen. Die haben Killi so verdammt unter Druck gesetzt, dass er sich über längere Zeit krankschreiben ließ. Und das Ergebnis ist ein Patt. Deine Aussagen stehen gegen Killis. Man könnte tatsächlich meinen, ihr hättet einen Konflikt gehabt, den du auf diese Weise zu lösen versuchst.«

Gunnarstranda musste grinsen.

»Und du lachst darüber? Du meinst, wir hätten Killis Ausrutscher nicht intern behandeln können?«

»Es ist nicht passiert«, sagte Gunnarstranda säuerlich. »Obwohl ich es angesprochen habe. Oder hast du vielleicht etwas unternommen? Vielleicht hattest du mit Killi so ein bescheuertes *Mitarbeitergespräch*, um auszumachen, welche Version ihr der Presse servieren würdet, wenn die Sache rauskäme?«

Rindal klappte den Mund wieder zu. Sein Gesicht war rot vor Wut. Er stand auf und sah wie ein wütender Ochse auf Gunnarstranda hinunter. Dann ging er zur Tür, drehte sich auf dem Absatz herum und sagte mit vollkommen ruhiger Stimme: »Der langen Rede kurzer Sinn: Ich frage mich, ob du der richtige Mann für diesen Fall bist, und ich bin nicht der Einzige.«

»Hältst du mich wirklich für so unprofessionell, dass ich solche Geschichten meine Arbeit beeinflussen lasse?«

Rindal schaute künstlich unschuldsvoll, als er sagte: »Ich glaube gar nichts. Aber es ist die Rede von Kompetenzschwächen. Ich als Leiter muss auch darauf reagieren.«

»Es ist die Rede davon? Wer – ganz konkret – redet so?«

Rindal überhörte die Frage und sagte: »Du weißt sicher genauso gut wie ich, dass der Polizeichef sauer ist, weil wir im Polizeibezirk Oslo bei Mordfällen nie die Kripo um Beistand bitten. Dieser Mord gehört zu der Sorte von Fällen, bei denen es richtig ist, um Unterstützung zu bitten.«

Gunnarstranda lehnte sich stumm im Sessel zurück.

»Du bist dafür bekannt, dass du mit niemandem gern zusammenarbeitest. Dieses Mal wirst du gezwungen. Die Kripo stellt Vibeke Starum frei. Das rüttelt, was dich betrifft, etwas an den Machtverhältnissen. Du wirst weiterhin an dem Fall arbeiten, aber von jetzt an ist Starum deine Vorgesetzte.«

Rindal setzte wieder sein einstudiertes Hackman-Lächeln auf.

Gunnarstranda machte ein Pokerface und neigte den Kopf. »Ich dachte, die Kripo hätte in solchen Fällen nur eine beratende Funktion?«

»Das war auch so«, grinste Rindal munter. »Aber die Verantwortung für die Ermittlungen liegt von jetzt an bei mir. Ich bin der Ermittlungsleiter.«

»Glaubst du wirklich, die Kripo und ich könnten bei diesen Ermittlungen gegensätzliche Interessen haben?«

»Aber nein. Aber es gibt zwei Sorten von Interaktion, Gunnarstranda: Die eine endet im Konflikt und die andere mündet in Zusammenarbeit. Ich kenne dich. Und das tun alle anderen in der Abteilung auch. Wenn ich die Kollegen um Unterstützung bitte, dann weil die Zusammenarbeit uns Vorteile bringt. Und die Zusammenarbeit ist dadurch gesichert, dass sie eine Angestellte freistellen, die dir übergeordnet ist.«

Rindal sah auf seine Uhr und schloss: »Ich erwarte, dass du Starum sofort ins Bild setzt.«

Rindal umfasste den Türgriff.

»Rindal.«

Der Abteilungsleiter blieb stehen und drehte sich langsam um.

»Nur noch eines – worüber ich wohl Starum auch informieren muss.«

»Und das wäre?«

»Bei der Einsatzbesprechung wurde eine Nachbarschaftsbefragung angeordnet, um Zeugen ausfindig zu machen. Ich nenne keine Namen, aber nicht alle im Team sind gleichermaßen daran interessiert zu tun, worum man sie bittet.«

Ein paar endlose Sekunden lang war es ganz still im Raum. Dann sagte Rindal giftig: »Du hörst schlecht, Gunnarstranda. Es gibt einen Mann in meiner Abteilung, der nicht zusammenarbeiten kann.« Er hob einen zitternden Zeigefinger und richtete ihn auf Gunnarstranda. »Und das bist du.«

Dann war er draußen, und die Tür schlug mit einem Knall hinter ihm zu.

Gunnarstranda wiegte sich auf dem Sessel hin und her. Es regte ihn nicht sonderlich auf, dass Rindal Externe in den Fall einbinden wollte. Was ihn aufregte, waren die Vorwürfe, auf denen dieser Entschluss beruhte.

Er wurde in seinen Gedanken unterbrochen, als die Tür sich erneut öffnete und Frank Frølich den Kopf hereinsteckte. »Wie geht's? Vermisst du jemanden, auf dem du herumhacken kannst?«

»Ich? Wo ich doch nun endlich verstanden habe, was Mao mit der Kulturrevolution wollte?«

»Rindal?«

»Er hat beschlossen, dass im Fall Killi die Kripo mitmischen soll.«

Frølich zog überrascht die Augenbrauen hoch.

»Vibeke Starum. Kennst du sie?«

Frølich schüttelte den Kopf.

»Aber ich«, sagte Gunnarstranda.

»Tüchtig?«

»Selbstverständlich.«

»Aber?«

»Was aber?«

Frølich lächelte leicht. »Es gibt immer ein Aber.«

»Sie und ich haben vor ein paar Jahren ein paar Fälle zusammen bearbeitet. Jetzt sieht es so aus, als müssten wir die Rollen tauschen.«

Frølich grinste breiter. »Die Dame hat spitze Ellenbogen? Und was sagt Rindal? Es gibt zwei Typen Polizisten. Die einen steigen auf, und die anderen treten auf der Stelle.«

Gunnarstranda lächelte nicht.

8

Vibeke Starum rief an, als Gunnarstranda beim *Bislet Kebab House* im Pilestredet in der Schlange stand. Sie teilte ihm mit, sie sitze mit Rindal im Präsidium und könne ihn in zwanzig Minuten abholen. Er unterbrach die Verbindung und winkte einem der Männer zu, die Fleisch von dem Spieß schnitten, der sich über dem Grill drehte. Der Mann wischte sich die Finger ab und reichte ihm die Hand über den Tresen. »Lammkebab, medium hot?«

Gunnarstranda nickte.

Der Mann gab die Bestellung weiter und kam hinter dem Tresen hervor. Gunnarstranda zog ihn mit sich hinaus auf die Treppe, wo sie ungestört sprechen konnten. Er sagte: »Es geht um deine Geschichte.«

Der Mann nickte. »Was ist los?«

»Salman, ich muss wissen, was du gestern Abend gemacht hast«, sagte Gunnarstranda.

»Warum?«

Der Polizeibeamte zuckte leicht mit den Schultern. »Kannst du mir nicht einfach sagen, was du gestern Abend und Nacht gemacht hast?«

»War bis elf, zwölf Uhr unterwegs. Bin nach Hause gegangen, hab ferngesehen.«

»Allein?«

Salman zuckte mit den Schultern. »Allein.«

»Hast du mit jemandem gesprochen, hat dich jemand angerufen, während du ferngesehen hast?«

Salman schüttelte den Kopf.

»Gestern Nacht wurde in Grønland ein Polizist erschossen«, sagte Gunnarstranda. »Einer, den du kanntest.«

»Killi?« Salman versank in Gedanken und sah mit leeren Augen in die Luft.

Aus der Bude rief jemand. Gunnarstrandas Kebab war fertig. Sie gingen hinein. Salman trat wieder hinter den Tresen und sprach in einer fremden Sprache mit seinen Kollegen. Es gab Aufruhr.

Gunnarstranda hievte sich auf einen Hocker am Fenster. Die drei Männer kamen nacheinander zu ihm herüber. »Sie müssen verstehen: Salman hat dem Polizisten nichts getan. Salman könnte nicht einmal ein Insekt umbringen.«

Gunnarstranda kaute und schluckte. »Ich will nur, dass er aufschreibt, wo er gestern Abend war. Mit wem er zusammen war, die Telefonnummern. Es geht darum, Leute auszusortieren, die die Polizei *nicht* zu verdächtigen braucht. Wenn Salman von der Liste gestrichen werden will, muss er alles auf einen Zettel schreiben und ihn mir geben.«

Salman leckte einen Bleistift an und begann zu schreiben.

Gunnarstranda blieb auf dem Hocker sitzen, bis ein roter Toyota vor dem Bordstein anhielt. Ein Arm gab von innen ein Zeichen. Gunnarstranda schluckte einen letzten Bissen hinunter und warf dann die Reste und das Papier in den Abfalleimer an der Wand.

Er griff sich im Vorbeigehen Salmans Zettel, winkte den Männern hinter dem Tresen zu und ging hinaus.

Vibeke Starums markantes Gesicht mit den scharfen Linien und der Adlernase wirkte wie immer unpassend im Rahmen der langen, blonden Haare, die eher zu einem zwanzig Jahre jüngeren Fotomodell gepasst hätten. Sie beobachtete im Seitenspiegel, als er einstieg. »Erzählen Sie, was gibt es bis jetzt für Informationen?«

»Danke, mir geht es auch gut«, sagte Gunnarstranda und legte den Sicherheitsgurt an. »Ich habe ein paar Zeugen verhört und seine Wohnung durchsucht.«

»Ich dachte, wir fahren jetzt mal hin.«

»Sie fahren, Sie bestimmen.«

Sie warf ihm einen kühlen Blick zu, machte einen U-Turn zurück in Richtung Bislet. »Komisch, wieder in Grønland zu sein«, sagte sie. »Lebendiger als bei uns, aber bei der Kripo haben wir bessere Büros.«

Gunnarstranda betrachtete den Verkehr.

»Ja?«, sagte sie schließlich.

»Was, ja?«

»Geben Sie mir die neusten Infos.«

»Keine Augenzeugen bis jetzt. Wir haben eine Kellnerin aus dem *Asylet*, die einem Kunden hinterhergerannt ist, der mit einem Glas nach ihr geworfen hatte. Wir haben einen Gast, dem bei der Schlägerei, kurz bevor der Schuss fiel, ein Arm gebrochen wurde. Nichts deutet darauf hin, dass Killi im *Asylet* gewesen ist. Wir wissen auch nicht, warum er sich auf dem Grønland Torg befand. Wir haben es noch nicht geschafft, Zeugen aufzutreiben, die gesehen haben, wer geschossen hat, oder die sonst etwas von der Schussszene mitbekommen haben. Wir glauben zu wissen, dass der Kerl, hinter dem die Kellnerin hergelaufen ist, Krach geschlagen hat, weil sie sich geweigert hatte, ihn zu bedienen. Zwei Kumpel kamen mit einem Audi angefahren, und es gab ein Handgemenge – daher der gebrochene Arm. Die Schlägerei soll sich über die Straße bis auf den Platz ausgeweitet haben, manche haben sich auf dem Platz geprügelt, und andere haben im Tøyenbekken in Richtung Busbahnhof randaliert. Auf dem Platz knallte ein Schuss. Wenige Minuten später kam ein Krankenwagen und Killis Tod wurde festgestellt.«

»Die Randalierer gehörten zu einer Bande, habe ich gehört?«

»Einige behaupten das. Im Laufe der Nacht wurde eine Reihe von Waffen beschlagnahmt, und es gab einige Festnahmen. Alle müssen erklären, wo sie sich zum aktuellen Zeitpunkt befanden. Bis jetzt kein Treffer. Ein Auto mit Osloer Nummer wurde mit drei Insassen auf der E6 auf dem Weg nach Svinesund angehalten. Alle drei sind vorbestraft. Und alle haben, wie es jetzt heißt, einen Migrationshintergrund. Einen der drei hat die Kellnerin vom *Asylet* als den Randalierer identifiziert, einen gewissen Darak Fares. Er sollte also gründlich vernommen werden. Außerdem haben wir Leute, die in den Häusern um den Platz herum von Tür zu Tür gehen.«

»Es muss Zeugen geben«, sagte Starum. »Unter den Anwohnern.«

»Mehrere haben mitbekommen, dass es Krach gab, aber niemand hat – bis jetzt – die Schussszene gesehen.«

»Killi war krankgeschrieben wegen einer Disziplinargeschichte, stimmt's?«

Gunnarstranda wandte sich ihr zu. Sie wechselten einen Blick. »Warum?«, fragte er bedächtig.

»Ein Mann wurde verletzt, als Killi ihn vor ein paar Monaten verhaftet hat. Müsste nicht erst mal geprüft werden, ob der was damit zu tun hat?«

Gunnarstranda holte den Zettel aus der Tasche, den Salman ihm gegeben hatte. »Hab mit ihm gesprochen. Er behauptet, er habe in einem kurdischen Kulturzentrum in der Storgata Billard gespielt, bis circa zehn Uhr abends. Dann nahm ihn jemand mit nach Hause und er hat ferngesehen, allein, bis ungefähr Mitternacht, dann ist er ins Bett gegangen.«

»Er hat also kein Alibi?«

»Sieht nicht so aus.«

»Und war er an dem Abend in der näheren Umgebung?«

»Kommt drauf an, wie Sie nähere Umgebung definieren. Es ist ein gutes Stück von der Storgata bis nach Grønland.«

Sie waren am Ziel. Gunnarstranda zeigte mit dem Finger. »Das doppelstöckige rote Haus.«

Vibeke Starum hielt vor dem Zaun und fragte: »Das ganze Haus?«

»Nur das Untergeschoss. Haben Sie einen Schraubenzieher?«

»Schraubenzieher?«

»Um die Tür aufzumachen.«

»Hatte Killi keine Schlüssel bei sich?«

»Nein.«

Starum bekam eine nachdenkliche Falte auf der Stirn. »Merkwürdig, er wollte doch sicher noch nach Hause an dem Abend.«

»Wir haben es als etwas ungewöhnlich vermerkt, ja.«

Gunnarstranda öffnete die Wagentür und stieg aus. Vibeke Starum öffnete die Heckklappe und holte den Werkzeugkasten neben dem Reserverad heraus und reichte ihm einen Schraubenzieher. »Tut der's?«

Gunnarstranda nickte.

»Killi hatte seine Uhr, sein Handy und Geld dabei, als er gefunden wurde, also wurde er nicht ausgeraubt«, überlegte Starum und ging voran zum Haus. »Kann der Täter die Hausschlüssel an sich genommen haben?«

»Das ist möglich, oder er hat sie verloren, besoffen, wie er war«, sagte Gunnarstranda kühl. »Killi muss ordentlich Promille gehabt haben. Die Leiche stank nach Alkohol.«

»Und wo hat er sich besoffen?«

»Keine Ahnung. Wir haben ja sein Handy, vielleicht kann uns das helfen. Habe einen Ausdruck der Funkstationen bestellt, die Signale seines Handys empfangen haben.« Gunnarstranda lehnte sich gegen den Türrahmen und drückte das Schnappschloss auf. »Entrez!«

Kaum war er eingetreten, erstarrte er. »Rühren Sie nichts an!«

»Das entscheide ich, Gunnarstranda, und dies ist kein Tatort.«

»Es lag ein PC auf dem Tisch, ein Laptop«, sagte Gunnarstranda und fuhr sich mit einem Finger nervös über die Lippen. »Er ist weg.«

Sie gingen hinein. Der Diebstahl war deutlich erkennbar. Die ganze Tischplatte war mit einer feinen Staubschicht bedeckt, abgesehen von einem blanken, schwarzen Rechteck, wo der Computer gelegen hatte.

»Die Person, die Killis Schlüssel genommen hat, ist hier reingekommen und hat den PC geholt«, schlussfolgerte Vibeke Starum.

Gunnarstranda schwenkte den Schraubenzieher. »Reingekommen oder eingebrochen.« Er ging in den Flur und die Treppe hinauf. Er klingelte, aber ohne Erfolg. Er klingelte noch einmal. Starum stand hinter ihm und sah ihn an.

»Die Hausbesitzerin«, erklärte er. »Eine ältere Dame. Aber sie scheint nicht zu Hause zu sein.« Er klingelte noch einmal. Endlich wurde die Tür vorsichtig geöffnet.

Vibeke Starum kam die letzten Stufen herauf, als Gunnarstranda sich auswies. »Erkennen Sie mich wieder?«, rief er. »Ich war heute schon einmal hier.«

Die Frau nickte zögernd. »Sie brauchen nicht zu schreien. Ich habe das Gerät an.« Sie zeigte auf ihr Ohr.

Starum ergriff das Wort. »Haben Sie gesehen, ob jemand den Mann, der unter Ihnen wohnt, heute besucht hat, nachdem dieser Polizeibeamte«, sie nickte Gunnarstranda zu, »hier gewesen ist?«

Die Frau schüttelte den Kopf.

»Sind Sie sicher?«, fragte Gunnarstranda. Sie nickte.

Die beiden Ermittler sahen sich vielsagend an. Gunnarstranda sagte: »Ihr Untermieter ist tot. Er wurde heute Nacht erschossen.«

Die Frau starrte ihn mit leerem Blick an.

»Sie wussten, dass Killi Polizist war?«

»Ist er tot?«

»Ja, tot, von einem unbekannten Täter ermordet.«

Die Frau wirkte immer noch verwirrt.

»Erinnern Sie sich, wann Sie ihn zum letzten Mal gesehen haben?«

»Nein … Gestern? Ich weiß es nicht, vielleicht vorgestern. Ich bin nicht so oft draußen. Ich bleibe meist im Haus. Ich weiß es nicht.«

»Wissen Sie, ob er gestern oder in den letzten Tagen Besuch hatte?«

Die Frau zeigte auf ihr Hörgerät. »Wissen Sie, ich bekomme nicht so viel mit.«

»Hören Sie, wenn jemand ins Haus kommt?«

Die Frau dachte nach und schüttelte schließlich den Kopf.

»Haben Sie heute jemanden kommen oder gehen sehen?«

»Nein.«

»Und sein Umgang, wissen Sie, ob Killi regelmäßig Besuch von einer Freundin oder besonderen Personen hatte?«

Die Frau schüttelte den Kopf.

»Wie war es in den letzten Tagen, haben Sie Killi da mit jemandem zusammen gesehen – zum Beispiel mit jemandem, den Sie vorher noch nicht gesehen haben?«

Sie schüttelte wieder den Kopf. »Tut mir leid, ich bin Ihnen offenbar keine besondere Hilfe.«

Starum drehte sich um und wollte gehen. Die Frau schickte sich an, die Tür zu schließen. Gunnarstranda wollte noch nicht sofort aufgeben und fragte: »Haben Sie einen Schlüssel zu seiner Wohnung?«

Sie hatte es offenbar nicht gehört. Die Tür knallte zu. Ärgerlich hob er den Finger, um noch einmal zu klingeln, als Starum einschritt. »Kommen Sie, quälen Sie sie nicht. Meine Güte, sie muss ja den Schock ihres Lebens bekommen haben.«

Sie gingen die Treppe hinunter und verließen das Haus.

9

Der Montag begann ebenso heiß, wie der Sonntag geendet hatte. Ein Tag für Shorts und kurze Ärmel. Die Menschen, die hereinkamen, rochen nach Sonne und Schweiß. Frank Frølich träumte von einem Badeausflug nach Feierabend nach Huk oder Ingierstrand, verbrachte allerdings den Vormittag damit, das gesamte Material, was er bislang über Welhavens letzte Aktionen gesammelt hatte, zu systematisieren. Als die Mittagspause nahte, stand er auf, sah aus dem Fenster und stellte fest, dass schon der Gedanke daran, sich im Auto oder mit der Straßenbahn durch die Stadt zu bewegen, ihm Schweißausbrüche verursachte, und er nicht die geringste Lust dazu hatte.

Um überhitzte und verspätete Verkehrsmittel zu vermeiden, hatte Frank Frølich ein Abonnement für Mietfahrräder. In der Munkegata fand er ein freies Rad an einem Ständer und strampelte in etwas mehr als zwanzig Minuten nach Briskeby. Er erreichte das Restaurant fast pünktlich.

Es gab Dinge, die Frank Frølich direkt durch Mark und Bein fuhren. Heiße Gitarrenriffs. An zweiter Stelle kam dann bald schon ein schönes, kaltes Bier. Und auch Frauenbeine in engen Jeans – auf hohen Absätzen – hatten für ihn etwas magisch Anziehendes.

»Frølich?« Die Frau mit den langen Beinen hatte einen breiten Mund und sah ihn aus etwas schrägen Augen an, als er ihre ausgestreckte Hand ergriff. Ihr Haar war dunkel, voll und schulterlang. Ihr Bauch wurde von einer riesigen Gürtelschnalle geschützt, die die Blicke auf sich zog.

»Ich habe mir Psychologen immer als etwas ältere Herren mit Uhrkette über der Weste und Spitzbart vorgestellt«, sagte er keck.

»Auch ältere Herren mit Uhrkette und Spitzbart waren einmal jung und frisch examiniert«, sagte sie in einem sehr abgeschliffenen Trøndelag-Dialekt.

»Sind Sie frisch examiniert?«

»Soll das ein Kompliment sein?«

Frølich war darauf nicht vorbereitet. Da ihm keine schlagfertige Replik einfiel, fingerte er an der Serviette herum und sah sich im Lokal um.

Sie zeigte die Zähne in einem kurzen Lächeln und fügte hinzu: »Ist schon merkwürdig. Aber ich habe tatsächlich über zehn Jahre Praxis hinter mir.«

Er ergriff die Chance, sich am Fall festzuhalten. »Wie lange hatten Sie Arne Werner Welhaven in Therapie?«

Zögernd sagte sie: »Bevor wir anfangen, muss ich leider einiges herunterleiern, was Sie sicherlich schon oft gehört haben: Ich unterliege der Schweigepflicht. Im norwegischen Gesundheitswesen gibt es viele merkwürdige Dinge, aber was die Schweigepflicht angeht, sind wir gut erzogen.«

Frank Frølich nickte und leierte seinerseits seinen Spruch herunter: »Welhaven ist verschwunden, und es besteht die Möglichkeit, dass er einer kriminellen Handlung zum Opfer gefallen ist. Deshalb sucht die Polizei nach allen Anhaltspunkten, die diese Möglichkeit entweder ausschließen oder bestätigen können.«

Sie sah ihn einen Moment lang an. »Sind Sie mit dem Wagen da?«

»Nein.«

Plötzlich stand eine Kellnerin neben ihnen. »Ein Glas Chablis für mich«, sagte sie und sah Frølich fragend an.

»Mineralwasser«, sagte er und fühlte sich wie ein Pfarrer.

Sie betrachtete ihn aufmerksam. Ihre Augen waren eher grün als braun.

»Also, was können Sie mir über Welhaven berichten?«, fragte er locker.

»Das kommt darauf an, wonach Sie mich fragen.«

»Vorläufig ist noch nicht auszuschließen, dass sich Welhaven das Leben genommen hat.«

Die Kellnerin kam mit den Getränken. Maria Hoff bestellte einen Salat, und er nickte ebenfalls zustimmend.

Als die Kellnerin wieder gegangen war, sagte sie: »Das Beste wird wohl sein, wenn Sie konkrete Fragen stellen, dann werde ich antworten, so gut es geht.«

»Wie lange hatten Sie Welhaven in Therapie?«

»Zwei Jahre.«

Er zog überrascht die Augenbrauen hoch. »Zwei Jahre?«

»Ja, zwei Jahre.«

»Warum ist Welhaven damals zu Ihnen gekommen?«

»Hier hindert mich leider die Schweigepflicht zu antworten.«

Sie zwinkerte ihm über den Rand ihres Glases zu, und er fragte sich, was sie mit dieser Koketterie eigentlich bezweckte. Er war verdammt noch mal Polizeibeamter. Und der Vermisste hatte seine gequälte Seele jede verdammte Woche vor ihr ausgebreitet. Wenn jemand wusste, was im Kopf von Welhaven vorgegangen war, dann ja wohl sie.

Die Kellnerin brachte den Salat. Maria Hoff genoss den Anblick und kommentierte Farben und Zutaten.

Frank Frølich fand, dass der Koch mit dem Hähnchen gegeizt hatte. Er sagte es aber nicht, sondern bat um mehr Brot.

Die Tür ging auf. Fride Welhaven kam herein. Als sie erkannte, wer an seinem Tisch saß, ging sie einfach an ihnen vorbei auf die Toilette. Maria Hoff starrte forschend in Frølichs Gesicht und lächelte leicht. »Kennen Sie die Frau?«

Frølich lächelte leicht zurück. »Vielleicht kennen Sie sie?«, fragte er zurück und brach ein Stück vom Brot ab. Es war frisch und schmeckte gut.

Sie schüttelte den Kopf.

Er sagte: »Ich weiß, wer sie ist, aber ich kenne sie nicht. Es ist Welhavens Tochter.«

Die Psychologin zog die Augenbrauen hoch und sah eine Weile nachdenklich vor sich hin.

»Ich habe sie um ein Treffen gebeten«, gestand Frølich. »Wenn wir beide fertig sind, werde ich mit ihr sprechen.«

Sie betrachtete ihn forschend über ihr Weinglas hinweg. »Sie sind Polizeibeamter, das merke ich.«

Frølich nutzte die Chance, um zu fragen: »Kennen Sie jemanden aus Welhavens Umfeld, Familienmitglieder oder Kollegen?«

»Als Therapeutin kenne ich sowohl Welhaven als auch seine Familie besser als die meisten anderen, aber gesehen habe ich seine Tochter gerade zum ersten Mal. Ich käme niemals auf die Idee, jemanden aus dem Umfeld oder der Familie meiner Klienten aufzusuchen, nein.«

Eine Tür schlug zu. Fride Welhaven kam auf dem Weg nach draußen wieder an ihrem Tisch vorbei.

»Sie scheint nicht besonders an einem Gespräch interessiert zu sein«, sagte Hoff, als die Tür sich hinter ihr geschlossen hatte.

»Jedenfalls ist sie gekommen«, sagte er. »Hat Welhaven Ihnen gegenüber jemals von Selbstmord gesprochen?«

Sie nickte.

»Könnten Sie dieses Nicken etwas erläutern?«

»In der letzten Zeit drehten sich unsere Gespräche häufig um den Todestrieb, den Sinn des Lebens. Die Frau, die hier gerade vorbeigegangen ist, hatte einen Bruder.«

»Der von einer Autobombe getötet wurde, ich habe davon gehört.«

»Es ist noch nicht lange her. Sein Tod hat Welhaven sehr mitgenommen.«

»Wie war die Beziehung zwischen Vater und Sohn?«

»Jetzt wird das Eis wieder dünn.«

»Sie können nichts über das Verhältnis der beiden sagen?«

»Ich glaube nicht, dass ich Welhavens Erlaubnis habe, darüber zu sprechen, nein.«

»Aber Sie haben sich über Selbstmord unterhalten. Halten Sie es für ein wenig wahrscheinlich oder für völlig unwahrscheinlich, dass er sich das Leben genommen hat?«

»Darauf zu antworten wäre reine Spekulation.«

»Also halten Sie es nicht für völlig unwahrscheinlich?«

»Ich passe.«

Sie dachte einen Moment nach und sah in ihr Glas, das zwischen ihren langen, schlanken Fingern rotierte.

Er bemerkte, dass sie keinen Ring trug.

»Welhaven befand sich seit längerer Zeit in einer depressiven Phase«, sagte sie. »Das hatte sicherlich auch mit dem Tod seines Sohnes zu tun. Aber sein Tod ist nur ein kleiner Teil eines größeren Komplexes. Ich hatte übrigens den Eindruck, dass er sich gerade aus der Depression herausbewegte. Deshalb war ich sowohl sehr überrascht als auch beunruhigt, als ich hörte, dass er verschwunden ist. Und das ist eigentlich alles, was ich sagen kann. Tut mir leid, Frølich, aber weiter kann ich nicht gehen, glaube ich.«

»Wann hatte er seinen letzten Termin?«

»Vor vierzehn Tagen. Er hätte übrigens auch heute einen gehabt.« Sie räusperte sich. »Letzte Woche hat er versucht, mich anzurufen.«

»Wann?«

»Ganz am Anfang. Ich habe oft den Anrufbeantworter eingeschaltet, und er hatte mich gebeten, ihn zurückzurufen. Ich habe es ein paar Mal versucht, ohne Erfolg.«

»Was glauben Sie, was er wollte?«

»Ich habe angenommen, er wollte den nächsten Termin irgendwie verschieben. Das ist früher auch schon vorgekommen.«

Sie hatte das meiste vom Salat liegen gelassen. Frølich hatte jeden Krümel aufgegessen und war immer noch hungrig.

»Eine letzte Frage. Hat er Ihnen jemals erzählt, dass er sich vor jemandem fürchtet, dass ihn jemand bedroht hat oder dass er nur befürchtet, jemand wolle ihm etwas antun?«

»Nie.«

»Möglicherweise muss ich Sie später noch einmal offizieller verhören.«

»Dann ist es wohl nicht zu ändern.«

Frank Frølich stand auf. »Ich werde mich sicher wieder melden«, sagte er und ging auf die Glastür zu. Die Kellnerin hielt sie ihm auf. Er hielt inne. Fride Welhaven war nirgends zu sehen. Er ging hinaus. Es war klar: Sie war gegangen.

10

Vibeke Starum und Gunnarstranda verfolgten die Schlussphase von Killis Obduktion über einen Flachbildschirm im Kontrollraum. Der Gerichtsmediziner kam zu dem Schluss, dass Killi an den Folgen der Schussverletzung gestorben war. Ein einziger Schuss – in die Hauptschlagader am Herzen. Der Gerichtsmediziner kommentierte eine Weile den Winkel zwischen dem Einschussloch und der Stelle, wo das Projektil den Körper wieder verlassen hatte. Schwenke wollte keine Schlussfolgerungen formulieren. Er nahm nur an, dass Killi auf der Bank gesessen und der Täter vor ihm gestanden hatte, als der Schuss fiel. Aber da die Waffe offenbar aus sehr großer Nähe abgefeuert worden war, konnte der Winkel ebenso durch die Position der Waffe wie durch die unterschiedliche Position von Opfer und Täter zu erklären sein.

Gunnarstranda fragte, ob Schwenke etwas über Killis Alkoholspiegel sagen könnte.

»Er war sternhagelvoll. Mehr ist dazu nicht zu sagen.«

Ruben Andresen liebte Handfeuerwaffen. Diese Liebe erwuchs aus einer angeborenen Begeisterung für Ingenieurkunst und Handwerkstraditionen. Er war fasziniert von gedrehten, gefeilten und polierten Metallteilen, die ineinanderfassten – von der millimetergenauen Präzision, die Schließ- und Auslösemechanismen in älteren und neueren Handfeuerwaffen kennzeichnete. Er verglich fein konstruierte Handfeuerwaffen gern mit Schmuckstücken. Manche waren schwer und prunkvoll. Andere waren ganz anonym. Aber sie konnten auch elegant, feminin, klassisch oder traditionell sein – oder annähend perfekt – aus ästhetischer oder künstlerischer Perspektive betrachtet. Handfeuerwaffen stellten immer einen Kompromiss zwischen Funktionalität und Design dar.

Ruben Andresen pflegte seine Leidenschaft sowohl privat als auch beruflich. Er war ein eifriger Jäger, der seine eigene Munition herstellte, und er war Ballistikexperte. Jetzt wollte er den Ermittlern dringend mitteilen, was er herausgefunden hatte. Doch Gunnarstranda und Starum waren verspätet. Er hatte fast eine Viertelstunde gewartet.

Als sich die Tür schließlich öffnete, erhob sich Andresen halb von seinem Stuhl, und sie gaben sich über dem Tisch die Hand.

»Nun ist es also klar«, sagte Starum mehr zu sich selbst als zu den beiden anderen, als sie sich gesetzt hatte, »Ivar Killi ist an den Schussverletzungen gestorben.«

Sie nickte Andresen zu, der ein Papier vom Stapel auf dem Tisch nahm und begann: »Die Kugel wurde aus großer Nähe abgefeuert. Kaliber 45, und das ist, wie Sie sicher beide wissen, ein sehr schweres Kaliber.« Andresen hob ein paar Plastiktüten hoch und sagte: »Ich habe ein paar Beispiele dabei.«

Starum fragte: »Aufgesetzt?«

Andresen nickte. »Mit großer Wahrscheinlichkeit, ja. Die Waffenmündung war in Berührung mit der Jacke des Opfers.«

Andresen litt unter kleinen Ticks, wenn er mit Unkundigen über fachliche Dinge sprach. Das führte dazu, dass er ständig mit den Schultern rollte, als würde er einen unangenehm kratzenden Pullover tragen. Jetzt machte er diese Bewegung ununterbrochen, während er fortfuhr: »Wir haben es mit einer Waffe zu tun, die acht Spuren im

Lauf hat, acht linksdrehende Spuren, was meines Erachtens sehr günstig ist.« Er sah wieder auf und versuchte nicht zu lächeln, ohne Erfolg. Er zitterte innerlich vor unterdrückter Freude und wollte endlich mitteilen, was er herausgefunden hatte. Aber die unübersehbare Freude löste bei seinen Zuhörern nicht den leisesten Hauch einer Reaktion aus. Die Stimmung zwischen Gunnarstranda und Starum war gedrückt. Andresen räusperte sich erneut: »Die Spurbreite im Lauf ist auch außergewöhnlich –«

Vibeke Starum unterbrach ihn: »Wir brauchen eigentlich keine Details aus Ihrem Bericht. Können Sie sagen, mit was für einer Waffe er erschossen wurde?«

Ruben Andresen senkte den Blick. Die Chance, unter diesen Bedingungen auf den richtigen Waffentyp zu schließen, war minimal. Der Schlüssel zu der Information lag versteckt in einer Kombination aus hochkarätiger Fachkompetenz und feinstem Handwerk. Andresen wusste es – er wusste, dass es in diesem Land nur einen einzigen Menschen gab, der das hatte herausfinden können, nämlich ihn selbst. Ihnen den Waffentyp zu servieren sollte die Krönung seines Werkes sein. Ein Geschenkpäckchen, serviert auf einem Silbertablett. Doch Vibeke Starum hatte ihm den Wind aus den Segeln genommen. Andresen hatte plötzlich keine Lust mehr, ihr zu erzählen, was er wusste. Er holte tief Luft und fühlte sich wie ein norwegischer Gourmet, der gezwungen war, Touristen einen perfekt zubereiteten Schafskopf aufzutischen, die beim Anblick des Essens nur Grimassen schnitten und sich erbrechen mussten. Er sagte: »Mit großer Wahrscheinlichkeit, ja.«

Er blinzelte von einem zum anderen. Sein Mund war ein einziges, großes, verspieltes Lächeln.

Doch auch damit erntete er keine Reaktion.

»Was für eine Waffe war es?«, fragte Starum trocken. »Bevor wir schlussfolgern, ob dieser Fund ein Beweis ist oder nicht, möchte ich die Schlussfolgerung gerne untermauern –«

Starum unterbrach ihn: »Das ist eigentlich nicht nötig. Das Grundlagenmaterial können Sie aufschreiben, damit ich es später lesen kann. Erzählen Sie mir, mit was für einer Waffe er erschossen wurde.«

Andresen begegnete Gunnarstrandas Blick. Er starrte ungerührt zurück.

Andresen blinzelte und sagte: »Die Mordwaffe war aller Wahrscheinlichkeit nach eine *Thompson Contender.*«

»Was für eine Waffe ist das?«, fragte Starum schnell.

»Ein Revolver, bei dem der Schütze je nach Bedarf den Lauf und das Kaliber wechseln kann.«

»Je nach Bedarf?«

»Es ist eine Wettkampfwaffe.«

Starum schwieg und Andresen fuhr fort: »Der Waffentyp erklärt auch, warum die Kollegen am Tatort keine leere Patrone gefunden haben. Die TC ist eine Waffe ohne Magazin. Sie wird bei jedem Schuss neu geladen und wird gern für Silhouettenschießen und –«

»Okay«, unterbrach ihn Starum ungeduldig. »Ist es eine gewöhnliche Waffe?«

Andresen sah sie verständnislos an. »Gewöhnlich?«

»Ja, ist es eine Waffe, die viele Sportschützen verwenden?«

»Davon habe ich nicht die geringste Ahnung.«

»Aber sie wird in Norwegen verkauft.«

»Ja.«

»Was sagt die Wahl der Waffe über den Täter aus?«, fragte Starum und fügte hinzu: »Wenn der Mord geplant war, ist der Täter dann ein Risiko eingegangen, indem er diese Waffe verwendet hat, die nur einen Schuss zur Zeit abfeuern kann?«

Andresen hielt den Kopf schief. »Der Täter konnte

sich des Ergebnisses ziemlich sicher sein, wenn er aus so großer Nähe schoss.«

»Wenn der Mord geplant war«, sagte Gunnarstranda.

Vibeke Starum wandte sich wieder in seine Richtung. »Was?«

»Vielleicht ging der Schuss aus Versehen los. Der Effekt wäre der gleiche.«

»Aus Versehen?«

»Wenn beispielsweise einer eine Waffe kaufen wollte, und der andere wollte verkaufen.«

Starum sah ihn einen Moment lang an. »Haben Sie auch nur den geringsten Anlass dafür, so etwas zu behaupten?«

»Ich weiß, dass Killi ein aktiver Sportschütze war«, sagte Gunnarstranda. »Zwei Dinge finde ich auffällig. Erstens, dass wir in seinem Waffenschrank nur zwei Gewehre gefunden haben, keine Handfeuerwaffe, und zweitens, dass er mit einer Wettkampfpistole erschossen wurde.«

»Solche Spekulationen sollten Sie wohl lieber dem Staatsanwalt überlassen, wenn wir so weit sind, Gunnarstranda.«

Gunnarstranda lächelte Andresen zu und stand auf. »Das überlasse ich Ihnen«, sagte er ärgerlich und ging hinaus.

Auf dem Weg zu Vibeke Starums Büro nahmen sie den Fahrstuhl. Keiner von beiden sagte ein Wort.

Die Fahrstuhltür öffnete sich im richtigen Stockwerk. Lena Stigersand ging am Fahrstuhl vorbei auf die Treppe zu. »Lena«, sagte Gunnarstranda.

Lena Stigersand blieb stehen und drehte sich um.

»Du hast doch zusammen mit Ivar Killi Schießtraining gemacht, oder?«

»Manchmal, ja.«

»Welche Waffen werden da gewöhnlich am häufigsten benutzt?«

»Ganz unterschiedlich.«

»Kennst du jemanden, der eine *Thompson Contender* benutzt?«

»Ivar hatte jedenfalls eine.«

Lena Stigersand sah von Gunnarstranda zu Vibeke Starum und wieder zurück. »Wieso?«

Vibeke Starum machte auf dem Absatz kehrt. Gunnarstranda zuckte mit den Schultern und folgte ihr.

Sie setzte sich hinter den Schreibtisch und sagte: »Sie haben doch aufgeschrieben, welche Waffen sich in der Wohnung befanden, oder?«

Gunnarstranda nickte, von der Tür her.

»Könnte er mit seiner eigenen Waffe erschossen worden sein, von jemandem, den er kannte?«

»Wenn er mit seiner eigenen Waffe erschossen wurde, dann ist es merkwürdig, dass sich die Waffe auf dem Grønland Torg befand und nicht in seinem Waffenschrank, wo sie hingehörte. Man kann viel über Ivar Killi sagen, aber was Waffen und Sicherheit angeht, war er nicht schlampig.«

Sie verfielen in Schweigen. Dann sagte Gunnarstranda langsam: »Wenn aus norwegischen Wohnungen Waffen verschwinden, dann, weil sie gestohlen werden. In neun von zehn Fällen – mindestens.«

Er ging wieder in sein eigenes Büro und rief Mustafa Halal an. Aber Mustafa war nicht erreichbar. Seine Frau erzählte, er sei auf einer Auktion. Gunnarstranda sah auf die Uhr und fasste einen Entschluss.

Eine halbe Stunde später lief er die Treppe zum Pfandbüro in der Prinsens Gate hinauf. Es fand gerade eine Auktion von verpfändeten Gegenständen statt, und der

Gebrauchtwarenhändler saß in der ersten Reihe. Mustafa stach wegen seiner Kleidung hervor. Er war der einzige Mann im Raum, der täglich im Anzug erschien. Und wahrscheinlich war er auch der einzige Einwanderer in Oslo Mitte, der eine Fliege trug. Gunnarstranda gab Mustafa ein Zeichen. Der schüttelte abwehrend den Kopf. Der Auktionator sagte: »Dreihundertfünfzig zum Ersten, zum Zweiten.« Mustafa hob einen Finger. »Vierhundert Kronen.«

Der Auktionator sagte: »Geboten sind vierhundert Kronen, habe ich vierhundertfünfzig gehört? Vierhundertfünfundzwanzig? Vierhundertzehn?«

Niemand reagierte.

»Vierhundert zum Ersten, zum Zweiten, zum Dritten.« Der Hammer schlug auf den Tisch.

Mustafa stand auf und ging zur Tür.

Sie gaben sich die Hand, und Mustafa nutzte die Gelegenheit, um das Handgelenk des Polizeibeamten zu umfassen. Er flüsterte: »Ich habe eine original *Breitling Crosswind* von 2002 an der Hand, original verpackt und mit allen Zertifikaten, Neupreis über dreißigtausend. Du kriegst sie für achtzehntausend. Sie ist kaum gebraucht, von einem Sammler, der nie länger als zwei Monate lang dieselbe Uhr trägt, ich –«

»Ich bin sehr zufrieden mit meiner alten Certina«, unterbrach ihn Gunnarstranda und machte sein Handgelenk frei. »Sie ist noch keine Minute falsch gegangen, seit ich sie vor vierzehn Jahren geschenkt bekommen habe.«

Mustafa gab nicht so schnell auf. »Ich spreche von unvergleichbarem Präzisionshandwerk, wasserdicht bis dreihundert Meter, ein Schmuckstück für deine Hand bei großen Anlässen –«

»Mustafa«, unterbrach ihn Gunnarstranda.

»Ja?«

»Es geht um eine Handfeuerwaffe, eine *Thompson Contender*. Kennst du den Typ?«

»Vom Hörensagen.«

»In letzter Zeit?«

»Nein.«

»Keine Nachfragen?«

»Nein.«

»Wenn du davon hörst, dass jemand eine solche Waffe findet, jemand, der sie verkaufen will oder eine solche Waffe gefunden hat, will ich es wissen.«

Mustafa nickte zustimmend und warf dann einen Blick über seine Schulter. Drinnen hob der Auktionator ein Bündel Silberbesteck. »Die Runde mache ich mit«, sagte Mustafa und griff nach Gunnarstrandas Hand. »Denk drüber nach!«

»Worüber?«

»Über das Angebot. So eine Chance kriegst du nicht wieder.«

Es wurde langsam spät, und Gunnarstranda wollte Feierabend machen. Da ging die Tür. Frank Frølich lehnte sich gegen den Rahmen.

»Was gibt's Neues unter der Sonne?«

»Kommt drauf an, worauf du hinauswillst«, sagte Gunnarstranda und zog die Schreibtischschublade heraus. »Ein neuer Mord ist nur eine Variation von etwas, das es nun einmal gibt und das es schon zu allen Zeiten gegeben hat.« Er hielt inne. Sah in die Schublade. Runzelte die Stirn.

Frølich lehnte sich an die Wand. »Was ist?«

Gunnarstranda wühlte in der Schublade. »Warst du an meiner Schublade?«

Frølich grinste und schüttelte herablassend den Kopf. »Ich? An deiner Schublade? Freiwillig?«

»Er ist weg«, sagte Gunnarstranda leise. »Der verdammte Chip. Jemand hat ihn geklaut!«

»Was für ein Chip?«

»Die Fotos, der Chip aus Killis Kamera.«

»Ich habe keine Ahnung, wovon du sprichst.«

»In Killis Wohnung lag eine Kamera. Ich habe den Chip rausgenommen, um die Bilder entwickeln zu lassen, aber er ist nicht mehr da.«

Frank Frølich sah ihn ungläubig an.

»Stell jetzt keine idiotischen Fragen«, sagte Gunnarstranda kühl. »Es war eine Digitalkamera. Ich habe den Chip rausgenommen, und ich weiß, dass er gestern noch hier in dieser Schublade war. Und ich weiß auch, dass ich ihn nirgends anders hingelegt habe. Aber jetzt ist er weg.«

»Vielleicht ist das eine idiotische Frage, aber das ist doch ein Beweisstück. Hast du ihn nicht vielleicht bei der Asservatenstelle abgegeben?«

»Nein.« Gunnarstranda schob die Dinge in der Schublade hin und her. »Ich hab es nicht geschafft. Musste die ganze Zeit hinter der Madame von der Kripo herrennen und hab es völlig vergessen.«

»Hast du dir die Fotos angesehen?«

»Einige davon.«

»Relevant?«

»Möglicherweise. Sie waren ziemlich merkwürdig.«

»Wieso?«

»Mädchen mit Strapsen, den Hintern in die Luft auf dem Wohnzimmertisch, mit Handschellen an die Tischbeine gekettet – solche Sachen.«

»Typ Pädo?« Frølich schnitt eine zweifelnde Grimasse. »Killi?«

»Er hatte jedenfalls eine Kamera, mit der solche Fotos gemacht wurden.«

»Weiß jemand, dass du den Chip hattest?«

»Ich habe es Petter Bull und Emil Yttergjerde gesagt. Habe sie gestern getroffen, als ich hier ankam. Hab gefragt, ob sie die Bilder auf einen PC rüberziehen könnten. Darin bin ich nämlich nicht so gut. Sie haben auch mit anderen gesprochen, denn es haben mich mehrere nach den Fotos gefragt.«

»War jemand *besonders* interessiert?«

Gunnarstranda zuckte die Achseln und trommelte mit den Fingern ungeduldig auf die Schreibtischplatte. »Erst verschwindet Killis PC und jetzt seine Fotos. Das gefällt mir überhaupt nicht.«

»Tut mir leid, aber ich bin nicht im Bilde«, sagte Frølich.

»Es wurde ein Laptop aus seiner Wohnung entfernt. Und jetzt die Fotos.«

Frølich stand eine Weile nachdenklich in der Tür, dann sagte er: »Tja, wenn jemand die Bilder entwickelt, kannst du sicher sein, dass wir sie zu sehen kriegen. Ich allerdings, der ich jetzt geregelte Arbeitszeiten habe, bin schon viel zu lange hier. Ich geh nach Hause.« Er konnte kaum ein selbstgefälliges Lächeln unterdrücken, als er sich umdrehte und die Tür hinter sich schloss.

11

Frank Frølich öffnete die Augen und sah direkt in die Dunkelheit. Das Telefon auf dem Nachttisch klingelte. Er drehte sich unter der Decke um. Das Telefon klingelte weiter. Das Display seines Weckers zeigte null vier zweiundzwanzig. Er griff nach dem Telefon.

»Spreche ich mit Frølich? Frank Frølich?«

»Das bin ich.«

»Hier ist das *Summit.*«

»Summit?«

»Die Bar aus der Topetage vom *Hotel Scandinavia*, ich glaube, Sie sollten herkommen und ihre Frau abholen. Sie ist nicht ganz auf der Höhe.«

»Meine Frau?«

»Also, wenn Sie nicht kommen und die Sache bereinigen, dann rufe ich die Polizei, und Sie können sie aus der Ausnüchterungszelle abholen.«

Frank Frølich blieb liegen und betrachtete das stumme Telefon. Er hatte die Antwort auf der Zunge: Sie *haben* die Polizei angerufen. Aber der Mann am anderen Ende hatte aufgelegt.

Frølich legte den Hörer auf die Station zurück und war plötzlich hellwach. Allerdings war er immer noch unverheiratet. *Wer mich jetzt zum Narren hält, der kriegt Ärger. Wer könnte es sein? Die Nachtschicht im Präsidium?*

Er griff wieder nach dem Hörer. Zögerte ein paar Sekunden, drückte dann auf den Knopf, der die Nummer des letzten Gesprächs anwählte. Es klingelte lange.

»Summit.«

»Hier ist Frank Frølich. Haben Sie mich gerade angerufen?«

»Ja, kommen Sie?«

Er räusperte sich. »Wie heißt denn meine Frau?«

»Wissen Sie nicht, wie Ihre Frau heißt?«

Frank Frølich sah zur Decke. »Wie sieht sie aus?«

Er bekam keine Antwort. Nur das Besetztzeichen hämmerte gegen sein Ohr.

Er ging ins Bad und begegnete seinem eigenen verknautschten Spiegelbild. Wer auch immer sich da als seine Frau ausgab, konnte sich auf eine ernste Aussprache mit der Polizei gefasst machen.

Als er im Fahrstuhl stand, der ihn in den einundzwanzigsten Stock bringen sollte, war es mittlerweile zehn vor fünf. Der Fahrstuhl hielt im fünfzehnten Stock. Eine Frau stieg ein, einen Drink in der Hand. Sie war um die siebzig, trug ein Kleid mit Schlitz, eine platinblonde Perücke und knallrote Lippen. Der Fahrstuhl fuhr weiter. Hielt im neunzehnten Stock. Die Frau schenkte ihm einen innigen Blick und verschwand nach rechts. Im einundzwanzigsten Stock angekommen ging er in die Bar, die einem Lokal auf der Dänemarkfähre ähnelte, mit riesigen Fenstern und Ledersofas. Aussicht über Oslo. Draußen war immer noch diesiges Sommerdunkel. Tief unter ihm: verlassene Straßen und Ampeln, die einsam von Grün auf Gelb auf Rot sprangen.

Die Bar wirkte geschlossen – und leer – abgesehen von einem jungen Mann in weißem Hemd, der hinter dem Tresen stand und Gläser auf einem Regal drapierte. Frank Frølich räusperte sich. Der Mann hob das Kinn und sah ihn mit toten Augen an. »Wir haben geschlossen.«

»Ich wurde angerufen.«

Der Typ warf den Kopf zur Seite. Frank Frølich drehte sich zum Panoramafenster mit Aussicht über den inneren

Oslofjord um. Eine rote Sandale mit hohem Absatz lag auf einem Sofa. Die Sandale saß an einem Fuß mit roten Nägeln. Ein dünnes Riemchen war um einen schmalen Knöchel geschlungen, der in eine rundliche Wade überging, die wiederum in einen kegelförmigen, sonnengebräunten Schenkel mündete. Frank Frølich trat näher. Der andere Fuß ruhte auf dem Boden. Die Schenkel verschwanden unter einem kurzen Rock. Fride Welhaven schlief mit offenem Mund.

Er hängte einen schlaffen Arm über seine Schulter, griff um ihre Taille und hob sie hoch. Sie blieb schwankend stehen. Öffnete die Augen und betrachtete ihn aus dem Tiefschlaf. Der Junge hinter dem Tresen bemühte sich nicht, sein Grinsen zu verbergen, als Frølich sie halb zum Fahrstuhl zog, halb trug. Dort lehnte sie sich an die Wand und schloss die Augen. Auf dem Weg nach unten sagte sie kein Wort. Aber als die Tür aufging, stolperte sie in Schlangenlinien, mit schweren Schritten und sehr gebeugten Knien hinaus. Jetzt war es an ihm zu grinsen. Er dachte an die Marx Brothers, John Cleese und Funny Walks. Sie stieß mit der Schulter an die Wand, warf ihm einen benebelten Blick zu und kämpfte darum, aufrecht zu bleiben. Er zeigte auf die Ausgangstür. Sie torkelte weiter und stand schließlich schwankend auf dem Bürgersteig. »Wohin?«, murmelte sie mit belegter Stimme. Er griff ihren Arm und trug sie fast über die Straße. Hielt ihr die Wagentür auf. Sie nahm Anlauf und fiel hinein, rollte sich auf dem Beifahrersitz zusammen, ohnmächtig.

Er setzte sich ans Steuer. Sie stank nach Alkohol, war leichenblass und schlief mit kleinen Schnarchlauten. Er legte seine Hand auf ihre Stirn. Schob ihr Augenlid hoch. Es blinzelte weiß. »Hei!«, rief er, ohne eine Reaktion auszulösen. »Wo wohnen Sie?«

Auch jetzt keine Reaktion. Sie schmatzte, hyperventilierte.

»Wo wohnen Sie?«

Keine Reaktion.

»Ist Ihnen schlecht?«

Keine Reaktion.

Er fuhr probeweise den Drammensveien entlang und fragte sich, was jetzt zu tun sei. Er bog am Bygdøylokket ab und fuhr an den Feldern entlang, am königlichen Gut vorbei. Bei jeder Kurve rollte ihr Kopf an der Nackenstütze hin und her. Er fuhr weiter am Folkemuseum vorbei, an den Wikinger-Schiffen, weiter in Richtung Huk und bog dort auf den Parkplatz ein. Er ließ den Motor laufen, die Scheinwerfer eingeschaltet, öffnete die Fahrertür, stieg aus und ging um den Wagen herum. »Hier«, er fasste sie um die Taille und zog sie heraus.

»Nein«, murmelte sie. »Lass mich!«

»Sie müssen sich bewegen, den Rausch runterfahren.«

Endlich tat sie einen Schritt. Dann noch einen. Sie sah in Richtung Osten. Die Berghänge hatten einen strahlenden Schimmer bekommen. Doch der Sternenhimmel hielt noch stand – wenn auch mühsam.

Ihre Sandalen schlurften über den Schotter.

»Ich kann nicht mehr.«

Sie verlor das Gleichgewicht, als er sie losließ, schwankte, fand einen Baumstamm, versuchte sich festzuklammern, sank aber auf die Knie.

»Wo sind Sie?«

»Hier. Hoch mit Ihnen!«

Sie zog ihre Kleider mit schlaffen Fingern zurecht, taumelte und wäre beinahe umgefallen. Ihre Bewegungen waren einigermaßen koordiniert. Er deutete das als Signal dafür, dass sie langsam wieder zu sich kam. »Können Sie mir sagen, wo Sie wohnen?«

»Warum fragen Sie die ganze Zeit danach?«

»Weil ich Sie nach Hause fahren will.«

»Bogstadveien.« Sie sah zum Himmel hinauf. »Als ich klein war, hab ich mich gefragt, warum es Sterne gibt«, sagte sie. »Wissen Sie, was Papa geantwortet hat?«

»Nein.«

»Weil wir staunen sollen, denn wenn wir staunen, werden wir daran erinnert, dass wir nicht vollkommen sind. War das nicht schön gesagt?«

Weiche Lippen berührten seinen Hals. Dann war sie wieder auf dem Weg zum Auto, ihre Hüftgelenke schwangen bei jedem Schritt in schlaffen Bögen hin und her.

Sie plumpste auf den Beifahrersitz.

Als er vor ihrem Haus hielt, schlief sie. Als er in ihrer kleinen Handtasche nach den Schlüsseln suchte, stand sie an ihn gelehnt, den Kopf an seinem Hals vergraben. Als er endlich die Tür aufgeschlossen hatte, torkelte sie hinein, ohne das Licht einzuschalten.

Er zögerte ein paar Sekunden, folgte ihr dann aber, um sich zu vergewissern, dass alles in Ordnung war. Eine Sandale lag kopfüber im Flur. Die andere lag im Wohnzimmer auf dem Teppich. Die Schlafzimmertür stand offen. Ihre Füße ragten unter der Decke hervor. Sie schlief. Er stand eine Weile und betrachtete ihr Gesicht. Plötzlich flatterten die langen Wimpern. Sie hob den Kopf ein paar Zentimeter und flüsterte mit geschlossenen Augen. »Jetzt sind wir um die bescheuerte Frage herumgekommen.«

»Welche bescheuerte Frage?«

»Ob Sie mit zu mir kommen und Musik hören wollen.« Ihr Kopf fiel wieder auf das Kissen zurück.

Frank Frølich drehte sich um, verließ das Schlafzimmer und schloss die Tür. Ein Paar Sekunden stand er noch da und lauschte. Als es still blieb, schlich er sich hinaus. Es war sieben Uhr. Zeit, zur Arbeit zu gehen.

12

Gunnarstranda fand schließlich die schmale Treppe gegenüber der Opernpassage. Die Treppe führte zu einer Tür im ersten Stock. Er war vor einigen Jahren schon einmal dort gewesen. Der neue Besitzer hatte den schweren Tresen behalten, aber die Flaschen und Bierzapfhähne waren durch einen Teekocher, Ketchupflaschen, Kräuterdosen, Stapel von Karten- und Brettspielen ersetzt worden. An einer Wand hing ein riesiger Flachbildschirm, von dem irakische und persische Musikvideos durch das Lokal dröhnten. Die schweren Möbel mit den Boxen für die Kunden waren herausgerissen und durch Plastiktische mit Sprossenstühlen ersetzt worden, an denen Männer in Gruppen Domino spielten und Tee tranken. Neben der Bar stand eine Kühltheke, in der Kebab, Grillspieße und verschiedene Gemüse darauf warteten, gegrillt und verspeist zu werden.

Der Kerl am Teekocher war Mitte zwanzig. Er sprach Norwegisch. Sobald Salmans Name gefallen war, beteiligten sich allerdings sämtliche im Lokal Anwesenden an dem Gespräch, und der Junge am Teekocher übersetzte. Sowohl er als auch mehrere andere konnten beschwören, dass Salman den ganzen Samstagabend Billard gespielt hatte.

Gunnarstranda fand nun den Zeitpunkt für die Zehntausendkronen-Frage gekommen. »Aber wie konnte Salman Billard spielen, wenn es hier gar keinen Billardtisch gibt?«

»Aber wir waren ja gar nicht hier!«, sagte der Junge grinsend und übersetzte.

Alle begannen zu lachen.

Gunnarstranda wartete, während der Junge erklärte: Hier waren sie tagsüber. Billard spielten sie in dem anderen Club.

Der Polizeibeamte nickte geduldig und zog einen Zettel aus der Tasche. »Bitte geben Sie mir die Namen und die Telefonnummern von allen, die mit Salman zusammen gespielt haben«, sagte er zu dem Jungen hinter dem Tresen.

Eine halbe Stunde später war er wieder im Präsidium. Auf dem Flur bemerkte er den breiten Rücken von Petter Bull. Der Kollege hielt einen dampfenden Plastikbecher zwischen Daumen und Mittelfinger, steuerte auf den Cola-Automaten und den Tisch mit dem Leergut zu, blieb dort stehen und stellte den Becher ab. Er schüttelte seine Finger und blies sich theatralisch auf die Fingerspitzen, als Gunnarstranda ein paar Münzen hervorkramte und sie in den Automaten steckte.

»Du hast nicht vielleicht die Fotos für mich rübergezogen?«

»Fotos?«

Petter Bull war ein riesiger Kerl: dicker Nacken, dicke Arme und ein tonnenförmiger Körper. Auch sein Gesicht unter dem Igelschnitt war rund, seine Augen waren schmal und fast zugewachsen. Wenn er angesprochen wurde, stand er oft mit offenem Mund da und entblößte eine sehr pralle, leicht feuchte Unterlippe.

Gunnarstranda drückte auf den Knopf mit dem Fanta-Zeichen. Es donnerte, als die Flasche losgelassen wurde und hinter die Eingriffluke fiel. Er beugte sich hinunter und begegnete Petter Bulls Blick. Las in beiden schmalen Augen, dass Bull genau wusste, wovon er sprach – jedoch so tat, als wüsste er es nicht.

Gunnarstranda griff nach der Flasche und richtete sich auf. »Ich habe gefragt, ob du computerkundig bist, weil –«

»Ach ja, die Fotos …«

Der Einwurf kam ein paar Sekunden zu früh. Gunnarstranda fuhr fort: »Weil ich ein paar Fotos von einem Speicherchip auf einen PC gezogen haben wollte. Dachte mir, dass Yttergjerde oder du es vielleicht für mich gemacht hätten …«

»Warum sollten wir?«

»Es war nur eine Frage«, sagte Gunnarstranda kurz. Bull hatte den Kaffeebecher ans Kinn gehoben und pustete auf den heißen Inhalt. Übertrieben.

»Aber du verstehst nicht, wovon ich gerade rede«, sagte Gunnarstranda in einem leichteren Tonfall.

Bull hielt den Blickkontakt und pustete zweimal auf den Kaffee, bevor er mit kühler Stimme sagte: »Ehrlich gesagt, das tue ich tatsächlich nicht.«

»Ich dachte, du oder Yttergjerde, ihr hättet vielleicht die Fotos auf einen PC gezogen, weil ich euch darum gebeten hatte.«

»Wie hätten wir das tun sollen, ohne den Chip?«

»Das ist es ja gerade, der Chip ist nicht mehr da, wo ich ihn hingelegt hatte.«

Sie standen weiterhin Auge in Auge.

Petter Bull mit dem Becher vor dem Mund, ohne zu trinken.

Gunnarstranda war jetzt vollkommen überzeugt. Der Mann, der da mit einem Plastikbecher in der Hand vor ihm stand, hatte den Chip aus seiner Schreibtischschublade genommen. Aber er brachte es trotzdem nicht fertig, das auszusprechen. Im Stillen fragte er sich, warum nicht. Er kannte die Antwort. Es war wie das Schleichen der Katze um den heißen Brei.

Er schraubte den Deckel von der Flasche.

Er schlich wie eine Katze um den heißen Brei, weil er keine Ahnung hatte, warum Bull den Chip entwendet hatte.

»Und wo ist der Chip jetzt?«, fragte Bull kühl und schlürfte endlich etwas Kaffee.

Gunnarstranda kehrte ihm den Rücken zu, ohne zu antworten. Er ging auf sein Büro zu.

Innerlich zählte er – und kam bis acht, bis Bull sich genügend besonnen hatte, um ihm hinterherzurufen: »Hast du ihn verloren?«

Gunnarstranda drehte sich nicht um. Antwortete nicht.

Doch andere hatten den Ruf gehört. An jeder Tür, an der er vorbeikam, schaute ihn ein neugieriges Gesicht an. Er ging in sein Büro. Schloss die Tür hinter sich. Lehnte sich dagegen. So blieb er stehen und dachte über die Vorstellung nach, an der er gerade teilgenommen hatte.

13

Als er etwas später vor dem Fahrstuhl wartete, baute sich Abteilungsleiter Rindal neben ihm auf, die Hände tief in den Jackentaschen vergraben. Rindal grüßte nicht. Er reckte nur den Hals, ließ den Kopf hin und her rollen und sah in die Luft. Das war okay. Gunnarstranda brauchte keine kommunikativen Rituale und grüßte ebenfalls nicht.

Die Tür sprang auf.

Sie stiegen ein.

Die Tür schloss sich wieder. Gunnarstranda überließ es Rindal, auf den Knopf zu drücken. Sein Finger zitterte. Keiner sagte etwas. Rindal kaute Kaugummi, machte eine Blase, die mit einem kleinen Knall zerplatzte. Er hackte weiter mit den Vorderzähnen auf dem Kaugummi herum. Der Duft seines Rasierwassers erfüllte den Raum und zwang Gunnarstranda zu husten.

Rindal wandte den Kopf herum, als würde er plötzlich bemerken, dass er nicht allein war. »Wir müssen miteinander sprechen«, sagte er kurz.

»Sprich nur.«

»In meinem Büro, jetzt.«

Der Fahrstuhl hielt an. Die Tür ging auf.

»Mein Büro«, sagte Rindal bestimmt.

Sie gingen hintereinander her. Rindal schloss die Tür hinter ihnen.

Gunnarstranda lehnte sich mit dem Rücken an die Wand. Er wartete.

Rindal kaute wie ein Amerikaner. Er hatte sich neben

die Vitrine mit seiner Trophäensammlung gestellt: Füllfederhalter von einem Kurs bei Interpol, die Jacke vom FBI und Pokale von Sportveranstaltungen. »Bitte erzähl mir deine Version«, sagte er knapp.

»Meine Version?«

»Es soll ein Laptop aus Killis Wohnung verschwunden sein.«

Gunnarstranda verstand nicht. »Und wieso meine Version?«

Rindal nahm das Kaugummi aus dem Mund und warf es in den Papierkorb, der drei Meter entfernt stand. Er traf genau, steckte die Hände wieder in die Taschen und sagte: »Bitte erzähl mir deine Version der Geschichte. Alles, was da passiert ist.«

Gunnarstranda seufzte und sagte: »Ich bin früh am Sonntagmorgen zur Durchsuchung von Killis Wohnung gefahren. Da lag ein Laptop auf dem Wohnzimmertisch. Ich ließ ihn liegen. Stattdessen nahm ich den Chip aus einer Kamera mit, die auch da lag.«

»Hast du die Einlieferung des Beweismittels quittieren lassen?«

Gunnarstranda holte noch einmal tief Luft.

»Hast du es dir quittieren lassen?«, wiederholte Rindal hitzig.

»Nein.«

»Weiter.«

»Vibeke Starum und ich waren ungefähr drei Stunden später noch einmal in der Wohnung. Die Tür war verschlossen und unbeschädigt, aber der Laptop war nicht mehr da. Soweit ich sehen konnte, fehlte sonst weiter nichts.«

Rindal räusperte sich und sagte: »Killi soll eine *Thompson Contender* besessen haben. Starums Bericht zufolge befand sich kein solcher Revolver in Killis Waffenschrank.«

»Ich habe den Waffenschrank überprüft, als ich das erste Mal da war. Da war keine TC.«

»Der Waffenschrank war, wie ich es verstanden habe, unverschlossen«, sagte Rindal scharf. »Der Revolver hätte im Bad liegen können, im Küchenschrank oder sonst irgendwo. Warum bist du allein hingefahren? Warum hast du nicht die Techniker dazu beordert, damit sie ihre Arbeit machen konnten? Wer den PC gestohlen hat, kann auch den Revolver gestohlen haben und einen Haufen anderer Dinge. Wir haben keinen Überblick mehr, nur wegen deines amateurhaften Alleingangs!«

Gunnarstranda stand ein paar Sekunden lang da und nahm die Aggression seines Gegenübers in sich auf, bevor er antwortete:

»Das erste Mal bin ich zu Killis Wohnung gefahren, um mir ein Bild vom Opfer zu machen. Es ging mir nicht darum, die Wohnung zu durchsuchen.«

»Aber du hast die Wohnung nicht versiegelt, als du wieder gegangen bist?«

»Nein.«

»Und du bist mit Hilfe eines Einbruchwerkzeugs reingekommen.«

»Mit einem Schraubenzieher.«

»Einem Einbruchwerkzeug.«

»Ja, okay.«

»Und dein Fund?«

»Ich habe den Chip in meine Schreibtischschublade gelegt. Und da vergessen. Aber als ich ihn melden wollte, war er verschwunden. Der Chip lag nicht mehr in der Schublade. Seitdem ist er spurlos verschwunden.«

Rindal stand stumm da und ließ die Stille walten, bevor er sich räusperte. »Die Lage ist ernst.«

Gunnarstranda hatte diese Veranstaltung satt. Er riss sich los und ging auf die Tür zu.

»Wir sind noch nicht fertig«, bellte Rindal hitzig.

Gunnarstranda blieb an der Tür stehen und drehte sich schweigend zu Rindal herum.

»Was ist deine Theorie?«

»Wozu?«

»Wo sich das Beweisstück befindet?«

»Es wurde gestohlen.«

»Nicht verloren?«

»Nein, es wurde nicht verloren.«

»Diese Behauptung macht die Sache noch ernster. Es gibt zwei Typen Polizisten, Gunnarstranda, und zwar die –«

Gunnarstranda ließ ihn nicht ausreden: »Es gibt zwei Arten, dieses verschwundene Beweisstück zu betrachten, Rindal – und das weißt du ganz genau: Entweder haben wir es mit einem Bullen zu tun, der alt und vergesslich geworden ist und eine Ermittlung verschlampt – oder du stehst gerade vor einem Bullen, der aus ungenannten Gründen mit deiner gesamten Abteilung über Kreuz ist und den du dich bemüßigt fühlst, runterzuputzen – obwohl du wissen solltest, dass diese Situation durch andere provoziert wurde.«

»Durch andere provoziert?«, fragte Rindal scharf. Er begann mit hochrotem Kopf im Zimmer auf und ab zu gehen, schälte mit zitternden Fingern das Papier von einem neuen Kaugummi, steckte ihn in den Mund und kaute wie besessen. »Deine gesamte Einbruchskiste bei Killi stinkt vor Amateurhaftigkeit. Du brichst mit einem verdammten Schraubenzieher ein und trampelst da wie ein Nilpferd in einem frisch bepflanzten Blumenbeet herum. Und du bringst es sogar fertig, die Wohnung hinterher nicht zu versiegeln.«

»Die Tür war abgeschlossen, als ich ging! Sie wäre durch eine Versiegelung nicht weniger zugänglich geworden.«

Rindal hörte nicht zu: »Du hast es unterlassen, die Wohnung zu verplomben. Aber nicht nur das! Du wiederholst den gleichen Stunt vor einer Vorgesetzten, die auch noch zu einer anderen Dienststelle gehört. Starum war gezwungen, das weiterzumelden. Das musste dir doch klar sein!«

»Hat sie in ihrem Bericht auch erwähnt, dass es ihr Schraubenzieher war, den wir benutzt haben?«

Rindal kam aus dem Konzept, allerdings nur für eine Sekunde, dann fuhr er fort: »Und dann dieser verdammte Speicherchip, den du verbaselt hast. Kannst du beweisen, dass die Fotos gestohlen wurden? Kannst du beweisen, dass der Dieb ein Polizist ist?«

»Natürlich nicht.«

»Dann geht es bei dieser ganzen Sache ausschließlich darum, wie du deine Arbeit machst.«

Sie standen Auge in Auge. Rindals Gesicht wütend, rot gefleckt – Gunnarstrandas blass, ausdruckslos.

»Erinnerst du dich daran, wie wir beide damals zusammen Hundestreife gegangen sind?«, fragte Rindal.

Gunnarstranda antwortete nicht.

»Ich bin der Meinung«, sagte Rindal, »dass es im Grunde nur zwei Menschentypen gibt –«

Gunnarstranda schloss die Augen und wandte sich ab.

Rindal fuhr fort und versuchte mit lauter Stimme den abweisenden Panzer des anderen zu durchdringen: »Du warst mein Vorgesetzter bei der Hundestreife. Jetzt bin ich nicht nur dein Chef, sondern ich leite eine ganze Abteilung, die –«

»Vielleicht hast du Recht und es gibt zwei Menschentypen«, unterbrach ihn Gunnarstranda kühl und drehte sich wieder zu ihm herum. »Vielleicht kann man Leute, die ehrlich ihre Arbeit machen, in die eine Gruppe stecken, und Leute, die all ihre Energie darauf verwenden, ihrer Umgebung zu erzählen, wie unglaublich tüchtig sie sind, in die andere.«

Das war der Tropfen, der das Fass zum Überlaufen brachte. »Okay, eins ist ziemlich klar«, sagte Rindal in leiserem Ton. »In diesem Fall sind von deiner Seite zu viele Gefühle im Spiel. Du solltest etwas anderes tun.«

Gunnarstranda lächelte kühl. »Na, endlich kommt die Katze aus dem Sack gekrochen.« Er wiederholte höhnisch: »Ich sollte etwas anderes tun?«

Rindal wollte etwas sagen, aber Gunnarstranda ließ ihm keine Zeit: »Dass der Speicherchip verschwunden ist, kam ja verdammt gelegen. Glaubst du etwa, ich weiß nicht, warum du mich von dem Fall abziehen willst? Wir wissen beide, dass ich zum Verräter geworden bin, als ich Killi angezeigt habe. Diese Vorstellung beweist nur, dass du ein schwacher Leiter bist. Du schlägst dich in dem Konflikt auf eine Seite, statt ihn zu lösen. Du stimmst gegen besseres Wissen in das Heulen und Schreien der Mehrheit ein. Du bist ein Populist, der es nicht wagt, zu seinen eigenen Einschätzungen zu stehen. Du bist feige, Rindal. Du bist, was du schon immer warst – ein Wetterhahn.«

Mit zitternden Fingern drückte Rindal ein neues Kaugummi aus der Packung und stopfte es zu dem anderen in seinen Mund. Seine Kiefer mahlten auf dem Kaugummi herum, und sein Blick war schwarz vor Wut. Als er den Mund wieder öffnete, sprach er mit ruhiger, aber eiskalter Stimme: »Ich fasse es nicht, dass du so schwer von Begriff bist, Gunnarstranda. Ich werde dir jetzt die letzten Geschehnisse beschreiben – so, wie sie sich von außen betrachtet darstellen. Versuch, mir zu folgen: Du hattest einen Konflikt mit einem Kollegen. Der Mann wurde erschossen. Du wurdest Leiter der Ermittlungen – ein Fehler, für den ich verantwortlich bin – das gebe ich zu. Wofür ich nichts kann, sondern wofür du die Verantwortung übernehmen musst, ist, dass Beweise ausgerechnet immer dort verschwinden, wo du auftauchst. Die Serviererin vom *Asylet* zeigt uns, wer die Schlägerei vor dem Mord angefangen hat. Du ignorierst das völlig. Stattdessen gehst du in Killis Wohnung und schnüffelst in seinen Privatsachen herum. Hinterher ist weder sein verdammter Laptop noch seine Waffe aufzufinden, die dasselbe Fabrikat hatte wie die, mit der er erschossen wurde. Auch die Fotos, die auf Killis Kamera waren, sind spurlos verschwunden –«

Gunnarstranda konnte nicht weiter zuhören, ohne ihn zu unterbrechen: »Was behauptest du da?«

Rindal überhörte die Frage. »Und das ist nur die eine Seite der Geschichte«, fuhr er mit hochrotem Gesicht fort. Seine Stimme war nicht mehr leise und kalt. Die Lautstärke stieg mit jedem Wort an: »Du besitzt nicht die nötige Autorität. Du genießt nicht das nötige Vertrauen bei den Kollegen. Was dich und Starum betrifft, habt ihr noch Dreck im Gepäck von früher und kommt nicht gut miteinander aus. Mehr gibt es dazu nicht zu sagen. Der Fall Killi wird von jetzt an von der Kripo und von Starum geleitet – ohne deine Mitarbeit.«

Die letzten drei Worte schrie er heraus. Es gab fast ein Echo von den Wänden.

Rindals Hände flatterten unruhig. Er drehte sich auf dem Absatz herum und ließ sich schwer auf den Schreibtischstuhl fallen. Dort saß er und sah aus dem Fenster.

Gunnarstranda betrachtete ihn, reglos.

Rindal murmelte, mehr zum Fenster als zu Gunnarstranda gewandt: »Das wird auch die Luft reinigen. Sowohl die Öffentlichkeit als auch die Jungs hier im Hause werden verstehen, dass eine größere Neutralität bei den Ermittlungen erforderlich ist.«

Gunnarstranda brauchte Klarheit und fragte: »Ist das

dein Ernst? Glaubst du wirklich, ich lasse Beweise verschwinden?«

»Hier geht es nicht darum, was ich glaube oder nicht glaube.«

»Sieh mich an!«

Rindal ließ seinen Stuhl herumschwingen, langsam. Sie betrachteten einander abschätzend. »Wir sind fertig«, sagte Rindal steif.

»Was soll ich stattdessen tun?«

»Das wird sich zeigen.«

»Wie bitte? Hast du bedacht, dass wir hier im Haus einen Betriebsrat haben?«

»Es gibt zwei Typen von Leitern, Gunnarstranda. Die, die sich nur an die Regeln halten, und die, die ihren Verstand gebrauchen.«

»Wenn es zwei Typen von Leitern gibt, dann die, die ihre Angestellten führen und motivieren, und die, die all ihre Energie darauf verwenden, sie zu verfolgen.«

»Das reicht, es ist genug. Ich habe nicht vor, mir noch mehr Beleidigungen von dir anzuhören.«

»Wenn dein verdammter Verstand mich aus dem Fall Killi rauskickt, was sagt dein Verstand dann dazu, was ich stattdessen tun soll?«

»Du kannst Frølich bei den Vermisstenfällen unterstützen. Er ist, soweit ich es bis jetzt überblicken kann, der Einzige hier im Haus, der es mit dir aushält.«

»Er wird sich sicherlich freuen«, sagte Gunnarstranda bissig.

»Er hat Anordnungen zu befolgen, genau wie du.«

Frank Frølich war darin vertieft, alle Informationen, die er über Welhavens Aktivitäten vor seinem Verschwinden besaß, zu systematisieren, als das Telefon auf seinem Schreibtisch klingelte. Es war die Wachhabende Ingrid

Kobro, die ihn nur davon in Kenntnis setzen wollte, dass er einen neuen Kollegen bekommen würde: Gunnarstranda war von den Ermittlungen im Fall Killi abgezogen worden.

»Nein!«

»Doch«, sagte Kobro.

»Ich gehe zum Betriebsrat. Das könnt ihr nicht einfach so machen!«

»In solchen Fällen hat Rindal die Entscheidungsbefugnis. Gunnarstranda wurde abgezogen und bis auf Weiteres deiner Abteilung zugeteilt.«

»Ich habe mich um diesen Job beworben, um von ihm wegzukommen!«

»Du kommst niemals von Gunnarstranda los, Frølich, und ich glaube, du weißt das, im Geheimen.«

Frank Frølich saß da und versuchte, sich zu beruhigen. Es flimmerte vor seinen Augen. Welhavens Aktivitäten waren nur wegen eines Telefonats von einem spannenden Stoff zu einem Haufen Dreck reduziert worden. Er war wütend. Er kochte. Warum zum Teufel taten sie ihm das an? Er sah auf die Uhr. Es war zehn Uhr vormittags. Er musste raus, an die Luft. Er ging hinaus.

Die Tür zu Frølichs Büro war geschlossen. Gunnarstranda öffnete sie, ohne anzuklopfen. Das Büro war leer. Er setzte sich an den Schreibtisch, die Hände im Schoß. Er saß eine Weile so da, drehte sich auf Frølichs Stuhl hin und her und nahm dessen neues Revier in Augenschein: Ordnung und System in den Regalen, Papiere in hübschen Stapeln auf dem Schreibtisch.

Zwei Bleistifte lagen parallel zueinander fein säuberlich platziert auf der Schreibunterlage. Er streckte die Hand aus und schnippte den einen auf den Boden. Der Bleistift rollte davon und verschwand unter einem Regal.

Gunnarstranda stand auf und sah sich die Ordner in Frølichs Regalen an. Er drehte sich zum Schreibtisch herum und betrachtete den Ordner genauer, der auf der Schreibunterlage lag. Auf dem Rücken stand ein Name gekritzelt: *Arne Werner Welhaven*. Er ging ihn langsam Blatt für Blatt durch. Frølichs Ordnungssinn war deutlich zu erkennen. Es gab eine Liste aller Unternehmungen Welhavens vor seinem Verschwinden, eine Liste mit elektronischen Spuren, eine Liste über seine Nutzung von Kreditkarten und Handy, eine Liste von Leuten, die noch Dinge mit Welhaven zu klären hatten, eine Liste über persönliche Konflikte. Jeder Punkt auf den Listen war mit einem eigenen Zahlencode versehen. Weiter hinten im Ordner wurde jeder Zahlencode dokumentiert und erläutert. Gunnarstranda studierte die Listen. Er überprüfte Daten und Zeitpunkte. Widerwillig musste er zugeben, dass Frølichs System eigentlich eine schlaue Erfindung war. An Frank Frølich war ein exzellenter Archivar verloren gegangen.

Das Telefon auf dem Schreibtisch klingelte. Er sah es an, legte den Ordner weg, stand auf und nahm ab. *»Büro für Vermisstenmeldungen.«*

Gunnarstranda saß im Wagen und fuhr auf der E6 über die Minnesundbrücke, als Frølich anrief.

»Wo zum Teufel bist du?«

»Vermisst du mich?«

»Wenn wir beide in meiner Abteilung zusammen arbeiten sollen, dann müssen dir ein paar Dinge klar sein –«

»Bevor du loslegst –«

»Jetzt bist du dran mit Zuhören. Ich leite diese Abteilung, ich entscheide und setze Prioritäten –«

»Natürlich, Frølich.«

»Wo bist du?«

»Im Auto, auf einer Brücke über dem Mjøsa.«

»Wo willst du hin?«

»Zum Ringebufjell.«

»Und warum?«

»Das Sommerhaus von diesem Anwalt liegt da. Die Polizei in Lillehammer hat angerufen und einen Volvo mit Osloer Kennzeichen gemeldet, der schon seit mehreren Tagen auf einem Parkplatz am Riksvei 27 steht. Der Wagen gehört einem gewissen Arne Werner Welhaven, dem Mann, den du suchst. Ich bin den Ordner durchgegangen, den du über Welhaven angelegt hast, und da steht, dass er ein Sommerhaus auf dem Ringebufjell hat, direkt am Riksvei 27. Es ist dein –«

»Das hier ist *mein* Fall, hier bestimme *ich*! Du kannst nicht automatisch auf eigene Faust irgendetwas –«

»Ich werde dich auf dem Laufenden halten«, sagte Gunnarstranda und unterbrach die Verbindung.

Frank Frølich war so wütend, dass er aufstehen musste, um nicht seinen Schreibtisch zu zerschlagen. Er hatte das Bedürfnis, irgendetwas zu zerstören, etwas kaputt zu treten. Als das Telefon wieder klingelte, drehte er sich abrupt herum, riss den Hörer ans Ohr und brüllte: »Was ist denn nun noch?«

Es war ganz still.

»Wer ist da?«

»Fride Welhaven. Ich wollte nur sagen, dass es mir leidtut wegen gestern Nacht«, sagte sie. »Es ist mir peinlich, und ich kann mich nur an sehr wenig erinnern.«

Er wusste nicht, was er sagen sollte.

»Mehr wollte ich gar nicht.«

Frank Frølich lehnte sich zurück. »Aber wir können ja jetzt reden. Ich wollte Sie noch mal wegen dieser Drohungen sprechen. Letztes Mal habe ich gefragt, ob Ihr

Vater Namen von Personen oder Unternehmen genannt hat, die ihn bedroht haben –«

»Nie konkrete Namen. Aber er hat immer irgendwie seine Arbeit als Erklärung benutzt. Besonders in der letzten Zeit. Er wirkte die ganze Zeit angespannt. Aber wenn ich nachgefragt habe, hat er es immer nur vom Tisch gewischt.«

»Ihr Vater ist offensichtlich Teilhaber an einem Restaurant, das außerhalb der Stadt liegt. Ich wüsste gern, ob Sie –«

Sie unterbrach ihn: »Ich weiß nicht, ob das einen Sinn macht. Ich kann mich nicht erinnern, ob er mir irgendwelche Namen genannt hat.«

Frølich war ärgerlich und atmete tief durch. Zählte im Stillen bis zehn.

»Wer war sie?«, fragte Fride Welhaven in die Stille hinein.

»Wer?«

»Die Frau im Restaurant. Die Barbiepuppe mit dem großen Busen.«

Frank Frølich legte einen Fuß auf die Schreibtischkante. Die Art und Weise, wie Fride Welhaven von der Psychologin ihres Vaters sprach, die Geschehnisse der vergangenen Nacht, das Bild von Fride Welhaven, wie sie sich in ihre Decke einrollte und einschlief, während er zusah – all das ließ ihn seine Worte mit Bedacht wählen.

»Sie ist Psychologin. Ihr Vater war bei ihr in Therapie.« Er räusperte sich und fuhr in etwas bestimmterem Ton fort: »Und noch etwas beschäftigt mich, nämlich die Frage, wie das Verhältnis zwischen Ihrem Vater und Ihrem Bruder war.«

»Das Verhältnis?«

»Wir haben beim letzten Mal darüber gesprochen. Ihr

Vater trauert. Es könnte mit dem Tod Ihres Bruders Marius zusammenhängen, dass Ihr Vater –«

»Ich glaube nicht an einen solchen Zusammenhang. Wir haben mehrere Monate lang jeden Tag über Marius gesprochen. Wir haben seinen Tod hinter uns gelassen. Wir haben zusammen nach vorn gesehen. Wenn diese Psychologentussi etwas anderes behauptet, dann hat sie keine Ahnung, wovon sie spricht!«

»Okay«, begann Frølich zaghaft, aber er durfte nicht fortfahren.

»Dass mein Bruder gestorben ist, war tragisch und schlimm für uns beide. Aber gleichzeitig hat sein Tod uns auch enger zusammengeschweißt.«

»Sein Auto wurde gefunden«, sagte Frølich.

Schweigen.

»Unsere Leute untersuchen es gerade, das ist alles, was ich sagen kann.«

»Wo ist der Wagen?«

»Können wir später darüber sprechen? Vorläufig halte ich noch alles für möglich, und das müssen Sie auch tun. Außerdem brauche ich die Kontonummern Ihres Vater und ein paar Vollmachten.«

»Was wollen Sie damit?«

»Ich brauche Zugang zu den Konten, um zu überprüfen, wo er sich befand, als er das letzte Mal Geld abgehoben hat.«

14

Die Wasseroberfläche hatte die Farbe des Himmels: hellblau. In Ufernähe ging sie in das Braun der Böschung über. Die zarten Laubbäume zwischen der Straße und der Bahnlinie und dem See wirkten wie eine grüne Jalousie im Sonnenlicht. Der Wagen holte die *Skibladner* ein. Der alte Raddampfer keuchte und planschte mit den Schaufeln auf der stillen Wasserfläche und erinnerte an ein fettes Gänseküken bei seinen ersten Schwimmversuchen. Die Felder über der Totenvika waren grüne und gelbe Vierecke. Der See, der Raddampfer und der Totenåsen verschwanden bald hinter den Nadelbäumen. Als er über die Mjøsabrücke in Richtung Lillehammer fuhr, war der Raddampfer nicht mehr zu sehen.

Er fuhr weiter das Gudbrandsdal hinauf, am Lågen entlang. Die Sonnenstrahlen drangen scharf und grell durch die Bäume. Die Schaumbläschen der Zikaden lagen wie Spucke auf den Grashalmen am Straßenrand. Ein Eichhörnchen krallte sich an einem Baumstamm fest, um dann plötzlich einen Ast entlangzuhasten und zu verschwinden. Ein Bauer saß auf einer Bank hinter einem Speicher. Er kaute auf einem Halm und sah auf, als der Wagen vorbeisauste. Gunnarstranda fuhr mit hoher Geschwindigkeit weiter, vorbei an grünen Gärten und alten traditionellen Gehöften. Als er Ringebu erreichte, bog er ab und fuhr auf dem Riksvei 27 den steilen Hang zum Fjell hinauf.

Als es flacher wurde und die Hüttenbebauung begann, hielt er beim *Turisthotel Venabu*, wo blonde Mädchen in

Reithosen sich aufbäumende Pferde an der Trense führten. Einige Touristen posierten in Knickerbockern und anderer moderner Fjellausrüstung voreinander. Er ging durch den Haupteingang. Eine Frau mittleren Alters stand an der Rezeption. Wie sich herausstellte, kannte sie Welhaven.

»Er und seine Frau waren oft hier, sie haben häufig samstagabends bei uns gegessen. Aber das ist lange her, fünf bis zehn Jahre, mindestens.«

»Haben Sie ihn in letzter Zeit gesehen?«

Sie schüttelte den Kopf. »Schon seit ein paar Jahren nicht mehr. Ist etwas passiert?«

»Er wird vermisst. Und er könnte zu seiner Hütte gewollt und sich verlaufen haben.«

Die Frau runzelte zweifelnd die Stirn. »Welhaven kennt die Gegend genauso gut wie ich. Er würde sich niemals verlaufen, und jetzt im Sommer schon gar nicht.«

Gunnarstranda holte die Karte heraus. »Können Sie mir zeigen, wo seine Hütte liegt?«

Fünf Minuten später saß er wieder im Auto. Die Hütte sollte drei Kilometer von der Straße entfernt liegen. Drei Kilometer zu Fuß. Das sollte gehen, wenn er sich Zeit ließ. Wenn nur seine Lunge gesund wäre.

Er fuhr weiter den Riksvei entlang und fand schließlich den Parkplatz. In der Reihe von Autos stand auch ein Volvo S 80 mit dem richtigen Kennzeichen, direkt neben einer Holzbrücke, die über einen reißenden Fluss führte. Die lokale Polizei hatte den Wagen durchsucht, aber keine persönlichen Gegenstände gefunden. Aber der Wagen war mit einer Wegfahrsperre ausgestattet, und die war unbeschadet. Wer den Wagen hier geparkt hatte, hatte auch die Schlüssel.

Er breitete die Karte auf der Kühlerhaube aus, richtete sie nach den Himmelsrichtungen aus und versuchte sich zu orientieren. Welhavens Hütte sollte nicht weit vom Vetlefjell entfernt liegen – einer Art Buckel in der Landschaft. Er fand den Bergüberhang, den man Svartfjell nannte. Er fand auch die Seen auf der Karte, den Fluss und die Senke, in der sich der Wanderweg hinaufschlängeln sollte. Er faltete die Karte wieder zusammen und stapfte auf den Fluss zu.

Der Weg begann als gewundener Pfad mit vielen kleinen und großen Steinen. Bald erweiterte er sich zu einem breiten Karrenweg, zwischen Krüppelbirken hindurch. Hier und da war das Moorwasser ausgetreten und hatte den Pfad nass und matschig gemacht. Gunnarstranda setzte seine Füße so gut es ging auf die Steine, die er fand. Aber seine Lungenkapazität war zu gering für solche Ausschweifungen. Er musste oft ausruhen. Stützte zusammengekrümmt die Hände auf die Knie, die Augen benebelt von Tränen und dachte: *Ich verrotte. Diese Natur, diese verdammte, bewahrungswürdige Ursprünglichkeit ist nichts für mich.*

Er schnappte nach Luft, stapfte weiter und bekam weder die Aggression noch den Unwillen aus dem Sinn, bis er am Skistativ vor der unberührten Bergwiese stand. Bis zu dem kleinen Blockhaus hinauf erstreckte sich eine Blumenwiese. Unberührte Felder von gelbem Wiesenhahnenfuß und rotbraunem Sauerampfer flochten sich ineinander mit Flecken von Nelkenwurz und Storchenschnabel, die noch gelber und noch roter waren. Zwischen den Blüten ragten graubraune Halme von Schwingelgras, Thimotheusgras und unbestimmbaren Riedgräsern hervor. Das Skistativ war alt und brach fast auseinander. Es war keine Stromleitung zu sehen. Doch eine einsame Spur führte zur Hütte. Jemand war kürzlich hier gewesen und hatte das Gras heruntergetreten.

15

Frank Frølich hielt den Wagen an und betrachtete nachdenklich den asphaltierten Fußweg, der parallel zum Riksvei verlief, zwischen dem Einkaufszentrum und der Tankstelle. Er machte sich Vorwürfe. Er hätte der Information, dass Welhaven eine Hütte hatte, intensiver nachgehen sollen. Aber Fride Welhaven hatte energisch bestritten, dass ihr Vater dorthin gefahren sein könnte. *Amateurhaft*, sagte er zu sich selbst. Die Niederlage wäre unerträglich, wenn Gunnarstranda an die Hüttentür klopfen und von einem Anwalt, der die ganze Zeit in bester Verfassung gewesen war, zum Kaffee eingeladen würde.

Eine Sekunde lang ertappte er sich bei dem Wunsch, Welhaven möge tot sein.

Denn ob Gunnarstranda Welhaven nun in der Hütte antraf oder nicht – solange Welhavens Volvo am Riksvei 27 auf dem Parkplatz stand, war die Wahrscheinlichkeit groß, dass er sich in dieser Gegend befand, freiwillig oder unfreiwillig, lebendig oder tot.

Er dachte an Welhavens Handy, das abgeschaltet in seiner Wohnung gelegen hatte. Er hatte es dort liegen lassen, war zu seiner Hütte gefahren und …

Was war geschehen?

Alles war möglich. Allerdings war es von nun an unnötig, in Welhavens Anwaltspraxis zu graben, eventuelle Drohungen oder anderen Ärger aufzudecken. *Andererseits*, dachte er, den Blick auf eine Frau gerichtet, die den Gehweg entlanggeschlurft kam, gefolgt von zwei fetten Retriever-Welpen, *bin ich immerhin hierher gefahren. Jetzt um-*

zukehren und unverrichteter Dinge nach Oslo zurückzufahren wäre völlig verlorene Zeit. Er öffnete die Wagentür und stieg aus.

Er hatte vor einem verlassenen, viereckigen funktionalistischen Haus geparkt. Die Farbe war so alt und abgeplatzt, dass sie zum Teil in großen gelben Fladen auf davorliegenden halb verrotteten Holzpaneelbrettern lag. Zwei neuere Treppen aus druckimprägniertem Holz führten zu zwei verwitterten Eingangstüren hinauf. Über der einen Tür hatte jemand einen Namen auf eine riesige Holzscheibe gemalt: *Hackklotz Pub & Dancing*. Eine Schafsglocke klingelte trocken, als er die Tür öffnete. Im Lokal herrschte düstere Beleuchtung, die Fenster waren mit Spanplatten abgedeckt. Um eine quadratische Tanzfläche herum standen ein paar Tische. Ein einsamer Mann mit Schirmmütze und Daunenjacke saß mit einem Halben vor sich an einem Ecktisch. Aus den Lautsprechern unter der Decke surrte leise ein Tanzschlager. An den Wänden hingen ältere Schwarz-Weiß-Fotos von Holzfällern bei der Arbeit.

Frank Frølich ging zum Tresen, der aus breiten Holzbalken bestand, die auf Böcken aus zusammengenagelten ungehobelten Planken ruhten. Eine grün angelaufene Schafsglocke mit Joch lag neben den Zapfhähnen. Er griff nach der Glocke und bemerkte, dass auch der Tresen ungehobelt war, als er sich einen Holzsplitter in den Daumen jagte. Er schaffte es, den Splitter herauszuziehen, bevor ein rundliches Mädchen mit geflochtenen Zöpfen und Pausbacken durch eine Tür hinter dem Tresen trat. Ihre Hose saß tief auf den Hüften und entblößte einen prallen Bauch mit einem tätowierten Kreuz über dem Nabel. Sie fragte, ob er ein Pils wolle. Er sagte, er wolle mit dem Inhaber sprechen.

»Onkel Blau?«

»Ja, wenn Onkel Blau der Inhaber ist.«

»Was soll ich ihm sagen, worum es geht?«

»Ich bin von der Polizei.« Er wedelte mit seinem Ausweis, den er um den Hals hängen hatte.

Sie verschwand wieder im Hinterzimmer. Kurz darauf kam sie in Begleitung eines hochgewachsenen Mannes in den Vierzigern in Jeans und Flanellhemd mit abgeschnittenen Ärmeln zurück.

Der Mann streckte eine riesige Pranke aus und stellte sich als Odd Arne Skotbu vor, unter Freunden Onkel Blau.

Ein Stuhl schabte über den Boden. Der Gast hatte ausgetrunken. In der Tür drehte er sich um, hob den Arm zu einem Gruß und verschwand. Onkel Blau holte sein Glas und stellte es in das Waschbecken hinter dem Tresen. »Uund?«, fragte er gedehnt.

»Kennen Sie einen Anwalt namens Arne Werner Welhaven?«

Der Mann nickte.

Frølich schwieg.

»Wieso?«

»Woher kennen Sie ihn?«

»Er sitzt im Vorstand.«

»Vorstand?«

»Des Ladens hier, und er ist Teilhaber, mit zwanzig Prozent.«

»Wann haben Sie Welhaven zuletzt gesehen?«

Der Mann zuckte mit den Schultern. »Vor einer Woche, vielleicht vor zwei. Weiß nich genau.«

Frølich beschloss, direkter zu Werke zu gehen. »Hat es hier vor ein paar Wochen einen Einbruch gegeben?«

»Wer sagt das?«

»Beantworten Sie einfach meine Frage. Ist hier vor ein paar Wochen eingebrochen worden?«

»Nein. Oder doch. Wir wurden überfallen. Aber das war kein Einbruch. Die das Geld gestohlen haben, hatten den Schlüssel zum Safe.«

»Sie wissen also, wer es war?«

»Bin ziemlich sicher. Aber – worum geht's denn, warum fragen Sie?«

»Wie viel wurde gestohlen?«

»Das geht die Polizei nichts an. Das regeln wir unter uns.«

»Sie haben kein Interesse daran, dass der Einbruch aufgeklärt wird?«

»Er ist aufgeklärt. Ich weiß, wer es war.«

»Haben Sie Ihr Geld zurückbekommen?«

Der Mann starrte Frølich misstrauisch an und antwortete nicht. Frølich seufzte schwer und fragte dann erneut: »Wer hat hier eingebrochen?«

»Wie ich gesagt habe: Das ist kein Fall für die Polizei. Das regeln wir unter uns.«

»Haben Sie es schon geregelt?«

Der Mann schüttelte den Kopf.

»Sie glauben, Welhaven hat das Geld gestohlen, stimmt's?«

Der Mann steckte seine riesigen Pranken in die hinteren Hosentaschen. Er dachte lange nach, bevor er nickte. »Aber woher weiß die Polizei davon?«

Frølich sagte: »Arne Werner Welhaven ist seit über einer Woche spurlos verschwunden. Ein Zeuge, der gut über Welhaven Bescheid weiß, hat erklärt, dass Sie Welhaven des Diebstahls bezichtigt haben sollen. Sie sollen ihm auch mit Repressalien gedroht haben. Sie können es sich sparen, das abzustreiten. Das können Sie später tun, zusammen mit einem Anwalt. Jetzt sollten Sie mir einfach nur ganz genau erzählen, wann und wo Sie Welhaven zuletzt gesehen haben.«

Gunnarstranda öffnete das Gatter, überquerte die Wiese, stapfte durch kniehohe Blumen auf die geteerte Hütte mit den rot gestrichenen Fensterläden auf beiden Seiten der kleinen Sprossenfenster zu. Die Eingangstür war eine ebenfalls rot gestrichene, zweigeteilte Stalltür. Jeder Teil der Tür war mit einem Hängeschloss versehen. Er drückte das Gesicht gegen eine Fensterscheibe und sah hinein. Der Raum hatte eine niedrige Decke, und er erkannte vage die Konturen von alten, handgearbeiteten Möbeln: ein Stuhl aus einem Baumstamm, ein Esstisch, ein Schrank mit Bauernmalerei.

Er hielt die Hände neben sein Gesicht und spähte durch das nächste Fenster. Erkannte die Umrisse eines Etagenbettes. Als er sich zurückzog, sprang das Fenster auf. Die Schließhaken waren nicht eingehakt. Er öffnete das Fenster weit, stemmte sich hoch und kletterte hinein.

Er befand sich in einer Kammer mit zwei Etagenbetten. Eine Tür führte in die Küche. Der Esstisch war abgeräumt. Der Holzfeuerherd war von der altmodischen Sorte, mit gusseisernen Ringen in den Kochplatten. Ein vergessener brauner Ziegenkäse lag auf dem Tisch. Er hatte schon eine dunkelbraune Kruste. Daneben lag ein Brotmesser mit Butterresten an der Klinge.

Irgendjemand war hier gewesen, vor wenigen Tagen, und hatte gegessen. Jemand hatte die Schlüssel für Welhavens Auto und die Hütte gehabt. Jemand, der die Hütte verlassen hatte, aber nicht wieder in die Stadt gefahren war. Die Bandbreite der möglichen Ausgänge von Welhavens geheimnisvollem Verschwinden wurde langsam geringer.

An der Wand hing ein Schwarz-Weiß-Foto: eine Familienidylle zu Ostern in den Bergen: Skier, Stöcke, Rucksäcke, Thermoskannen, Apfelsinenschalen, eine Mutter, ein Vater, zwei Kinder.

Er riss sich los und begann, Schubläden und Schränke in der Küche zu durchsuchen. Er öffnete eine Luke im Boden und sah hinunter auf ein in Papier verpacktes halbes Brot, eine Packung Butter, ein halbleeres Glas Himbeermarmelade und einen Milchkarton. Er griff nach der Milch und suchte nach dem Haltbarkeitsdatum – vor zwei Tagen abgelaufen. Das Brot war trocken.

Die Betten in der Kammer waren ordentlich gemacht. Unter dem Fenster stand ein Bücherregal; eine alte Apfelsinenkiste. Die Buchtitel weckten sein Interesse: Johannes Lids *Norwegische und schwedische Flora*, Nordhagens *Norwegische Flora*, Knut Fægris *Norwegische Flora* in zwei Bänden. Ove Arbos Høegs *Pflanzen und Tradition* in acht Bänden. Das waren Klassiker. Er beugte sich hinunter und zog das dicke Buch von Nordhagen heraus. Mehrere Blumen lagen gepresst zwischen den Blättern des Buches: Fettkraut, eine verblasste Küchenschelle und ein paar Sumpfdotterblumen.

Er blätterte ganz nach vorn. Der Name des Besitzers stand mit hellem Bleistift auf der Titelseite. *Emma Welhaven.* Welhavens verstorbene Ehefrau musste ein außergewöhnliches Interesse für Blumen gehabt haben. Gunnarstranda blieb einen Moment lang nachdenklich auf den Knien hocken. Ein merkwürdiges Gefühl hatte ihn ergriffen. Er ging zurück in die Küche und betrachtete noch einmal das Familienfoto. *Emma Welhaven.* Eine schöne Frau. Mit einem Lächeln im Gesicht, getarnt durch Mütze und Sonnenbrille. Hatte er sie schon einmal gesehen? Er betrachtete ihre Zähne, dachte nach, ließ seinen Blick zum Gesicht des Mannes wandern. *Arne Werner Welhaven.*

Er ging in die Kammer zurück, hob den Bettüberwurf und die Bettdecke hoch. Er öffnete die Schreibtischschublade. Dort lag ein in Leder gebundenes Tagebuch.

Es wirkte ganz neu, fast unberührt. Er schlug es auf und las zwei Zeilen: *gegen Lügen mit Lügen.* Und darunter: *unmöglich.* Die Worte waren mit klarer, leicht schräger Schreibschrift geschrieben. Abgesehen davon waren sämtliche Seiten des Buches leer. Kein Wort, nichts stand darin, außer den fünf Worten in zwei Zeilen:

Gegen Lügen mit Lügen.

Unmöglich.

Ein weißer Zettel fiel aus dem Buch heraus. Eine Quittung. Buchhandlung Norli im Bogstadveien. Vom 29. Juli. Das war, eine Woche bevor Fride Welhaven ihren Vater als vermisst gemeldet hatte.

Gunnarstranda hob den Kopf und sah aus dem Fenster auf die flache Hochebene. Eine Moorlandschaft in verschiedenen Grüntönen, durchbrochen von Felsen und Hügeln, die an längst erloschene Vulkane erinnerten. Er konnte zwei, vielleicht drei blaue Bergrücken vor dem Horizont schimmern sehen. Er dachte: *Entweder ist Welhaven verunglückt, oder er hat sich etwas angetan.* Hatte jemand ihn ermordet? Lag er einsam und tot – irgendwo dort draußen?

Er schlug das Tagebuch erneut auf. Las die Worte noch einmal. Was konnte Welhaven dazu bewogen haben, sie aufzuschreiben? Wenn der Mann hierhergekommen war, um sich das Leben zu nehmen, warum hatte er dann die Tür abgeschlossen, das Fenster aber offen gelassen? Damit jemand das Buch mit den zwei Zeilen finden sollte?

Beim Zaun entdeckte er einen Holzdeckel, wahrscheinlich der Deckel eines Brunnens. Er kletterte durch das Fenster hinaus und ging zum Brunnen. Es war ein typischer norwegischer Bergbauernbrunnen, ein ausgehobenes Loch, um das Sickerwasser aufzufangen, der obere Teil bestand aus einer gezimmerten Holzkiste mit einem

Deckel. Ein Stein hielt den Deckel an seinem Platz. Er rollte den Stein weg, hob den Deckel an. Dunkelheit. Er holte seine kleine Mini-Taschenlampe aus der Tasche. Der Lichtstrahl fand nichts, nur stilles, schwarzes Wasser.

16

So spätabends war es unmöglich, in der Nähe des Präsidiums einen freien Parkplatz zu finden. Gunnarstranda schickte einen ärgerlichen Gedanken an die Person, die den Keller des Polizeipräsidiums abgeschlossen hatte, als er seinen Wagen auf den Bürgersteig in der Borggata quälte. Er ließ den Motor im Leerlauf und ging zu Fuß zur Asservatenkammer. Die drei Kerle, die Dienst hatten, machten sich über ihn lustig, als er Welhavens Tagebuch auf den Tresen legte:

»Willst du etwa ein Beweisstück abgeben?«, Rikard Svenaas blinzelte den beiden anderen zu. »Ich dachte, er wüsste nicht mehr, wo er uns findet.«

Gunnarstranda sagte: »Es ist menschlich, etwas zu vergessen, oder?«

»Und ich dachte, du hättest ein fotografisches Gedächtnis.«

Das Lachen dröhnte hinter ihm her den Korridor entlang.

Dort sah er einen Kollegen auf dem Weg zur Garage, wo die Dienstwagen standen. Petter Bulls lange Arme pendelten hin und her, als seine breite Gestalt an den Zellentüren vorbei nach draußen ging.

Vor einer Woche hätte Gunnarstranda kaum darauf geachtet, wem er dort begegnete. Jetzt war er schreckhaft wie ein Vogel. Ohne zu zögern, verließ er mit raschen Schritten die Eingangsschleuse und sprang in seinen Wagen. Sah in den Rückspiegel. Als der weinrote Kombi durch das Tor rollte, machte Gunnarstranda mit dem Bürgersteig als Sprungbrett kehrt und trat aufs Gas. Der Wagen von Petter Bull hatte über dem linken Vorderrad eine Kerbe in der Stoßstange. Es sah aus, als hätte das Auto einen Zahn verloren.

Obwohl Gunnarstranda die Antipathie, die seine jüngeren Kollegen ihm entgegenbrachten, nicht akzeptierte, konnte er sie doch verstehen. Sie hatten Killis Auftritt auf dem Mosseveien nicht miterlebt. Für sie bestand das Nachspiel für Killi nur aus einer Reihe von Behauptungen – Gunnarstrandas gegen Killis. Umso stärker hatten die Kollegen die Konsequenzen der Anzeige miterlebt: Gegen ihren Arbeitskameraden wurde ermittelt, er war einem immensen Druck ausgesetzt, was schließlich zu seiner Krankmeldung führte. Gunnarstrandas jüngere Kollegen hatten noch viele Jahre bei der Polizei vor sich, wollten Karriere machen und rationalisierten das Ganze, so gut sie konnten. Alle Menschen haben das Bedürfnis, sich selbst und ihre Funktion in einem positiven und sinnvollen Zusammenhang zu sehen. Als das Dezernat für interne Ermittlungen eingeschaltet wurde, rüttelte das nicht allein am sozialen Gleichgewicht in der Abteilung. Es rüttelte auch an dem Fundament, das die Autorität und das Handeln eines Polizisten legitimierte.

Als Gunnarstranda Killi angezeigt hatte, war ihm klar gewesen, dass es Ärger geben würde. Trotzdem hatte er nicht gezögert, diesen Ärger auszulösen. Er war nicht auf soziale Akzeptanz angewiesen, um seine Arbeit machen zu können. Dafür war er zu alt. Außerdem fühlte er sich in einem Kollegium, in dem man nach Feierabend entweder zusammen trank und tratschte oder sich über intimere Beziehungen ausließ, sowieso fehl am Platze. Er wusste besser als irgendein jüngerer Kollege, dass Polizist zu sein ein Gefühl der Entfremdung gegenüber »gewöhnlichen« Menschen mit sich brachte. Doch Gunnarstranda hatte dieses Gefühl immer als einen Teil des Jobs betrachtet – als eine Dimension seines Berufs. Wenn etwas passierte, dann zog man die Konsequenzen daraus. Killi anzuzeigen war für ihn eine ganz natürliche Entscheidung gewesen. Man warf nicht einfach seine Werte über Bord, nur um einen Kollegen zu decken.

Gunnarstranda akzeptierte die Machtstruktur seiner Behörde. Deshalb konnte er auch verstehen, dass die Leitung Angst vor internen Verschwörungen hatte und ihn heftig zurechtwies, um ihn in Schach zu halten. Das war ein Teil des Spiels. Aber der Mann, der seine Schreibtischschublade aufgebrochen und den Speicherchip gestohlen hatte, hatte eine ganz persönliche Grenze überschritten. Jetzt war Rache das einzig Sinnvolle. Er würde sich an Petter Bull rächen. Er akzeptierte diesen Rachewunsch ebenso unkritisch, wie er den Prozess gegen Killi in Gang gesetzt hatte. Doch um sich zu rächen, musste er mehr wissen, beispielsweise was Petter Bull zu seinem Handeln getrieben hatte. Gunnarstranda war völlig mit sich im Reinen, als er gerade so weit hinter Petter Bull herfuhr, dass er den Wagen mit der verbeulten Zierfelge nicht aus den Augen verlor. Er dachte nicht nach, konzentrierte sich nur auf das Fahren.

Sie fuhren in Richtung Westen, durchs Zentrum, Pilestredet hinauf in Richtung Bislet, weiter in Richtung Ullevål Stadion, von dort auf den Ring 3 und weiter in Richtung Westen. Petter Bull fuhr beim Rikshospital ab und bog dann rechts in den Sognsvannsveien ein. Nach einer Weile fuhren nur noch ihre beiden Wagen den Hügel hinauf. Der weinrote ungefähr hundert Meter vor Gunnarstrandas dunklem Skoda. Bull fuhr langsamer. Sie kamen am Gaustadveien und einem Wohngebiet vorbei.

Plötzlich fuhr Bull an den Straßenrand und hielt an – ohne vorher zu blinken. Gunnarstranda fuhr direkt an ihm vorbei und beobachtete ihn im Rückspiegel. Bull blieb im Wagen sitzen. Die Straße machte eine lange, sanfte Rechtskurve. Sofort als Bull hinter der Kurve verschwunden war, hielt Gunnarstranda ebenfalls an.

Hatte Bull ihn bemerkt und angehalten, um ihn auszutricksen?

Gunnarstranda wendete und fuhr zurück. Der Dienstwagen stand immer noch an der gleichen Stelle. Petter Bull saß immer noch am Steuer. Gunnarstranda warf einen schnellen Blick zur Seite, als er an ihm vorbeifuhr. Bull hatte ein Fernglas vor den Augen und spähte durch die Bäume auf der anderen Straßenseite.

Gunnarstranda fuhr langsamer und verstellte den Rückspiegel. Auf dem Rasen stand ein Schild: *Sogn Zentrum für Kinder- und Jugendpsychiatrie.* In dem Bereich dahinter waren Menschen zu sehen. Manche saßen auf Bänken, andere liefen über den Rasen und warfen sich Frisbeescheiben zu.

Fehlanzeige, dachte er. Bull hatte wahrscheinlich einen ganz gewöhnlichen Beschattungsauftrag – wahrscheinlich hatte ein Patient der Einrichtung eine kriminelle Vorgeschichte.

Es war spät geworden. Gunnarstranda machte sich auf den Heimweg. Unterwegs klingelte sein Handy.

»Mach's kurz. Ich fahre.«

»Ich bin's, Frølich.«

»Ich fahre jetzt nach Hause.«

»Nun erzähl schon, war er da, in der Hütte?«

»Nein, aber er ist da gewesen. Und weil sein Wagen immer noch am Riksvei steht, sollte die örtliche Polizei eine Suchaktion einleiten.«

»Das ist sicher richtig«, sagte Frølich. »Er hat seine Kreditkarte das letzte Mal auf einer Tankstelle bei Lillehammer benutzt.«

»Welches Datum?«

»29. Juli.«

»In der Hütte lag eine Quittung aus einem Buchladen, mit demselben Datum.«

17

Am nächsten Vormittag war Frølichs Büro leer. Auf dem Schreibtisch lag noch immer der Ordner mit dem Material über Arne Werner Welhaven.

Das liest sich ja wie ein Roman, dachte Gunnarstranda, den Ordner auf dem Schoß. Offenbar hätte Welhaven, bevor er verschwand, einen Gerichtstermin mit einem gewissen Edvard Røyse gehabt. Der Anklageschrift war zu entnehmen, dass Edvard Røyse Finanzmakler war. Er behauptete, Aktien einer Ölfördergesellschaft – *Gydas Gamma* – gekauft zu haben, die Welhaven vor ein paar Jahren erworben hatte. Damals war der Kurs sehr niedrig gewesen. Røyse behauptete, die Aktienbriefe nie zu Gesicht bekommen zu haben. Andererseits war der Kurs norwegischer Ölförderfirmen – auch der von *Gydas Gamma* – jetzt wegen des Irakkrieges im Besonderen und der Krise im Nahen Osten im Allgemeinen in die Höhe geschossen. Gunnarstranda las die Formulierung noch einmal. Hatte Frølich sich an einer wirtschaftlichen Analyse versucht? Er las weiter: Røyse forderte seinen Teil des Gewinns ein, konnte aber den Besitz der Aktien nicht nachweisen, solange er sie nicht in der Hand hatte. Deshalb also der Gerichtstermin. Welhaven betonte seinerseits, Røyse niemals auch nur eine einzige Aktie verkauft zu haben. Er wies die Forderungen als Phantasien und grobe Frechheit zurück. Gunnarstranda dachte: *Entweder ist Welhaven ein Schurke oder Røyse.*

Er legte den Ordner beiseite und drehte Däumchen. Die Zeit verging. Frølich ließ auf sich warten. Gunnarstranda dachte an die leere Hütte, das Bücherregal mit den Büchern, der Namenszug auf den Titelseiten: *Emma Welhaven*. Er dachte an das Foto an der Wand – und holte tief Luft. Sein Gehirn arbeitete. Er lehnte sich zurück, versuchte an etwas anderes zu denken. Merkte nach einer Weile, wie er noch immer den Ordner auf dem Schreibtisch betrachtete. Musste einsehen, dass seine Gedanken weiterhin um das Foto an der Hüttenwand kreisten.

Nach weiteren zehn Minuten griff er nach dem Ordner, blätterte zu der Seite, auf der der Name des Finanzmaklers stand. Suchte im Büro herum. Fand die *Gelben Seiten*. Griff nach dem Telefonhörer. Rief Edvard Røyse an.

»Mein Name ist Gunnarstranda, ich bin Polizeibeamter. Es geht um eine Auseinandersetzung, die Sie mit Arne Werner Welhaven gehabt haben sollen.«

Edvard Røyse war spürbar missgestimmt. Gunnarstranda hörte sich die Beteuerungen des Mannes eine halbe Minute lang an, bis er ihn schließlich unterbrach und sagte: »Ich kann in einer Stunde in Ihrem Büro sein. Bis dann.«

Er beendete das Gespräch, bevor der andere protestieren konnte.

Dann bemerkte er etwas und drehte sich mit dem Stuhl herum.

Frølich füllte den Türrahmen. »Hast du kein eigenes Büro?«

Gunnarstranda antwortete nicht.

»Stattdessen findest du es besser, meins zu besetzen?« Frølich versuchte angestrengt, sich die Schuhe auszuziehen.

Gunnarstranda betrachtete mit hochgezogenen Augenbrauen, wie Frølich seine Schuhe draußen auf den Flur stellte. Als er sich umdrehte, ragte ein Zeh aus einem Loch in seinem Socken.

»Du ziehst die Schuhe aus?«

»Das ist mein Büro.«

»Wenn du glaubst, dass ich mir hier die Schuhe ausziehen werde, dann irrst du dich.«

Frølich überhörte ihn, setzte sich an den Schreibtisch und legte die Hände auf die Tischplatte. Sie saßen einander gegenüber und starrten sich an.

Schließlich fragte Gunnarstranda: »Hast du schon Kontakt zu einem Börsenmakler namens Edvard Røyse aufgenommen?«

Sie versuchten sich ein paar Sekunden lang gegenseitig niederzustarren, bevor Frølich antwortete: »Du meinst den Røyse, mit dem Welhaven den Gerichtstermin hatte? Noch nicht. Wieso?«

»Hab gerade mit ihm gesprochen. Der ist stinksauer. Hat erzählt, er habe diese Polizisten, die ihn immer mit seinem Verhältnis zu Welhaven nervten, so was von satt.«

»Nervende Polizisten?«

Gunnarstranda nickte.

»Wer kann das gewesen sein?«

Frølich nahm den Telefonhörer in die Hand und wählte eine Nummer. Dann sagte er: »Mal hören, was die in der Abteilung für Betrugs- und Wirtschaftskriminalität dazu sagen.«

Er nannte sein Anliegen und legte auf. »Sie rufen zurück.«

Gunnarstranda breitete die Arme aus, als wolle er das Büro umarmen und fragte: »Gefällt's dir hier?«

»Das Büro oder der Job?«

»Beides.«

»Sehr gut, ehrlich gesagt. Es ist mir seit Jahren nicht mehr so gut gegangen.«

»Wenn ich Welhaven da draußen in seinem Brunnen schwimmend gefunden hätte, wäre der Fall abgeschlossen gewesen.«

Frølich zuckte mit den Schultern. »Wahrscheinlich werden wir ihn jeden Moment abschließen müssen. Sie trommeln jetzt das örtliche Rote Kreuz und ein paar andere Freiwillige zusammen, um nach ihm zu suchen. Aber – es gibt Fälle genug. Jugendliche vom Dorf, die abhauen, um sich in der Hauptstadt die Birne zuzudröhnen. Ich habe den ganzen Morgen damit zugebracht, nach einer Frau mit Alzheimer zu suchen, die nach einem Klogang im Seniorenzentrum Hellerud verschwunden ist. Besondere Kennzeichen: rosa Bademantel und geflochtene Zöpfe. Ohne Flachs. Welhaven ist ein Glücksfall in dieser Abteilung.«

Sie betrachteten eine Weile das stumme Telefon. Die Situation war neu, wie auf den Kopf gestellt. Frølich hatte die Verantwortung. Gunnarstranda hatte seine Anweisungen entgegenzunehmen. Sie schwiegen beide, dachten aber dasselbe.

Die Stille war drückend, bis Frølich es nicht mehr aushielt und sagte: »Aber ich habe mir vorgenommen, dich mit Respekt zu behandeln. Bis auf Weiteres gibt es immer noch ein paar angebliche Drohungen gegen Welhaven, die untersucht werden sollten.«

»Mir ist etwas aufgefallen, als ich den Ordner durchgegangen bin.«

»Ja?«

»Die Behauptungen, dass Welhaven unsaubere Geschäfte macht, sind relativ frisch, ich glaube, keine davon liegt mehr als ein Jahr zurück.«

Frølich drehte sich auf seinem Stuhl hin und her, ohne etwas zu sagen.

»Ist im letzten Jahr bei ihm irgendetwas Dramatisches passiert?«

»Sein Sohn ist gestorben.«

»Etwas anderes, das nach Geld riecht?«

Frølich sah in die Luft, bevor er antwortete. »So weit bin ich noch nicht gekommen.«

Sie wurden unterbrochen, als das Telefon klingelte.

Frølich warf sich auf den Hörer, lauschte und legte auf. »Das waren die von der Wirtschaftsabteilung. Rate mal, was sie gesagt haben.«

»Lass uns nicht deine kostbare Zeit vergeuden, Frølich!«

»Niemand hat mit Røyse gesprochen. Niemand hat mit irgendwem über Welhaven gesprochen. Der Name Welhaven ist ihnen hier und da begegnet, aber es gibt keine Anzeigen gegen ihn, also keinen Fall.«

Frølich fasste mit beiden Händen um die Schreibtischkante. »Da hast du dein Mysterium, Sherlock«, sagte er grinsend. »Das ist genau das Richtige für dich, herauszufinden, welcher *Polizist* Røyse interviewt hat – und warum.«

Gunnarstranda zuckte noch einmal mit den Schultern. »Werde langsam neugierig auf diesen Welhaven – Anwalt mit Flecken auf der Weste. Sein Charakter gefällt mir. Weißt du etwas über seine Vorgeschichte?«

»Die ist deiner nicht unähnlich«, sagte Frølich ebenso kühl. »Welhaven ist im Osloer Stadtteil Grünerløkka aufgewachsen. Ihr seid gleich alt. Wahrscheinlich seid ihr zusammen zur Schule gegangen.«

Gunnarstranda schwang lange auf seinem Stuhl hin und her.

»Woran denkst du?«

Gunnarstranda zuckte zusammen. »An ein Foto an der Wand in seiner Hütte«, murmelte er. »Wo in Grünerløkka?«

»Gute Frage. So weit zurück reichen meine Informationen nicht, aber ich weiß, dass Welhaven Witwer ist, genau wie du.«

»Woran ist seine Frau gestorben?«

»Krebs, genau wie –«

Gunnarstranda wartete das Ende des Satzes nicht ab. Frølich sah zu, wie sich die Tür hinter Gunnarstranda schloss, und beendete den Satz dann doch: »Genau wie deine Frau.«

Gunnarstranda erinnerte sich an einen Arne, wie an ein Bild aus einem längst vergessenen Traum: ein Junge mit sorgfältig gezogenem Seitenscheitel und einer Lücke zwischen den Vorderzähnen. Sein Vater hatte in der Würstchenbude in Jordal gestanden. Er erinnerte sich an Arnes kundige Reden über das Kochen von Wiener Würstchen, Behauptungen, deren Quelle sein Vater war: *Der Geschmack der Wurst hängt vom Fleischgehalt ab, und das Wasser darf niemals kochen, denn dann platzen sie.* Altkluge Weisheiten, die in der Klasse brüllendes Gelächter ausgelöst hatten. *»Denn dann platzt die Wurst!«*

Konnte der Junge mit dem Seitenscheitel Anwalt geworden sein – mit einer Wohnung in Frogner und einer Hütte in den Bergen?

Der Gedanke erschien ihm völlig abstrus. Er konnte sich nicht vorstellen, dass der kleine Furz mit Seitenscheitel heute ein Ehemann in seinem Alter sein sollte, ein Anwalt, der seine Frau durch Krebs verloren hatte.

Er blieb stehen und sah in die Luft. Erinnerte sich an das Foto an der Hüttenwand. Die Gesichter in der Sonne. Das lächelnde Frauengesicht mit der Sonnenbrille. Der Namenszug: *Emma Welhaven.*

Er erinnerte sich an eine Emma.

Doch als er über die Fußgängerbrücke am Bahnhof ging, drängte sich eine andere Frau in sein Bewusstsein. Seine Gedanken kreisten um Edel und die Zeit, bevor sie krank wurde. Sätze, die sie gesagt hatte, Dinge, die sie gern zusammen gemacht hatten. An die Zeit ihrer Krankheit erinnerte er sich immer weniger. Ohne wirklich darüber nachzudenken, was er tat, stieg er in eine Straßenbahn, die direkt vor ihm hielt.

Von einem Klappsitz am Einstieg aus betrachtete er die Fassaden der Häuser. Die Straßenbahn bog in Pilestredet ein und fuhr an dem Haus vorbei, in dem er und Edel als frisch Verheiratete gewohnt hatten. Jetzt hingen weiße Gardinen in den hohen Fenstern im ersten Stock. Und auf der Fensterbank standen merkwürdige Kitschfiguren aus Glas.

Plötzlich erinnerte er sich daran, wie er damals weiße Jalousien an genau diesen Fenstern angebracht hatte. Sie hatte laut gelacht, als er wütend wurde, weil die Lamellen nie gerade hängen wollten. Das Ganze war ihm auf den Kopf gefallen, und er hatte die gesamte Jalousie zertreten.

Die Straßenbahn fuhr an Bislet vorbei. Er entdeckte ein Blumengeschäft in der Thereses Gate, stieg aus und betrat das Geschäft. Kaufte eine kleine Tüte Kalk. Dann wartete er auf die nächste Straßenbahn, stieg ein und fuhr bis zum Krankenhaus Ullevål. Mit schnellen Schritten durchquerte er das Krankenhausgelände. Betrat den Friedhof Østre Gravlund. Fand Edels Grab. Die weiße Clematis vor dem Stein war verblüht, schien aber gesund. Die Samenkapseln erinnerten an weiße Baumwollbällchen. Er streute etwas Kalk um die Wurzeln. Bei den Friedhofsgärtnern wusste man nie.

Mit gesenktem Kopf stand er da und dachte an sie. Entdeckte erst nach einer Weile, dass die kleine Figur auf dem Grabstein verschwunden war. Er beugte sich hinunter und sah genauer hin. Sie war abgekniffen worden. Nur ein Zentimeter der Kupferbefestigung ragte noch aus dem Stein. Er richtete sich wieder auf. Jemand hatte mit einer Kneifzange ein paar hundert Gramm Kupfer gestohlen.

Er legte den Kopf in den Nacken und sah zum Himmel. Sein Blick vernebelte sich einen Moment. Der banale Diebstahl raubte ihm fast den Atem, und er spürte, wie sich ein schweres Gefühl von Einsamkeit auf seine Schultern legte. Verspürte Lust, sich hinzulegen, ließ es aber sein. Stattdessen senkte er wieder den Kopf. Lange stand er so da und vergaß die Zeit. Ein gelähmter Polizist an einem geschändeten Grab. Wenn es einen Gott gab, dann musste er eine gehörige Portion Galgenhumor besitzen.

Edvard Røyse war Ende dreißig und trug ein modisches, allerdings etwas fransiges Bärtchen unter der Unterlippe. Der Bart passte zum Anzug, der schmal gestreift war und glänzte.

»Sie kommen spät«, sagte Røyse und sah demonstrativ auf die Uhr.

»Es ist etwas Unvorhergesehenes dazwischengekommen.«

»Es ist spät. Sie haben Glück, mich noch anzutreffen.«

»Tja«, sagte Gunnarstranda leichthin. »Wie ist es gelaufen?«

»Was?«

»Der Gerichtstermin mit Welhaven?«

»Fehlanzeige. Er ist nicht gekommen. Ich habe eine weitere Verschiebung des Termins beantragt. Der Richter wäre beinahe übergekocht. Wenn dieser Fall endlich verhandelt wird, dann gewinne ich, ohne den Mund aufzumachen. Das Katz-und-Maus-Spiel von Welhaven bringt nur höhere Verfahrenskosten, wenn er am Ende die Rechnung präsentiert bekommt.«

»Wenn er verurteilt wird.«

»Glauben Sie mir, Welhaven wird verurteilt!«

»Sie haben gesagt, dass die Polizei sie schon einmal wegen Welhaven befragt hat?«

»Nein, das habe ich nicht gesagt. Ich habe gesagt, dass ich die Herumhühnerei Ihrer Behörde, die offenbar aus lauter Leuten besteht, die nicht kommunizieren können, so was von satthabe. Die Polizei hat sich wegen des Betrugs an mich gewandt, nicht wegen seines Verschwindens.«

»Erinnern Sie sich an den Namen des Kollegen, mit dem Sie gesprochen haben?«

Røyse grinste höhnisch. »Was macht ihr Polizisten, wenn ihr euch morgens trefft. Hängt euch gegenseitig Kuhglocken um?«

Gunnarstranda lächelte ihn an.

Nach einer Weile klappte Røyse seinen Mund wieder zu und sagte: »Ich weiß nicht mehr, wie er hieß. Jüngerer Typ. Sportlich. Ich weiß, dass er beim Birkebeiner-Rennen mitgemacht hat. Hab sein Gesicht da ein paar Mal gesehen.«

»Sie sind Radrennfahrer?«

»Manche nennen es Trainingssucht. Im Winter Ski laufen, im Sommer Fahrrad fahren. Das Birkebeiner-Rennen ist ein Muss.«

»Ein Polizeibeamter, der mehrmals am Birkebeiner-Rennen teilgenommen hat?« Gunnarstranda dachte einen Moment nach. »Hieß er Emil Yttergjerde?«

Røyse kaute mit seinen Oberkieferzähnen auf seinem Bärtchen und schüttelte den Kopf.

»Ivar Killi?«

»Möglich. Jedenfalls irgendetwas mit i.«

Gunnarstranda zog ein Foto aus der Tasche. »War es dieser Mann?«

Røyse warf nur einen kurzen Blick darauf. »Ja ja, das ist er.«

»Was genau hat er Sie gefragt?«

Røyse seufzte. »Hören Sie mal –«

»Ivar Killi ist erschossen worden«, sagte Gunnarstranda

ruhig. »Als Zeitungsleser haben Sie das ja sicherlich mitgekriegt. Polizist auf dem Grønland Torg getötet.«

Røyse blinzelte einmal, dann noch einmal. »Richtig«, murmelte er leise. »Aber da habe ich nicht richtig geschaltet.«

Plötzlich zog er die Unterlippe ein und nagte wieder nervös an seinen Bartstoppeln.

Gunnarstranda sagte: »Es ist von größter Wichtigkeit, dass Sie jetzt versuchen, sich genau zu erinnern, worüber Sie mit ihm gesprochen haben.«

»Über meine Forderung gegenüber Welhaven. Er wollte wissen, ob ich Beweise hätte.«

»Und was haben Sie gesagt?«

»Ich habe erzählt, dass ich Welhaven vor Gericht treffen würde und dass er gerne mitkommen könnte. Ich habe gesagt, dass ich selbstverständlich Beweise hätte, sonst hätte ich niemals diese Forderungen gestellt.«

»Was für Beweise haben Sie?«

»Den Kaufvertrag.«

Gunnarstranda runzelte skeptisch die Stirn. »Den Kaufvertrag? Für die Aktien?«

»Das hier ist ein privater Deal zwischen Welhaven und mir. Die Absprache lautete, dass Welhaven das Ganze über VPS klarmachen sollte. In der Zwischenzeit habe ich meine Rechte mit einem Vertrag zwischen uns gesichert. Zwar ist der Deal nur auf eine Serviette gekritzelt, aber das reicht.«

»Ein Vertrag über große Geldbeträge auf einer Serviette?«

»Wir haben uns während eines Essens geeinigt, da hat man nicht alle möglichen Dokumente zur Hand. Aber die Serviette reicht aus. Gute Qualität. Nobler Laden.«

»Was hat dazu geführt, dass Sie diese Forderungen jetzt stellen? Sind die Aktien verkauft?«

Røyse nickte mit einem sardonischen Lächeln auf den Lippen. »Wenn nicht, hätte ich wohl kaum meinen Gewinnanteil einfordern können, oder?«

»Was wollte Killi wissen?«

»Dasselbe wie Sie, offenbar. Er wollte wissen, ob Welhaven die Aktien verkauft hat.«

Gunnarstranda dachte einige Sekunden nach. »Ist Killi zu dem Gerichtstermin erschienen?«

»Ja.«

»Sie haben ihn gesehen?«

»Es gab zwei Zuhörer. Killi war einer von ihnen.«

»Wer war der andere?«

»Keine Ahnung.«

»Wer könnte sonst ein Interesse an Ihrem zivilrechtlichen Verfahren gegen Welhaven haben?«

»Wie gesagt, ich habe keine Ahnung, wer der andere war.«

»Haben Sie mit Killi gesprochen?«

»Nein. Wir hatten nichts zu besprechen.«

18

Gunnarstranda ging durch die leeren Korridore zum Kontrollraum im fünften Stock des Polizeipräsidiums. Dort befanden sich nur zwei Personen, und beide saßen vor dem einzigen Bildschirm: die Kellnerin aus dem *Asylet* und Abteilungsleiter Rindal, der einen kühlen Blick über seine Schulter warf, als Gunnarstranda die Tür schloss.

Auf dem Bildschirm war das Innere des Vernehmungsraums zu sehen, der zwei Türen weiter lag. Vibeke Starum saß einem Mann mit rasiertem Schädel und einer Tätowierung gegenüber, die an seinem Hals nach oben züngelte. Der Ton war ausgeschaltet, man konnte nicht hören, worüber sie sprachen.

Rindal schaltete den Ton ein und regulierte die Lautstärke.

Der Untersuchungshäftling beugte sich plötzlich vor. Sein Gesicht war ein einziges Grinsen. »Ich sage kein Wort ohne meinen Anwalt.«

Starum seufzte tief. »Hören Sie schon auf, und seien Sie vernünftig. Dies ist ein Verhör.«

»Ein Verhör nennen Sie das?«

»Sie sollten doch wissen, was ein Verhör ist«, sagte Starum und blätterte in einem Papierstapel auf dem Tisch. »Sie sind bisher …«

Darak Fares unterbrach sie. »Sie glauben, ich weiß nicht, was ein Verhör ist?« Er zog den Pulli über den Kopf und saß mit nacktem Oberkörper da. Die Tätowierung erwies sich als eine Art Drachen. Aber sie verblasste im

Vergleich zu den blaugelben Blutergüssen an seinen Armen und auf seiner Brust.

Der Mann sagte: »Ein Weihnachtsgruß von den Bullen, mit denen ich in den letzten Tagen gesprochen habe. Was ist Ihr Job? Sollen Sie mir vielleicht einen blasen – zum Trost?« Er fasste sich mit einer derben Bewegung in den Schritt.

Starum sagte: »Ziehen Sie Ihren Pulli wieder an. Wenn nicht, schicke ich Sie augenblicklich zurück in die Zelle.«

Die Kellnerin blickte zu Rindal auf. »Was hat er gemeint?«, fragte sie ängstlich. »Wird er verprügelt?«

»Das behauptet er, allerdings«, sagte Rindal. »Das Letzte, was er der Polizei vorgeworfen hat, war, dass wir dem Mann, der ins Krankenhaus musste, den Arm gebrochen hätten. Sie können also bestätigen, was Sie vorhin gesagt haben? Dies ist der Mann, der an jenem Abend ein Bierglas nach Ihnen geworfen hat, der Mann, dem Sie nachgelaufen sind?«

»Er ist es.«

»Sie müssen sich ganz sicher sein. Die gleiche Frage wird man Ihnen vor Gericht auch stellen.« Rindal holte mit dem Zoom das Gesicht des Mannes näher heran. Der Mann merkte, was geschah, und warf einen schrägen Blick zur Kamera hinauf. Plötzlich verzerrte er das Gesicht, als sei ihm der Teufel persönlich erschienen. »Keyser Söze!«, schrie er theatralisch. »Rette mich!«

Die Kellnerin fing an zu grinsen.

»Warum lachen Sie?«, fragte Rindal gereizt.

Sie kniff den Mund zusammen.

Auf dem Bildschirm sagte Vibeke Starum: »Ich habe einen Zeugen, der Sie am fünften August auf einem Fest im Clublokal der Osloer *Hells Angels* gesehen hat.«

»Stimmt.«

»Wann sind Sie dort weggegangen?«

Darak Fares antwortete nicht.

»Ich weiß nämlich, wann Sie weggegangen sind«, sagte Starum. »Jetzt bin ich gespannt auf Ihre Version.«

Rindal schaltete den Bildschirm aus. »Was willst du, Gunnarstranda?«

»Kurz mit dir reden.«

Rindal und Gunnarstranda gingen auf den Flur, und Rindal – zischte. »Das ist ein Durchbruch. Drei Bandenmitglieder auf der Flucht ins Ausland, nachdem sie einen Polizisten getötet haben. Ich tippe, dass Darak Fares oder einer der anderen noch vor morgen Mittag gesteht.«

»Die Blutergüsse sind ein gefundenes Fressen für den Anwalt, Rindal.«

»Ach was, das ist nur Geheul und Geschrei. Als ob ein paar blaue Flecken ausgerechnet bei einem Typen, der in Grønland nachweislich eine Kneipenschlägerei angefangen hat, etwas zu sagen hätten. Glaubst du, er ist in dieser Nacht da weggekommen, ohne vorher ein paar ordentliche Schläge einzustecken?«

»Was sagt er über die Mordwaffe?«

»Die Verhöre haben gerade erst angefangen«, sagte Rindal kurz. »Was wolltest du?«

Gunnarstranda stand einen Moment stumm da und wog das Für und Wider ab.

»Was willst du?«, wiederholte Rindal genervt.

»Ich glaube, dass der Killi-Fall mit einem Vermisstenfall zusammenhängt, an dem Frølich arbeitet.«

»Was sagst du da?«

»Ivar Killi hat während seiner Krankmeldung auf eigene Faust Nachforschungen angestellt.«

Rindal verzog das Gesicht.

»Dieser Anwalt Welhaven, der verschwunden ist, wurde bedroht. Ich habe einen Geschäftsmann überprüft, der mit Welhaven Streit hatte, und dieser Typ hat erzählt, Killi hätte sich vor etwas über einer Woche nach Welhaven erkundigt und ihn ausgefragt.«

»Killi?«

Gunnarstranda nickte ernst. »Ivar Killi hat behauptet, er habe wegen angeblicher Unterschlagungen gegen Welhaven ermittelt. Aber Killi hat nie irgendetwas mit Wirtschaftsdelikten zu tun gehabt, und niemand hier im Haus hat jemals von einem solchen Fall gehört.«

Rindal betrachtete ihn stumm. Lange. Schließlich fragte er nachdenklich: »Sicher?«

»Glaubst du, ich komme damit zu dir, wenn ich mir nicht sicher bin?«

Rindals Gesicht blieb leer. Als etwas weiter hinten im Flur eine Tür ging, hatte er einen Grund, sich umzudrehen. Vibeke Starum kam aus ihrem Büro. Plötzlich gab es etwas Interessantes, auf das er seine Aufmerksamkeit richten konnte. »Schreib einen Bericht und leg ihn mir ins Fach«, sagte er brüsk zu Gunnarstranda, machte auf dem Absatz kehrt und rief der Frau, die den Korridor in die andere Richtung hinunterging, hinterher: »Vibeke! Vibeke! Wenn du Hilfe brauchst, um mit diesem Arschloch fertig zu werden, dann sag Bescheid!«

19

Der alte Schuhkarton quoll fast über von alten Fotos. Er erinnerte sich daran, dass Edel sich darüber beklagt hatte, dass er nie Fotos einklebte. *Warum kannst du das nicht tun?*, hatte er erwidert. So hatten sie eine ihrer kleinen Fehden begonnen. Keiner von ihnen wollte sich bewegen, keiner wollte nachgeben – sich dazu herablassen, ein Album zu kaufen oder die Bilder einzukleben. Die Fotos blieben im Schuhkarton.

Bei jedem Foto versuchte er, sich an die jeweilige Situation zu erinnern. So saß er da und blätterte sich in die Vergangenheit zurück. Bald tauchten abgegriffene Fotos seiner Mutter, seines Vaters und seines Bruders auf. Kleine Jungen posierten wie stramme Gardisten vor den Mülleimern zu Hause im Hof. Er fand Bilder von Kindern, die in Iladalen auf Schlitten die Hänge hinabfuhren. Er fand ein Bild von sich selbst als Kind: auf der Treppe, vor dem Fenster, durch das Licht hereinfiel. Gunnarstranda sah sich nicht gern selbst auf Fotos. Der fotografische Abdruck, die zweidimensionale Spiegelung, war etwas ganz anderes als seine eigenen Erinnerungen und die Vorstellung, die er von sich selbst hatte. Ihm missfiel der ernste, fast verschreckte Blick.

Auf dem Boden des Kartons lag ein Klassenfoto in Schwarzweiß, hübsch eingebunden in ein graues Passepartout und mit einem schützenden Seidenpapier bedeckt. Er erkannte sich selbst in der hinteren Reihe und ließ seinen Blick über die Gesichter gleiten. Die Mädchen mit Lächelmund und Schleife im Haar. Er erkannte Emma. Sie lachte lauthals und stand mit steifen Armen und geballten Fäusten da, wie immer, wenn sie angespannt war. Er erkannte Jan aus der Sofienberggata. Sein Gesicht und die gescheitelten Haare sahen so aus, wie das Gesicht und die gescheitelten Haare von Jan immer ausgesehen hatten. Der Anblick dieses voll entwickelten Kopfes auf einem kleinen Körper wirkte komisch. Er erkannte Hilmar an dem schweren Unterkiefer und seinem schiefen Lächeln. Hilmar war einer der wenigen, mit denen er über die Jahre hinweg sporadisch Kontakt gehalten hatte.

Er ging nach dem Ausschlussverfahren vor und behielt am Ende zwei Jungen links unten übrig. Einer von ihnen musste Arne sein. Wie war noch sein Nachname gewesen? Noch erschien es ihm unwirklich, dass einer der beiden Grünschnäbel *der* Arne Werner Welhaven sein könnte. Und war das lauthals lachende Mädchen auf dem Foto tatsächlich *die* Emma?

Gunnarstranda lehnte sich zurück. Ohne darüber nachzudenken, was er tat, griff er zum Telefon.

Sie luden ihn ein, herüberzukommen. Es wurde Lamm serviert, woraus sich etwas ergab, das Hilmar als *Trinkpflicht* bezeichnete.

Gunnarstranda schaute aus dem Fenster. Am Halteplatz vor seinem Haus standen zwei Taxis mit eingeschalteter Beleuchtung. Der Wagen brauchte eine halbe Stunde bis Bærums Verk.

Hilmar und Laurits wohnten im dritten Stock. Als Gunnarstranda oben ankam, war er aus der Puste und musste erst einen Moment verschnaufen, bevor er klingelte. Er wurde erwartet. Die Tür wurde aufgerissen. Hilmars schwerer Kiefer verzog sich zu einem schiefen Lächeln. »Jetzt bist du wirklich alt geworden.«

»Immer noch jünger als du«, parierte Gunnarstranda

und hängte seine Jacke auf. Es war ein alter Scherz zwischen ihnen. Der Altersunterschied betrug zwei Tage.

Hilmar konnte nicht begreifen, dass Gunnarstranda seine dürftigen Haarsträhnen immer noch quer über den kahlen Schädel kämmte. »Schneid sie ab«, riet er ihm eindringlich. »Du hast doch eigentlich eine schöne Kopfform. Du würdest sogar jünger aussehen.«

Dieses Gespräch hatten sie schon öfter geführt, Gunnarstranda sah keinen Grund, es zu wiederholen. Stattdessen schnupperte er in die Luft. »Clever von mir, gerade heute anzurufen, was?«

Das Verhältnis zwischen Laurits und Hilmar hatte sich auf der Basis von zwei Leidenschaften entwickelt und gefestigt: Essen und Literatur. Der einzige Ort in der Wohnung, an dem sich keine Bücher stapelten, war die Küche.

Hier hatte Laurits seinen mageren Körper in eine grüne Küchenschürze gewickelt, und es fehlten nur die Kopfbedeckung und der Mundschutz, dann hätte er wie ein Chirurg im OP ausgesehen. Auf der Arbeitsplatte lagen ausgesuchte Gemüse wie Tomaten, Chicorée, Brechbohnen, Spargel und Zuckererbsen. Die restlichen Zutaten lagen abgemessen und abgewogen bereit: Marinade und zerstampfte Kräuter, sorgfältig in kleinen Schälchen zwischen dem Gemüse verteilt.

Hilmar wollte das Thema Alter nicht lassen. »Die wichtige Frage ist, wann wir alt genug sind«, fuhr er fort und schenkte Wein aus einer fast leeren Flasche in ein Glas.

»Wozu?«

»Um darüber nachzudenken, was der Sinn des Ganzen ist. Was tust du, wenn du morgens wach wirst?«

Gunnarstranda nahm das Glas entgegen und schüttelte den Kopf. »Das Übliche. Ich frage mich, wer ich bin, wohin ich gehe und woher ich komme.«

»Und danach?«

»Gehe ich ins Bad, sehe mich im Spiegel und bin jedes Mal von Neuem überrascht.«

»Unser Nachbar«, sagte Hilmar, »der ist vierundachtzig und meint, es sei schade, dass man erst dem Tod nah sein muss, um das Rätsel des Daseins zu begreifen. Wir hatten über die globale Erwärmung gesprochen, und ich war ziemlich neugierig auf das Rätsel des Lebens geworden, also bat ich ihn um die Lösung.«

Laurits hob das Glas und unterbrach ihn: »Der optimale kulturelle Ausdruck unserer Zeit ist doch offensichtlich, über die Sinnlosigkeit des Lebens zu reflektieren und gleichzeitig zu essen und zu trinken und sich an dem immer gleichen Rundtanz zu erfreuen. Skål!«

Sie tranken.

»Und was war das Geheimnis?« wollte Gunnarstranda wissen.

»Welches?«

»Wie lautet des Rätsels Lösung?«

»Alles verändert sich. Die ganze Zeit, alles altert. Unser Nachbar wird alt und stirbt, neue Kinder werden geboren, du und ich altern, die Bäume, die Berge, alles ist in Veränderung – alles bewegt sich aufs Alter und auf den Tod zu –, das gilt natürlich auch für die Erde.«

»Das, was andere Fatalismus nennen, ist für ihn das Rätsel des Daseins? Ist er Pastor?«, fragte Gunnarstranda enttäuscht.

»Nicht weit davon entfernt«, grinste Laurits. »Autoverkäufer.«

Hilmar zwinkerte dem Polizeibeamten zu. »Erzähl Laurits von deinem Anliegen.«

»Anliegen?«, stieß Laurits aus. »Willst du damit sagen, dein alter Klassenkamerad besucht uns aus Gründen, die vornehmlich nutzenorientiert sind, und nicht allein, um die intime Wärme alter Freundschaft zu genießen?«

»Laurits, der Bulle hier hat das Tagebuch eines verschwundenen Anwalts gelesen und ein Rätsel gefunden. Lass dir erzählen, was da stand! Du liebst doch Rätsel.«

Gunnarstranda hob das Glas zusammen mit den anderen: »*Lüge mit Lüge begegnen* in einer Zeile und das Wort *unmöglich* in der Zeile darunter.«

»Unmöglich, Lüge mit Lüge zu begegnen? Und das soll wirklich ein Anwalt geschrieben haben?« Laurits runzelte skeptisch die Stirn.

»Du hast Recht. Es wirkt seltsam.«

Hilmar legte eine Hand an die Brust, als habe er einen Schock bekommen, und stieß hervor: »Und ausgerechnet du, Gunnarstranda, der du doch ein belesener Mann bist!«

»Ich sollte es also selbst wissen?«

»Der Mann, der die Worte geschrieben hat – was für ein Typ war er, hatte er Charakter?«

»Er ist verschwunden und möglicherweise tot«, sagte Gunnarstranda. »Erinnerst du dich an Arne, Hilmar?«

»Arne?«

»Aus der Schule.«

Hilmars Stirn legte sich in Falten wie ein Waschbrett, während er sein Gedächtnis anstrengte.

»Sein Vater hat im Kiosk in Jordal Würstchen verkauft.«

»An den müsstest du dich doch selbst erinnern«, fuhr Hilmar locker fort. »Ihr wart doch ständig zusammen, habt Blumen gepflückt und im Herbarium gepresst, habt im Wald Vogelskelette gefunden und der Lehrerin mitgebracht, Fräulein Hartmann.«

Hilmar wandte sich zu Laurits um. »Fräulein Hartmann hat einen Lachkrampf nach dem nächsten ausgelöst, wenn sie uns von der Schönheit des Lebens am *Busen* der Natur vorschwärmte oder von ihrer Kindheit auf dem

Lande, wo die Bachstelzen den *Schwanz aufstellten* und damit wippten.«

»Ich war mit Arne befreundet?«

»Hast du das vergessen?«, grinste Hilmar. »So viel ist dir also alte Freundschaft wert.«

Gunnarstranda kniff die Augen zusammen. »Ich kann mich einfach nicht daran erinnern.«

Hilmar sagte: »Aber jetzt ist Arne möglicherweise …?«

»Vorläufig nur verschwunden. Vermisst gemeldet.«

»Und wie lange schon?«

»Eine Woche – vielleicht mehr.«

Laurits öffnete den Backofen, um das Bratenthermometer abzulesen, fuhr aber zurück, als ihm der heiße Bratendampf entgegenschlug, und rief: »Es gibt etwas, das niemals stirbt! Das Urteil über einen Toten.«

Hilmar hob irritiert das Glas gegen seinen Lebensgefährten, als wolle er ihm drohen. »Du sollst hier jetzt nicht helfen!« Er goss mehr Wein in die Gläser, diesmal aus einer neu geöffneten Flasche. »Probier den mal, mein Lieblingswein.« Dann bremste er sich und sagte: »Wie kann ich so etwas sagen? Kann man wissen, wie ein Wein schmeckt, bevor man ihn gekostet hat? Hm? Ich sage es nur so, apropos Spruchweisheiten, wie dein Anwalt sie aufgeschrieben hat. Ach ja, von wegen Spruchweisheit, du musst doch wissen, wo es steht, dass man die Frau erst loben soll, wenn sie verbrannt ist!«

»Und du erzählst mir, ich soll keine Tipps geben«, sagte Laurits, die Nase tief in einem Topf.

Hilmar überhörte den Einwurf. Er fuhr mit geschlossenen Augen fort: »Oder: Gib mit der Tochter erst an, wenn du sie verheiratet hast? Die Lunte brennt, was? Skål!«

Gunnarstranda leerte das Glas. So war es immer bei Laurits und Hilmar. Es wurde einem schnell schwindelig. Er setzte das Glas ab. »Hávamál!«, rief er triumphierend.

»Ich würde sagen, eine Spur säuerliche Walderdbeeren mit einer Nuance von schwarzen Johannisbeeren und einem feinen Honigaroma«, sagte Hilmar und ließ den Restschluck seines Weins im Glas kreisen. »Wusstest du, dass Hermitage vermutlich das älteste Weinanbaugebiet im Rhonetal ist? Die allgemeine Meinung – also unter Historikern und Önologen – ist die, dass die Phönizier, die im Jahr 600 vor Christus über das Meer kamen, von Marseille aus den Fluss hinaufruderten und an den Hängen Wein anbauten. Die Phönizier waren ja kultivierte Menschen, die garantiert Vergil gelesen hatten, der behauptet, dass Weinstöcke die Luft und die Aussicht von offenen Hängen lieben.«

»Wenn man einmal davon absieht, dass Vergil etwas später geboren wurde, nämlich im Jahr 70 vor Christus«, warf Laurits ein. »Wollen wir zum Essen einen Chianti probieren, Hilmar?«

»Brunello, Laurits, wenn wir schon unsere interne Nostalgie pflegen wollen.«

Die beiden zwinkerten sich liebevoll zu.

»Also gut«, sagte Gunnarstranda, um wieder zum Thema zurückzukommen. »Welhaven hat also einen Vers aus den Hávamál notiert. Aber weißt du, wie es mit Arne weiterging – als er erwachsen wurde?«

»Das musst du doch wissen. Ich dachte, er wäre ein Fall für die Polizei?«

»Ich weiß nichts. Ich erinnere mich ja nicht einmal daran, dass wir befreundet waren.«

»Ich glaube, er hat Emma geheiratet«, sagte Hilmar. »Erinnerst du dich an Emma, von der alle träumten, wenn die Hände unter der Bettdecke zu Gange waren? Naja, also ich nicht, aus dem einen oder anderen Grund dachte ich an Kuppern und Ballangrud und solche Jungs.«

»Ich hab's ja gewusst«, grinste Laurits, »dein Interesse

am Schlittschuhlaufen beruht auf den dreisten Trikothosen der Läufer.«

Gunnarstranda starrte abwesend in sein Glas.

»Was ist?«

»Arne ist Witwer«, sagte Gunnarstranda.

»Arme Emma«, sagte Hilmar und leerte sein Glas. »Friede ihrer Asche.«

»Hm«, seufzte Gunnarstranda und trank mehr Wein.

»Skål«, brüllte Laurits, und alle drei hoben ihr Glas.

»Aber die Hávamál haben ein paar hundert Verse«, sagte Gunnarstranda bedrückt. »Was steht im Rest dieser Strophe mit der Lüge?«

Die beiden tranken aus. Hilmar war zuerst fertig, setzte das Glas auf die Küchenanrichte und sagte, wobei ihm ein Tropfen Wein in einer Falte seitlich am Kinn hinunterlief: »Das Problem ist, dass der Anwalt die Hávamál nicht zitiert, sondern negiert. In den Hávamál steht, dass man Lüge mit Lüge vergelten soll, nicht dass es unmöglich ist, das zu tun.«

Laurits setzte sein Glas ab. Er deklamierte: *»Jemand bat mich zu Tisch, obwohl ich nicht hungrig war, ich hatte gerade einen Fleischknochen abgegessen bei dem treuen Freund, der zwei hatte.«*

Hilmar grinste breit. »Fleischknochen! Laurits bittet zu Lammbraten!« Dann nahm er Gunnarstranda zur Seite und flüsterte: »Laurits verabscheut die klassische norwegische Zubereitungsart von Lammkeule mit Rosmarin und Knoblauch. Laurits hat Geheimnisse, und dieses hier besteht in ausgesuchtem Gemüse, das während des Bratens im Bratensaft gegart wird, von der Marinade ganz zu schweigen. Ich muss die Küche verlassen, wenn er die Zutaten mischt. Ich weiß nur, dass Estragon und Dijonsenf dazugehören. Du wirst heute einen Lammgeschmack erleben, der mit Laurits und mir ins Grab gehen wird. Hier, trink!«

»Als ob es ein Fehler wäre, Geheimnisse zu haben«, sagte Laurits und schlug die Backofentür zu. »Vergiss nicht, hier sind drei Personen anwesend. Du weißt doch, dass etwas, was einer allein weiß, kein Geheimnis mehr ist, wenn er sein Wissen mit einem anderen teilt – und was drei wissen, wissen alle.«

Gunnarstranda, der den Faden nicht verlieren wollte, bat Hilmar, weiterzusprechen. »Die Strophe, die Strophe mit der Lüge!«

Hilmar hob das leere Glas und betrachtete es verträumt. »Hasselbackkartoffeln, Laurits, ich verlange einfach Hasselbackkartoffeln zum Lamm. Was sagst du, Gunnarstranda?«

»Ich habe mir nie etwas aus Kartoffeln gemacht. Ich dachte, das Geheimnis steckte in der Sauce.«

»So spricht ein Connaisseur«, rief Laurits und schenkte Wein nach.

»Vorsicht, Laurits«, sagte Hilmar sanft. »Verschieß nicht gleich dein Pulver. Du weißt doch, selten ist der Kluge besonders froh – im Herzen.«

Das Zitat riss Gunnarstranda aus dem Schlummer. »Genug jetzt mit diesem Gesülze. Erzählt mir endlich, was im Rest der verdammten Strophe steht.«

»Aber mein Lieber, wir zitieren doch die ganze Zeit.«

»Hör nicht auf Laurits«, sagte Hilmar tröstend. »Er liebt es, die Leute zu necken. Aber er ist ein Ass, was Saucen angeht. Er legt Gefühl hinein.«

»Genau aus dem Grund sollte der eine oder andere aufpassen, was er von sich gibt!«, sagte Laurits mit gespielter Gekränktheit. »Vielleicht könnte ich ganz und gar die falschen Gefühle zusammenrühren, he? 1994! Hilmar, dieser Wein ist halb so lange gereift, wie unsere Beziehung schon dauert!«

Gunnarstranda hielt sein Glas hin.

Laurits schenkte ihm nach. »Was würdest du tun, wenn du mich nicht leiden könntest, Bulle?«

»Wenn ich d*ich* nicht leiden könnte?«

Hilmar breitete theatralisch die Arme aus und deklamierte: »Kennst du einen, dem übel du traust, und willst dennoch willkommen sein; schön sollst du sprechen, aber falsch denken und Lüge mit Lüge vergelten. Also: Du magst jemanden nicht, willst aber trotzdem den Respekt des Mannes, was tust du? Ja, du schmeichelst ihm, denkst falsch und vergiltst Lüge mit Lüge.«

»Lächelst mit, wenn er lächelt«, sagte Laurits, »und tust so, als wärst du ein Freund.«

»Arnes Zitat sieht aus wie eine Verneinung, er glaubt nicht, dass es möglich ist. Er hat ordentlich was eingesteckt, würde ich tippen. Oder was wissen du oder ich von der Inspiration des Augenblicks? Vielleicht sind ihm die Worte nur im Traum in den Sinn gekommen. Vielleicht ist er aufgewacht und hat sie hingeschrieben, um sie nicht zu vergessen?«

»Was sagen die Hávamál über die Beziehung von Vater und Sohn?«, fragte Gunnarstranda und musste einsehen, dass seine Zunge einer glatten Aussprache im Weg war.

»Trau dem Acker nicht, der früh gesät, und glaube nicht vorzeitig an einen Sohn; über den Acker bestimmt das Wetter, den Sohn leitet der Verstand, auf beides ist kein Verlass.«

»Die Hávamál also, nichts als ein verfluchtes Sprichwort«, seufzte Gunnarstranda wie von weit her und leerte sein Glas erneut.

»Wie in der Bibel, König Salomos Sitten und Gebräuche, die gleichen Dinge«, sagte Hilmar. »Die Hávamál waren ganz einfach die Kulturbank der Wikinger. Die Sprichwörter jener Zeit.«

»Die Sprüche Salomos«, verbesserte Gunnarstranda, »die Sitten und Gebräuche jener Zeit.«

»Wacholder«, rief Laurits. »Hörst du, Hilmar, ich zerdrücke Wacholder im Mörser, für die Sauce.«

»Hilmar«, sagte Gunnarstranda. »Du hast einen verdammt albernen Namen. Außerdem hast du zwei Köpfe.«

»*Du* redest von albernen Namen? Eins würde ich gern wissen. Hat er den Schreiber mitgenommen?«

»Welchen Schreiber?«

»Den, mit dem er die Wörter geschrieben hat.«

»Das weiß ich doch nicht«, sagte Gunnarstranda schleppend.

»Hilmar!«, rief Laurits, jetzt mit dem Kopf über der dampfenden Bratpfanne. »Erzähl doch mal, wie dir dein Gebiss in den Benzintank von dieser Frau mit den Weihnachtskarten gefallen ist!«

»Gunnarstranda ist Polizist und hat für so etwas keine Zeit.«

»Ich sitze aber trotzdem hier«, sagte Gunnarstranda. »Und jetzt habe ich auch zwei Gläser!« Er streckte die Hand aus, und die beiden Gläser verschmolzen zu einem. Er trank.

Laurits fuchtelte lächelnd mit dem Bratenwender. »Hilmar kam also daher und entdeckte diese arme Frau am Straßenrand, die ihren Wagen nicht starten konnte. Hilmar weiß ja nicht, wo hinten und vorn ist bei einem Auto, aber er hatte einen Lösungsvorschlag. Er wollte die Benzinreste in den Motor blasen.«

»Hör nicht auf Laurits«, unterbrach Hilmar. »Der quatscht nur.«

»Er hatte eine Hypothese, dass der Tank nicht ganz leer sein konnte, und ging deshalb davon aus, dass in einzelnen Vertiefungen und Beulen des Tanks noch Reste von Benzin sein mussten. So kam er auf die Idee, die Benzinreste in den Vergaser zu blasen«, fuhr Laurits unbeeindruckt fort.

»Das ist doch eigentlich elementar«, warf Hilmar dazwischen. »Wenn ein durchschnittlicher Verbrennungsmotor null Komma sechs Liter auf zehn Kilometer verbraucht, hätte sie nicht viel Benzin gebraucht, um die zwei Kilometer zur Tankstelle …«

»Also hat er den Tankdeckel abgeschraubt, den Mund an den Tankstutzen gelegt und sein ganzes Gebiss in den Tank geblasen!«

»Der quatscht nur«, flüsterte Hilmar todernst, »sobald er ein bisschen zu viel getrunken hat, fängt er an, dummes Zeug zu quatschen. Er ist total unmöglich.«

»Und dieses Gebiss hatte immerhin dreißigtausend Kronen gekostet.«

»Er ist völlig unmöglich, wie gesagt«, flüsterte Hilmar und hob danach die Stimme: »Kümmere du dich lieber um deine Sauce, Laurits.«

»Sie mussten schließlich einen Abschleppdienst anrufen. In der Werkstatt mussten die Mechaniker den ganzen Tank losschrauben, ihn öffnen wie eine Tomatendose und das Gebiss herausholen. Die Rechnung belief sich nur auf achtzehntausend. Aber die Dame am Straßenrand hat ja Asthma und Atemprobleme bekommen, weil sie sich fast totgelacht hat.«

»Sympathische Frau«, sagte Hilmar, »ausgesprochen sympathisch, arbeitet bei der Zoll- und Steuerverwaltung und schickt jedes Jahr eine Weihnachtskarte.«

20

Im Inneren des Polizeipräsidiums summte es von Stimmen wie auf einem Diplomatenempfang. Frank Frølich griff sich den ersten Besten, der ihm über den Weg lief:

»Die Boys sitzen in der Klemme. Sie waren alle drei dabei. Aber Darak Fares war der, der geschossen hat.«

Frølich bahnte sich seinen Weg zwischen den Rücken der Kollegen hindurch, die sich erregt unterhielten. Er presste sich in den Kontrollraum. Kollegen umlagerten den Bildschirm, auf dem das Verhör zwei Türen weiter zu sehen war: Vibeke Starum saß Darak Fares gegenüber.

»Sie geben also zu, dass Sie früher am Abend im Club der *Hells Angels* waren?«

»Ich halte das Gelaber über diese Party nicht mehr aus«, erwiderte Fares hitzig. »Damit sind wir doch durch.«

»Das sind wir nicht«, sagte Starum. »Als Sie das Lokal verließen, sollen Sie gesagt haben, Sie führen jetzt in die Stadt, um eine Schusswaffe zu holen.«

»Das stimmt nicht.«

»Bestreiten Sie, im Club gewesen zu sein?«

»Nein. Aber als ich von dort abgehauen bin, wollte ich in die Stadt, um ein paar Bier zu trinken.«

»Wir haben einen Zeugen, der Sie gehört hat. Sie haben gesagt, Sie wollten in die Stadt, um sich eine Waffe zu besorgen.«

»Falsch. Ich wollte ein paar Bier trinken.«

»Im *Asylet*?«

»Ja.«

»Sie sind vom freien Ausschank in diesem Club ins

Asylet gezogen, einem Treffpunkt für Bullen und kulturelle Prominenz?«

»Das sagen Sie. Ich weiß nur, dass sie da Bier verkaufen.«

»Wo haben Sie Ivar Killi getroffen?«

»Ivar wen?«

»Ivar Killi. Den Polizisten, den sie erschossen haben.«

Darak Fares schüttelte schwerfällig den Kopf: »Sind Sie völlig durchgedreht?«, fragte er.

»Ich rate Ihnen, in einem anderen Ton mit mir zu reden. Ich weiß nämlich so gut wie alles, was Sie getan haben. Sie haben das Clubhaus der *Hells Angels* um zehn vor elf verlassen.«

»Hab ich nicht.«

»Doch. Ich habe mit dem Taxifahrer gesprochen, der Sie gefahren hat. Ich weiß, dass er Sie um zehn nach elf vor dem Saga Kino abgesetzt hat. Danach habe ich Bilder von drei verschiedenen Überwachungskameras. Ich kann Ihren Weg bis nach Grønland verfolgen. Erzählen Sie mir, was Sie getan und wen Sie getroffen haben, dann erzähle ich Ihnen, ob es stimmt oder nicht.«

Die Leute im Kontrollraum grinsten.

Lachen aus der Dose, dachte Frølich. Und wie in einer Comedysoap ließ Starum die nächste Replik folgen:

»Ich will wissen, wo Sie Killi begegnet sind und warum es damit endete, dass er erschossen wurde.«

»Ich habe nicht die leiseste Ahnung, wovon Sie sprechen.«

Auch diese Antwort rief vor dem Fernseher spöttisches Gelächter hervor.

»Haltet die Klappe«, fauchte eine Stimme verärgert.

Eine Bewegung ging durch die Menge, als einer der Zuschauer sich umdrehte, um zu gehen. Es war Gunnarstranda. Frank Frølich sah ihm nach, wandte sich aber schnell wieder dem Bildschirm zu.

Gunnarstranda schlenderte auf den Flur hinaus zum Cola-Automaten. Ihm war übel nach dem nächtlichen Gelage. Seine Hand zitterte, er verfehlte den Münzschlitz, die Münze fiel zu Boden, er ging auf die Knie und tastete danach, schluckte einen weiteren Anfall von Übelkeit hinunter und erhob sich wieder. Diesmal trafen die zitternden Finger den Münzschlitz. Es dröhnte hohl im Automaten, als die Flasche herabfiel. Er schraubte den Deckel ab und trank gierig.

Rindal ging auf dem Flur vorbei, den Hackman-Hut auf dem Kopf. »Siehst du nicht die Fernsehshow, Gunnarstranda.«

Gunnarstranda wischte sich den Mund ab, ohne zu antworten. Es war doch klar, dass er nicht guckte. Er stand ja hier.

Rindal war milde gestimmt. Sein gerötetes Gesicht voller Lachfalten war ein einziges Lächeln. »Vibeke Starum hat einen Spitzel bei den Hells Angels, was sagst du dazu?«

Gunnarstranda hatte nichts dazu zu sagen.

»Eigentlich ist es Scheiße, dass ausgerechnet sie das hier hingekriegt hat«, sagte Rindal, ohne seine Lachmuskeln beherrschen zu können. »Jetzt werden die Schweine in Bryn noch arroganter und noch weniger umgänglich.«

Gunnarstranda nickte kurz und trank seine Cola. Er musste rülpsen, aber es gelang ihm nicht. Sein Magen fühlte sich an wie ein von Zement umschlossener, noch in Gärung befindlicher Hefeteig. Jetzt fragte er sich, wie er Rindal ohne allzu großen Aufwand entkommen konnte.

»Solltest du mir nicht einen Bericht liefern?«, fragte Rindal hinterlistig.

»Sitze gerade dran«, log Gunnarstranda blitzschnell. »Jetzt entschuldige mich bitte.« Er eilte zurück, vorbei an dem Halleluja-Chor im Kontrollraum und weiter. Er torkelte in den Aufzug und fuhr ganz nach unten. Steuerte die Toilette an. Stakste hinein. Beugte sich über das Becken und übergab sich.

Als er sich wieder aufrichtete, fühlte er sich ein klein wenig besser. Er wischte sich den Mund mit Toilettenpapier ab. Wusch sein Gesicht und starrte schlapp auf sein leichenblasses Gesicht im Spiegel, bis sich die nächste Welle ankündigte. Er stürzte wieder in die Toilette.

Nachher stand er vor dem Spiegel und spritzte sich Wasser ins Gesicht, spülte mehrfach Mund und Rachen aus, wischte sich mit mehr Papier trocken. Begegnete seinem blutunterlaufenen Blick im Spiegel und spürte, dass er frische Luft brauchte.

Er ging bei der Einsatzzentrale vorbei. Blieb stehen und schaute durch die dicken Glasscheiben. Auf der anderen Seite saßen Beamte vor ihren Bildschirmen. An der gegenüberliegenden Wand flimmerten Bilder von den Überwachungskameras in der Stadt vorüber. Gunnarstranda versuchte, mit Hilfe der Kameras eine Route vom Nationaltheater hinunter nach Grønland zu bestimmen. Es war schwierig. Er versuchte es erneut. Der Einsatzleiter hatte einen Computerausdruck in der Hand und reichte ihn einem Mitarbeiter.

Der Mann entdeckte Gunnarstranda und nickte.

Gunnarstranda nickte zurück.

Der Mann setzte sich an eine Tastatur vor einem Bildschirm. Etwas später warf er einen kurzen Blick über die Schulter. Noch ein wenig später stand er auf und öffnete die Tür einen Spalt weit. »Was ist los? Es macht mich nervös, dich hier stehen zu sehen.«

»Weißt du, wer im SZKJP für die Überwachung zuständig ist?«, fragte Gunnarstranda.

»Im was?«

»SZKJP. Manche nennen es Staatliches Schrägstrich Sogns Zentrum für Kinder- und Jugendpsychiatrie.«

»Keine Ahnung. Frag mal bei der Kripo nach.«

»Da komme ich gerade her. Du könntest nicht eben für mich anrufen und es kurz checken?«

Er blieb stehen und sah zu, wie der Mann sich die Kopfhörer aufsetzte und ins Mikrofon sprach, die Kopfhörer abnahm, aufstand und zurückkam.

»Willst du mich verarschen?«

»Wieso denn?«

»Sie hatte auch noch nie davon gehört.«

»Okay«, sagte Gunnarstranda. »Dann bin ich wohl derjenige, der falsch liegt. Mein Fehler. Tut mir leid.«

Er kaufte ein paar Boulevardblätter und fuhr aus dem Stadtzentrum hinaus. Ungefähr hundert Meter von der Stelle entfernt, an der Petter Bull geparkt hatte, hielt er an. Vor der Psychiatrischen Klinik war es still und friedlich.

Wonach er schaute, wusste er nicht. Er wusste lediglich, dass Petter Bull sich für diesen Ort interessierte. Das genügte. Gunnarstranda wollte sehen, wahrnehmen, die Atmosphäre spüren. Dann würde die Zeit es zeigen.

Er fand eine leere Bank, abseits der Straße, aber mit Aussicht auf die Klinik. Er lehnte sich zurück und ließ sein Gesicht von der Sonne wärmen. Der Kater war langsam im Abklingen. Die Augen fielen ihm zu, er war im Begriff einzuschlafen. Um wach zu bleiben, setzte er sich auf und zündete die erste Zigarette des Tages an. Sie schmeckte nicht. Aber er schaffte es auch nicht, sie nicht zu rauchen, nachdem er sie erst einmal angesteckt hatte.

Das Geräusch eines Wagens. Gunnarstranda reckte den Hals und sah den Wagen zehn Meter vor seinem eigenen anhalten. Niemand stieg aus. Aber der Wagen war aufgrund seiner Farbe und an der Schramme in der Zierfelge leicht zu erkennen. Petter Bull – mit Fernglas vermutlich –, der im Wagen sitzen blieb. Gunnarstranda faltete die Zeitung auseinander, die obenauf lag. Er fing an zu lesen. Die Zeit schlich dahin. Er las von norwegischen Politikern, die redeten, ohne etwas zu sagen, von der Weltanschauung kleiner und großer Prominenter, von ihren Partnern und von ihren Vorstellungen vom Glück. Es fiel ihm schwer, sich zu konzentrieren, er lehnte sich zurück und starrte zu den Baumkronen hinauf. Eine Elster lachte hämisch und hüpfte von Ast zu Ast. Plötzlich schlug eine Tür. Das klappernde Geräusch von Frauenabsätzen auf Asphalt drang über den Rasen. Eine Frau stolzierte vom Haupteingang zum Parkplatz. Sie stieg in einen marineblauen Golf. Der Motor sprang an. Im gleichen Moment wurde ein anderer Anlasser betätigt. Gunnarstranda reckte den Hals. Petter Bull hatte seinen Wagen angelassen. Als der blaue Golf zum Sognsvannsveien hinunterrollte und blinkte, stand Gunnarstranda auf und ging über den Rasen. Der Golf gab Gas. Petter Bull fuhr hinterher. Gunnarstranda warf sich in seinen eigenen Wagen und folgte ihnen.

Die Fahrt ging über den Ringveien in Richtung Osten. Bei Tåsen bogen sie ab. Auf dem Maridalsveien bremste der blaue Golf und hielt an. Ein Garagentor öffnete sich, und der Wagen verschwand in der Einfahrt. Petter Bulls Wagen hielt am Bürgersteig unmittelbar neben der Einfahrt. Fünfzig Meter dahinter hielt Gunnarstranda an. Die Tür von Bulls Wagen wurde geöffnet. Petter Bull stieg aus. Er blieb ruhig stehen, an den Wagen gelehnt, mit verschränkten Armen.

Das Rolltor, das sich hinter dem Golf geschlossen hatte, öffnete sich langsam. Die gleiche Frau duckte sich unter dem fast geöffneten Tor nach draußen. Während sie zu einer Haustür ging, suchte sie in ihrer Tasche nach

Schlüsseln. Dann erstarrte sie. Sie hatte Petter Bull entdeckt. Drei Meter trennten die beiden – höchstens.

Petter Bull sagte etwas.

Die Frau antwortete.

Die beiden kannten sich. Doch ihr Verhältnis war *nicht* herzlich.

Gunnarstranda kurbelte sein Fenster herunter, um zu hören, was sie sagten. Es war unmöglich. Er blickte hoch. Ein großer Baukran hob eine Palette mit Mauersteinen an einer Baufassade in die Luft. Der Motor pfiff und dröhnte. Ein Lastwagen ließ mit ohrenbetäubendem Lärm eine Ladung Schotter auf den Boden rauschen.

Petter Bull und die Frau führten ein erregtes Gespräch. Bulls schwerer Oberkörper wankte – er argumentierte und drohte mit den Fäusten.

Plötzlich geriet Bull in Bewegung. Er ging um den Wagen herum, öffnete die Tür, stieg ein und fuhr los. Die Frau blieb reglos stehen und sah dem davonfahrenden Auto nach. Nach einer kleinen Ewigkeit schien sie wieder zu sich zu kommen. Sie ging zur Haustür, schloss sie auf und trat ins Haus.

Gunnarstranda blieb sitzen und sah vor sich hin. Was hatte er gerade beobachtet? Zwei Parteien. Die eine hatte auf die andere gewartet. Drohungen? Auf jeden Fall ein Streit.

Aber waren dies Petters Bulls private Angelegenheiten? Ein banaler Krieg mit einer Exgeliebten? Oder –?

Gunnarstranda stieg aus dem Wagen. Ging zu der Tür, die die Frau hinter sich geschlossen hatte. Warf einen Blick aufs Klingelbrett. Dann notierte er alle Namen, die dort standen.

Wieder im Auto, blieb er einen Moment sitzen und überlegte, bis sein Handy klingelte. Es war Ingrid Kobro, die fragte, ob er wisse, wo Frølich sei.

»Versuch's im Kontrollraum«, sagte Gunnarstranda verdrießlich. »Was gibt's denn?«

»Du weißt doch, ich bin die Glocke, die schlechtes Wetter ankündigt«, sagte Ingrid Kobro gedehnt. »Aber diese Meldung betrifft auch dich in allerhöchstem Maße.«

21

Frølich fand es unnötig, dass sie beide fuhren. Aber Gunnarstranda hatte sich auf keine Diskussion eingelassen. Frølichs deutlichem Ärger zum Trotz war er mitgefahren.

Für Gunnarstranda war es ein besonderer Fall geworden. Er hatte den Toten einmal gekannt. Er hatte auch die Frau des Mannes gekannt. Er hatte sie gekannt, ohne es zu wissen. Sie hatten ihn dazu gebracht innezuhalten. Es war etwas geschehen. Sie hatten es irgendwie geschafft, dass er plötzlich den Fokus veränderte und in sich hineinschaute. Er ahnte nicht, was diese Veränderung bedeutete, und es war zu früh, um zu sagen, ob es ihm unangenehm war oder nicht. Sicher wusste er nur, dass ihm Arne Werner Welhaven plötzlich wichtig geworden war.

Die Stelle war nicht schwer zu finden. Als sie auf den Wanderpfad kamen, der vom Parkplatz wegführte, verhandelte Frølich am Handy mit der örtlichen Polizei. Sie gingen hintereinander auf einem schmalen Pfad am Fluss entlang, an einer verlassenen Sennhütte vorbei. Etwas weiter vorn verengten sich die Berghänge zu einer Felsenschlucht.

»Ein Wasserfall«, sagte Frølich angespannt, »heftig.«

Sie kletterten mühsam auf dem spiralförmig abwärtsführenden Pfad nach unten. Gunnarstranda hörte das Rauschen des Wasserfalls, und es grauste ihn vor dem Rückweg.

Endlich entdeckten sie einen Polizisten, der in einer Vertiefung im Flussbett unterhalb des über zwanzig Meter hohen Wasserfalls watete.

Der Landgendarm hob einen Arm zum Gruß.

Unterhalb des beeindruckenden Wasserfalls lagen zwei große Felsblöcke, die den Fluss in einem tiefen Becken stauten. Im inneren Teil des Beckens, hinter dem einen Felsen, umspülte das Wasser des Flusses still den Toten. Er war nackt und trieb mit dem Gesicht nach unten. Nur der Rücken und die Unterarme waren zu sehen.

Der Anblick rief Gunnarstranda ein Erlebnis aus seiner Kindheit in Erinnerung. Er war zwölf oder dreizehn Jahre alt gewesen. Sie hatten zu mehreren Jungen auf den Baumketten auf einem See in der Nordmarka gespielt. Sie waren von Baumstamm zu Baumstamm gesprungen und über die Stämme balanciert. Einzelne Stämme waren ganz weiß und ganz ohne Rinde gewesen. Ein paar hatten etwas abseits gelegen, ganz für sich allein schwammen sie unterhalb der Wasseroberfläche, so wie die Leiche von Arne Werner Welhaven.

Wer war damals beim Spiel auf den Baumstämmen dabei gewesen? Er schloss die Augen, um sich besser konzentrieren zu können. Hilmar musste dabei gewesen sein, denn er liebte es, Hechte zu angeln. Die Baumketten waren ein guter Angelplatz gewesen. Das Spiel hatte vermutlich als Angeltour begonnen. Aber die Spielkameraden waren in seiner Erinnerung nur Schatten. War Arne Werner Welhaven vielleicht auch dabei gewesen? Er hatte keine Ahnung. Es gelang ihm nicht, sich ihre Gesichter zu vergegenwärtigen. Die Erinnerung war wie die losgelöste Szene aus einem Film, den er vor langer Zeit gesehen und wieder vergessen hatte.

Er öffnete die Augen und blickte über das schmale Tal und den Bach. Es hatte vor nicht allzu langer Zeit geregnet. Nebelfetzen umspielten die wenigen Bäume, die sich an den Hängen festkrallten. Es glitzerte in den Himbeersträuchern am Ufer. Wo die Polizisten das Gestrüpp niedergetreten hatten, lagen die Sträucher mit nach oben gedrehten Blättern da, die wie weiße, abgerissene Papierfetzen aussahen. Der Mann, der in Watstiefeln draußen bei der Leiche stand, war auch weiß im Gesicht, nicht ganz so weiß wie der Tote, eher wie die Unterseite der Himbeerblätter. Er schwankte, fand die Fassung wieder und atmete tief ein. Gunnarstranda deutete dies als Zeichen, dass eine Identifikation hier vor Ort nicht möglich war. Er wandte sich zu Frank Frølich um und sagte:

»Es kann eigentlich niemand anderes sein als Welhaven. Wir haben in diesem Gebiet nur einen Vermissten. Aber da er nackt ist, müssen wir seine Kleider suchen.«

»Wir«, entgegnete Frølich verärgert. »Wir, wir. Wir, müssen, müssen, müssen! Verdammt noch mal, ich habe mich um diesen Job beworben, um deiner Herrschsucht zu entgehen. Bist du denn völlig außerstande zu spüren, was in anderen Leuten vorgeht?«

Gunnarstranda antwortete nicht. Er drehte sich wieder zu dem Polizisten im Wasser um, formte die Hände zu einem Trichter um den Mund und brüllte: »Sie kennen sich hier doch aus, wie weit ist es bis zu Welhavens Hütte?«

Der Mann brüllte zurück: »Meinen Sie, am Fluss entlang?«

»Was glaubst du, *Chef*?«, fragte Gunnarstranda maliziös. »Denkst du vielleicht wie ich, dass er unmittelbar in der Nähe ins Wasser gegangen ist?«

Frank Frølich stand mit tief in den Jackentaschen vergrabenen Händen da und antwortete nicht.

Gunnarstranda betrachtete missmutig den steilen Hang. »Ich bin nicht scharf darauf, wieder da hochzuklettern«, sagte er. »Aber die Kleider liegen vermutlich da, wo er sich hineingestürzt hat. Meinst *du*, *wir* sollten danach suchen?«

Frølich schüttelte entnervt den Kopf und sagte kurz: »Du nimmst dieses Ufer.«

Gunnarstranda warf einen letzten Blick auf die Leiche im Wasser. Der tote Körper hatte einem etwas fülligen Mann mit behaarten Schultern gehört. Der Versuch, das Bild von Arne aus seiner Jugend mit dem leblosen Körper im Wasser zu verbinden, kam Gunnarstranda vollkommen sinnlos vor. Er betrachtete Frølich, der von Stein zu Stein hüpfte. Als Frølich auf der anderen Seite angekommen war, setzte er sich ebenfalls in Bewegung und dachte, dass Welhaven wohl kaum unbekleidet in den Felsen herumgeklettert war. Er nahm den Pfad. Es war schwer. Er ging langsam und legte unterwegs Pausen ein. Als er oben angekommen war, saß Frølich auf der gegenüberliegenden Seite des Flusses auf einem Stein und wartete. »Siehst du etwas?«

Gunnarstranda ging noch ein paar Meter weiter und fand die Stelle. »Hier!«

Auf der großen Felsplatte lag ein Haufen sorgfältig zusammengelegter Kleider. Ein kleinerer Stein beschwerte das Bündel. Die Sachen waren nass vom Regen. Ein rot kariertes Flanellhemd. Ein Paar Jeans, ein paar Bergstiefel, die so gut eingefettet waren, dass das Wasser vom Leder abperlte.

Frølich sprang erneut von Stein zu Stein. Er rutschte aus, musste mit den Händen Halt suchen und wäre fast abgestürzt. Im selben Moment trafen sich ihre Blicke.

»Verflucht, ist das tief«, stieß Frølich aus, als er sich an Land hangelte. »Der Kerl muss schon beim Sturz gestorben sein.«

Gunnarstranda untersuchte das Heidekraut um die große Felsplatte herum.

»Irgendein Brief?«, fragte Frølich außer Atem.

»Sieht nicht so aus.«

Frølich blickte auf die Kante, über die das Wasser hinausschoss, und verschwand. »Ekelhaft, was für ein Einfall, hast du *Deliverance* gesehen?«

»Nein.«

»Da gibt es auch so einen finsteren Wasserfall.«

Gunnarstranda schöpfte Atem. »Welhaven war betrunken und vielleicht noch zusätzlich gedopt.«

»Wieso glaubst du das?«

»Deswegen.« Gunnarstranda bückte sich und griff nach einer Flasche, die im Heidekraut lag – *Larsen Kognak*. Am Boden der Flasche schwappte noch ein kleiner Rest.

»Wenn du dir die Mühe machen willst, den Inhalt analysieren zu lassen, kommt dabei wahrscheinlich heraus, dass er Schlaftabletten oder irgendeinen anderen Mist hineingemischt hat.«

Frølich griff nach der Flasche. Er fragte: »War es Borkman oder Baumeister Solness, der in den Wasserfall gegangen ist?«

»Der Baumeister ist in den Steinbruch gegangen. Der mit dem Wasserfall war Rosmer.«

»Ich bringe diese Typen bei Ibsen immer durcheinander!«, sagte Frølich. »Das einzig Sichere bei ihnen ist, dass sie im letzten Akt draufgehen.«

Gunnarstranda hockte sich vor das Kleiderbündel. »Arne Werner Welhaven ist zu seiner Hütte gefahren, hat sich volllaufen lassen, auf den Stein gesetzt und weiter gepichelt. Er hat auf die Stromschnellen geschaut, sich ordentlich ausgezogen, die Sachen zusammengelegt und sein Leben dem Wasserfall überlassen.«

»Aber ist das wahrscheinlich?« Frølich strich sich das Haar aus der Stirn. »Ein Witwer, der vor einigen Monaten seinen Sohn verloren hat. Nur noch er und die Tochter sind übrig. Glaubst du, er würde der Tochter so etwas antun?«

Gunnarstranda antwortete nicht. Tief unten konnten sie Polizisten mit der Leiche hantieren sehen. Sie hatten den Körper an Land geschafft und auf eine Plane gelegt.

Er versuchte, sich Bilder von Arne in ihrer Jugend in Erinnerung zu rufen. Doch es tauchten keine auf. Er dachte plötzlich an Tove, den Menschen, der ihm heute am nächsten stand. Sie las ständig Romane, die voller Kindheitsschilderungen waren. Er selbst erinnerte sich kaum an etwas aus seinen frühen Jahren. Er dachte an Hilmars Behauptung, er und Arne seien Freunde gewesen. Er wollte das nicht abstreiten, aber er erinnerte sich nicht.

»Ich glaube, es hat mit Selbstverachtung zu tun«, sagte er schließlich. »Das Gefühl ist wie ein Krebs, der sich einschleicht und vollständig die Macht übernimmt und andere Gefühle verdrängt. Welhaven war bestimmt ein guter Kerl. Aber wenn er einsam war, dann hat seine Selbstverachtung dafür gesorgt, dass er mit der Einsamkeit allein blieb.«

Frølich sah ihn fragend an.

Gunnarstranda fuhr fort: »In einem meiner ersten Fälle ging es um einen Mann namens Danielsen. Eines Morgens stand er wie üblich auf dem Bahnsteig, um mit dem Zug zur Arbeit zu fahren. Er war sehr früh da. Ein anderer Zug kam hereingedonnert. Er erzählte mir später, er hätte überlegt, ob er sich vor diesem Zug auf die Schienen werfen sollte. Aber er ließ es bleiben. Ein Schild an der Zugtür zeigte an, dass der Zug nach Kopenhagen fuhr. Er stieg ein und fuhr nach Kopenhagen. Du kannst dir seine Frau und die Kinder vorstellen, die zu Hause saßen und sich Sorgen machten, als er nicht von der Arbeit zurückkam. Danielsen nahm ein Zimmer in einem Hotel in Vesterbro. Ohne Gepäck, neue Stadt, neuer Ort, neues Land. Zum ersten Mal seit langem spürte er eine Art Spannung in seinem Dasein, dass das Leben ihn wieder packte.

Er wurde vermisst gemeldet, wurde gesucht, genauso, wie die Tochter von Welhaven ihren Vater als vermisst gemeldet hat. Aber Danielsen dachte überhaupt nicht an seine Familie. Er hatte eigentlich das Gleiche getan, wie sich vor den Zug zu werfen. Der Unterschied war nur, dass er sich, anstatt sich umzubringen, dafür entschied, neu geboren zu werden. Am nächsten Tag ging er zum Hauptbahnhof zurück und stieg in einen neuen Zug. Der fuhr nach Deutschland. Danielsen saß am Fenster und sah hinaus. Irgendwo in Baden gefiel es ihm, und er stieg aus. Er mietete ein Zimmer und begann bei einem Bauern zu arbeiten. Ein paar Monate später waren in Norwegen große Ferien. Ein früherer Nachbar von Danielsen war ein Liebhaber von deutschem Wein, und in diesem Sommer war Baden sein Ziel. Eines Tages fuhr der Nachbar durch das richtige Dorf. Er sah diesen Mann mit dem Spaten über der Schulter vorübergehen und erkannte ihn. »Hei, bist du hier?« Sie redeten miteinander. Als Danielsen hörte, dass er von der Polizei gesucht wurde und dass seine Frau und die Kinder außer sich waren vor Angst und Ungewissheit, begriff er gar nichts mehr. Er hatte geglaubt, sie wären nur froh darüber, ihn los zu sein – genauso froh, wie er war, sich selbst los zu sein. Er verachtete sich so sehr, dass er es als selbstverständlich ansah, dass es all seinen Nächsten ebenso ging. Verstehst du? Auf eine Weise war er tot. Aber er war ein Selbstmörder, der beschlossen hatte zu leben.«

»Keine Warnsignale?«, fragte Frølich und schnippte mit den Fingern. »Nur so, mir nichts, dir nichts?«

Gunnarstranda zuckte mit den Schultern. »Wenn es Signale gegeben hat, waren sie vielleicht nicht leicht zu erkennen. Wenn es Arne Werner Welhaven genauso ging wie Danielsen, oder annähernd so, dann hat er vielleicht gedacht, seine Tochter wäre vielleicht nur froh, wenn er das Problem auf diese Weise für sie löste.«

Die beiden gingen Seite an Seite auf dem Wanderweg, der zum Riksvei zurückführte.

Frølich brach schließlich das Schweigen. »Ich bekomme das einfach nicht zusammen«, murmelte er. »Irgendetwas muss der Auslöser gewesen sein. Es muss irgendeinen Grund dafür geben, dass er in die Berge gefahren ist, etwas, das ihn deprimiert und schließlich dazu gebracht hat, diesen Schritt zu tun.«

Gunnarstranda schwieg.

»Bist du anderer Ansicht?«, fragte Frølich schließlich.

Der andere schüttelte den Kopf.

»Hast du auf einmal keine Antworten mehr?«, fragte Frølich bissig.

Sie waren jetzt auf der Höhe von Welhavens Hütte. Gunnarstranda blieb stehen, drehte sich um und blickte über das weite Hochfjell und das Spiel verschiedener Grüntöne vor den blauen Bergrücken. »Das ist sicher richtig«, sagte er. »Etwas Dramatisches muss passiert sein. Aber der Fall ist aufgeklärt. Der Täter wurde im Fluss treibend gefunden. Und die Motive von Selbstmördern sind uns Polizisten scheißegal.«

»Was geschieht jetzt?«, fragte Frølich nach längerem Schweigen.

»Womit?«

»Mit dir. Ich meine, werden wir weiter zusammen nach Vermissten suchen, oder gehst du wieder an den Killi-Fall?«

Gunnarstranda zuckte die Schultern. »Keine Ahnung.«

Sie gingen weiter nebeneinanderher, ohne etwas zu sagen. Diesmal brach Gunnarstranda das Schweigen: »Da ist übrigens eine Sache, der du nachgehen solltest.«

»Es ist mir nicht total egal, was mit dir geschieht«, erwiderte Frølich. »Aber wenn wir gezwungen sind, uns miteinander abzuplacken, dann verlange ich eins. Du hörst jetzt auf der Stelle damit auf, hier den Chef zu markieren.«

»Es ist nur ein Tipp. Wenn du den Bericht über Welhavens Leiche geschrieben hast, ist der Fall abgeschlossen. Seine Beziehung zu Killi und dass Killi Nachforschungen über ihn angestellt hat, wird weder Starum oder Rindal noch sonst jemanden interessieren.«

»Ja, und weiter?«

Gunnarstranda räusperte sich und zögerte.

»Nun komm schon«, sagte Frølich irritiert. »Spuck's aus.«

»Es geht um Killi.«

Frølich zog schwer die Luft ein, entnervt.

»Ist vielleicht auch egal«, sagte der Ältere und steckte die Hände tief in die Taschen, zum Zeichen, dass das Gespräch beendet war.

Sie gingen wortlos weiter, bis Frølich es nicht mehr aushielt:

»Nun spuck's schon aus, verdammt!«

»Du weißt vielleicht, dass ich mich ein bisschen auf diesen gestohlenen Speicherchip kapriziert habe?«

»Der verschwunden ist.«

»Von dem ich meine, dass er gestohlen wurde«, wiederholte Gunnarstranda. »Ich hatte einen besonderen Kollegen in Verdacht.«

»Ich bin nicht sicher, ob ich hören will, was du jetzt sagst.«

»Deine Entscheidung.«

Frølich blieb stehen und starrte in die Luft, bevor er sich entschied: »Okay, sag es.«

»Ich habe diesen Bullen beobachtet. Er betreibt ebenfalls Nachforschungen, genau wie Killi – glaube ich.«

»Nachforschungen?«

»Petter Bull hat eine Frau beschattet, Typ Edeltussi, die mit ihrem Hintern Reklame läuft, ungefähr fünfunddreißig und von dem starken Wunsch erfüllt, nicht älter zu werden. Sie kam aus einer psychiatrischen Klinik in Sogn.

Petter Bull ist der Lady gefolgt, bis vor ihre Haustür. Nachdem sie ihren Wagen in der Tiefgarage unter dem Wohnblock abgestellt hatte, stieg unser Kollege aus dem Wagen und wartete auf sie, stellte sie zur Rede. Sie haben ziemlich hitzig diskutiert, bis Bull sich einfach umgedreht hat und abgehauen ist. Die Lady ist in ihrem Hauseingang verschwunden. Ich habe mir die Namen auf dem Klingelbrett notiert. Einer davon war Maria Hoff. Sie hat eine private psychologische Praxis, arbeitet aber auch ein paar Tage pro Woche in der betreffenden Klinik, und Welhaven war ihr Patient. Mit anderen Worten: Einer unserer Kollegen stellt auf eigene Faust Nachforschungen an – im Fall Welhaven. Der gleiche Polizist hat möglicherweise den Chip aus meinem Büro mitgehen lassen, der Killi gehörte – der wiederum nachweislich gegen Welhaven ermittelt hat, *bevor* der verschwand.«

»Das kann Zufall gewesen sein«, sagte Frølich.

Gunnarstranda musste grinsen.

»Wieso lachst du?«, fragte Frølich bissig.

»Du bist sauer, weil ich mich sozusagen in deine Fälle *einmische*«, sagte Gunnarstranda sarkastisch. »Ich habe mir nie gewünscht, mich in irgendetwas einzumischen. Ich bin verdammt noch mal beauftragt worden, dir zu assistieren. Aber Killi war ein Mann, der sich eingemischt hat – bevor er erschossen wurde. Petter Bull mischt sich jetzt ein. Killi und Bull waren Komplizen. Wenn sich jemand in dein privates Revier einmischt, dann sind es Killi und Bull.«

Frølich starrte seinen älteren Kollegen skeptisch an. »Was willst du eigentlich erreichen, wenn du so etwas sagst?«, fragte Frølich resigniert.

Sie hatten den Riksvei erreicht und gingen an der Reihe geparkter Wagen entlang. »Nichts«, sagte Gunnarstranda müde. »Überhaupt nichts.«

22

Die Pastorin hieß Tora Moursund und erklärte am Telefon, sie habe Arne Werner Welhaven gekannt, zwar nicht besonders gut, aber sie hätten ein paar seelsorgerische Gespräche geführt, als sein Sohn gestorben war.

»Waren Sie es, die damals die Familie informiert hat?«

»Ja.«

»Ich wollte Sie fragen, ob Sie das Gleiche jetzt noch einmal tun könnten. Fride Welhaven wohnt im Bogstadveien.«

»Selbstverständlich.«

Frank Frølich zögerte. »Alles deutet darauf hin, dass Arne Welhaven sich in einem Anfall von Depression in den Fluss gestürzt hat. Aber die Leiche wird noch obduziert. Wenn bei der Obduktion etwas herauskommt, was etwas anderes nahelegt, wird sie unterrichtet. Aber das Ganze unterliegt jetzt einem anderen Polizeidistrikt.«

»Natürlich.«

»Danke für Ihre Hilfe«, sagte Frølich steif.

»Nur eins noch …«

»Ja?«

»Wenn sie die Stelle sehen möchte, an der ihr Vater gestorben ist …«

»Ja?«

»Ich gehe davon aus, dass Sie wissen, wo es war.«

Frank Frølich rümpfte die Nase, lautlos.

»Ich hatte den Eindruck, Sie kennen die Tochter –. Und vielleicht wäre es leichter für sie, wenn *das* jemand macht, den sie besser kennt als mich.«

Frank Frølich schluckte die Grimasse herunter und sagte mit professioneller Stimme: »Selbstverständlich. Sie soll mich einfach anrufen.«

Er blieb sitzen und blickte aus dem Fenster zum Himmel. Die leichten Wolken und der milde Luftzug vom Fenster weckten Assoziationen von Bier im Freien und von schicken Frauen auf den Straßen. Aber er konnte sich nicht dazu aufraffen, allein auszugehen. Ebenso gut konnte er ins Einkaufszentrum *Oslo City* gehen, einen coolen Hongkong-Film ausleihen, sich einen Sechserpack unter den Arm klemmen und den Feierabend zu Hause auf dem Sofa verbringen.

Er schloss sein Büro ab und stellte sich vor den Aufzug. Die Türen gingen auf, Petter Bull trat heraus.

»Petter«, sagte Frølich und blieb stehen, während die Aufzugtüren sich wieder schlossen. »Ich arbeite an einem Vermisstenfall, ein Anwalt.«

»Okay?« Während Bull ihn mit offenem Mund anstarrte, wirkte sein Gesichtsausdruck eher abweisend als fragend.

»Er war in Therapie bei einer Psychologin.«

»Okay?«

»Sie heißt Maria Hoff. Ein bisschen tussig, mit abgeschliffenem Dialekt.«

»Okay?«

Petter Bull und Frølich hatten jetzt Blickkontakt. Keiner von beiden wich zurück. »Sagt dir der Name etwas?«

Bull schüttelte den Kopf. »Nein«, sagte er bedächtig. »Sollte er?«

Frølich hatte viele Antworten erwartet, aber nicht diese.

»Sollte er?«, wiederholte Bull.

Sie ließen sich nicht aus den Augen. Es war eindeutig.

Frølich beschloss, Gunnarstranda außen vor zu lassen. Er sagte: »Dieser Anwalt ist nicht ganz lupenrein, er ist in alles Mögliche verwickelt – Konkurse, Drohungen, möglicherweise Unterschlagungen. Ich frage mich nur: Du erinnerst dich nicht an den Typen oder irgendwelche Fälle mit dem Namen Arne Werner Welhaven? Oder an seine Psychologin, Maria Hoff?«

»Nein«, sagte Petter Bull ebenso ungerührt. »Aber was diesen Anwalt angeht, brauchst du dir keine Mühe mehr zu machen. Ich glaube, dein Fall ist gelöst. Ich glaube, Welhavens Leiche wurde im Flussbett unterhalb eines Wasserfalls im Fjell gefunden. Und ich glaube, du weißt das auch, weil es dein Fall ist.«

Damit machte er auf dem Absatz kehrt und verschwand im Inneren der Abteilung.

Frank Frølich stand da und sah die Tür an, die sich hinter ihm geschlossen hatte. Petter Bull log, was Welhaven und die Psychologin betraf. *Aber wenn schon*, dachte er. Bull hatte ganz recht. Welhaven war tot, und der Fall war abgeschlossen.

Die Fahrstuhltür öffnete sich. Menschen drängten sich an Frølich vorbei. Er dachte: *Aber der Fund von Welhavens Leiche hat Petter Bull verdammt gut in den Kram gepasst.*

Er ging mit raschen Schritten zurück in sein Büro.

Ob es ihm in den Kram passte oder nicht, es blieben Formalitäten zu klären. Nur ein Moment konnte die Selbstmordhypothese ins Wanken bringen: das Fehlen eines Abschiedsbriefs. Bisher war die einzige Schriftprobe aus Welhavens Hütte ein Hávamál-Zitat. Doch das Zitat brachte keine Klarheit, weder was den Selbstmord noch was den Fall insgesamt betraf. Andererseits konnte Welhaven vorher jemanden angerufen haben, der sich noch nicht gemeldet hatte. Oder er hatte irgendjemandem einen Brief geschickt. Frank Frølich hatte eigentlich aufgehört, sich darüber Gedanken zu machen. Etwas anderes drängte die ganze Zeit in sein Bewusstsein.

Im Büro angekommen, blieb er einige Minuten sitzen und starrte sein Telefon an. Er erwog das Für und Wider – sollte er anrufen und es sofort abklären – oder sollte er hinfahren und eine Konfrontation unter vier Augen suchen?

Eigentlich ist die Problemstellung Antwort genug, dachte er. *Bring es hinter dich, rufe an, frage und kläre die Angelegenheit.* Aber wie sollte er sich ausdrücken?

Er griff zum Telefon. Es klingelte zwei Mal, bevor Maria Hoff sich endlich meldete. »Hier ist noch einmal Frank Frølich von der Polizei. Ich habe noch einige Fragen zum Fall Arne Werner Welhaven.«

»Da haben Sie aber Glück. Ich habe fünf Minuten Zeit. Fragen Sie!«

»Welhavens Leiche ist gefunden worden.«

Es wurde ganz still im Hörer.

Frølich räusperte sich und fügte hinzu: »Ertrunken. Die Umstände lassen auf ein Selbstverschulden schließen.«

»Das sind traurige Nachrichten.«

»Es sieht also so aus, als hätte er die Depression, die Sie erwähnten, doch nicht überwunden.«

Maria Hoff antwortete nicht.

»Der Fall unterliegt einer anderen Polizeiinspektion.«

»Ja, aber jedenfalls vielen Dank, dass Sie so freundlich waren, mich zu informieren.«

Frølich setzte noch einmal an und fragte: »Wie gut kennen Sie einen Polizeibeamten namens Petter Bull?«

In der Stille, die folgte, zählte er langsam bis drei, bevor die Psychologin antwortete: »Ich kenne niemanden mit diesem Namen.«

Frølich hatte diese Antwort nicht erwartet. Er schwieg.

»Wieso fragen Sie?«, wollte sie wissen.

»Nur so«, murmelte er und legte auf.

Er sah vor sich hin. Petter Bull und Maria Hoff stritten beide ab, einander zu kennen. Gunnarstranda behauptete, dass sie sich kannten – gut genug, um heftig miteinander zu diskutieren.

Frank Frølich hatte ein durchaus kompliziertes Verhältnis zu Gunnarstranda, aber eins wusste er mit Sicherheit: Der Mann würde sich nie zu einer derartigen Lüge herablassen.

23

Es war Freitag und Gunnarstranda war unterwegs zu seiner Hütte, als in den Nachrichten der Ausgang von Vibeke Starums Fall vor dem Untersuchungsrichter gemeldet wurde. Die Polizei hatte sich mit ihrem Antrag, den *Bandenkriminellen* Darak Fares wegen Mordes an dem Polizeibeamten Ivar Killi in Untersuchungshaft zu nehmen, *nicht* durchsetzen können.

Gunnarstranda bewilligte sich aus schierer Heiterkeit ein Nikotinkaugummi. Er kaute grinsend und fragte sich, wie Vibeke Starum den vom Gesetz geforderten begründeten Verdacht wohl formuliert haben mochte: keine Zeugen der Schießerei, keine Tatwaffe, kein Motiv.

Er schaltete das Radio aus, genoss die Stille. Die Haftentlassung war auch für Rindal als Abteilungsleiter ein Kratzer im Lack. Er und Vibeke Starum mussten sich dringend etwas Neues einfallen lassen.

Die Sonne flimmerte über weiß wogenden Kumuluswolken, als er vor Drammen abbog und auf der kurvenreichen Straße nach Süden fuhr. Er verlangsamte das Tempo, als er schließlich die Schotterpiste bergauf fuhr. Die Leute in den Hütten hatten ihre Wagen in Reih und Glied geparkt. Gunnarstranda hakte die kleine Kette los, die seinen eigenen Parkplatz freihielt. Er stellte den Wagen ab. Als er die Hütte erreicht hatte, setzte er sich als Erstes auf die Terrasse. Die Luft war warm, und auf dem Fjord waren Segler unterwegs. Er betrachtete die kleine Rasenfläche. Es war so trocken, dass sie hier und da braune Flecken zeigte.

Er brauchte lange, um den Smoker zu befeuern, bevor er die Schutzkleidung anzog. Er benutzte Zeitungspapier und winzige Rindenstücke, um das Feuer in Gang zu bringen. Als es aufflammte, nahm er eine Mischung aus Sackleinen und selbst angebautem Tabak, um den richtigen Rauch im Smoker herzustellen. Unten auf dem Drammensfjord war ein Wirrwarr von weißen Segeln zu sehen, die vor dem Start einer Regatta durcheinanderschwärmten. Er stand auf, zog sich den weißen Overall und den Imkerhut mit dem Schutznetz über und ging langsam zu den vier Bienenkörben hinunter, die am Südhang unter der Esche standen. Anfänglich hatte er Handschuhe benutzt, wenn er die Bienen behandelte. Aber aus Sympathie mit den kleinen Arbeitern hatte er auch damit aufgehört. In einem Bienenstock ist es eng, und es gibt wenig freien Platz. Handschuhe erzeugten Distanz und konnten außerdem leicht dazu beitragen, dass man im Gedränge wertvolle Arbeiterinnen verlor.

Er schickte ihnen ein paar ordentliche Rauchschübe durchs Flugloch. Anschließend löste er den Deckel und benutzte den Smoker, um Wachposten und Hausbienen niederzuhalten. Er fühlte vorsichtig das Gewicht des Stocks. Die Qualität des Sommers war spürbar. Er war schwer. Kein Wunder. Sie hatten schon drei Wochen Hitze ohne Niederschlag. Den Hang hinunter und auf den Feldern konnte er die Weidenröschen blühen sehen. Er sollte weitere Rahmen einsetzen. Die Kerlchen wollten mehr Arbeit. Aber die Rahmen mussten gezimmert werden. Also würde er später genug zu tun haben.

Die vielen Bienen, die im Brutraum wimmelten, glichen einer zusammenhängenden Masse. Selbst wenn jetzt im Spätsommer die Gefahr des Schwärmens geringer wurde, musste er die Wärme und die Blütezeit berücksichtigen. Deshalb entfernte er zwei Königinneneier, entdeckte die Dame höchstselbst auf einem der Rahmen und ließ sie sich auf dem Bodenbrett verkriechen.

Während er arbeitete, dachte er an Edel. Fragte sich, ob sie es fertig gebracht hätte, mit den Bienen zu arbeiten. Manche Menschen haben im Verhältnis zu Insekten eine hohe Hemmschwelle. Edel hatte Angst vor Wespen gehabt. Aber er wusste nicht mehr, wie intensiv diese Angst gewesen war. Er selbst hatte Respekt vor den Bienen. Aber er hatte keine Angst vor ihnen. Er glaubte zu wissen, wie sie funktionierten. Das Bienenvolk muss in erster Linie als Kollektiv betrachtet werden und nicht als Individuen. Das Leben einer Biene hat keinen Sinn, wenn sie den Kontakt zum Stock verliert. Eine Biene, die sich verirrt, ist verloren. Eine Biene im Einklang mit ihrer Natur kennt ihren Platz und ihre Aufgabe im Verhältnis zum Stock, zur Königin, zum Honig und zur Evolution. Doch sie weiß es selbst nicht. Sie funktioniert einfach. Er kam zu dem Ergebnis, dass Edel sicher gut mit den Bienen hätte umgehen können. Obwohl sie oft über Bagatellen gestritten und sich beide geweigert hatten nachzugeben, hatten sie bei konkreten Vorhaben immer gut zusammengearbeitet.

Gunnarstranda setzte Rahmen und Kasten wieder ein und beendete die Arbeit an den Bienenstöcken in einem geistesabwesenden Zustand. Er ging zur Hütte zurück und betrat den Arbeitsraum in dem kleinen Schuppen. Hier sammelte er saubere Rähmchen, um neue Honigräume in den Stöcken einzurichten. Es fanden sich mehrere etwas abgenutzte, aber noch brauchbare Rähmchen in den Regalen. Doch damit nicht genug. Er suchte Stahldraht, Rähmchenspäne und Wachsplatten und nahm sich reichlich Zeit, um die fehlenden Rähmchen zu bauen. Die Arbeit mit den Bienen war eine Form von Kontemplation, die er zu schätzen gelernt hatte. Sie lud zu einer angenehmen Mischung aus Konzentration und freiem Gedankenfluss ein. Ohne dass ihm klar war, warum, wanderten seine Gedanken zu Emma, in den Tagen, als er ein Junge war. Ein Mensch, der einst in seinem Bewusstsein einen enormen Platz eingenommen hatte, war zu einer kaum noch spürbaren Erinnerung geworden. Aber die Bücher in Welhavens Hütte hatten davon erzählt, dass Emma sich mehr als die meisten anderen Menschen für einen Teil der Wirklichkeit interessiert hatte, für den er selbst sich ebenfalls mehr als die meisten anderen Menschen interessierte. Diesen Gedanken wurde er nicht los.

Er dachte an etwas, das er in einem von Frølichs Berichten gelesen hatte: *Arne Werner Welhaven hatte die Hütte nach dem Tod seiner Ehefrau nicht mehr benutzt.*

Aber Welhaven war zur Hütte gefahren, um mit den Erinnerungen an seine Ehe zu sterben. Und er hatte eine überaus brutale Todesart gewählt, einen Fall aus über zehn Metern Höhe auf hartes Gestein, bevor das Wasser ihn fortspülte.

Hatte er sich selbst strafen wollen?

An wen hatte Welhaven gedacht, als er den endgültigen Schritt tat?

Während seine Hände automatisch Rähmchen zimmerten, Stahldraht einzogen und Wachsplatten einsetzten, dachte er an Welhavens Tochter und fragte sich, ob sie Emma wohl ähnelte.

Er musste einsehen, dass er nicht in der Lage war, die Gedanken an Arne Werner Welhaven abzuschütteln. Der Fall hatte ihn persönlich berührt, und zwar in einem Ausmaß, das er noch nicht überblicken konnte – vorläufig jedenfalls.

Er merkte, dass er dastand und an die Wand starrte. Er holte eine kalte Dose Guinness aus dem Erdkeller unter dem Schuppen und nahm sich Zeit, das Bier in ein Glas

zu gießen. Er sah zu, wie der graue Schaum sich beruhigte und zu dunklem Bier wurde. Dann setzte er sich an die Terrassenkante, nippte am Glas, zündete sich eine Zigarette an und nahm sich vor, nicht zu inhalieren. Er wollte nur das Gefühl zu rauchen spüren, während er in der Sommerwärme Bier trank und die Aussicht genoss. Am Hang hin zu den Höfen am Fjord wuchsen überreichlich Himbeeren. Die Beeren waren das Werk der Bienen. Er saß still da und rauchte und dachte gar nicht darüber nach, was er tat, als er Frank Frølichs Telefonnummer auf seinem Handy wählte. Dachte nicht daran, bevor er die Stimme des jüngeren Kollegen im Ohr hatte.
»Ich wollte nur eins wissen«, sagte Gunnarstranda, die Zigarette zwischen den Lippen. »Wann wird Welhaven begraben?«

24

»Sie saß auf meinem Schoß«, sagte Emil Yttergjerde, den Blick starr vom Alkohol.

Frank Frølich blieb vor der roten Ampel stehen. Emil stützte sich an der Ampel ab und fuhr fort: »Ihr Rock war aus Leder und so eng, dass kein Millimeter Spielraum mehr war. Wir haben uns geküsst und rumgeknutscht und so. Nach einer Weile hatte ich das Gefühl, dass mir ihr Gesicht bekannt vorkam. Ich dachte, ich hätte sie an der Kasse von irgendeinem Laden sitzen sehen, wo ich einkaufe. ›Ich hab dich schon mal gesehen‹, sagte ich.

›Das stimmt‹, sagte sie. ›Wir haben vor zwei Jahren nach einer Party stundenlang bei mir gevögelt.‹ Sie öffnete einen Knopf, und der ganze Rock fiel zu Boden. Ihr Höschen war so ein mit Spitzen verzierter Bindfaden, weißt du. ›Aber damals warst du viel betrunkener als jetzt‹, sagte sie. ›Ich fühle mich wirklich geschmeichelt, dass du dich an mich erinnerst.‹ Verrückte Weiber, die man heutzutage trifft, was?«

Frank Frølich antwortete nicht. Es wurde grün. Er überquerte die Straße und ging weiter in Richtung Grønlandsleiret. Normalerweise tat er das nicht, aber heute brauchte er ein Pils im *Asylet*.

Das Haus lag wie ein vergessener Gegenstand inmitten eines urbanen Milieus aus Stein und Glas: ein einstöckiges Fachwerkhaus, das von einer Zeit zeugte, als noch Pferdeäpfel auf der Straße lagen und feine Osloer Damen Hauben auf dem Kopf trugen. Ein verräuchertes und verlebtes Haus mit hohen Räumen und holzverkleideten

Wänden, die quer laufenden Oberbretter waren mindestens dreißig Zentimeter breit, und die Fußleisten reichten den meisten Leuten bis an die Knie. Lange Tische mit dazugehörigen Bänken thronten dort noch wie natürliche Erinnerungsstücke aus einer Zeit, als das Gebäude ein Kinderheim war. Der Tresen in der Ecke wirkte moderner, obwohl auch er eine rustikale Fassade in Form von breiten Leisten und bemalter Täfelung aufwies. Emil Yttergjerde nickte ein paar Bekannten vor und hinter der Theke zu und schlug vor, sich nach draußen zu setzen.

Ein rot gestrichener überdachter Gang neben dem Haus verlieh dem gepflasterten Hinterhof Atmosphäre. Ein hoher Bretterzaun am offenen Ende des Hofs sorgte dafür, dass man nur durch die Tür gegenüber hinein- und hinausgehen konnte. An den langen Tischen saßen nur wenige Gäste. Frank Frølich balancierte mit zwei Halben zu Emil Yttergjerde hinüber, der sich ganz außen auf die Bank gesetzt hatte.

»Kam Ivar regelmäßig hierher?«

Yttergjerde schüttelte den Kopf. »Er war kein Stammgast. Aber warum, weiß ich auch nicht.«

»Es war vielleicht nicht sein Stil.«

»Aber hier findest du alle möglichen Leute«, wandte Yttergjerde ein. »Ivar war ein Snob. Er hielt nichts von den örtlichen Kneipen voller geschiedener Frauen oder Lokalen mit dem Image von Secondhandläden. Er war der Typ, der ins *Arcimboldo* ging und versuchte, Promis aufzureißen, oder er gab im *Blå* und solchen Läden kleinen Möchtegernsternchen einen aus.«

»Nichts Festes?«

»Festes?«

»Feste Freundinnen. Hatte er keine seriöseren Beziehungen?«

Der andere zuckte mit den Schultern, blickte aber argwöhnisch über den Tisch. »Warum fragst du danach?«

Frølich zuckte seinerseits mit den Schultern. »Na ja, ich frage mich nur, warum er an diesem Abend hier war, wenn er kein Stammgast war.«

»Es ist gar nicht sicher, ob er überhaupt hier war. Der Schuss fiel schließlich draußen, auf dem Platz.«

Wie erwartet waren weder Frølich noch Yttergjerde an diesem Abend auf mehr als ein Pils eingestellt. Als sie durch die niedrige Tür wieder ins Freie traten, übernahm Yttergjerde die Führung. Er war hier gewesen in der Nacht, als es geschehen war.

Bei den Granitblöcken, wo Ivar Killi gelegen hatte, war das Blut noch nicht ganz von den Steinplatten gewaschen. Die Reste bildeten einen dunklen Schatten auf dem Boden. Jemand hatte auf der Bank eine Kerze angezündet. Die Flamme flackerte.

»Wer wohl die Kerze angezündet hat?«, sagte Frølich. Der Anblick ließ ihn erschaudern. Er war nicht in der Stimmung, wegen Ivar Killis Tod oder wegen der Gefahr, die das Polizistendasein mit sich brachte, in Depressionen zu verfallen. Er wollte trinken und an nichts anderes denken. »Wir gehen«, rief er und riss sich los. Er war schon ein ganzes Stück gegangen, als er entdeckte, dass er allein war. Er drehte sich um.

Emil Yttergjerde stand noch immer reglos an derselben Stelle.

Frølich betrachtete die Menschen um sich herum, während er wartete. Eine junge Frau mit langen Beinen und einem in sich gekehrten, verträumten Blick schritt vorüber. Ein lächelnder Mann im Anzug drehte sich um und wartete auf zwei andere, die sich miteinander unterhielten und langsamer gingen. Eine Frau mit Kopftuch schob einen Kinderwagen und blieb vor der roten Ampel an der Kreuzung Lakkegata stehen. Endlich kam auch Emil Yttergjerde.

Er blieb ebenfalls vor der roten Ampel stehen.

Es wurde grün.

Bremsen quietschten. Gesichter drehten sich nach einem niedrigen BMW um. Das Fenster wurde heruntergelassen. Ein kräftiger Unterarm und eine Hand erschienen. Emil Yttergjerde beugte sich zu dem geöffneten Wagenfenster hinab. Die Reifen drehten durch. Der Wagen beschleunigte. Yttergjerde warf sich auf den Türgriff und taumelte auf die Fahrbahn. Frølich musste zur Seite springen, um nicht überfahren zu werden. Den Bruchteil einer Sekunde lang sah er das Gesicht des Fahrers. Es war Darak Fares.

Mit quietschenden Reifen verschwand der Wagen um die Ecke in die Christian Kroghs Gate.

»Was wollte er?«

»Er hat gesagt, er wüsste, wer es war«, sagte Yttergjerde atemlos. »Er behauptet, er wüsste, wer Ivar Killi erschossen hat.«

Stimmungswechsel. Sie setzten sich in *Teddys Softbar*, ein Szenelokal, in dem bei der Sommerwärme nur wenige Gäste waren. Aber keiner von beiden hatte noch Lust, mit der Sonnenbrille auf der Nase Menschen anzuschauen. Die ersten Halben vergingen mit Gesprächen über das, was sie gerade erlebt hatten. Aber Yttergjerde wollte das Thema nicht fallen lassen. Frølich fing bald an sich zu langweilen. Er sagte: »Der blufft garantiert. Lass uns das Thema wechseln.«

Yttergjerde starrte ins Glas und auf seine Hände. Er war blass. In seinem leeren Blick lag etwas Destruktives. Er hob den Kopf und sagte:

»Starum ist sicher. Rindal ist sicher. Und dann wird

dieses Arschloch vom Untersuchungsrichter freigelassen.«

Frank Frølich atmete tief durch. »Es nützt nichts, zu …«

»Mir ist scheißegal, was nützt und was nicht!«

Solche Ausbrüche waren im *Teddys*, einem Lokal, in dem seit den fünfziger Jahren außer der Musik in der Jukebox nichts verändert worden war, fehl am Platze. Der Mann an den Zapfhähnen hatte über den Tresen gebeugt gestanden und Zeitung gelesen. Jetzt sah er mit einer fragenden Furche auf der Stirn über seine Brillengläser zu ihnen herüber.

»Hör zu«, sagte Frølich gedämpft. »Gegen den Entscheid wurde keine Berufung eingelegt. Das heißt, Starum ist nicht sicher. Wenn sie wirklich an die Beweise glauben würde, hätte sie Berufung eingelegt.«

Emil Yttergjerdes Blick war verschwommen vom Alkohol, als er sich mit einer Serviette den Kautabaksaft vom Mund wischte.

Wie mit dem Kopf gegen die Wand schlagen, dachte Frølich auf dem Weg zur Toilette.

Als er zurückkam, war Yttergjerde damit beschäftigt, eine SMS zu schreiben. Kurz danach klingelte sein Handy. Frølich hörte nur mit halbem Ohr hin. Emil redete mit Kollegen. Er sprach von Darak Fares und erzählte, was der durchs Wagenfenster gesagt hatte. Er und der Kollege am anderen Ende putschten sich gegenseitig auf.

Alle werden wütend, nur ich nicht, dachte Frølich. Er begriff nicht, wie man Aggressionen gegen einen Mann aufbauen konnte, nur weil er ein Scheißkerl war.

Als Frølich es aufgegeben hatte, die Halben zu zählen, wollte Yttergjerde gehen.

»Wohin willst du?«

»Was denkst du?«

Frank Frølich verstand den Wink und wurde ärgerlich:

»Du solltest zusehen, dass du nach Hause kommst. Wir nehmen ein Taxi – zusammen.«

Als sie im Wagen saßen, stierte Yttergjerde aus dem Fenster. Sein Gesicht wirkte schwer und maskenhaft, sein Blick wie der eines Nashorns: ehrlich, zielstrebig und unintelligent.

Als der Wagen hielt, blieb Frank Frølich auf der Rückbank sitzen. Er vergewisserte sich, dass der Kollege zum Eingang des Hauses in der Vogts Gate schwankte und durch die Tür ging.

Er bat den Fahrer zu warten. Als er sah, wie in der Wohnung des Freundes das Licht anging, bat er den Fahrer, zum Youngstorg zurückzufahren.

»Wo am Youngstorg?«

»Weiß ich noch nicht, mal abwarten. Suche einen Kumpel. Fahren Sie einfach zum Youngstorg. Alles Weitere wird sich zeigen.«

Als sie sich Youngstorget näherten, bat er den Fahrer, langsamer zu fahren. Er zeigte nach rechts in die Youngs Gate: »Hier hinunter.«

Frank Frølich wusste nicht viel über Jugendliche ausländischer Herkunft, aber er wusste, dass viele sich im Zentrum trafen.

»Nach links in die Storgata.«

Der Fahrer folgte der Anweisung.

Frank Frølich studierte die Autos, die in den Nebenstraßen parkten. »Langsam.«

Der Fahrer fuhr langsam. »Wie sieht er denn aus, der Typ, nach dem Sie suchen?«

»Er fährt einen von diesen kleinen, coolen BMWs.«

»Z4 Roadster?«

Frølich nickte. »Der sollte doch auffallen.«

Der Mann fuhr in die Hausmanns Gate, um den Block zu umrunden. Ein Schwarm jugendlicher Einwanderer zog auf dem Bürgersteig vorbei. Frølich konnte kein bekanntes Gesicht erkennen. Das Taxi fuhr im Schritttempo. Frank Frølich spähte aus dem Fenster. Neue Autos, teure Autos, aber keins, das dem Wagen von Darak Fares ähnelte.

Teenager in Jeans und T-Shirts torkelten betrunken auf die Fahrbahn und winkten, um das Taxi anzuhalten. Ein Schwarm von patrouillierenden Polizisten in ihren charakteristischen Reflexwesten schritt langsam die Storgata entlang. Ein Streifenwagen rollte langsam davon. Es war noch nicht Mitternacht. Der Abend war noch jung. Darak Fares konnte überall sein. Aber was würde er tun, wenn er Darak Fares fand? *Falls* er Darak Fares fand? Er hatte keine Ahnung.

Der Fahrer hatte ein Gesprächsthema – das Wetter. Endlich kam nach langen Wochen ständiger Sonne der Regen. Die Scheibenwischer arbeiteten in Intervallen. Als der Mann endlich schwieg, war das rhythmische Schlagen der Wischblätter das einzige Geräusch, das ins Wageninnere drang. Draußen glänzte es schwarz auf nassem Asphalt. Trotzdem waren viele Menschen sommerlich gekleidet – in Shorts, Sandalen, kurzen Röcken – nackte Beine und bloße Arme. Tropische Regennacht in Oslo.

Rote Ampel. Der Wagen hielt. Der Scheibenwischer schlug zum Gott weiß wievielten Mal. Eine Frau überquerte den Zebrastreifen vor dem Wagen. Eine Frau, die er kannte: Maria Hoff. Durch die Frontscheibe bekamen sie Blickkontakt. Sie hielt inne, doch nur für einen kurzen Moment, dann ging sie weiter. Doch der Moment hatte gereicht.

»Ich steige hier aus«, sagte Frank Frølich und grub in der Hosentasche nach Geld.

Sie blieb stehen und drehte sich um, als die Wagentür zuschlug.

»Hei«, sagte er. »Wohin gehen Sie?«

Sie sah ihn kühl, aber nicht direkt abweisend an. »Das ist doch wohl meine Sache.«

Sie drehte sich um und ging weiter. Er ging neben ihr her durch den leichten Regen.

Ihre Hüften schwangen ruhig bei jedem Schritt. Sie sandte kleine Wolken von Fliederduft aus. Mit beiden Händen hielt sie den Riemen ihrer Schultertasche fest, als habe sie Angst, sie zu verlieren.

Sie blieben an einer Kreuzung stehen und warteten schweigend auf Grün. Sie blies eine Haarsträhne zur Seite, die dicht an ihrem Mundwinkel herabfiel. Der Nieselregen legte sich wie ein zarter Perlenschleier auf ihre Augenlider. Sie überquerten die Straße und gelangten zur Brücke über den Akerselva. Er hatte keine Ahnung, wohin sie gingen. Als hätten sie den gleichen Gedanken gehabt, blieben sie beide stehen. Vor ihnen lag der Kreisel mit dichtem Verkehr, die Wagen bremsten hier ab, bevor sie mit hoher Geschwindigkeit auf die Brücke in Richtung Autobahnkreuz fuhren. Dahinter türmten sich die Wohnblöcke von Grønland auf.

»Nehmen wir den Fußweg?«

Sie war schon auf dem Weg den Abhang hinunter, der zum Spazierpfad am Fluss entlangführte. Er folgte ihr. Der Regen machte den Hang glitschig. Unten auf dem Pfad war es dunkel. Das Geräusch fließenden Wassers konnte nur mit Mühe den Lärm von Gas gebenden Autos und das scharfe Pfeifen von Reifen auf nassem Asphalt übertönen. Ihr Gesicht lag im Schatten, nur das Licht einer Straßenlaterne gab einen Widerschein in ihren Augen. Sie sagte: »Ich habe kein spezielles Ziel. Und Sie ja wohl auch nicht, wenn Sie einfach so mit mir gehen?«

»Richtig.«

Sie blieben schweigend stehen, bis sie fragte: »Sind Sie betrunken?«

»Sie?«

Ein weißes Schimmern von Zähnen, als sie lächelte.

»Worüber wollen wir reden?«

»Über etwas Neutrales. Sie sind Polizist, ich bin Psychologin, wir sollten neutrale Themen wählen.«

»Gibt es so was?«

»Wörter werden neutral, wenn man sie auseinanderreißt. Wir können über Buchstaben reden.«

Es war immer noch so dunkel, dass er kaum mehr als ihre Silhouette erkennen konnte.

Sie sagte: »A ist ein blauer Buchstabe, E ist ein roter Buchstabe, F ist braun – O ist –?« Sie verstummte und wartete auf seine Reaktion.

»O?«

»Welche Farbe hat O?«

Er überlegte: »Gelb«, sagte er.

»I«, sagte sie.

»Rot«, sagte er.

»Nein«, sagte sie. »I ist eindeutig gelb.«

Er schüttelte den Kopf. »Nein, es ist rot.«

»Da sehen Sie es, sogar eine Diskussion über neutrale Themen ergibt Sinn.«

»Dinge, die zu Konflikten führen, ergeben nicht notwendigerweise einen Sinn.«

»Uneinigkeit, Ungleichgewicht sind bessere Worte als Konflikt.« Ein Lachen schwang in ihrer Stimme mit. Plötzlich spürte er ihre Finger um sein Handgelenk. Er spielte das Spiel mit, flocht seine Finger in ihre.

Jetzt, da die Stille zwischen ihnen schwerer und etwas aufgeladen war, entdeckte er ein neues Geräusch, das sich mit dem Dröhnen des Verkehrs und dem Rauschen des Flusses mischte: schwache Flötentöne in gedämpften Harmonien. Hand in Hand gingen sie den Klängen entgegen und entdeckten eine Installation, die auf dem ruhigen Wasser schwamm. Die Straßenlaterne oberhalb des Hangs warf ein blasses Licht auf ein Schild zwischen den Büschen. Darauf stand, dass die Begegnung der Installation mit dem Wasser die Harmonien erzeugte.

»Ein Ding, das den Fluss zum Komponisten macht«, sagte er. »Nicht schlecht.«

Sie sagte nichts.

Er war inzwischen ziemlich durchnässt. Ein Tropfen lief an seiner Schläfe entlang abwärts zum Kinn. Sie auch, dachte er und zog sie an sich. Es war, als mache sie einen Tanzschritt.

Sie wohnte im Erdgeschoss. Als sie im Bad verschwand, wand er sich aus seiner Jacke. Sie war klatschnass. Seine Hose war ebenso nass und klebte an den Schenkeln. Er mochte sie nicht ausziehen. Musste leicht grinsen bei dem Gedanken. Die Wände ihrer Wohnung waren weiß gestrichen. Eine imponierende B&O-Anlage thronte vor einem grauen Sofa – lang, flach und vierkantig. Das Zimmer war fast peinlich aufgeräumt.

Als sie aus dem Bad kam, machte sie das Licht aus. Sie hatte einen Minirock angezogen, der so kurz und eng anliegend war, als wäre er ihr auf die Hüften gemalt. Den Oberkörper hatte sie in eine nahezu durchsichtige Bluse gezwängt.

Er legte einen Arm um ihre Hüfte.

Sie griff seine Hand und schob sie mit entschiedener Miene fort.

So tötet man eine Stimmung ab, dachte er und blickte in zwei Augen, die in dem gedämpften Licht funkelten.

»Du denkst wie ein Tier«, zischte sie mit einer Stimme, die heiser war vor Verachtung.

Und du kannst einen ungewöhnlich gut an der Nase herumführen, dachte er und fühlte sich unendlich müde. In der Stille, die folgte, suchte er nach einem Vorwand, um ihre Wohnung zu verlassen, ohne dumm oder beleidigt zu wirken. Aber er hatte keine Idee. Sie standen im Zimmer und sahen sich an, während die Stille vibrierte.

Schließlich riss sie sich los, ging zu ihrer Anlage, suchte eine CD aus und legte sie ein. *Dark side of the moon.* Die Wahl der Musik entspannte die Atmosphäre etwas. Er ertappte sich dabei, dass er den vollen Klang bewunderte, der jetzt den Raum erfüllte. Der Titel des Stücks hingegen passte schlecht: *Speak to me.*

Schließlich setzte sie sich aufs Sofa, zugeknöpft, mit geschlossenen Knien und gefalteten Händen. »Was machen wir jetzt?«

Er dachte: *Jetzt drehe ich mich um und gehe, ohne ein einziges Wort zu sagen.* In der nächsten Sekunde dachte er: *Aber ich habe in Situationen wie dieser noch nie das getan, was ich tun sollte.*

Er sagte: »Ich habe bei der Polizei ziemlich lange eng mit einem Typen zusammengearbeitet. Er sagt immer, wenn man an einem Punkt ist, wo man nicht weiterweiß, kann man entweder dahin gehen, wo die Sonne aufgeht, oder dahin, wo sie untergeht.«

Neuer Blickkontakt – lange.

Dann sagte sie: »Was willst du?«

»Ist das nicht ziemlich klar?«

Sie blieb sitzen und musterte ihn von oben bis unten, nicht mehr abweisend, dachte er – nur herausfordernd. »Männer sind Tiere, ihr denkt wie Tiere.«

»Was hast du eigentlich gegen Tiere?«

»Du denkst nur an Sex, stimmt's? Die ganze Zeit?«

Er nickte schwerfällig, schon jetzt des vorhersehbaren Streits überdrüssig, der auf der Lauer gelegen hatte. »Die ganze Zeit«, gestand er.

»Und du kennst keine Grenzen.«

Er nickte wieder und gähnte. »Keine Grenzen.«

»Sex um jeden Preis«, sagte sie. »Egal mit wem?«

»Worauf willst du hinaus?«

»Würdest du zum Beispiel so weit gehen, Sex mit der Liebsten eines guten Freundes zu haben?«

Ihr provozierender Ton reizte ihn dazu, ebenso provozierend zu antworten: »Es ist schon vorgekommen, dass ich mit der Freundin eines Freundes oder eines Kollegen geschlafen habe. Warum interessiert dich das?«

»Was hat das mit dir gemacht?«

»Jetzt verstehe ich nicht, was du meinst.«

»Doch, du verstehst genau, was ich meine.« Sie lächelte plötzlich aufreizend.

»Der Gedanke an die soziale Beziehung hat in dem Moment ein Gefühl der Erniedrigung ausgelöst.«

»Ein Gefühl der Erniedrigung?«

Er nickte. »Eine Mischung aus Scham und Schuldgefühl.«

»Du hast es also bereut?«

»Nein, ich würde eher sagen, dass es das Erlebnis umso intensiver gemacht hat, eine Art pikanter Würze.«

»Das ist nicht wahr!«

Er betrachtete die Reihe weißer Zähne in ihrem Lächeln. Sie war schön, wenn sie lächelte. Die etwas kühle Maske wurde weich, und ihre Augen funkelten.

»Du solltest öfter lächeln«, sagte er. »Du bist schön, wenn du lächelst.«

»Touché«, sagte sie und schlug den Blick nieder.

In diesem Augenblick war die Stimmung mit einer ganz anderen Energie aufgeladen als ein paar Minuten zuvor. Er wurde nicht schlau aus ihr.

Pink Floyd beendete gerade *On the run*. Sie fragte: »Warum stehst du da so rum?«

»Weil meine Hose klatschnass ist. Ich mag nicht einmal daran denken, mich zu setzen.«

Sie erhob sich vom Sofa, drehte ihm den Rücken zu und trat ans Fenster. So abgewandt blieb sie stehen, vornüber gebeugt, die Ellenbogen aufs Fensterbrett gestützt. »Zieh sie aus«, sagte sie.

Ihre Blicke begegneten sich in der spiegelnden Fensterscheibe, als er sich aus der nassen Hose schälte. Aus den Lautsprechern erklang *Time*. Der Lärm von den Uhren.

Sie verfolgte, wie er sein Hemd aufknöpfte und es über den Rücken des Sofas legte. Sie betrachtete ihn, als er die Boxershorts hinunterschob und herausstieg. In den Lautsprechern tickte die Uhr. Als er zu ihr trat, rieb sie ihren Kopf an ihm wie eine Katze, bevor sie ihn zu Boden warf und auf ihn kletterte, den Rock aufgerollt um ihre Taille. Als er den Oberkörper hob und sie umarmen wollte, grub sie zehn lange Fingernägel in seinen Rücken und kratzte – tief. Ihm blieb die Luft weg vor Schmerz. Wie rasend packte er ihre Hände und hielt sie umklammert. Sie wand sich wie eine Schlange. Aber er wagte nicht, die kratzenden Hände wieder loszulassen, nahm sie in einen eisernen Griff und wälzte sie auf den Bauch. Den Rock zerfetzte er mit einer einzigen Bewegung. Sie bäumte sich auf und kam ihm entgegen, hart und hitzig. So lagen sie da und kämpften, lange, Geschlecht an Geschlecht.

Als die Grautöne eines neuen Tages sich auf die Wände legten, stand er auf und ließ sich aufs Sofa fallen, erschöpft. Sie blieb auf dem Fußboden liegen und sah ihn an, bevor sie hinterherkrabbelte und sich auf ihn setzte. Sie begannen einen letzten Tanz, Auge in Auge und Mund an Mund, als sei dies ein Ritual, das sie schon unzählige Male genossen hatten. Als er sich endlich ergab, hatte sie lange gewartet und biss ihn fest in die Lippe. Keiner von ihnen sagte ein Wort, nicht bis sie ihm nachher eine Rolle Wischpapier reichte.

»Warum?«, fragte sie mit großen Rehaugen. »Warum haben wir das gemacht?«

Er saß da und blickte auf das Wischpapier. Er wusste nicht, was er damit sollte. Hilfreich wickelte sie das Papier um seinen Penis. »Warum«, wiederholte sie und brachte ihn dazu, an eine Marktfrau zu denken, die Bananen einpackt.

»Vielleicht weil keiner von uns beiden sehr viel besser ist als die Tiere, die du so verachtest.«

Ihre Augen blitzten. Es klatschte, als sie zuschlug. »Du Scheißkerl.«

Er griff sich an die Wange. Sie brannte nach der Ohrfeige. Verwirrt begegnete er dem dunklen Blick, schaute in ihn hinein und fand nichts anderes als blanke Wut.

Die Stille dauerte an. Ihre Wut dauerte an.

Er fühlte plötzlich, dass er fror. Er räusperte sich und sagte: »Du hast mir gesagt, dass du keinen Polizisten namens Petter Bull kennst. Es gibt Leute, die etwas anderes behaupten.«

»Willst du damit sagen, dass ich lüge?«

Frølich antwortete nicht. Es kam schon lange keine Musik mehr aus den Lautsprechern, und seine Wange brannte noch immer.

»Du redest mit den falschen Leuten«, sagte sie wütend. »Ich kenne niemanden, der Bull heißt.«

Sie stand auf, sah auf ihn hinunter und sagte: »Entschuldige, aber solche Diskussionen erinnern mich an

Intrigen unter Frauen, und die langweilen mich. Du findest allein raus. Gute Nacht.« Sie drehte sich um und marschierte ins Schlafzimmer. Die Tür schlug mit einem Knall zu. Ein Schlüssel wurde umgedreht. Die Botschaft konnte klarer nicht sein. Er holte tief Luft. Streckte den Arm aus und befühlte die Hose, die immer noch steif und kalt war. Es grauste ihn bei dem Gedanken, sie anzuziehen und nach Hause zu gehen.

25

Frank Frølich erwachte in seinem eigenen Bett, als ihm ein Sonnenstrahl ins Auge stach. Er sah zur Uhr, groggy. Er hatte eine Dreiviertelstunde geschlafen. Obwohl Samstag war, musste er arbeiten, und er war schon spät dran.

Er fühlte sich wie ein ausgewrungener Waschlappen, als er bei der Wachhabenden Ingrid Kobro vorbeischaute, die konzentriert auf den Bildschirm ihres Computers starrte.

»Hat Emil Yttergjerde von der Begegnung mit Darak Fares berichtet?«

»Nein«, sagte Kobro.

»Fares hat behauptet zu wissen, wer Ivar erschossen hat.«

»Wann hat er das behauptet?«

»Gestern Abend.«

»Wann gestern Abend?«

»So gegen sieben, acht Uhr. Wieso?«

»Er ist tot.«

»Wer?«

»Darak Fares saß allein in einem Wagen, als er durchs Wagenfenster erschossen wurde, irgendwann zwischen elf Uhr gestern Abend und zwei Uhr in der Nacht.«

Frølich wusste nicht, was er sagen sollte. Ihm fiel nur ein zu fragen: »Wie kannst du wissen, dass er allein war und durchs Wagenfenster erschossen wurde?«

»Weil das Fenster von außen zerschossen wurde, Einschussloch in der linken Schläfe. Der ganze Wagen war innen mit Blut und Hirnmasse verschmiert. Ein BMW

Z4 Roadster. Der Innenraum des Wagens ist kleiner als das Klo in einem Linienflugzeug. Wenn jemand in dem Wagen gesessen hätte, als Fares erschossen wurde, hätte der Betreffende verdammt beschissen ausgesehen. Und über blutverschmierte Menschen im Zentrum gestern Abend liegen uns keine Berichte vor – falls du dem, was du eben gesagt hast, nicht noch etwas hinzufügen willst.«

Frølich schluckte. »Soll das ein Witz sein?«

»Nein Frølich, mit so etwas mache ich keine Witze. Ich schlage vor, du gehst bei Vibeke Starum vorbei und erzählst ihr, was du mir gerade erzählt hast.«

Sie gingen mit schnellen Schritten den Korridor entlang. »Wo ist es passiert?«

»In einer Kellergarage in der Brugata – die Fares gehörte und von ihm benutzt wurde.«

»Wer hat die Leiche gefunden?«

»Ein Wachmann von der Securitas«, sagte Kobro. Sie tat einen Schritt zur Seite, um Petter Bull vorbeizulassen, der in die entgegengesetzte Richtung unterwegs war.

»Erschöpft, Frølich?«, fragte Bull und zwinkerte ihm verschwörerisch zu. »In der Stadt gewesen und den Hengst gespielt?«

Frølich blieb stehen und sah der plumpen Gestalt nach, die weiterwatschelte. Wie auf Kommando hielt auch Bull inne und sah sich um. Er formte die Hand zu einer Pistole und ließ sie auf und ab zucken, als würde er eine Schusssalve abgeben.

26

Der Parkplatz am Vestre Gravlund ist ein Ort der dunklen Silhouetten. Trauernde, die nicht zu spät und auch nicht zu früh kommen wollen, streichen vorbei. Gunnarstranda fragte sich, ob er zur Kategorie der Trauernden gehörte. Er entschied, dass das nicht der Fall war, und blieb deshalb im Wagen sitzen und wartete. Es waren nur noch wenige Minuten bis zum Beginn der Zeremonie, als Ingrid Kobro anrief.

»Mach es kurz, Kobro, ich bin auf dem Weg zu einer Beerdigung.«

»Die gesamte Abteilung soll vom Dezernat für Disziplinarverfahren vernommen werden, und ich muss den Zeitplan aufstellen. Wann bist du wieder im Hause?«

»Was ist denn passiert?«

»Darak Fares ist erschossen worden – wenige Stunden nach seiner Entlassung aus der U-Haft, gegen den heftigen Protest eines aggressiven Polizeikorps und so weiter und so weiter.«

Gunnarstranda hatte viele Fragen. Er stieg aus schierer Aufregung aus dem Wagen. Doch die Glocken der Friedhofskapelle hatten zu läuten begonnen. Seine Fragen konnte er später stellen. Er schloss den Wagen ab und sagte: »Setz mich ganz unten auf die Liste.«

Er fand einen freien Platz in einer der letzten Reihen, direkt am Mittelgang. In der ersten Bank saß eine junge Frau mit schmalem Rücken – allein. Der weiße Sarg war mit einem Kranz und einigen Trauergestecken geschmückt. Es waren ungefähr zehn Personen in der Kapelle.

Die schweren Glockenschläge klangen hier drinnen gedämpft und wie von weit her. Die Tür ging. Ein Mann hastete herein und setzte sich ungefähr in die Mitte des Raums. Es wurde wieder still. Die Pastorin kam und reichte der Frau mit dem schmalen Rücken die Hand. Das erste Lied war »Herr, bleibe bei mir«. Die Pastorin und der Angestellte des Beerdigungsinstituts waren die Einzigen, die sangen.

Die Pastorin erzählte, Arne Werner Welhaven sei mit vielen Freunden in Grünerløkka aufgewachsen. Dann habe er allen Widrigkeiten zum Trotz eine Ausbildung zum Juristen gemacht und seine Jugendliebe Emma geheiratet. Sie hatten zwei Kinder bekommen, Marius und Fride. Die Pastorin hob den Blick und lächelte der Frau mit dem schmalen Rücken zu.

Gunnarstranda hörte schon nicht mehr zu. Er dachte an Emma und erinnerte sich plötzlich an eine Szene aus ihrer Schulzeit: Es war ein Frühlingstag gewesen, mit Matsch und Resten von Streusplitt auf den Straßen. Er war am Akerselva entlanggegangen, hatte die Frühlingsluft eingeatmet, den Duft von frischem Huflattich an der Böschung zum Fluss, der von der Schneeschmelze stark angeschwollen war. Er hatte ein Pärchen überholt, das sich an den Händen hielt. Der Anblick von Emma, die die Hand eines Jungen hielt, war schwer zu ertragen gewesen. Aber Gunnarstranda erinnerte sich nicht mehr, wer der Auserwählte war. Die eine Erinnerung ergab die nächste. Bilder seiner Mutter und seines Vaters drängten sich ihm auf. In eigene Gedanken versunken kam er erst wieder zu sich, als die Zeremonie mit dem Lied »Lobet den Herren« beendet wurde.

Er verließ die Kapelle als Letzter. Man versammelte

sich nicht vor der Tür, jeder ging seiner Wege. Er konnte Welhavens Tochter nirgendwo sehen. Er ging schneller und eilte zum Parkplatz. Nachdem er einen Blick nach links geworfen hatte, entdeckte er eine schmale Gestalt auf dem Fußweg, der nach Skøyen hinunterführte.

Sie ging langsam zwischen den Gräbern entlang. Er holte sie ein, ohne außer Atem zu geraten.

»Darf ich Ihnen mein Beileid aussprechen, ich habe Ihren Vater gekannt, wissen Sie«, platzte er heraus, als sie sich umdrehte. »Vor langer Zeit«, fügte er hinzu. »In unserer Jugend.«

Er ergriff ihre Hand, fast überwältigt von der Ähnlichkeit. »Und Ihre Mutter auch.«

Sie sah ihn abwartend an. Große braune Augen, fein geschwungene Augenbrauen und volle Lippen, die in einer Art Grimasse nach hinten gezogen waren, als graute es ihr vor dem, was da kommen würde.

Er räusperte sich und sagte: »Ich wollte Sie nur begrüßen. Sie haben eine schwere Zeit hinter sich. Sie sind Ihrer Mutter sehr ähnlich.«

Dann räusperte er sich noch einmal und fügte hinzu, wie um die Bedeutung der Mutter abzuschwächen: »Sie waren beide feine Menschen.«

»Die meisten reden schlecht von meinem Vater.«

»Es geht mir nicht darum, schlecht über Ihren Vater zu reden. Ich weiß so wenig von ihm. Aber wir waren Klassenkameraden.«

Sie bewegte sich nicht von der Stelle und betrachtete ihn forschend mit dem unverändert braunen Blick.

Er fragte: »Kann ich Sie zu einer Tasse Kaffee einladen?«

»Ich trinke keinen Kaffee« Sie drehte den Kopf und blickte über die Gräber. »Gerade im Moment hätte ich Lust auf ein Bier.«

27

Frank Frølich saß im Aufenthaltsraum des Polizeipräsidiums und blätterte in einer Boulevardzeitung. Als Lena Stigersand hereinkam und ihre Jacke und Tasche im Spind verstaute, blickte er auf. Sie fragte: »Warst du schon drin?«

»Zur Vernehmung?« Er schüttelte den Kopf. »Sie reden gerade mit Yttergjerde.«

Lena setzte sich. »Wer hat die Ehre, uns auszufragen?«

»Keine Ahnung.« Er stand auf. Ihm war nicht nach Klatsch und Tratsch zumute. Er ging hinaus auf den Flur. Kam an einer offenen Tür vorbei. In einem Computerraum saß Petter Bull. Sie begrüßten sich. »Du lässt nicht locker?«, fragte Frølich, einfach um etwas zu sagen.

Bull nickte, den Blick starr auf den Bildschirm geheftet. »Die Leute vom Sonderdezernat fragen jeden Einzelnen von uns, was wir nach der Freilassung von Darak Fares getan haben, und zwar Stunde für Stunde. Dann kann ich es auch gleich aufschreiben.« Er blickte auf, und ein Grinsen breitete sich auf seinem fleischigen Gesicht aus. »Wie die Anwälte es dir raten: Halte dich an eine einzige Erklärung, egal was passiert.«

In dem Moment ging die Tür auf. Emil Yttergjerde kam heraus. Er atmete tief durch. »Du bist dran, Petter«, sagte er.

Petter Bull stand auf. »Ich drucke das hier nur eben aus.« Er drückte auf eine Taste. Der Drucker ratterte. Ein Bogen wurde ausgeworfen. Petter Bull griff danach, verschwand damit durch die Tür, aus der Yttergjerde gekommen war, und schloss sie hinter sich.

Frank Frølich setzte sich an den Computer. »Wie ist die Form?«, fragte er Yttergjerde.

»Tendenz steigend.« Yttergjerde zog seine Jacke an. »Bin zwar spät dran, aber Mann, was für ein Glück, dass wir am Freitagabend das Taxi genommen haben.«

Frank Frølich nickte und konzentrierte sich auf den Bildschirm. Petter Bull hatte natürlich vergessen, sich auszuloggen. Er wollte Bull schon den Gefallen tun, als ihn plötzlich der Teufel ritt. Wenn Petter Bull etwas von den Ermittlungen gegen seine Zeugen im Fall Welhaven dokumentiert hatte, dann war dies eine blendende Gelegenheit, es herauszufinden. Er klickte die Liste von Bulls Dateien an.

Aber es war ein hoffnungsloses Unterfangen. Petter Bull war genauso wie die meisten Menschen. Er speicherte seine Dateien ohne jedes System ab. Es war ein Durcheinander von Namen und Stichwörtern. Frølich öffnete eine beliebige Datei. Es handelte sich um einen Widerspruch gegen die Reststeuer des vergangenen Jahres.

Frank Frølich überlegte und kam schließlich darauf, dass es noch eine Chance gab: die Speicherung der Dokumente nach Daten zu überprüfen. Er klickte sich in den Dateiordner ein und erhielt eine Übersicht über Petter Bulls elektronisches Leben bei der Polizei.

Da entdeckte er es.

Es war kein Dokument, kein Text. Nur ein Ordner. Der Name des Ordners: *IK-Fotos*.

Der Ordner enthielt zahlreiche Bilddateien. Automatisch begann er, die Fotos aufzurufen: Naturbilder, die Silhouette eines Elchs vor einem orangen Vollmond, ein verwittertes Gebirgsmassiv mit Aussicht, nächstes Bild: eine Frau mit einem Knebel im Mund, auf einem Stuhl sitzend, mit einem Seil gefesselt, das tief in ihre Haut einschnitt.

Frølich holte tief Luft. Er blickte zur Tür hinüber, durch die Bull vor einigen Minuten verschwunden war. Wandte sich wieder dem Bildschirm zu: *IK-Bilder.* Keine Frage, wer der Fotograf war.

Was sollte er tun? Es gab eigentlich nicht viel zu überlegen. Die Frage war nur, ob er jetzt sofort Alarm schlagen sollte – oder warten, bis Bull wieder herauskam, und eine Erklärung verlangen. Schließlich entschied er sich. Er hob den Telefonhörer und wählte die Nummer von Rindal.

28

Im Herregårdskroa waren keine weiteren Gäste. Das Wetter war unsicher. Der Kies zwischen den Tischen war feucht von einem Regenschauer, und die Kinder, die unter den Laubbäumen im Frognerpark Fahrrad fuhren, trugen Joggingschuhe und lange Hosen. Sie saßen im unteren Pavillon, mit Aussicht über den Frognerelva, die Wiesen und die Talsenke, die den Park von den Villen in der Madserud Allé trennte.

»Papa ist in einer Wohnung ohne Bad groß geworden, mit einem Ausguss in der Küche und dem Klo auf halber Treppe –«

Gunnarstranda nickte. »Ja, ich kenne das.«

»Ich bin in Holmen aufgewachsen. Ganz anders. Eigenes Zimmer in eigenem Haus, Fußbodenheizung. Der Definition nach glücklich – den Aufgeklärten zufolge.«

Gunnarstranda sah sie an. Er unterdrückte den vorwitzigen Teufel, der in seiner Kehle nach oben drängte. Es war schwierig – er hatte keinen Tabak und konnte nicht rauchen, um den Teufel abzulenken.

Sie saß einen Moment in Gedanken versunken da, dann sagte sie: »Dort zu wohnen war manchmal hoffnungslos einengend. Als ich in der Mittelstufe war, wurden in der Njårdhalle eigene Weihnachtsbälle veranstaltet, ausgewählte Jungen trafen ausgewählte Mädchen – ein regelrechtes *mating*, bei dem es darauf ankam, weniger feine Familien außen vor zu halten.«

Gunnarstranda blickte zum Bach hinüber. Sein Verlangen nach einer Zigarette war geradezu schmerzhaft.

»Manchmal hatte ich das Gefühl, dass wir ein *Gesellschaftsleben light* führten. Ich meine, dass das kleine Dorf da im Westteil der Stadt so verdammt viel Energie drauf verwendete, seine Kinder zu einer Elite zu machen, das ist doch totale Verschwendung, irgendwie.«

»Alles hat seine Zeit«, sagte Gunnarstranda kurz. »Sogar ich gehöre jetzt zur Elite. Früher haben die Leute mich im Laden schief angesehen, weil ich ein Einkaufsnetz dabeihatte, wenn ich einkaufen ging. Sie glaubten, ich wäre zu geizig, um Plastiktüten zu kaufen. Jetzt ernte ich Anerkennung, weil die Leute mich für besonders umweltbewusst halten.«

»Aber das sind Sie ja auch.«

»Nicht mehr als andere. Ich habe schon als Kind gelernt, das Netz mit zum Einkaufen zu nehmen. Seitdem habe ich die Gewohnheit beibehalten.«

Sie sah in ihr leeres Bierglas. Gunnarstranda machte den Kellner auf sich aufmerksam, indem er einen Finger in die Höhe streckte. Der Mann kam mit einem neuen Halben und stellte ihn zwischen sie auf den Tisch.

Sie umfasste das Glas und sagte: »Ich bin jetzt ganz allein. Ich habe keine Ahnung, warum Papa das getan hat. Aber ich weigere mich zu akzeptieren, dass er sich jetzt – zwischen fünfzig und sechzig – plötzlich als Versager gefühlt hat. Es muss etwas passiert sein.«

»Sind Sie sicher, dass dieses Suchen nach einem sensationellen Vorfall nicht nur ein Ausdruck Ihrer Trauer ist?«

»Ich will nicht glauben, dass sein Selbstmord von dem tristen traditionellen Leben ausgelöst wurde, das er geführt hat. Was für ein Mann war mein Vater denn? Ein Streber, der sich das Leben nehmen musste, als er scheiterte? Ich kann es nicht akzeptieren, dass er keinen anderen Ausweg sah, als sich umzubringen, nur weil sein Leben leer geworden war. Was bin ich denn dann? Was habe ich bedeutet?«

Gunnarstranda antwortete nicht.

Ihre Augen glänzten. Sie blinzelte mehrmals.

»Hier«, sagte er und reichte ihr eine Packung Papiertaschentücher.

Sie nahm sie und wischte sich Augen und Nase ab. »Danke. Wo haben Sie die gefunden?«

»Alte Gewohnheit. In diesem Anzug habe ich immer eine solche Packung. Das ist mein Beerdigungsanzug. In der Regel muss ich auf Beerdigungen weinen.«

Sie drückte die Serviette noch einmal unter die Augen und blinzelte wieder.

»Sie glauben also nicht, dass er sich umgebracht hat, um eine lange Depression zu beenden?«

Sie schüttelte den Kopf.

»Haben Sie eine Idee, warum er es getan hat?«

»Nein.«

Fride Welhaven blieb wie in Trance sitzen, den starren Blick nach innen gerichtet und die Hände um die Serviette gefaltet.

»Und Ihre Mutter?«

»Mama war abwesender, in sich gekehrter. Aber auch sie hatte eine Art Schamgefühl, weil sie aus einer Arbeiterfamilie kam. Marius und ich sind ja im Makrellbekken groß geworden, mussten aber zum Beispiel auf die Kathedralschule gehen.«

»Mussten?«

»Mussten und mussten, aber es wurde ganz einfach erwartet. Die nächste weiterführende Schule war Persbråten, aber sie war nicht gut genug. Die Kathedralschule war angesagt, weil es eine Eliteschule ist – oder *war.* Auf jeden Fall war es verdammt schwer, reinzukommen. Von der ersten Klasse an haben Marius und ich unter dem Druck gelebt, dass wir es schaffen müssen, auf diese Schule zu kommen. Allein das – total vergeudet, all die Stunden, die ich über vollkommen sinnentleerten Hausaufgaben gesessen habe.«

»Wissen ist nie sinnlos.«

»Aber es ging ausschließlich darum, meine Eltern zufrieden zu stellen, ihnen dabei zu helfen, ihre Scham zu betäuben. Jetzt sieht man ja, was der Einsatz genützt hat.«

Sie schwieg. Schluckte. »Und Sie?«, fragte sie plötzlich hitzig. »Was ist denn mit Ihnen, sind Sie vielleicht glücklich?«

Er betrachtete sie, ohne zu antworten.

»Sind Sie verheiratet?«

»Gewesen.«

»Geschieden?«

Er schüttelte den Kopf.

Sie schwiegen beide und schauten über den Frognerpark. Ein Pärchen wanderte langsam Hand in Hand unter den Bäumen auf dem Gehweg am Fluss entlang. Die beiden betraten die Holzbrücke, blieben dicht beieinander stehen und sahen ins Wasser, bevor sie sich heiß und innig küssten.

Fride Welhaven betrachtete das Paar und fragte: »Glauben Sie, die wissen, was Glück ist?«

Gunnarstranda folgte ihrem Blick und konnte den Teufel unter dem Kehlkopf nicht länger beherrschen. »Nein. Aber früher oder später verlieren sie die Leidenschaft. Danach verschwinden die guten Erinnerungen, und dann gehen die Vertrautheit und die Zärtlichkeit flöten. Schließlich verschwindet das Geld. Der Gierigere macht sich damit aus dem Staub.«

Sie zog einen Zeigefinger unter den Augen entlang. Er bekam schwarze und feuchte Flecken von Mascara. Er tippte mit dem Zeigefinger unter sein eigenes Auge. »Hier«, sagte er.

Sie wischte sich noch einmal die Augen sauber und untersuchte die Serviette auf Mascaraflecken.

»Sind Sie böse?«, fragte er.

»Weshalb?«

»Auf Ihren Vater?«

»Nein, eher erleichtert. Es war schlimmer, nichts zu wissen.«

Wieder schwiegen sie lange. Sie zerknüllte die Serviette in ihrer Hand.

»Marius war älter als Sie?«

»Umgekehrt. Er war zwei Jahre jünger.«

»Sie haben neunundachtzig Abitur gemacht?«

Sie nickte.

»Was hat er nach der Schule gemacht?«

»Grundwehrdienst. Er hat beim Militär Karriere gemacht. Als Berufssoldat.«

»Wollte er nichts anderes?«

»Nein. Ich glaube, er wollte einmal auf die Polizeischule gehen.«

»Hat er sich beworben?«

»Ja. Er wurde sogar angenommen. Aber dann ging er stattdessen doch zum Militär und auf die Offiziersschule.«

Gunnarstranda überlegte.

Sie sagte: »Ich habe mich eins gefragt …«

»Ja?«

»Ich bin ein paar Tage lang die Post durchgegangen …«

»Ja?«

»Ich glaube, er war Konkurs.«

»Wer?«

»Papa.«

»Unseren Nachforschungen zufolge müsste er über reichlich Geld verfügt haben.«

Sie starrte ihn verständnislos an.

»Er soll mehrfach hohe Barbeträge abgehoben und sehr wertvolle Aktien verkauft haben.«

Jetzt beugte sie sich vor. »Er hat es alles ausbezahlt«, platzte sie heraus.

»Ausbezahlt?«

»Es sind über vier Millionen abgehoben worden.«

»Abgehoben?«

»Überwiesen. Über vier Millionen, kurz bevor er verschwand. Warum hat er das getan, wenn er nicht jemandem eine Menge Geld schuldig war?«

Gunnarstranda griff mit beiden Händen an die Tischkante. Sein Verlangen nach einer Zigarette war stärker denn je. Er dachte: *Das hätte Frølich wissen sollen.* Er sagte: »Von welchem Konto reden Sie?«

29

Abteilungsleiter Rindal war fest entschlossen herauszufinden, wie Ivar Killis Bilder in Petter Bulls Besitz gelangt waren. Die Sache war ernst. Dennoch hatte Rindal es vorgezogen, den Fall als ein isoliertes Phänomen zu betrachten, ein persönliches Fehlverhalten, das im Haus intern geklärt werden musste. Schlimmstenfalls, hatte Rindal gedacht, würde seine Auseinandersetzung mit Bull zu einem Disput mit dem Betriebsrat führen. Er war darauf eingestellt, den Vorfall aus dem Weg zu räumen, um rasch weiterzukommen.

Als Vibeke Starum meinte, der Fall müsse untersucht werden, hatte Rindal zunächst negativ reagiert, sich aber ihre Argumente angehört. Starum hatte es für einen Fehler gehalten, die Unterschlagung von Beweismaterial als Personalfall zu behandeln. Nachdem Gunnarstranda offen erklärt hatte, dass der Speicherchip mit den Fotos gestohlen worden war, könnte eine interne Behandlung leicht so aufgefasst werden, als wolle die Leitung die Angelegenheit vertuschen. Außerdem mussten Bulls Motive für die Unterschlagung ans Licht gebracht werden. Sie als Ermittlerin musste die Möglichkeit offenhalten, dass Killi diese Bilder auf seinem verschwundenen Computer gespeichert hatte. Vorläufig wussten weder sie noch andere, welchen Grund die Diebe gehabt hatten, Killis PC zu stehlen. Aber man durfte die Möglichkeit nicht aus dem Auge verlieren, ob der Diebstahl eventuell begangen wurde, um zu verhindern, dass die leitenden Ermittler die Fotos fanden. Und so betrachtet erschien

Bulls Unterschlagung der Fotos in einem seltsamen Licht.

Rindal hatte Starum mit einem Blick angesehen, der immer finsterer wurde, je länger sie sprach. Er war kurz davor zu explodieren, als Starum abschließend erklärt hatte, der Umgang mit dem Verschwinden von Beweismaterial sei letztlich eine Frage der strategischen Führung.

Nur zwei Wörter. Strategie und Führung. Aber sie wirkten wie Balsam auf Rindals Gemüt. Er lebte in einem kontinuierlichen Konflikt zwischen zwei Wünschen, nämlich als solider, verantwortungsvoller Vorgesetzter zu erscheinen und gleichzeitig einer von den Jungs zu sein. Im Arbeitsalltag pflegte er sein Gene-Hackman-Image. In der Öffentlichkeit trat er rank und steif in Uniform auf, mit messerscharfen Bügelfalten in der Hose und Bändern an der Mütze. Rindal fand, ein guter Vorgesetzter müsse vorausschauend sein. Ein guter Vorgesetzter müsse destruktive Gerüchte schon im Keim ersticken. Er erkannte, dass, selbst wenn der Vorwurf gegen Petter Bull haltlos und er unschuldig wäre, die Gerüchte möglicherweise etwas anderes erzählen würden. Deshalb hatte Rindal eingesehen, dass es richtig war, das Dezernat für interne Ermittlungen mit der Materie zu betrauen.

Als Vibeke Starum zusätzlich einen Durchsuchungsbefehl für Bulls Wohnung beantragte, hatte Rindal sich so gefühlt wie damals, wenn er Pilze gegessen hatte, die seine Exfrau im Herbst im Wald gesammelt hatte. Er bekam Bauchschmerzen. Es war Gene Hackman, der siegreich aus diesem Konflikt hervorging. Mit einem vor Wut schwarzen Blick und an beiden Schläfen scharf hervortretenden Adern hatte er Starum aufgefordert, sich zum Teufel zu scheren. Als sie später die Empfehlung der Sondereinheit, bei Peter Bull eine Hausdurchsuchung vorzunehmen, auf den Tisch legte, hatte er zuvor die Säure hemmenden Tabletten genommen, die er immer dabeihatte, und bis dreißig gezählt, wie der Arzt es ihm empfohlen hatte. Als Starums Antrag bewilligt wurde, fühlte er sich wie ein Schachspieler, der die Königin opfert, um den König zu retten. Er begann, die Kontrolle zu verlieren. Er sah ein, dass es nur eine Frage der Zeit war, wann er das nächste Stadium des Prozesses erreichte, der sich langsam von etwas, das er ursprünglich für eine Bagatelle gehalten hatte, zu einem unübersehbaren Chaos entwickelte.

Der Fall, den er hatte bereinigen wollen, indem er mit der Faust auf den Tisch schlug, etwas in den Bart brummte und eine einstudierte Popeye-Imitation abzog, hatte sich jetzt zu einem offenen und *fast* öffentlich bekannten Konflikt ausgewachsen – einem Konflikt mit viel härteren und unversöhnlicheren Fronten als denen, die zwischen Killi und Gunnarstranda bestanden hatten.

Er dachte: *Aus einer Feder sind zuerst fünf Hühner geworden, und jetzt sind die fünf Hühner auf dem besten Wege, die Form einer Truthahnfarm mitsamt Brutanstalt anzunehmen.*

Er wusste, eigentlich sollte er Petter Bull die Schuld zuweisen, der eigenmächtig gehandelt hatte. Aber das gelang ihm nicht. Er gab die gesamte Schuld Gunnarstranda, diesem arroganten, pompösen, selbstgefälligen, unsympathischen Besserwisser. Rindal bekam rote Flecken auf der Stirn und seine Bauchschmerzen kehrten zurück, wenn er nur an diesen Mann dachte, diesen Experten für eigenmächtiges Verhalten. Schließlich hatten *Gunnarstrandas* Beschäftigung mit dem Fall und *sein* Herumfummeln an Killis Scheiß-Fotoapparat das Ganze ins Rollen gebracht.

Rindal bekam schließlich Gelegenheit, an etwas anderes zu denken, als das Telefon klingelte und einen Besucher ankündigte: Jan Erik Robsam.

Das hatte ihm gerade noch gefehlt. Petter Bull hatte sich einen Anwalt genommen.

Rindal empfand es als Provokation, sich mit einem Mann beschäftigen zu müssen, der in den Angelegenheiten der Polizei herumschnüffeln wollte, ohne etwas vom Korpsgeist oder von der internen Kultur der Polizei zu verstehen. Während der Besprechung mit Jan Erik Robsam tat er das, was er in dem Yogakurs gelernt hatte, zu dem seine Exfrau ihn vor einigen Jahren mitgeschleppt hatte: Er konzentrierte sich auf seinen Atem. Das wiederum führte dazu, dass er bald an andere Dinge dachte und schnell abschaltete, als der Anwalt anfing, lange Sätze zu konstruieren.

Es machte Rindal immer müde, so zu tun, als würde er zuhören, wenn andere redeten. Die Augenlider wurden ihm schwer und fielen herunter, er ertappte sich dabei, wie er darüber nachdachte, ob er nach der Arbeit auf dem Nachhauseweg noch etwas einkaufen sollte, aber seine Gedanken gerieten die ganze Zeit auf Abwege. Nach einer Weile versuchte er, ein Gähnen zu unterdrücken. Es gelang ihm nicht, und er blickte auf. Doch der Anwalt schien nichts gemerkt zu haben. Rindal griff nach einem Kugelschreiber und fing an zu kritzeln. Er warf erneut einen Blick auf Robsam, der redete und redete. Rindal fand, dass Robsams Kopf an einen Zigarettenfilter erinnerte – wenn man seinen Körper mit einer Zigarette verglich. Rindal kritzelte und merkte, wie er eine Zigarette zeichnete. Dann fiel ihm auf, dass Robsam aufgehört hatte zu reden. Er blickte auf. »Sprechen Sie ruhig weiter«, sagte er mit einstudierter Freundlichkeit.

In den Augen des Anwalts zeigte sich ein Ausdruck von Verwirrung, und Rindal sah ein, dass er besser hätte zuhören sollen. Der Anwalt hatte anscheinend eine Frage gestellt. Er räusperte sich und zeichnete dem Zigarettenfilter Augen und Mund.

Robsam ergriff wieder das Wort. »Ich verlange eine solche Anklageschrift«, sagte er mit seiner leisen, aber eindringlichen Stimme.

Rindal nickte und spitzte den Mund zu einer Grimasse, die tiefsinnige Nachdenklichkeit ausdrücken sollte.

»Wenn nicht augenblicklich Anklage gegen meinen Klienten erhoben wird, verlange ich, dass Sie ihn auf der Stelle vom Dienst suspendieren.« Robsam verlieh seiner Forderung Nachdruck, indem er mit dem Zeigefinger fest auf die Schreibtischplatte klopfte.

Rindal zeichnete der Zigarette zwei dünne Arme und sah wieder auf. Betrachtete den Anwalt mit einem traurigen Blick. Er machte ein paar Schmatzlaute, um zu signalisieren, dass er sich die Worte des Anwalts zu Gemüte führte, statt sich auf eine erregte Diskussion einzulassen. Der Trick wirkte. Robsam ergriff wieder das Wort:

»Sie glauben, Sie haben einen Fall, Rindal. Aber das Ganze hängt an einem seidenen Faden. Das Fundament Ihres Kartenhauses ist doch, dass jemand sich Zugang zu Bulls privatem Speicher auf dem Computerserver verschafft hat. Im schlimmsten Fall kann das als Überwachung von Angestellten bezeichnet werden. Wo ist die Rechtsgrundlage dafür?«

Wieder Schweigen. Rindal zeichnete ganz unten an der Zigarette ein Paar Schuhe mit Schnürsenkeln. Er zeichnete fragende Augenbrauen, um der Zigarette einen etwas verblüfften Ausdruck zu geben. Dann nickte er zufrieden. Die Ähnlichkeit war unverkennbar. Er blickte zu Robsam auf und bemerkte, dass der Anwalt schweigend dasaß und auf eine Reaktion wartete.

Rindal legte den Kugelschreiber weg. Er spürte keine Bauchschmerzen. Er fühlte noch einmal nach. Überhaupt keine Bauchschmerzen. Seine Strategie hatte Erfolg gehabt. Eine euphorische Freude durchströmte ihn. »Robsam«, sagte er ernst, aber gleichzeitig außerstande, ein schwaches Lächeln im Mundwinkel zu verbergen. »Rechtsgrundlage? Überwachung? Petter hat beschlagnahmtes Material in einem Mordfall unterschlagen. Das beschlagnahmte Material kam ausschließlich durch eine von oben angeordnete interne Kontrolle wieder zum Vorschein – ganz einfach gute polizeiliche Arbeit. Nach dem beschlagnahmten Material wurde intern gefahndet. Ein Mann wurde zu Unrecht versetzt, als das Material verschwand. Petter Bull hat das die ganze Zeit gewusst. Ich bin Abteilungsleiter und trage die Verantwortung sowohl für die Anklageerhebung als auch in der Personalfrage. Ich brauche für nichts eine Rechtsgrundlage!«

Der Anwalt starrte Rindal schockiert an. »Mein Klient Petter Bull und Ivar Killi waren gute Freunde.«

Rindal betrachtete den Anwalt sichtlich verwirrt. »Ja und?«

»Das ist doch einleuchtend. Killi hatte Zugang zu Bulls Benutzerkonto auf dem Datenserver. Selbstverständlich hat Killi ohne Petter Bulls Wissen die Fotos dort abgespeichert. Mein Klient hat von den Bildern nichts gewusst. Er ist genauso überrascht wie alle anderen, dass sie unter seinem Benutzerkonto gefunden wurden.«

Rindal hatte wieder nach dem Kugelschreiber gegriffen. Er zeichnete eine Zigarette in die Hand der Zigarette. Als er jetzt den Mund öffnete, wog jedes einzelne Wort schwer: »Petters Version ist also, dass Killi die Fotos, die unter seinem Benutzerkonto gefunden wurden, selbst dort abgespeichert hat? Nun verstehe ich zwar nicht besonders viel von Computern, aber wir haben Leute im Haus, die das tun. Und da zeigt sich, dass diese modernen Dinger die Zeit registrieren. Der Computer hat ein Datum und eine Uhrzeit gespeichert, Robsam. Als die Bilder auf dem Computer gespeichert wurden, lag Ivar Killi mit offenem Bauch in der Gerichtsmedizin. Er war tot. Er kann keine Fotos mehr gespeichert haben.« Rindal sah den Anwalt mit einem traurigen Blick an. »Sorry.«

Robsam atmete hörbar durch, um zu signalisieren, wie tief Rindal mit dieser Wortwahl in seiner Achtung sank. Dann sagte er mit der gleichen leisen und zischenden Stimme. »Nun gut, nichtsdestoweniger verlange ich, die Anklageschrift gegen Petter Bull zu sehen. Wenn Killi sie nicht dort gespeichert haben kann, ist der Fall klar. Sie sind ihm untergeschoben worden. Petter Bull ist das Opfer einer Verschwörung.«

Rindal betrachtete ihn argwöhnisch. »Wer zum Teufel, Entschuldigung, ich meine, wer im Polizeibezirk Oslo sollte sich mit Petter Bulls geheimem Passwort auf seiner Benutzerebene eingeloggt und ausgerechnet da die Fotos abgespeichert haben?«

»Offensichtlich kennen noch mehr Personen die Passwörter, sonst hätten Sie überhaupt keine Bilder vorzuweisen. Die Fotos wurden von einem anderen Polizisten gefunden, also müssen sie auch durch einen anderen Polizisten dort hingelangt sein.«

»Einen anderen Polizisten?«

»Zum Beispiel Gunnarstranda.«

Rindal steckte sich den Kugelschreiber hinters Ohr. Unter anderen Umständen wäre eine solche Anschuldigung bei ihm auf fruchtbaren Boden gefallen. Aber Rindal lag daran, den Fall zu begrenzen und ihn nicht unverhältnismäßig ausufern zu lassen. Er sagte: »Sie meinen, Gunnarstranda hätte sich mit Petter Bulls Namen und seinem Passwort eingeloggt und die Fotos dort gespeichert, um sich mit der gesamten Abteilung anzulegen und von der Ermittlung in dem Fall abgezogen zu werden? Jetzt sollten Sie sich aber mal gut überlegen, was Sie da von sich geben, Robsam.«

»Wenn es nicht Gunnarstranda war, muss es ein anderer gewesen sein. Es ist nicht meine Sache, herauszufinden, wer die Bilder da gespeichert hat. Ich bin kein Ermittler. Ich kümmere mich um die Rechte meines Mandanten. Was mich betrifft, so können die Fotos Petter Bull ebenso gut von der Kripo untergeschoben worden sein wie von Ihnen.«

»Von der Kripo?« Rindal begann zu grinsen. Er strich sich mit einem dicken Finger über die Augen und kicherte glucksend. »Manchmal sind Sie wirklich verdammt witzig, Robsam.«

»Warten Sie«, sagte Robsam unverändert eindringlich und ernst. »Ivar Killi und Petter Bull waren gute Freunde. Petter hat Vibeke Starum mehrmals erzählt, dass er an dem Abend, als Killi erschossen wurde, mit ihm telefoniert hat. Das Gleiche haben andere Kollegen von der Polizei getan. Aber jetzt, wo diese Fotos auftauchen, wählen Sie den Weg des geringsten Widerstands und halten plötzlich Bull für einen möglichen Täter …«

»Wer sagt, dass wir das tun?«, fragte Rindal in scharfem Ton.

»Wie soll er es denn anders deuten, wenn Sie die Sondereinheit einschalten, die ihn in Zusammenhang mit einem Tötungsdelikt verhört? Wie soll er es anders deuten, wenn Sie ihm einen Hausdurchsuchungsbefehl auf den Tisch knallen und seine Wohnung filzen?«

»Weder Sie noch Ihr Mandant brauchen irgendetwas zu deuten. Sie sollten beide einfach die Kirche im Dorf lassen. Bulls Vernehmung war notwendig, weil er Beweise unterschlagen hat. Der Grund für die Durchsuchung war, dass uns noch mehrere Beweisstücke fehlen. Das geht aus der richterlichen Verfügung hervor. Wir suchen nach Ivar Killis Computer.«

»Ich wiederhole«, sagte der Anwalt unverdrossen. »Das Ganze ist von A bis Z absurd. Gunnarstranda hat behauptet, der Speicherchip sei gestohlen worden. Man findet auf Bulls Benutzerebene ein paar Fotos und denkt, zwei plus zwei ergebe zweiundzwanzig!«

»Das reicht«, bellte Abteilungsleiter Rindal genervt und stand auf, zum Zeichen, dass die Audienz beendet war. »Ich gebe Ihnen Bescheid.«

Er begleitete den Anwalt zur Tür.

Anschließend klingelte Rindals Telefon. Vibeke Starum wollte ihn sprechen. Er bat sie in sein Büro. Dann setzte er sich mit seiner ausgeklügeltsten Bulldoggenmiene hinter dem Schreibtisch in Positur.

30

Welhaven hatte also zuerst große Beträge auf seinem Privatkonto gesammelt und danach den Topf geleert und das Geld an ein Konto im Ausland überwiesen. Gunnarstranda dachte: *Aktienverkauf, das begreife ich, aber warum zusätzlich noch aus einem Safe stehlen?*

Er erkundigte sich bei der Abteilung für Wirtschaftskriminalität, erklärte ihnen, was Welhavens Tochter erzählt hatte, und bat sie zu überprüfen, wohin das Geld gegangen war. Danach hatte er wenig zu tun und blätterte die Tageszeitungen durch. Als er den gesamten Stapel zweimal durchgesehen und noch immer nichts gehört hatte, biss er in den sauren Apfel und rief in der Wirtschaftsabteilung an, um etwas Dampf zu machen. Die erste Stimme stellte ihn zur nächsten durch.

Die dritte Stimme erinnerte sich: »Ach ja, diese Kontonummern. Warten Sie mal kurz.«

Gunnarstranda stand am Fenster, den Hörer unters Kinn geklemmt. Er vertrieb sich die Zeit damit, die Felder in den Zebrastreifen zu zählen. Die Anzahl variierte – das tat sie jedes Mal. Er schielte. Man konnte einen Streifen leicht doppelt zählen.

Endlich kam die Stimme zurück. »Das Konto ist bei einer Bank auf den Bermudas.«

»Und der Name des Inhabers?«

»Ist unmöglich rauszukriegen. Die Bermudas sind ein Steuerparadies, das sein Bankwesen mit dem Ziel zurechtgezimmert hat, Valuta anzulocken. Wenn wir von der Bank Informationen haben wollen, müssten wir schon mit dem Verdacht auf terroristische Aktivitäten argumentieren, und das dürfte für Ihren Anwalt wohl kaum zutreffen.«

»Könnte Welhaven selbst der Kontoinhaber sein?«

»Das bezweifle ich. Warum sollte er sein Erspartes auf die Bermudas schaffen? Um die Vermögenssteuer zu umgehen? Der Typ hätte das Zehnfache damit verdient, wenn er hier zu Hause das Geld in irgendeinen beliebigen Aktienfonds eingezahlt hätte. Und nach dem, was Sie vorhin gesagt haben, hat er ja schon vorher mit Ölförderaktien gehandelt. Das lässt darauf schließen, dass er in Anlagedingen nicht ganz unbeleckt war. Außerdem hätte es über kurz oder lang Ärger beim Transfer gegeben. Wenn jemand von einem norwegischen Konto so viel Geld abhebt, sind die Banken verpflichtet, es zu melden. Und das muss er gewusst haben, er war schließlich Anwalt. Die ganze Transaktion wirkt ziemlich merkwürdig.«

»Könnten Sie mich mal eben aufklären.«

»Wenn Leute ein Vermögen in ein Steuerparadies schaffen wollen, dann tun sie das gern auf zweierlei Art: Entweder richten sie ein Bankkonto ein und schaffen das Geld direkt dorthin, ohne über eine norwegische Bank zu gehen. Oder sie *fahren* selbst in das Steuerparadies und *schmuggeln* schwarzes Geld ins Land. Ihr Anwalt hier überweist das Geld vollkommen offen, und zwar hohe Beträge. Früher oder später wird er *gezwungen sein*, sich zu diesen Beträgen zu äußern.«

»Dieser nicht, nein.«

»Wieso nicht?«

»Weil er tot ist«, sagte Gunnarstranda.

Nun hatte der Kollege etwas, worüber er nachdenken konnte. Gunnarstranda beendete das Gespräch und blieb Däumchen drehend sitzen. Es musste irgendeine Logik hinter dem Ganzen geben. *Es gibt zwei Möglichkei-*

ten, dachte er: *Entweder ist Welhaven selbst der Kontoinhaber auf den Bermudas, oder es ist jemand anders.* Die erste Alternative war dem Experten zufolge also sinnlos. Aber warum sollte Welhaven *einem anderen* so hohe Summen überweisen, und warum ausgerechnet kurz bevor er sich umbrachte? Hatte er etwas gekauft? Die Antwort lautete nein. Hatte er möglicherweise Schulden? Die Antwort war ja. Und er musste diese Schulden schnell bezahlen. Deshalb hatte er Edvard Røyse um seinen Anteil an der Provision geprellt und das Geld aus dem Safe in dem Lokal gestohlen. Er brauchte einen bestimmten Betrag, und er brauchte ihn schnell. Aber *warum* hatte er Schulden? Und *warum* brachte er sich selbst in eine Lage, in der er den norwegischen Behörden früher oder später über seine Transaktionen Rede und Antwort stehen musste? Es gab zwei mögliche Antworten: Entweder war die Transaktion völlig legal und hatte eine natürliche Erklärung, oder sie war von der lichtscheuen Sorte. Gunnarstranda bastelte an einer Antwort herum. Die Transaktion war also offenbar von der lichtscheuen Sorte. Die Bank auf den Bermudas würde niemals preisgeben, wer der Kontoinhaber war. Die logischste Erklärung dafür, dass eine Bank auf den Bermudas benutzt wurde, war, dass Welhaven gar nicht wusste, wer der Kontoinhaber war. Eins war ganz klar: Wer die Antwort nicht weiß, kann auch keine Antwort geben. Gunnarstranda lächelte. Er hatte das Rätsel gelöst.

Nachdem er einige Minuten abwesend an die Wand gestarrt hatte, beschlich ihn das Gefühl, dass er nicht allein war. Er drehte sich um.

Frank Frølich stand in der Tür. »Jetzt bist du wohl zufrieden«, sagte Frølich jovial, »wo die Fotos von dem Mädchen aufgetaucht sind? Aber du brauchst keinen Diener zu machen und dich nicht zu bedanken. Ich habe sie ganz zufällig gefunden.«

»Es sieht nicht so aus, als hätte es viel geholfen. Keiner hat mich gebeten, zur Ermittlungstruppe zurückzukehren«, sagte Gunnarstranda. »Wahrscheinlich müssen wir beide es noch eine Weile miteinander aushalten.«

Sie schauten sich an. Das war ein Punkt, über den keiner von ihnen sprechen wollte. Frølich wollte seine Arbeit machen, ohne dass Gunnarstranda sich einmischte. Und Gunnarstranda hatte keine Lust, hinter Frølich herzutrotten.

»Ich werde ein gutes Wort für dich einlegen«, sagte Frølich auf dem Weg hinaus.

»Ich war auf der Beerdigung«, sagte Gunnarstranda.

Frølich drehte sich um.

»Habe mit der Tochter gesprochen.«

»Welcher Tochter?«

»Fride Welhaven.«

Frølich stand in der Tür, ohne etwas zu sagen.

»Welhaven hat kurz vor seinem Verschwinden große Geldsummen von seinem privaten Konto auf ein Konto auf den Bermudas überwiesen«, sagte Gunnarstranda. »Ist dir etwas aufgefallen, als du seine Scheckkarte überprüft hast?«

»Ich habe überprüft, *wo* er Geld abgehoben hat, nicht *wie viel*. Aber der Fall ist aufgeklärt«, sagte Frølich steif.

»Welcher Fall?«

Frølich gab einen tiefen Seufzer von sich. »Welhaven ist tot, er ist nicht mehr verschwunden.«

»Nichtsdestoweniger habe ich beschlossen, der jungen Frau einen Gefallen zu tun«, sagte Gunnarstranda. »Sie ist traurig, und es fällt ihr schwer zu begreifen, wie ihr Vater das tun konnte. Deshalb wollte ich von dir wissen, ob dir etwas komisch vorgekommen ist, als du Welhavens Geschäftskonto gecheckt hast. Darüber hat die Tochter kein Verfügungsrecht.«

Frølich drehte sich wortlos um und ging.

Gunnarstranda blickte auf die Türöffnung. Frølichs Abgang war eine klare Antwort. Der Fall Arne Werner Welhaven war zu den Akten gelegt. Er selbst hatte nicht den dringenden Wunsch, wieder zu den Ermittlungen im Mordfall Ivar Killi hinzugezogen zu werden. Trotzdem fühlte er sich wie ein Fußballspieler, der die Anweisung bekommen hatte, eine Ecke des Spielfelds abzudecken, in die weder der Ball noch irgendwelche Gegenspieler kamen. Er setzte die Füße auf den Boden, stand auf und verließ das Büro.

Im Flur stieß er auf Lena Stigersand, in Sportzeug und mit einem kleinen Rucksack auf dem Rücken. Lena joggte jeden Tag zur Arbeit. Jetzt kam sie gerade herein und roch unverschämt frisch nach Sonne und Training. Aber sie war aufgeregt, fasste ihn am Arm und sagte, sie hätte das Mädchen gefunden. »Komm mit und sieh es dir an, ich habe keine Lust, mich ganz allein daranzusetzen.«

»Was für ein Mädchen?«

»Das auf Killis Fotos.«

Er folgte ihr in ihr Büro. Lena Stigersand holte ihr tragbares Notebook aus dem Rucksack und legte es auf den Tisch. »Es war gestern Abend«, erzählte sie. »Ich habe ganz zufällig gegen Mitternacht noch einmal in meine E-Mails gesehen und dabei eine gefunden, die von einer anonymen Hotmail-Adresse geschickt worden war. Sie enthielt nur die Adresse eines Filmclips bei YouTube. In der Betreffzeile standen zwei Worte, die mich neugierig gemacht haben. Ivars Testament.« Deshalb hatte sie die Adresse angeklickt, die in der Mail stand.

»Und jetzt sieh dir das einmal an«, sagte sie und schob

den Laptop über den Tisch. Auf dem Bildschirm erschien ein Filmrahmen. Ein Popsong setzte ein, als der Film anfing. Die Bilder flimmerten, und die Kamera bewegte sich unruhig. Ein Mädchen ordnete sein Haar und steckte es mit Haarnadeln fest. Sie redete mit dem Fotografen, aber ihre Stimme war nicht zu hören. Die Musik war der einzige Ton. Als sie ihr Haar aufgesteckt hatte, blickte sie weiter in die Kamera, kichernd und etwas gespielt geduldig, als hätte sie eigentlich etwas anderes zu tun, ließe aber dem Fotografen seinen Willen. Sie hatte schöne Gesichtszüge, volle Lippen und tief liegende Augen. Dann zoomte die Kamera in die Totale. Es zeigte sich, dass das Mädchen auf einem Bett kniete, das durchaus das von Killi sein konnte. Es sah auf jeden Fall ähnlich aus. Sie trug ein eng anliegendes Sommerkleid. Doch die Person war an den ellenbogenlangen Netzhandschuhen leicht zu erkennen. Dann lachte sie wieder. Danach folgten schnelle Filmschnitte. Standfotos vom Gesicht des Mädchens mit Knebel im Mund. Dann ein paar Sekunden Film: Der Knebel hing lose um ihren Hals, und sie saß da und krümmte sich vor Lachen, als hätte sie gerade den besten Witz der Welt gehört.

»Sieht aus, als hätte sie Spaß gehabt«, sagte Lena Stigersand.

»Der Fotograf und sie sind jedenfalls gute Kumpel«, sagte Gunnarstranda. »Und keine nackte Haut. Keine Brust, kein Po.«

»Das hätten sie beim Server gelöscht«, sagte Lena. »So etwas lassen die nicht zu.«

»Es sieht aus, als würden sie ein Spiel spielen«, sagte Gunnarstranda.

»Vielleicht ist es ein Spiel. Vielleicht haben Fesseln und so etwas Ivar angetörnt.«

Sie wechselten einen Blick.

»Ivar hat manchmal so geredet«, sagte Lena, das Gesicht dem Bildschirm zugewandt. »Er hat manchmal solche Andeutungen gemacht, von schönen Frauenbeinen und Handschellen und solchen Sachen.«

»Dir gegenüber?«

Lena wurde rot. »Kolleginnen gegenüber.«

Der Film war zu Ende. »Lass ihn noch einmal laufen«, sagte Gunnarstranda.

Die Musik setzte wieder ein. Das Mädchen starrte kichernd in die Kamera. »Ich mache einen Ausdruck von ihrem Gesicht«, sagte Lena.

Gunnarstranda stützte das Kinn in eine Hand. »In Killis Wohnung war keine Videokamera«, murmelte er.

»Das sieht aus, als wäre es mit einem Handy aufgenommen«, sagte Lena Stigersand.

»Auf Killis Handy hat niemand so was gefunden.«

»Es wurde über einen Computer ins Netz gestellt.«

Ein Knarren von der Tür. Gunnarstranda drehte sich um.

Ein Mann stand in der Tür. Es war Petter Bull. Er starrte reglos auf den Bildschirm.

Die Stimmung war plötzlich aufgeladen. Lena Stigersand hatte den Blick fest auf den Bildschirm gerichtet – als wagte sie nicht aufzublicken. Petter Bull konnte die Augen ebenfalls nicht vom Bildschirm losreißen. Die Melodie klang metallisch, während das Mädchen mit dem Knebel um den Hals dasaß und lachte.

»Killis Freundin«, sagte Gunnarstranda ungezwungen, als Bull näher trat. »Das ist das Mädchen auf dem Speicherchip, über das du und ich ja schon einmal – gesprochen haben. Die Kleine wird langsam berühmt. Lena hat diesen Film im Internet gefunden. Das warst nicht zufälligerweise du, der ihn ins Netz gestellt hat?«

Bull sagte nichts. Er war blass und verließ den Raum.

Lena Stigersand atmete laut aus und blickte auf. »Seinem Gesichtsausdruck nach zu urteilen, war er es nicht, der den Film ins Netz gestellt hat«, sagte sie.

Gunnarstranda sah die Tür an, die sich hinter Petter Bull geschlossen hatte. »Du hast die Adresse zu diesem Film mit einer anonymen E-Mail bekommen?«

Lena nickte.

»Hast du schon gehört, ob auch andere sie bekommen haben?«

Lena schüttelte den Kopf. »Ich komme gerade von zu Hause.«

31

Vibeke Starum betrat Rindals Büro, ohne anzuklopfen.

Er blieb sitzen, blickte aber auf und sah über seinen Brillenrand. »Vibeke«, sagte er. »Mein Junge ist immer ein Heavy-Metal-Typ gewesen. Er hat seine ganze Jugend über AC/DC und Metallica und solchen Scheiß gehört und ist sogar abends damit eingeschlafen. Aber jetzt ist der Junge erwachsen. Als er mich gestern Abend besucht hat, habe ich einen Test gemacht. Habe eine alte Platte von Dean Martin aufgelegt. Du hättest es sehen sollen! Volltreffer! Ich konnte verdammt noch mal zusehen, wie sich seine Armhaare aufgerichtet haben!« Rindal fletschte die Zähne wie Hackman.

Vibeke Starum war an der Tür stehen geblieben.

»Es gibt Hoffnung für alle, und für alles«, schloss Rindal. »Na?«, sagte er dann fragend.

»Na?«, wiederholte sie, verständnislos.

»Was ist mit Bulls Wohnung?«

»Eine gute und eine schlechte Nachricht.«

»Die schlechte zuerst.«

»Wir haben einen Laptop gefunden.«

»Und das ist eine schlechte Nachricht?«

»Es war Petter Bulls privater Laptop. Nicht Killis verschwundener. Wir haben ihn mitgenommen. Für alle Fälle.«

»Und die gute Nachricht?«

»Bull ist auch Pistolenschütze. Wir haben Waffen gefunden. Unter anderem eine *Thompson Contender.*«

»Und das hat er uns tagelang verschwiegen? Dass

er eine TC besitzt?« Rindal musste vor Erregung aufstehen.

Starum zuckte mit den Schultern. »Es müssen noch Schussproben gemacht werden. Aber auf jeden Fall ist es die richtige Marke.«

Rindal steckte die Hände in die Hosentaschen. Er blieb am Fenster stehen und überlegte.

»Bull war als Erster am Tatort«, begann Starum.

Rindal räusperte sich laut.

Starum schwieg.

Rindal fasste sich kurz. Er sagte: »Ich habe dieses verfluchte Bildmaterial mit dem Polizeichef diskutiert. Wir sind zu dem Schluss gekommen, dass Bull nicht suspendiert wird.«

Starum schluckte. Sie setzte sich. »Ist das klug?«

Rindal sah ihr in die Augen. »Petter ist nicht der erste Polizist, der Beweismaterial unterschlägt. Petter zu suspendieren wäre das Gleiche, wie ihn unter einen schwerwiegenden Verdacht zu stellen. Und das ist nicht der Fall.«

»Aber natürlich ist das so«, platzte sie heraus.

»Wirklich?«, fragte Rindal mit Schärfe.

Sie hielten Blickkontakt, schweigend. »Die Waffe, die wir in seiner Wohnung gefunden haben«, stotterte Starum schließlich.

Rindal beugte sich vor und stützte die Hände schwer auf die Tischplatte. »Ist es bewiesen, dass es sich um die Tatwaffe handelt?«

»Nein. Aber …«

Rindal hob abwehrend eine Hand und wiederholte langsamer: »Viele Polizisten sind – wie Petter Bull – Mitglied in einem Schießclub. Manche haben garantiert eine TC. Aber deshalb sehen wir nicht am helllichten Tag Gespenster. Petter Bull hat Beweismaterial unterschlagen.« Er griff zum Kugelschreiber auf dem Schreibtisch und benutzte ihn, um jedes seiner Worte mit einem leichten Schlag auf die Tischplatte zu unterstreichen: »Das – hat – er – getan, Starum.«

Vibeke Starum war rot geworden.

»Und was den Mord an Ivar Killi angeht«, sagte Rindal leise. »Der Fall stagniert. Wir haben wertvolle Zeit verloren, als Darak Fares und seine beiden Freunde … uns durch die Lappen gingen. Andererseits: Die von Bull unterschlagenen Fotos sind eine Spur in dem Fall. Die Waffe, die wir in seiner Wohnung gefunden haben, ist eine Spur. Du und ich und das Team werden die Spuren verfolgen, wir werden herausfinden, wer das Mädchen ist, warum sie auf Fotos posiert, die Killi aufgenommen hat. Wir werden ebenfalls herausfinden, was Killi nach dem Aufstehen am Samstag, dem 5. August, getan hat, Stunde um Stunde, bis er in der Nacht zum Sonntag auf der Bank saß und von einem Unbekannten erschossen wurde. Wir werden jede einzelne Bewegung registrieren, die er gemacht hat, wen er getroffen hat und mit wem er geredet hat. Aber diesmal gehen wir vorschriftsmäßig vor, nicht auf Druck von diesem oder jenem, nicht nach Intuition oder nach einem Gefühl, das irgendjemand hat.«

Starum wollte etwas sagen, doch Rindal winkte ab. »Wir werden die Bewegungen aller Beteiligten registrieren«, fuhr er fort. »Alles, was sie behaupten, sollen sie hübsch belegen. Petter Bulls Bewegungen an diesem Samstag müssen registriert werden. Wir gehen weiter von Tür zu Tür in Grønland, um eventuelle Zeugen der Schießerei aufzutreiben. Wir werden jeden vernehmen, der etwas zur Rekonstruktion von Killis letzten Stunden beitragen kann. Außerdem werden wir eine lückenlose Rekonstruktion von Darak Fares' Tagesablauf vornehmen, von dem Augenblick an, als er mit Yttergjerde und Frølich geredet hat, bis zu dem Moment, als er in der Garage eine Kugel in die Stirn bekam. Aber wir fangen nicht an zu raten. Und wir verlieren unsere Richtung nicht aus den Augen.«

Als er endlich schwieg, war Starum noch nicht fertig mit Petter Bulls Rolle in dem Ganzen. Sie holte tief Luft und sagte: »Es steht fest, dass Killi an dem Abend, als er erschossen wurde, mindestens dreimal mit Bull telefoniert hat. Petter Bull hat sich geweigert, etwas über den Inhalt dieser Gespräche auszusagen.«

Rindal legte die Hände auf die Tischplatte und sagte mit bedrohlich sanfter Stimme: »Vorschriftsmäßig, Starum. Und wie ich schon gesagt habe: Nicht die Richtung aus den Augen verlieren. Dafür ist es vielleicht nicht so wichtig zu wissen, worüber die beiden geredet haben, sondern wo sie sich befanden, während sie telefoniert haben. Geh noch einmal das Protokoll durch und sieh nach, welche Funkstationen ihre Telefonate übermittelt haben. Es gibt viel zu tun, und du hast keine Zeit zu verlieren, oder?«

Vibeke Starum kochte vor Wut, als sie das Büro des Abteilungsleiters verließ. Sie war wütend auf die Osloer Polizei, auf Rindal, auf alle. Sie hatte das Gefühl, allein dazustehen. Ganz allein, gegen eine ganze Behörde.

Wütend marschierte sie den Korridor entlang. Ihre Absätze klapperten über den Boden. Sie verfluchte ihre Entscheidung für die hochhackigen Schuhe. Sie ging an einer offenen Tür vorüber, registrierte Blicke aus dem Inneren. Augen, die gewartet hatten, die sehen wollten, wie sie mit ihrer jetzigen Situation fertig wurde. *So weit ist es gekommen*, dachte sie. *Jetzt bin ich ein Objekt, über das die anderen klatschen.* Als ihr das aufging, wurde sie noch wütender. Die Wut griff auf ihren Körper über, als sie über eine Schwelle im Flur trat. Ihr linker Absatz schlug gegen die Kante der Schwelle und brach. In dem Moment, als sie zu fallen drohte, kam Frank Frølich von links dazu.

»Hoppla«, sagte er und fasste ihren Arm. »Das ist ja gerade noch gut gegangen.«

Ohne ein Wort zu sagen, riss Vibeke Starum sich los und ging weiter auf ihr Zimmer zu. Humpelnd. Sie wusste, dass er dastand und hinter ihr hersah. Sie kam sich vor wie ein Clown. Aber sie drehte sich nicht um. Innerlich kochend hinkte sie in ihr Büro. Ließ sich auf den Schreibtischstuhl fallen und kickte ärgerlich den Schuh mit dem losen Absatz vom Fuß. Er schlitterte über den Boden und blieb wie ein Vogel mit gebrochenem Genick an der Wand liegen. Sie starrte in die Luft. Die Sache war klar. Sie war es, die auf der Verantwortung sitzen blieb, wenn die Spuren erkaltet und der Fall zu einem Nichts zusammengeköchelt war. Sie würde mit der Drecksarbeit und dem Aufwasch dasitzen. Sie ganz allein. Sie war auf äußerst elegante Art und Weise in diese Position manövriert worden. Und Schuld daran war nur eine einzige Person. Jemand, der diesen Ausgang vom ersten Augenblick an hatte kommen sehen, einer, der passiver und nachgiebiger gewesen war, als sie ihn je erlebt hatte, einer, der die ganze Zeit die Fäden gezogen hatte – Gunnarstranda. Ihre Gefühle diesem Mann gegenüber verwandelten sich von Kälte zu glühendem Hass. Sie war so wütend, dass sie Übelkeit verspürte – so wütend, dass sie kaum das Schriftstück beachtete, das auf ihrem Schreibtisch lag. Erst als sie den Namenszug von Ruben Andresen sah, nahm sie den Papierstapel wahr.

Ingenieur Andresen hatte ballistische Untersuchungen an einer Patrone vorgenommen, die sie auf dem Beifahrersitz des Wagens gefunden hatten, in dem Darak Fares getötet wurde, und untermauerte seine Argumentation mit einem dicken Stapel von Anlagen. Vibeke Starum blätterte ungeduldig bis zur letzten Seite. Die Schlussfolgerung: Darak war aus unmittelbarer Nähe mit einer *Thompson Contender Magnum* erschossen worden, der gleichen Waffe, mit der Ivar Killi getötet worden war. Wahrscheinlichkeit 99 Prozent.

Nachdem es abwärtsgegangen ist, geht es wieder aufwärts. Vibeke Starum lächelte. Jetzt fehlte nur noch, dass die Kugeln, mit denen die beiden getötet worden waren, zu Petter Bulls Revolver passten. Sie küsste das Kompendium und lächelte noch breiter. Dann stand sie auf und streckte die Arme nach den Seiten aus, ging um den Schreibtisch herum und hob den kaputten Schuh auf. Die Nägel des Absatzes waren unbeschädigt. Sie lachte vor sich hin. Schlug den Schuh wie einen Hammer auf die Tischplatte. Der Absatz saß. Er würde halten, auf jeden Fall bis zum nächsten Schuhgeschäft. Sie zog den Schuh an. Ging zur Probe etwas hin und her und spiegelte sich im Fenster.

Ihr Lächeln erlosch, als es an die Tür klopfte. »Ja«, sagte sie.

Lena Stigersand kam mit ihrem Laptop unter dem Arm herein. »Hast du heute schon in deine E-Mails gesehen?«, fragte sie.

32

Frølich und Gunnarstranda stießen im Flur fast zusammen. »Hast du auch eine Mail bekommen?«

Gunnarstranda schüttelte den Kopf. Frølich sah ihn verwundert an. »Ich dachte, alle hier im Haus hätten sie bekommen«, sagte Frølich.

»Hast du den Film gesehen?«, wollte Gunnarstranda wissen.

»Ja.«

»Was glaubst du?«

»Feine Musik, Manfred Manns Earth Band. *Questions*. Die Platte heißt *Roaring silence*. Eine meiner Lieblingsplatten.«

»Du glaubst, dass die Melodie wichtig ist?«

Frølich zeigte ein breites Grinsen. »Ob sie wichtig ist? Herrgott, in dieser Platte steckt meine halbe Pubertät. Wir reden von Manfred Manns Earth Band, Mann!«

Gunnarstranda fragte geduldig: »Ist die Melodie relevant für die Interpretation des Filminhalts?«

Frølich zuckte die Schultern. »*Der* Text zu Bildern eines Mädchens, das sich die Haare hochsteckt, pure Unschuld, die in einer für diesen Anlass zensierten Orgie endet? *In a dream, it would seem – I went to those who closed the open door – turning the key, I sat and spoke to those inside of me.*«

»Du meinst, das junge Mädchen könnte die Mail selbst geschickt haben?«, fragte Gunnarstranda.

»Warum nicht?«, sagte Frølich und grinste plötzlich noch breiter. »Aber das geht ja wohl weder dich noch mich etwas an, oder? Ich suche nach Vermissten, und du sollst Däumchen drehen und dich nicht in anderer Leute Mordfälle einmischen.«

Gunnarstranda machte ein nachdenkliches Gesicht.

Frølich machte Anstalten zu gehen.

»Das wäre aber äußerst seltsam«, sagte Gunnarstranda zögernd.

»Wieso seltsam?«

»Der Film kann, wenn ich es richtig verstehe, von jedermann heruntergeladen und angeschaut werden. Aber von Interesse ist er nur für diejenigen, die den Fall Killi kennen – glauben wir. Wenn das Mädchen die Mail an die Polizei geschickt hat, dann doch wohl, weil sie etwas mitteilen wollte, oder? Aber die Mail enthielt keinen Text, kein Wort von einer Anzeige, kein *Helft mir*, nicht die geringste Andeutung von irgendwas.«

Frølich nickte zustimmend. »Und was sagt unser Herr Sachverständiger nun dazu?«

Gunnarstranda sog hörbar Luft ein. »Das Mädchen hat die Mail nicht geschickt. Sie ist von jemandem geschickt worden, der das Mädchen *kennt*, von jemandem, der sie unterstützen will und der deswegen keine Anzeige erstatten will – vielleicht auch weil es sich überhaupt nie um eine strafbare Beziehung gehandelt hat. Ich glaube, derjenige, der die Mail geschickt hat, will etwas anderes erreichen.«

»Und was soll das sein?«

»Der Betreffende will auf jeden Fall, dass die Leute hier im Hause die Bilder von dem Mädchen sehen. Aber wir haben weder einen Name noch liegt eine Anklage vor. Und warum nicht? Es gibt nur eine Erklärung. *Jemand* hier im Hause weiß, wer das Mädchen ist – hält aber den Mund. Der Absender der Mail hat den Polizisten, der weiß, wer das Mädchen ist, extrem unter Druck gesetzt.«

»Und das sagst du, der vermutlich als Einziger die Mail nicht bekommen hat?«

»Ja und?«

»Wie Robert de Niro in *Heat* sagt, als Val Kilmer fragt, wer sie zum Schweigen gebracht hat: *Who wasn't there?*«

Gunnarstranda entfuhr ein Lächeln. »Das wäre ein stärkeres Szenario als George Orwells«, sagte er. »Siehst du es vor dir? Dass ich ein Video zusammenschneide und zur allgemeinen Betrachtung ins Internet stelle. Ich, der nicht einmal begreift, warum man auf Start drücken muss, um den Computer auszuschalten.«

»Sag das bloß nicht laut«, grinste Frølich. »Es kann vor Gericht gegen dich verwendet werden.« Im nächsten Moment hob er die ausgebreiteten Arme, wie um zu sagen: *Scherz beiseite.* »Ich glaube, *YouTube* registriert die IP-Adressen aller Computer, die Filme ins Netz stellen. Und ich bin sicher, dass Starum mit ihren Kontakten zur Kripo es schafft, den Computer ausfindig zu machen, von dem dieser Film kommt.«

»Derjenige, der den Film geschickt hat, weiß garantiert, dass der Computer aufgespürt werden kann.«

»Und?«

»Die Verfolgung der Spur wird im Sande verlaufen. Der Film ist bestimmt von einem Internetcafé oder einer öffentlichen Bibliothek aus ins Netz gestellt worden.«

Frølich lächelte. »Schreib eine Aktennotiz und leg sie Rindal ins Fach«, sagte er. »Du gehörst definitiv wieder ins Ermittlungsteam.«

»Übrigens bin ich der Meinung, dass Karthago zerstört werden muss«, sagte Gunnarstranda.

»He?« Frølichs Gesicht war ein einziges Fragezeichen.

»Ich habe noch eine letzte Frage, die ich jedes Mal wieder stellen werde, wenn wir uns treffen: Hast du irgendwelche Unregelmäßigkeiten entdeckt, als du Welhavens Geschäftskonto gecheckt hast?«

Frølich machte brüsk auf dem Absatz kehrt und wollte gehen.

»Falsche Richtung«, sagte Gunnarstranda und wand sich an ihm vorbei. »Du bist von da gekommen, und ich war auf dem Weg dorthin.«

33

Es war vier Uhr nachmittags, und Gunnarstranda saß mit den Füßen auf dem Tisch da und grübelte angestrengt darüber nach, ob er nach Grønland hinunterlaufen und ein Fertiggericht für die Mikrowelle kaufen oder sich die Mühe machen sollte, die Zutaten für ein anständiges selbst gekochtes Abendessen einzukaufen. Das Telefon unterbrach seine Überlegungen. Es war Mustafa Halal, der aus seinem Laden in Tøyen anrief.

Die Stimme des Trödlers klang butterweich. Gunnarstranda hatte ihn ja gebeten anzurufen, wenn er etwas über Waffen vom Typ *Thompson Contender* erfuhr. Und jetzt hatte Mustafa Besuch von einem Waffenverkäufer gehabt. Mustafa hatte dem Mann gesagt, er sei möglicherweise interessiert, müsse aber erst mit potentiellen Käufern Kontakt aufnehmen, und den Mann deshalb gebeten, ein paar Stunden später noch mal wiederzukommen.

Mit dem Telefon am Ohr rechnete Gunnarstranda. Sie würden ungefähr eine Stunde brauchen, um in der Umgebung Leute zu postieren.

Er dankte Mustafa herzlich.

Danach rief er Starum an und erzählte ihr, dass einem Hehler in Tøyen eine *Thompson Contender* angeboten worden war.

Starum war ganz still.

»Haben Sie gehört, was ich gesagt habe?«

»Ich habe gehört, was Sie gesagt haben«, sagte Starum. »Wenn Ihr Hehler Recht hat, haben wir plötzlich zwei mögliche Mordwaffen zur Auswahl.«

»Wenn dieses Schießeisen Sie interessiert, brauchen Sie Leute«, sagte Gunnarstranda kühl. »Scharfer Auftrag.«

An den Wänden des kleinen Schuppens türmte sich eine bizarre Mischung gebrauchter Gegenstände orientalischer und norwegischer Herkunft. Verblichene Teppiche, ein Hängekasten für geschnittenen Tabak, angerostete Keksdosen, Stehlampen mit zerrissenen Schirmen, eine defekte Wasserpfeife und zwei fleckige Espressokannen zwischen Stapeln alter Donald-Duck-Hefte und VHS-Filmen aus Bollywood.

Es war halb sechs. Gunnarstranda und Mustafa saßen sich im Hinterzimmer an einem abgestoßenen Kunststofftisch aus den sechziger Jahren gegenüber. Auf dem Tisch fauchte ein Propangaskocher. Die blauen Flammen umzüngelten den Boden einer rostigen Teekanne mit einem Korken in der Tülle. Mustafa hatte zwei alte, aber saubere Gläser hervorgesucht und in jedes davon einen Teebeutel gehängt.

Der Polizeibeamte versuchte, den Trödler zu beruhigen. »Wir *müssen* so reagieren«, erklärte er. »Die Polizei nimmt Leute, die Waffen mit sich herumtragen, außerordentlich ernst. Besonders wenn die Waffe benutzt worden ist, um jemanden zu erschießen. Wir können Sie und andere nicht in Gefahr bringen. Unsere Männer tragen kugelsichere Westen, Helme und andere Sicherheitsausrüstung. Sie und ich halten einfach den größtmöglichen Abstand, wenn etwas passiert – falls es passiert.«

Mustafa war wie immer wie ein Minister gekleidet: dunkler Anzug und weißes Hemd. Jetzt saß er auch da wie ein Minister, in Pose, die eine Hand ums Kinn gelegt und mit einem Gesichtsausdruck, der große Wichtigkeit ausstrahlte.

Die Teekanne auf dem alten Propankocher begann zu

pfeifen. Das Wasser kochte. Mustafa drehte den Brenner aus, goss Wasser auf die Teebeutel, gab reichlich Zucker in sein Glas und hielt ihn Gunnarstranda hin, der abwehrend den Kopf schüttelte. »Ich trinke ihn so.«

Schließlich sagte Mustafa, er verstehe Gunnarstrandas Argumentation und respektiere sie, würde aber seinerseits bitten, darauf Rücksicht zu nehmen, dass er als Gewerbetreibender auch an seine Kunden denken müsse.

Gunnarstranda nickte. »Aber jetzt ist es nicht mehr zu ändern«, argumentierte er. »Wenn der Mann mit der Waffe nicht wieder auftaucht, wird ja kein Schaden angerichtet.«

»Aber«, entgegnete Mustafa. »*Falls* er zurückkommt, nachdem Sie wieder gegangen sind, und *wenn* er begreift, dass *ich* Sie angerufen habe, was dann?«

»Ein wahrer Politiker beantwortet nie hypothetische Fragen.«

Mustafa nickte Gunnarstranda als Antwort anerkennend zu, nippte am Tee und begann: »Aber …«

»Mustafa«, unterbrach Gunnarstranda ihn genervt. »Kein *Aber* hier und kein *Aber* da. Sehen Sie irgendwo Polizei? Nein. Aber sie ist da. Wenn der Kerl nicht auftaucht, ist nichts passiert.«

Mustafa hielt den Augenblick für gekommen. Er fischte eine seiner zahlreichen Armbanduhren aus der Tasche. »Hier habe ich ein Schmuckstück für Sie, Gunnarstranda. Eine *Heuer Carrera Kaliber 12*, eine der letzten Automatikuhren, bevor die Quartz-Revolution manuellen Uhrwerken den Garaus machte – genauer gesagt 1974. Wie Sie sehen, ist die Krone auf der linken Seite des Gehäuses, das signalisiert Originalität und Stil …«

»Nein danke.«

»Wie wär's mit einer *Omega Constellation* in achtzehnkarätigem Gold von 1966? Frisch überholt, mit Chronometer-Zertifikat. Eine Uhr, die Ihnen steht, mit oder ohne Uniform.«

»Nein danke.«

»Oder eine *Rolex Submariner*, ein schöneres Uhrwerk findet man nirgendwo auf …«

»Nein danke.«

Die Glocke der Ladentür bimmelte. Mustafa stand auf und flüsterte: »Was soll ich tun?«

»Husten Sie, wenn es derselbe Mann ist.«

Mustafa stapfte hinaus. Zwei Sekunden vergingen. Dann ertönte ein kleines Husten aus dem Laden.

Er dachte an Ivar Killi, als er die Delta-Einheit agieren sah. Der Mann, mit dem die Polizisten recht unsanft verfuhren, war mager, zerlumpt und zahnlos. Seine Lippen stachen wie ein Entenschnabel aus dem verwüsteten Gesicht hervor. Seine Haare glichen einem an Land gespülten, vertrockneten Seetangknäuel, und die Beine, die unter dem Haufen bewaffneter Polizistenkörper herausragten, waren jämmerlich weiß und dürr und übersät mit hellroten Ekzemen.

Der Unterschied war, dass Killi keine Grenzen gekannt hatte, dachte er. Killi hatte noch mehr Pfefferspray gesprayt, als Salman zu schreien anfing. Er hatte weitergeschlagen, als Salman schon still dalag. Killi hatte bei der Festnahme nicht nur seine Dienstmacht ausgeübt, sondern sich einen erschreckenden Übergriff erlaubt.

Als die Polizisten den Mann in den Einsatzwagen bugsierten, startete Mustafa seine Vorstellung. »Das können Sie doch nicht machen!«, schrie er mit hoch erhobenen Händen. Dann schlug er sich auf die Schenkel und rief: »Auf diese Art und Weise mit meinen friedlichen Kunden umzuspringen! Was soll aus mir und meinem Geschäft werden! Sehen Sie nicht, was Sie anrichten?«

»Nun reicht es, Mustafa«, sagte Gunnarstranda, als der Polizeiwagen davonfuhr. »Und danke für die Hilfe.«

»Nicht so laut«, zischte Mustafa. »Stellen Sie sich vor, jemand …«

Gunnarstranda blickte um sich. »Es ist niemand hier, Mustafa, niemand, der etwas hören kann. Sie haben gute Arbeit geleistet. Der König und die Regierung danken Ihnen.«

34

An der Anschlagtafel hing ein undeutliches Computerbild des Mädchens aus dem Internetvideo. *Wer ist diese Person? Tipps an Vibeke Starum.*

Gunnarstranda betrachtete das Bild. Er erinnerte sich daran, was er gedacht hatte, als er die Fotos zum ersten Mal auf Killis Kamera gesehen hatte. Er hatte das Mädchen für eine Prostituierte gehalten. Nachdem er den Film gesehen hatte, war er nicht mehr so sicher. Dabei fiel ihm ein, dass er lange nichts von Anita, der fahrenden Hure, gehört hatte. Er fragte sich, ob er sie anrufen und die Angelegenheit verfolgen sollte. Zwar war er von dem Mordfall abberufen, aber Rindal & Co. hatten sich zuletzt sein Netzwerk zunutze gemacht. Also, dachte er, war er jetzt in einer Lage, in der es leichter war, um Vergebung zu bitten als um Erlaubnis. Er ging den Korridor hinunter an der geschlossenen Tür des Büros für Vermisstenfälle vorüber. Vor Frølichs Büro standen keine Schuhe mit losen Schnürsenkeln. Er würde eine Weile in Ruhe arbeiten können.

Anitas Anschluss war besetzt, und er bekam ihre Stimme nur auf dem Anrufbeantworter zu hören. Während sie sprach, klang im Hintergrund Geigenmusik.

Gunnarstranda wartete geduldig auf das Piep, sagte dann seinen Namen und bat sie um raschen Rückruf.

Ein halbe Stunde später rief sie zurück. Sie war mit einem Kunden in Espa beschäftigt gewesen. »Es muss an dieser Hitze liegen«, klagte sie. »So was von Verkehr habe ich seit mehreren Jahren nicht erlebt.«

»Was machst du, wenn die Regierung käuflichen Sex verbietet?«, fragte Gunnarstranda.

Falsche Frage an die falsche Person. Anita spuckte Lava wie ein Vulkan: »Käuflichen Sex verbieten? Das ist die Frauenfrage der Neomoralisten, ein kollektiver Ausbruch von Penisneid, es ist, wie wenn der Tierarzt ein männliches Rind verschneiden soll, dann kommen die Frauen von nah und fern, um mitzuhelfen, und sonst sieht man hier in Hedmarken nicht einen Rock.«

»Von dir abgesehen«, schob Gunnarstranda ein und fuhr schnell fort: »Vergiss es. Ich interessiere mich nur für das junge Mädchen, von dem ich gesprochen habe, Knebel und Unterwäsche aus den fünfziger Jahren und so weiter.«

Nein, Anita fand es sinnlos, das Foto anzusehen. Wenn die Beamten von der Sitte das Mädchen nicht kannten, dann kannte Anita es bestimmt auch nicht. Und über Polizisten, die kleine Mädchen im Bondage-Setting fotografierten, hatte sie nichts in Erfahrung bringen können. Dagegen konnte sie mit einem Parlamentsabgeordneten aufwarten, der Champagnersex liebte.

»Und das heißt?«

»Er mag es, wenn man auf ihn pinkelt. Sonst ist er harmlos: Ständig rote Wangen und ständig Angst vor Hunden.«

»Und wie gründlich bist du vorgegangen?«, fragte Gunnarstranda.

»Zusätzlich zu dem Politiker habe ich noch einen Immobilienpromi, der es liebt, von kleinen Jungs gepeitscht zu werden.«

»Anita …«

»Hör mal zu – und das können deine Kollegen von der Sitte dir auch sagen –, diese Branche ist nicht mehr, was sie mal war. Mädchen kommen und gehen die ganze Zeit, viele, die heutzutage als Hostessen arbeiten, sind Studentinnen, die ihr Studiengeld aufbessern. Sieh dich doch um, die Straßen sind voll von ausländischen Huren, die Blowjobs im Sonderangebot in Hauseingängen und Telefonzellen verkaufen, Luxusnutten aus London und Paris annoncieren mit Fotos und Angebotslisten im Internet, bevor sie auf Hoteltournee durch norwegische Städte tingeln. Oder was ist mit dem Baltikum? Bulgarien? Nigeria? Sagt dir der Begriff Trafficking etwas? Soweit ich weiß, arbeiten deine Kollegen von der Sitte mit so etwas. Aber ich bin ein fleißiges Mädchen gewesen und habe mich bei denen umgehört, die ich kenne. War sogar im Pro-Zentrum, wo man Gerüchte hören kann, die unter norwegischen und ausländischen Mädchen kursieren. Sadomaso ist an und für sich ein ziemlich gewöhnliches Ding geworden. Aber keines von den Mädels, mit denen ich geredet habe, hatte was von der Kombination minderjährig, Bondage und Modellfoto gehört.«

»Also was glaubst du?«, fragte Gunnarstranda mild.

»Eins habe ich über Männer gelernt in den Jahren, die ich dabei bin: Die Frau, auf die sie am schärfsten sind, wenn es darauf ankommt, ist das Mädchen von gegenüber. Ich tippe auf die Scheckkartentheorie.«

Nachdem er aufgelegt hatte, blieb Gunnarstranda noch eine Weile sitzen und überlegte. Stellte fest, dass er nichts anderes zu tun hatte. Also griff er sich einen Ausdruck vom Bild des Mädchens und ging zu seinem Wagen, um nach Ullevål Hageby zu fahren und Ivar Killis Nachbarschaft in Augenschein zu nehmen.

Nachdenklich blieb er stehen und betrachtete die Fahrräder, die ans Treppengeländer gelehnt waren. Gunnarstranda verstand nichts von Fahrrädern. Aber er konnte Unterschiede erkennen. Das eine war ein Mountainbike, das einen ziemlich teuren Eindruck machte, mit Stoßdämpfern an den Gabeln und ausgefeilter Mechanik um die Naben und am übrigen Rahmen. Das zweite Rad war dem ersten ziemlich ähnlich, die gleiche Größe, aber in weniger kostspieliger Ausführung. Das dritte war anders. Es war kleiner, der Metallrahmen war schmaler, und die Rostflecken in der Vernickelung zeugten von Sonderpreis und kürzerer Lebensdauer. Der eine Lenkstangenbeschlag fehlte.

Er nahm eine Bewegung wahr und blickte auf. Im ersten Stock flatterte eine Gardine, als ein Beobachter sich hastig zurückzog. Er schritt durch das schmiedeeiserne Tor. Öffnete die Haustür und trat ein. Er ging an Killis Wohnungstür vorbei und stieg die Treppe hinauf. Seine Schritte hallten wider. Die Tür öffnete sich, eine Sekunde nachdem er geklingelt hatte. Gunnarstranda lächelte breit und zuvorkommend. »Danke für neulich«, rief er, um gehört zu werden.

Zwei Stunden später rief er Vibeke Starum an.

»Sie haben immer noch Sehnsucht nach mir?«, fragte sie in gemessenem Ton.

»Sie wissen doch, die Katze lässt das Mausen nicht und so weiter …«

»Ich denke, Sie möchten die letzten Neuigkeiten hören«, fuhr sie fort. »Aber ich kann noch nichts sagen. Die Kripo hat noch keine Schießproben mit den Revolvern vorgenommen.«

»Ja, aber deshalb rufe ich auch nicht an.«

»Weshalb denn dann?«

»Also, ich glaube, ich habe das Mädchen gefunden, nach dem Sie suchen.«

35

Ingenieur Ruben Andresen kam sich ein wenig wie James Coburn in *Pat Garrett jagt Billy the Kid* vor, als er die beiden Revolver auf ein Stück blauen Filz legte, das er von zu Hause hatte mitgehen lassen. Obwohl beide Pistolen von der Marke *Thompson Contender* waren, wiesen sie deutliche Unterschiede auf. Die Waffe, die beim Hehler in Tøyen losgeschlagen werden sollte, hatte einen zwölf Zoll langen Lauf mit stahlblauem Finish. Der Kolben war aus Walnussholz und machte einen exklusiven Eindruck. Die bei Petter Bull beschlagnahmte Waffe hatte das gleiche Kaliber. Aber der Lauf war ganze vierzehn Zoll lang und aus rostfreiem Stahl. Der Kolben war aus schwarzem Gummi. Es gab einen weiteren deutlichen Unterschied. Petter Bulls Waffe war gereinigt und geölt. Die Waffe mit dem Walnussholzkolben war nach dem Gebrauch nicht gereinigt worden. Die Mündung roch noch nach einem Schuss.

Andere technische Untersuchungen der Pistolen hatten nichts ergeben. Die Fingerabdrücke an Bulls Waffe waren seine eigenen. Die bei der Polizeiaktion sichergestellte Waffe wies nur die Fingerabdrücke des Mannes auf, der sie versetzen wollte. Der Mann würde wegen verschiedener Delikte angeklagt werden. Seine Fingerabdrücke waren in mehreren bislang nicht aufgeklärten Fällen von Wohnungseinbrüchen aufgetaucht.

Andresen hatte die Leitung der Kripo dazu bewegen können, einen tief gefrorenen Lammbraten zu spendieren, den er ein paar Stunden zuvor aufgetaut hatte und dann zurechtschnitt, damit er in den Kugelfänger passte. Wenn er schon eine Analyse machen sollte, dann war es wichtig, dass die Kugeln auf Fleisch trafen. Nachdem er sich die Hände gewaschen und gut abgetrocknet hatte, zog er Gummihandschuhe an. Er betrachtete die Gegenstände auf dem blauen Filz. Dann griff er nach dem Revolver mit dem stahlblauen Finish, entfernte das Holzstück vor dem Abzug und hakte den Splint aus, der den Lauf an seinem Platz hielt. Er machte sich die Mühe, einige Male einen in Waffenöl getauchten Lappen durch den Lauf zu ziehen. Er liebte den Geruch, der dadurch entstand: der süßliche Duft, wenn Waffenöl und Stahl aufeinandertreffen, vermischt mit Schwarzpulver und Ruß. Er zog einen neuen Lappen durch den Lauf und wiederholte die Prozedur so lange, bis der Lappen sich nicht mehr färbte. Danach montierte er den Revolver wieder zusammen und lud ihn. Er atmete tief durch, bevor er den Walnusskolben mit beiden Händen umfasste, hob den Revolver, hielt die Arme durchgedrückt und fand die Mitte der Zielscheibe im Visier. Er atmete ruhig. Der Revolver war schwer. Das Korn schwankte minimal. Er atmete aus. Drückte ab. Der Knall wurde vom Ohrschutz einigermaßen gedämpft. Aber die Hand bekam einen Stoß. Der Rückstoß war so stark, dass die Hände, die den Revolver hielten, vom Druck hochgerissen wurden. Ein kleines Beben ging durch seinen Körper. Ingenieur Ruben Andresen genoss dieses Erlebnis, bevor er den Revolver niederlegte. Er drückte auf den Knopf an seiner Hüfte. Ein Motor startete. Die Zielscheibe glitt langsam auf ihn zu. Mit seinem privaten Finnenmesser und einer Kneifzange grub er vorsichtig das Projektil aus dem Braten. Zusammen mit der leeren Hülse steckte er es in einen Plastikbeutel. Dann presste er das Fleisch wieder zurück und sah die zweite Waffe an. Er lud auch diese Pistole. Justierte den Ohrschutz. Fasste den Kolben mit beiden Händen, zielte und drückte ab. Die Reaktion von Händen und Handgelenken wiederholte sich – aber diesmal wirkte sie noch kräftiger. Er dachte an einen Ochsen, der am Seil riss, und versuchte sich den potenten Stoß in der Hand eines Menschen vorzustellen, der einen anderen erschoss. Niemand würde am Effekt dieser Waffe zweifeln.

Er holte die Zielscheibe wieder heran. Verwahrte die zweite Kugel in einem anderen Beutel. Dann hielt er die beiden transparenten Plastikbeutel hoch und beäugte skeptisch das Resultat. Er legte die Beutel nieder. Nahm den Ohrschutz ab. Das musste fürs Erste genügen. Wenn nicht, müsste er zum nächsten Supermarkt gehen und einen ordentlichen Schweinebraten kaufen.

36

Als Vibeke Starum schließlich beschloss, zur Polizei zu gehen, hatte sie einen langen und gewundenen Weg mit vielen Abschweifungen und Umwegen hinter sich. Ihre berufliche Laufbahn hatte in einem Pflegeheim begonnen. Gegen Ende der achtziger Jahre, als Freunde und Bekannte die Kneipen und Straßencafés im Oslo der Yuppies bevölkerten, absolvierte sie einen Grundkurs auf der Landwirtschaftsschule, durchlebte ihre grünste Periode als Umweltaktivistin und arbeitete als Vertretung bei einem Milchbauern in Trysil. Es kam vor, dass sie in ihrem jetzigen Job als Ermittlerin auf frühere Erfahrungen zurückgriff. So hatte der Milchbauer ihr beigebracht, dass nur eins half, wenn der Ochse störrisch wurde: *Stelle ihn, sieh ihm starr in die Augen und zeige ihm, wer der Chef ist.* Diesen alten Ratschlag befolgte sie auch jetzt, als sie aus dem Wagen stieg und mit schnellen und bestimmten Schritten auf Gunnarstranda zuging. »Sie sind von dem Fall abgezogen«, bellte sie ihn schon von weitem an, »und dann wollen Sie bei dieser Vernehmung anwesend sein? Sind Sie völlig plemplem? Oder glauben Sie vielleicht, ich wäre plemplem?«

Gunnarstranda erwiderte nichts. Er legte die Hände auf den Rücken, drehte sich um und trottete langsam den Weg entlang, während Starum neben ihm herhechelte.

»Glauben Sie, Sie können überall machen, was Sie wollen? Was glauben Sie, was mit mir passiert, wenn ich erzähle, dass ich Sie an einem Verhör habe teilnehmen lassen?«

Er drehte sich lächelnd zu ihr um: »Haben Sie vor zu lügen, Starum?«

»Nein«, bellte sie wütend. »Aber ich führe dieses Verhör allein durch. Sie sind abgezogen, und ich habe nicht die Absicht, diese Entscheidung zu hinterfragen. Und selbst wenn ich es noch so sehr wollte, kann ich es auf keinen Fall tun, und das wissen Sie ganz genau.«

Gunnarstranda blieb stehen. Starum ebenfalls.

Sie war außer Atem und wütend.

Er stand ganz still da und betrachtete sie.

»Und was nun?«, bellte sie unvermindert hitzig.

»Beantworten Sie mir nur eine Frage«, sagte Gunnarstranda ruhig. »Wollen Sie wissen, wohin wir gehen und nach wem wir fragen wollen, oder nicht?«

Eine halbe Stunde später betraten die beiden die Rezeption des Sogn Zentrums für Kinder- und Jugendpsychiatrie. Gunnarstranda blieb an der Tür stehen, während Starum mit dem Mann an der Anmeldung sprach – einem Jüngling mit Musketierimage in Form eines Spitzbarts, eines schmalen Backenbarts und wogendem, nach hinten gekämmtem Haar. Ein großer Hund mit langen Ohren lag unter dem Fenster. Er keuchte in der Hitze, stand auf, um die Liegestellung zu ändern, stützte sich ein paar Sekunden auf die Vorderpfoten und ließ sich dann schwer zu Boden sacken.

Vibeke Starum drehte sich zu Gunnarstranda um. »Wir müssen auf ihre Therapeutin warten«, sagte sie. »Das kann ein Weilchen dauern.«

»Warum?«

»Sie hat hier nur eine halbe Stelle und betreibt nebenher eine private Praxis. Heute arbeitet sie nicht hier im Haus.«

»Dann warten wir eben.« Gunnarstranda setzte sich auf

einen der Stühle neben dem Hund. Vibeke Starum blieb stehen und sah aus dem Fenster. Der Musketier nahm ein Telefongespräch entgegen. Er lachte leise, schwenkte den Stuhl herum, blieb mit abgewandtem Rücken sitzen und redete mit fast flüsternder Stimme.

Vibeke Starum drehte sich zu Gunnarstranda um.

Er blickte auf. »Ja?«

Sie wandte sich brüsk ab.

Gunnarstranda griff nach einer Zeitschrift auf einem Tisch neben den Stühlen. Es war eine Fachzeitschrift. Er blätterte den Stapel durch. Illustrierte und abgegriffene Comichefte. Er gab es auf, lehnte sich zurück und schloss die Augen. Als er sie wieder öffnete, begegnete er Starums Blick. In dem Moment, als ihre Blicke sich trafen, machte sie auf dem Absatz kehrt und ging nach draußen. Er betrachtete sie durchs Fenster: Vibeke Starum war eine große, athletische Frau zwischen vierzig und fünfzig, die auf ihre Formen achtete. Sie trug ein schickes Kostüm, hatte langes blondes Haar und ein wettergegerbtes Gesicht. Eine Frau, die zugleich Weiblichkeit und Autorität ausstrahlte.

Sie steckte sich eine Zigarette an und rauchte mit hastigen, entnervten Bewegungen.

Gunnarstranda spürte plötzlich ein intensives Verlangen nach Nikotin. Er zwang sich, sitzen zu bleiben.

Als Starum wieder hereinkam, setzte sie sich, ohne ein Wort zu sagen. Ein Hauch von Parfüm gemischt mit frischem Zigarettenrauch wehte Gunnarstranda an. Er warf einen kurzen Blick auf sie. Sie hielt die Hände im Schoß und richtete das Gesicht stur geradeaus.

Nach einer Dreiviertelstunde fuhr ein blauer Golf vorbei und bog auf den Parkplatz ein. Kurz darauf hastete eine dunkelhaarige Frau in den Dreißigern durch die Tür.

Gunnarstranda erkannte sie und stand auf.

Die Frau blieb stehen und sah sie fragend an. Vibeke Starum reichte der Frau die Hand. »Maria Hoff?«

Die Frau nickte.

37

Die Tür ging auf. Eine leicht angespannte Maria Hoff erschien. »Hier Veronika«, sagte sie. Das Mädchen, das eintrat, hatte das Haar karottenrot gefärbt, verbarg aber sowohl ihr Haar als auch sich selbst in voluminöser Kleidung. Sie trug weite Hosen und einen Kapuzenpulli und hatte viel Metall im Gesicht. Ihre Unterlippe, die unter der Kapuze herausschaute, war mit mehreren breiten Ringen gepierct. In den Augenbrauen steckten Nadeln und kleinere Ringe. Die Haut um ihre erschrockenen Augen war ungesund bläulich und ihr Gesicht war blass, die Haut fast durchsichtig. Zwei dünne Kabel führten auf beiden Seiten ihres Kopfes unter die Kapuze.

Sie blieb abrupt an der Tür stehen, als sie die Polizisten sah.

Maria Hoff zeigte auf einen freien Stuhl.

Das Mädchen zögerte noch einige Sekunden, bevor es hastig und mit gesenktem Blick das Zimmer durchquerte und sich auf einen der Stühle plumpsen ließ, wo es sitzen blieb und auf die Tischplatte starrte.

Vibeke Starum stellte sich und Gunnarstranda vor, dann schob sie dem Mädchen einen Papierabzug über den Tisch. Das Mädchen warf nur einen kurzen Blick darauf, bevor es den Abzug nahm und die Bildseite nach unten drehte. »Das bin ich.«

»Wir haben noch ein paar Bilder, und wir möchten, dass du sie dir ansiehst.« Starum legte einen Stapel auf den Tisch. Das Mädchen warf einen Blick auf das oberste. »Das ist nicht nötig«, sagte sie. »Das bin ich.«

»Kannst du uns sagen, wer dich fotografiert hat?«

Das Mädchen sah erschrocken zu der Psychologin hinüber, die sich räusperte und sagte:

»Versuche, auf ihre Fragen zu antworten.«

Das Mädchen sagte nichts.

»Wir haben Grund zu glauben, dass diese Bilder von einem Mann mit Namen Ivar Killi aufgenommen wurden«, sagte Starum schließlich. »Ist das richtig?«

Das Mädchen nickte.

»Ivar Killi ist tot«, sagte Vibeke Starum. »Erschossen.«

Wieder nickte das Mädchen.

»Wie hast du Ivar Killi kennen gelernt?«, fragte Starum in einem freundlicheren Tonfall.

»Er wohnt in der Etage unter meiner Großmutter.«

Es wurde still. Vibeke Starum wartete auf eine Fortsetzung. Veronika sah aus, als suche sie Hilfe bei der Psychologin. Aber die schwieg.

Vibeke Starum versuchte, ihr weiterzuhelfen: »Was für ein Typ war er?«

»Er war ganz okay.«

»Okay?«

»In Ordnung, man konnte leicht mit ihm quatschen, lustig.«

»Er war einige Jahre älter als du.«

Das Mädchen zuckte die Schultern. »Das spielte keine Rolle. Wir konnten über Sachen quatschen.«

»Kannst du das ein bisschen ausführlicher sagen, zum Beispiel, worüber ihr geredet habt und auf welche Weise er in Ordnung und lustig war?«

»Ich habe einen Ipod bekommen.« Sie fingerte an den Kabeln, die aus ihrer Kapuze heraushingen.

»Du hast Geschenke bekommen, wenn du bei so etwas mitgemacht hast?«

»Nein, so war es nicht. Er war einfach in Ordnung.«

»Hat er dir mehr gegeben als dieses Gerät?«

»Ab und zu Geld … ab und zu Anziehsachen.«

»Vielleicht ein Handy?«, fragte Gunnarstranda.

Veronika schüttelte den Kopf. »Prepaid card«, sagte sie. »Telefonierzeit.«

Starum warf Gunnarstranda einen starren Blick zu, bevor sie sich vorbeugte. »Hat Ivar dir einmal etwas Schlimmes angetan?«

Veronika schüttelte den Kopf.

»War er grob?«

Sie schüttelte wieder den Kopf.

»Auf den Bildern kann man den Eindruck bekommen, dass jemand dir etwas Schlimmes antut.«

»Es sollte nur so aussehen.«

»Hattet ihr ein Verhältnis?«

Das Mädchen schüttelte den Kopf.

»Hast du irgendwann Sex mit Killi gehabt?«

Achselzucken. »Wir waren ja Freunde.«

»Was meinst du damit? *Wir waren ja Freunde*?«

»Es ist ab und zu vorgekommen, dass wir Sex hatten.«

»Wie hast du Ivar kennen gelernt?«

»Ich durfte bei ihm rauchen.«

»Aha?«

»Meine Großmutter verträgt keinen Zigarettenrauch. Ivar hat gesagt, ich könnte bei ihm drinnen rauchen, dann brauchte ich nicht draußen stehen, es war irgendwann im Winter, und das war es eigentlich. Er hatte viel gute Musik. Man konnte leicht mit ihm quatschen.«

»Ihr hattet Spaß zusammen?«

Sie nickte.

»Hat er erzählt, warum er solche Bilder machte?«

»Es hat ihn angetörnt. Die Seile und der Kram.«

»Kram?«

»Handschellen, Strümpfe …« Sie blickte zur Psychologin, zuckte mit den Schultern und sah wieder auf die Tischplatte.

»Wollte er die Fotos verkaufen, oder …?«

Veronika schüttelte den Kopf. »Er wollte sie für sich haben. Er hat viele Bilder gemacht. Es war sein Hobby.«

Starum räusperte sich. Räusperte sich noch einmal. »Die Geschenke und das Geld …« Sie ließ die Worte im Raum hängen, bevor sie stattdessen fragte:

»Wann hast du Killi zuletzt gesehen?«

»Er plante eine Ausstellung«, sagte Veronika und blickte auf. »Das hat er jedenfalls gesagt, dass die Fotos ausgestellt werden sollten, irgendwann, ich habe keine Ahnung, wo und wann.«

»Wann hast du Killi zuletzt gesehen?«, wiederholte Starum ruhig.

»Es muss … ein paar Wochen her sein. Ich weiß nicht mehr.«

»Wo warst du, als du ihn gesehen hast?«

»Ich glaube, es war im Treppenhaus, bei meiner Großmutter.«

»Du warst bei deiner Großmutter zu Besuch? Vielleicht kann sie sich an das Datum erinnern?«

»Vielleicht.«

»Wo warst du in der Nacht auf Sonntag, den 6. August?«

Veronika blickte zur Psychologin hinüber und grinste. »Hab ja nicht mal 'ne Ahnung, was heute für'n Datum ist.«

»Die Nacht auf Sonntag vor etwas über einer Woche«, sagte Starum, ohne sich von der plötzlichen Heiterkeit des Mädchens anstecken zu lassen. »Wo warst du am Samstagabend vor etwas über einer Woche?«

Das Mädchen überlegte, bevor es antwortete. »Unterwegs«, war das Ergebnis ihrer Überlegungen.

»Unterwegs? Wo?«

»In der Stadt.«

»Wo in der Stadt?«

»Im Café *Sjakk Matt*, zu Hause bei Nasrim, einer Freundin aus dem Iran, im *Manshaker*.« Sie verstummte und sah wieder mit leerem Blick vor sich hin.

»Erzähl ruhig weiter«, sagte Gunnarstranda. »Erzähl uns, was du an dem Abend gemacht hast. Wir haben Zeit.«

Das Mädchen stand auf und ging zur Tür. »Maria, ich hab keinen Bock«, sagte sie.

Die Psychologin sagte: »Komm zurück und setz dich.«

»Hab keine Lust.«

»Veronika«, sagte Maria Hoff, stand auf, trat zu ihr und legte ihr einen Arm um die schmalen Schultern. Sie flüsterte ihr etwas ins Ohr. Das Mädchen schniefte und setzte sich mit gesenkten Augenlidern wieder hin.

»Kannst du uns erzählen, was du an dem Samstagabend gemacht hast?«

Veronika blieb stumm, die Lider noch immer gesenkt.

Das Schweigen dauerte an.

»Veronika«, sagte Starum. »Hörst du mich?«

Keine Reaktion.

Die Psychologin räusperte sich.

Starum wandte sich ihr zu und fragte: »Vielleicht helfen Sie Veronika später, eine Liste zu machen, was sie an dem Tag gemacht hat?«

Hoff nickte. »Ich kann es versuchen.«

»Mit Uhrzeiten«, sagte Starum.

»Und eine Übersicht, mit wem sie zusammen war«, fügte Gunnarstranda hinzu.

Starum drehte sich zu Maria Hoff um. »Wann haben Sie sie eingewiesen?«

»Am Sonntag, dem 6. August. Aber es gibt, was diese Frage betrifft, eine Reihe von Dingen, über die ich gern mit ihnen sprechen möchte, allerdings lieber in einem etwas privateren Rahmen, und nicht im Beisein von Veronika.«

»Einen Augenblick«, sagte Gunnarstranda.

Der scharfe Klang seiner Stimme ließ das Mädchen aufsehen. Ihre Blicke trafen sich.

»Du hast einen Schlüssel zu Killis Wohnung, stimmt's?«

»Nein, habe ich nicht. Wer sagt das?«

Gunnarstranda schüttelte den Kopf. »Ich stelle eine Frage.«

»Nein, ich habe keinen Schlüssel. Es ist lange her, dass ich in der Wohnung war.«

»Sicher?«

»Warum sollte ich lügen?«

»Deine Großmutter sagt, du hättest einen Schlüssel.«

»Sie lügt!«

Maria Hoff legte eine Hand auf Veronikas Arm und räusperte sich.

Vibeke Starum nahm die Gelegenheit wahr und wiederholte ihre letzte Frage: »Kannst du uns erzählen, was du an dem Samstagabend gemacht hast, Veronika?«

Das Mädchen saß wie zuvor mit geschlossenen Augen da und schwieg.

Vibeke Starum streckte irritiert den Rücken: »Kennst du einen Mann mit Namen Darak Fares?«

Das Mädchen öffnete die Augen.

Maria Hoff räusperte sich erneut. Aber Starum überhörte das. »Wie gut kennst du Darak Fares?«

Veronika antwortete nicht, sah weg. Ihre Finger zitterten.

»Weißt du, dass er tot ist?«, fragte Vibeke Starum.

Da brach das Mädchen zusammen.

Sie mussten warten, während sich Maria Hoff, assistiert von einem Krankenpfleger, der Patientin annahm. »Hatten wir uns nicht darauf geeinigt, dass ich die Fragen stellen sollte?«, fragte Vibeke Starum verärgert.

Gunnarstranda erwiderte nichts.

Starum drehte ihm den Kopf zu. »Woher wussten Sie das mit der Großmutter und den Schlüsseln?«

»Sie waren ja nicht daran interessiert, auf den aktuellen Stand gebracht zu werden«, sagte Gunnarstranda mild.

Starum holte tief Luft. »Herrgott, bin ich froh, dass ich nicht mit Ihnen zusammenarbeite.«

Gunnarstranda wandte sich ihr zu und betrachtete sie kühl. Er sagte: »Sie haben ein Mädchen serviert bekommen, das zugibt, häufiger in Killis Wohnung gewesen zu sein, das Killis Vertrauen hatte, das also Zugang zu Killis Waffenschrank hatte das mit hoher Wahrscheinlichkeit Darak Fares kennt und das passenderweise hier in die Kinder- und Jugendpsychiatrie eingewiesen wurde, und zwar am Tag nachdem Killis Leiche gefunden wurde. Ist das stichhaltig?«

Starum sagte eine Weile nichts. »Aber glauben wir das?«, fragte sie schließlich.

»Glauben wir was?«

»Glauben wir, dieses zerbrechliche Ding könnte einen Menschen erschossen haben?«

Gunnarstranda zuckte mit den Schultern. »Ich glaube gar nichts. Ich arbeite auch nicht an diesem Fall. Aber wenn ich es täte, wäre ich wahnsinnig interessiert daran, die Bewegungen dieses Mädchens an dem Abend, an dem Killi erschossen wurde, zu rekonstruieren.«

Starum zischte: »Als Darak Fares erschossen wurde, war das Mädchen hier eingewiesen. Sie ist Langzeitpatientin. Killi und Darak Fares wurden mit derselben Waffe erschossen. Das kann nicht sie gewesen sein!«

»Jetzt ziehen Sie voreilige Schlüsse«, sagte Gunnarstranda kühl.

»Was?«

»Selbst wenn sie mit derselben Waffe erschossen wurden, heißt das nicht unbedingt, dass es dieselbe Person war.«

Sie sahen sich an.

Die Tür ging auf. Maria Hoff kam zurück.

Vibeke Starum fragte: »Können Sie uns sagen, warum sie eingewiesen wurde?«

Die Psychologin zögerte. »Darüber möchte ich lieber zuerst mit dem JPT sprechen.«

»JPT?«

»Dem Jugendpsychiatrischen Team.«

»Wieso? Sie wurde aufgrund einer Diagnose eingewiesen, darüber brauchen Sie doch wohl nicht mehr sprechen?«

Maria Hoff lächelte. »Sie dürfen mich nicht missverstehen. Aber wir sind uns bezüglich Veronikas Zustand nicht sicher, und ich hätte gern vorher den Umfang der Schweigepflicht mit den Kollegen …«

Vibeke Starum unterbrach sie: »Könnte Veronika etwas Traumatisches erlebt haben?«

Die Psychologin nickte. »Ganz klar. Das Problem ist, dass Veronika darüber weder sprechen kann noch will. Als ich sie eingewiesen habe, war sie in einem Zustand, den man am besten als Schock oder posttraumatischen Stresszustand bezeichnen kann. Es ist sehr wahrscheinlich, dass ihr Zustand durch ein gewaltsames Ereignis ausgelöst wurde. Wir wissen nicht, was es war, aber eine Hypothese ist, dass sie vergewaltigt wurde oder dass es den Versuch einer Vergewaltigung gegeben hat. Mit anderen Worten: Die von Ihnen gezeigten Bilder würden dem Team bei der weiteren Behandlung ausgesprochen nützlich sein.«

»Die Bilder können noch nicht freigegeben werden«, erklärte Starum brüsk.

Hoff holte Luft und sagte: »Das Einzige, was bei ihrer Einlieferung feststand, war ihr akutes Bedürfnis nach Ruhe und einer sicheren Umgebung. Dass sie im Gespräch eben so präsent war, ist eine positive Überraschung und eine Erfahrung, die ich ins Team mitnehmen werde.«

»Sie verstehen natürlich, warum das Einlieferungsdatum für uns besonders interessant ist. Könnte der denkbare Umstand, dass sie Zeugin des Mordes an dem Polizeibeamten wurde, ein derartiges traumatisches Erlebnis gewesen sein?«

»Das wäre selbstverständlich möglich. Aber es wäre zum gegenwärtigen Zeitpunkt reine Spekulation.« Die Psychologin lächelte leicht und fügte hinzu: »Es wäre vielleicht auch seitens der Polizei ein gewisses Wunschdenken?«

Starum sah sie eine Weile an, bevor sie fragte: »War Veronika früher schon mal in der Psychiatrie?«

»Ja.«

»Und weswegen?«

Maria Hoff dachte einen Moment lang nach, bevor sie antwortete: »Veronika ist als Kind über viele Jahre hinweg schwer vernachlässigt worden. Als Reaktion darauf hat sie mehrfach versucht, sich selbst Schaden zuzufügen.«

»Sich selbst Schaden zuzufügen?«

»Die ganze Skala vom Ritzen mit Rasierklingen bis zu genau geplanten Selbstmordversuchen. Ihre Großmutter ist für Veronika eine sehr wichtige Person gewesen, als die Eltern versagt haben. Dass sie jetzt so nahe bei der Großmutter neuen Übergriffen ausgesetzt wird – das ist, gelinde gesagt, traurig.«

»Übergriffe?«, sagte Starum. »Es hörte sich doch so an, als habe das Mädchen durchaus freiwillig für die Bilder Modell gestanden.«

»Veronika ist noch keine sechzehn«, sagte Maria Hoff und fügte hinzu: »Als Killi Sex mit ihr hatte, hat er gegen Paragraf 196 des Strafgesetzbuchs verstoßen, in dem ein Strafmaß von bis zu fünfzehn Jahren Gefängnis vorgesehen ist.«

Vibeke Starum starrte die Psychologin mit zusammengekniffenem Mund an.

Gunnarstranda lehnte sich zurück und drehte Däumchen.

»Mochten Sie die Dame nicht leiden?«, fragte Gunnarstranda, als sie auf dem Weg zum Ausgang waren.

Vibeke Starum verzog den Mund zu einer Grimasse und äffte die Psychologin nach. »Strafmaß von bis zu fünfzehn Jahren. Was zum Teufel glaubt die, mit wem sie redet?«

Gunnarstranda antwortete nicht.

»Was denken Sie?«, fragte Starum.

»Ich bin dieser Psychologin in einem anderen Zusammenhang schon einmal begegnet. Ich denke, die Welt ist manchmal verdammt klein.«

»In welchem Zusammenhang?«

»Ich möchte gern erst etwas nachprüfen, bevor ich mich dazu weiter äußere.«

Vibeke Starum betrachtete ihn skeptisch.

Er setzte sich in Bewegung. Seite an Seite gingen sie zu den geparkten Autos. »Ich kann Psychologen nicht ausstehen«, murmelte sie. »Ich war einmal mit einem Psychologen zusammen. Der hat die ganze Zeit gesagt, ich müsste meine Wut runterschlucken und verdauen. Er hat behauptet, Wut im Bauch wäre besser als Wut im Kopf.«

»Da hatte er ja nicht direkt Unrecht«, sagte Gunnarstranda.

»Finden Sie? Selbst mein Exfreund musste dann und wann den Kopf gebrauchen.«

»Und was meinen Sie damit?«, wollte Gunnarstranda wissen.

»Man muss doch von seiner Denkfähigkeit Gebrauch machen«, sagte Vibeke Starum. »Es ist doch klar, dass man manchmal von seinem Kopf Gebrauch machen muss, egal wie dämlich man ist.«

»Aber wer sagt, dass das Denken im Kopf sitzt?«

Sie blieb stehen und sah ihn an. »Sitzt das Denken nicht im Kopf?«

Ich glaube ganz sicher, dass es bei manchen an ganz anderen Stellen sitzt.«

»Wo denn?«

»Frank Frølich zum Beispiel, bei dem sitzt das ganze Denken, die ganze Wut und die ganze Freude gut verstaut im Schritt.«

Sie warf ihm einen genervten Blick zu und ging weiter zum Parkplatz. »Ich glaube, es ist an der Zeit, mit den zwei überlebenden Randalierern vom Grønland Torg zu reden«, sagte sie. »Wenn das Mädchen da drinnen Darak Fares kannte, müssen wir annehmen, dass seine Freunde möglicherweise auch sie kennen.«

38

Vibeke Starum bekam kein Wort aus Sharif und Khan heraus. Die Szene war ziemlich surrealistisch. Der Kfz-Mechaniker Khan lag rücklings auf dem Rollbrett unter einem Auto und hämmerte. Sharif knetete hingebungsvoll an einem Dynamo voller Öl herum. Vibeke Starum stand wie eine lächerliche Blondine im Minirock inmitten eines Universums aus Metall, Schrott, Werkzeug und Autos ohne Kühlerhauben, Karosserien oder Türen. Sie wollte nicht über Darak Fares reden und auch nicht über seine Frauenbekanntschaften. Sie zeigte ihnen ein Foto von Veronika Lange. »Fünfzehn Jahre alt, kann aber älter aussehen, wenn sie will. Schon mal gesehen?«

Sharif schüttelte den Kopf, ohne den Dynamo aus der Hand zu legen.

Er trat gegen das Bein, das unter dem Wagen hervorragte. Khan rollte auf dem Brett hervor und richtete sich sehr langsam auf. Dann nahm er die Schweißbrille ab und schüttelte den Kopf, schon lange bevor er das Foto richtig in Augenschein genommen hatte.

Wenn sie nur daran dachte, Gunnarstranda dieses Ergebnis mitzuteilen, bekam sie Hassgefühle. Vibeke Starum war weder verpflichtet, noch hatte sie das Bedürfnis, dem kleinen Giftzwerg irgendetwas mitzuteilen. Andererseits wusste sie, er würde sie fragen. Und sie kannte sich. In der Offensive fühlte sie sich weitaus sicherer als in der Defensive. Also gab es nur eine Möglichkeit, nämlich, sich in die Offensive zu begeben. Sie zögerte nicht, sondern rief Gunnarstranda sofort an, als sie schließlich vor der Autowerkstatt *Fixit* wieder in ihrem Wagen saß.

»Aus den beiden ist nichts rauszukriegen«, sagte sie kurz. »Da ist nicht viel zu machen. Sie wollen weder über die Geschichte vor dem Krach in Grønland im Allgemeinen noch über Darak Fares im Besonderen reden. Der Staatsanwalt hat Glück, wenn sie überhaupt vor Gericht erscheinen.«

»Sie haben doch die Handynummer von Fares, oder?«

Vibeke Starum schloss die Augen und machte sich Vorwürfe, weil sie ihn angerufen hatte, bevor sie selbst auf diesen Gedanken gekommen war. Wütend sah sie vor sich, wie der Mann mit der Haarsträhne über der Glatze jetzt am anderen Ende der Leitung lautlos grinste.

»Ich habe sie nicht«, sagte sie kurz. »Sie liegt bei der Asservatenstelle im Beweisarchiv.«

Sie unterbrach die Verbindung und schob eine CD von Carla Bruni in die Anlage. Zur Beruhigung.

Es war Nachmittag und bei Galgenberg verdichtete sich der Verkehr. Sie dachte an Gunnarstranda. Er war eine Ressource, zweifellos. Und weder ihr noch sonst jemandem war damit gedient, dass er immer erst über seinen Status verhandeln musste, wenn er etwas herausgefunden hatte.

Sie fragte sich: *Werde ich es aushalten, mit ihm zusammenzuarbeiten*? Eine klare Antwort gab es nicht.

Sie erinnerte sich an Gunnarstrandas Gesichtsausdruck, als sie über die Therapeutin von Veronika Lange gesprochen hatten. Er hatte behauptet, sie von *einem anderen Fall* zu kennen. Der alte Fuchs wusste mehr, als er bis jetzt rausgelassen hatte.

Der Stau schlängelte sich weiter. Carla Bruni sang *Plus beau du quartier*. Die flüsternde Stimme war Balsam für ihre Nerven. Der Verkehr kam zum Stillstand.

Sie fasste einen Entschluss, holte ihr Handy aus der Tasche und rief Rindal an.

Rindal musste vor Aufregung den Telefonhörer in die andere Hand nehmen. Er ließ Vibeke Starum nicht ausreden. »Nein«, sagte er kurz. Er fand einen Kugelschreiber auf dem Tisch und begann damit zu spielen.

»Sie haben nicht gehört, wonach ich fragen wollte.«

»Ich glaube, ich weiß es. Gunnarstranda hat das Mädchen gefunden, und Sie haben sich davon beeindrucken lassen, und jetzt wollen Sie, dass er wieder an dem Fall arbeitet. Das kommt nicht in Frage.«

»Und warum nicht?«

Rindal begann zu kichern. »Vibeke«, kicherte er, »Ich habe gehört, dass Sie manchmal joggen?«

»Sooft ich es schaffe.«

»Nächstes Mal, wenn Sie an einem Ameisenhaufen vorbeijoggen, treten Sie ein tiefes Loch in den Haufen und warten dreißig Sekunden, bevor Sie ihr Gesicht in das Loch stecken, graben es tief in den Haufen mit Tannennadeln und Ameisen ein und halten eine Minute still. Wenn Sie das getan haben, dann kennen Sie auch die Antwort auf die Frage, die Sie gerade gestellt haben.«

Rindal knallte den Hörer auf. »Warum nicht?«, wiederholte er und grinste. Er schüttelte schwerfällig den Kopf und wischte sich Lachtränen aus den Augen. »Warum nicht?« Abteilungsleiter Rindal schüttelte sich vor Lachen.

39

Gunnarstranda sah auf die Uhr. Tove hatte angerufen und sich zum Abendessen eingeladen. Doch das Einzige, was sein Kühlschrank anzubieten hatte, war eine Handvoll Eier und eine Packung Bacon.

Er fand eine Parklücke auf dem Youngstorget und ging zu Erling Moe hinein. Kaufte zwei Schwanzstücke leicht gesalzenen Dorsch. Bekam ihn billig. Der Verkäufer war froh, ihn los zu sein. Das Schwanzstück ist das Beste am Dorsch. Gunnarstranda verstand ihn nicht. Er und der Verkäufer waren sich durchaus einig. Aber so ist es heute, erklärte ihm der Mann, die meisten Leute hatten keine eigene Meinung mehr. Die meisten Leute lasen, was sie über Fisch denken sollten, in irgendeinem Kochbuch von irgendeinem Ausländer. Es ging alles den Bach runter.

Danach ging Gunnarstranda zwischen den Autos hindurch zu einem der Marktstände, wo ein junges Mädchen in schwarzen Kleidern mit einem Piercing in der Unterlippe Gemüse verkaufte. Er kaufte Knoblauch, eine kleine Tüte Frühkartoffeln, einen kräftigen Lauch, einen Broccoli, ein Bund Möhren und ein paar Zuckererbsen, die im Angebot waren.

Alles fand Platz in seinem Einkaufsnetz.

Zu Hause in der Bergensgata kochte er zuerst ein paar Eier hart, dünstete dann das Gemüse in der Pfanne, während die Kartoffeln im Topf daneben blubberten. Den Fisch ließ er ziehen, während er ein paar Knoblauchzehen klein hackte und den Bacon knusprig briet.

Johnny Mercer sang *Moon River,* als Tove die Tür aufschloss. Sie war beim Weinmonopol gewesen und zog lächelnd die Flasche aus der blauen Tüte. »Barolo. Heute ist Zahltag.«

Sie fummelte an der Anlage herum, während er das Gemüse und den Fisch auf den Tellern anrichtete und Knoblauch, geschmolzene Butter mit Ei und Bacon darüber verteilte.

»Ich dachte, du hättest nur die Version von Sinatra«, sagte Tove und drehte sich mit der CD-Hülle in der Hand herum.

»Wenn man so alt ist wie ich, dann erneuert man sich schließlich irgendwann, ohne sich zu erneuern.« Gunnarstranda rückte die Stühle zurecht.

»Und du ermittelst wieder in dem Mordfall?«

»Vorläufig nicht.«

»Cut the crap, copper.«

»Das gewöhnliche Klagelied. Keiner mag mich, und alle wollen mir was Böses.«

Sie grinste.

Er grinste zurück.

»Dass ich aus deinem Mund noch einmal ein solches Eingeständnis zu hören bekomme! Glaubst du, dass sie dich wieder dazuholen?«

»Bitte, guten Appetit.«

»Nun sag schon«, bat sie ungeduldig.

Er trank einen Schluck Wein. Faltete die Hände und dachte nach. Schließlich griff er nach Messer und Gabel und sagte: »Kann mir eigentlich nichts anderes vorstellen.«

Sie lächelte schief. »Am I right – or am I right?«

Sie wechselten einen Blick und stießen an.

Er sagte: »Lass uns über etwas anderes reden.«

»Nicht sofort. Weißt du, dieser rettende Engel hier hat nämlich einen Beitrag zu deiner Arbeit.«

»Du?«

Sie nickte.

»Wieso?«

»Ich bin endlich darauf gekommen, woher ich den Namen kenne.«

»Welchen Namen?«

»Ivar Killi.«

Er legte Messer und Gabel auf dem Teller ab.

»Erinnerst du dich, dass ich einen Nachruf in *Aftenposten* veröffentlicht habe, als Elise gestorben war?«

Gunnarstranda nickte. Elise war eine Jugendfreundin von Tove, die in der Weihnachtszeit vor einem halben Jahr an einem Herzinfarkt gestorben war.

»Vielleicht erinnerst du dich auch daran, dass ich die Zeitungsseite aufgehoben habe?«

Er erinnerte sich nicht, nickte aber trotzdem.

»Sie hat bei mir auf der Arbeit in der Schreibtischschublade gelegen. Ich habe sie gefunden und gedacht, ich sollte sie mal mit nach Hause nehmen, und da musste ich ja ein bisschen in Erinnerungen schwelgen und lesen, was ich geschrieben hatte, und – ja, und dann sah ich, dass an dem Tag im Januar drei Nachrufe in der Zeitung standen. Der eine war von Ivar Killi.«

Gunnarstranda genehmigte sich einen weiteren Schluck Wein.

»Willst du ihn vielleicht lesen?«

Er nickte wieder.

Sie sagte: »Dann bin ich fertig. Wir können über etwas anderes reden.«

Er hob resigniert die Arme. »Wenn man den Job, das Wetter, die neusten Schlagzeilen und das Fernsehprogramm vom letzten Freitag weglässt – was gibt es dann noch, worüber zwei erwachsene Menschen sprechen können?«

»Zum Beispiel frühere Ehepartner.«

Er schüttelte den Kopf. »Tabu.«

»Deine ja, aber meiner nicht. Ich kann dir vom letzten Einfall meines lieben Exmannes berichten: das Projekt Geisterkleider. Er und ich haben heute fast eine ganze Stunde darüber diskutiert. Torsteins Ausgangshypothese ist nämlich, dass Gespenster – Leute, die spuken – das aufgrund einer Lebensenergie tun, die niemals stirbt und so weiter, also dass es die *Seele* oder die *Energie* der Leute ist, die keine Ruhe findet. Nun fragt sich Torstein, wie es sich mit den Kleidern der Seele verhält. Kleider, sagte er, sind ja tote Objekte, seelenlos. Alle, die meinen, ein Gespenst gesehen zu haben, haben es ja mit Kleidern gesehen. Eine schwarz gekleidete Frau, ein Mönch in einer Kutte und so weiter. Torstein fragt sich nun, was der Kleiderkode ist. Warum werden Gespenster niemals im Bikini oder in Herrenunterhosen beobachtet? Warum sieht man Gespenster niemals nackt? Wenn Gespenster Kleider tragen, müssten es dann nicht die Kleider sein, die sie in dem Moment trugen, als sie eingeschlafen sind? Aber laufen Gespenster in Pyjamas herum? Nein. Es sind Männer in Loden, feine Damen in französischem Chiffon und Mönche in langen Kutten. Er nimmt das Ganze unheimlich ernst.«

»Gespenster in Pyjamas«, murmelte Gunnarstranda. »Und er war nüchtern?«

Sie grinste. »Das habe ich nicht behauptet.«

Sie stießen wieder an.

»Weißt du was?«, fragte sie.

»Nein.«

»Deine Anlage ist stumm.« Sie stand auf und ging hinüber.

»Spiel Nummer vierzehn«, sagte Gunnarstranda und leerte sein Glas.

»Wie ist der Titel?«

»It's great to be alive«, sagte Gunnarstranda und setzte sein Glas ab.

40

Als Frank Frølich aufwachte, zeigte die Uhr auf seinem Nachttisch kurz nach drei Uhr nachts. Es war das Telefon. Er blieb liegen und betrachtete den Telefonanschluss, während das Telefon weiterklingelte. Wenn er den Anschluss herauszog, musste er aufstehen, und wenn er aufstand, würde er noch wacher. Und hinterher daliegen und sich fragen, wer wohl angerufen hatte. Und dann würde er nicht wieder einschlafen können. Aber das war egal. Er war sowieso schon viel zu wach, auch wenn es jetzt zu klingeln aufhörte. Also streckte er den Arm aus und nahm den Hörer ab.

»Ist da bei Frølich?«

»Ja.«

»Hier ist die Bar vom *Summit*, sie müssen kommen und Ihre –«

»Sie ist nicht meine Frau.«

Es wurde still. Frølich drehte sich langsam auf den Rücken.

»Woher wissen Sie das, bevor ich Ihnen gesagt habe, wie sie heißt und wie sie aussieht?«

»Weil ich nicht verheiratet bin.«

Es waren zwanzig Minuten vergangen, als Frølich Gunnarstranda anrief.

Es klingelte drei Mal, bevor der Hörer mit einem scheppernden Laut abgenommen wurde. Die Stimme am anderen Ende war heiser und schläfrig: »Bitte … fassen Sie sich kurz.«

»Was glaubst du, wie ich das hier genieße«, sagte Frølich grinsend. Er räkelte sich im Bett. »Ich rufe mitten in der Nacht einen Untergebenen an. Kommt dir die Situation irgendwie bekannt vor?«

»Was willst du?«

»Das Büro für Vermisstenfälle braucht einen Mann, der sich um eine verzweifelte Frau kümmert, die gerade im SAS-Hotel aufgegriffen wurde. Sie hat in der Bar eine Menge Ärger gemacht und ist reif für die Ausnüchterungszelle. Aber da sie Fride Welhaven heißt und sich in der uns bekannten Lebenssituation befindet, ist diese Zelle möglicherweise nicht die richtige Lösung. Außerdem ist es so, dass sie sich weigert, mit irgendeinem anderen Menschen als einem kleinen Bullen mit Halbglatze und Brille zu sprechen. Soll ich die Wache anrufen und sagen, dass du kommst, oder rufst du selber an?«

Die Tür des Untersuchungsgefängnisses schlug mit einem Knall zu. Gunnarstranda nickte den drei Frauen am Empfang zu. »So früh auf den Beinen, Gunnarstranda?«

»Viertel vor fünf? Ist das früh? Ich dachte, alle gesunden Menschen fangen um vier Uhr mit fünfzig Kniebeugen an.«

»Schaff dir eine Frau an, Gunnarstranda, dann kannst du den Morgen besser darauf verwenden, dein Hüftgelenk zu beugen.«

Ihr Lachen verfolgte ihn, durch die Schleuse und weiter bis zu den Zellentüren.

Vor der letzten Tür stand ein Paar Schuhe mit hohen Absätzen. Er blieb stehen und sah durch den venezianischen Spiegel. Fride Welhaven saß in einem kurzen Rock, mit aufgerissener Bluse an die Wand gelehnt auf dem Fußboden, das Gesicht zwischen den Knien vergraben. Er öffnete die Zellentür. Es roch nach Erbrochenem und Alkohol. Sie hob den Kopf, blieb aber sitzen. Verknautschtes Gesicht, verschmierte Schminke.

Sie sahen sich lange an. Schließlich fragte sie: »Muss ich hier sein?«

»Das kommt darauf an.«

Ihr Kopf sank wieder zwischen die Knie.

»Mögen Sie mir erzählen, was passiert ist?«, fragte er.

Die Statoil-Tankstelle in Grønland hatte geöffnet. Gunnarstranda hielt vor dem Eingang und stieg aus. »Warten Sie hier.«

Er kaufte einen doppelten Espresso für sich und ein Stück Pizza für sie. Außerdem packte er noch zwei halbe Flaschen Cola ein.

Sie war eingeschlafen, als er sich wieder in den Wagen hievte.

Als er ihr auf die Schulter schlug, zuckte sie zusammen.

»Hier, essen Sie!«

Sie nahm einen Bissen, kaute. Biss noch einmal ab. Ließ die Hand mit der Pizza in den Schoß sinken. »Eigentlich habe ich nur einen verdammten Durst.«

Er reichte ihr die eine Colaflasche.

Sie drehte den Verschluss ab. Trank. Schraubte die Kappe wieder drauf und sah aus dem Fenster. »Was machen wir jetzt?«

»Reden«, sagte er.

Er fuhr sie nach Hause. Blieb im Wagen sitzen und sah zu, wie sie durch die Haustür hineinging. Sah, dass sich die Tür hinter ihr schloss. Blieb im Wagen sitzen und notierte sich die wichtigsten Punkte, bevor er wieder ins Präsidium zurückfuhr. Mittlerweile war es halb neun. Er war müde, spürte einen Druck hinter den Augen. Vibeke

Starum war nicht da. Er ging die Korridore entlang und suchte nach ihr. Holte sich noch einen Becher Kaffee aus dem Automaten. Ging im Kontrollraum vorbei und schaltete den Monitor ein. Vibeke Starum führte ein neues Verhör mit Veronika Lange durch. Das Mädchen mit der Kapuze. Klein, dünn und zusammengesunken. Gunnarstranda schlürfte seinen Kaffee und betrachtete die Szene. Er sah wieder auf die Uhr. Rindal müsste gekommen sein.

41

Abteilungsleiter Rindal hatte an diesem Morgen Magenschmerzen gehabt, bevor er aufstand. Die Schmerzen hatten nur einen Grund: Ihm graute davor, den ballistischen Bericht zu lesen. Er hatte Angst davor, zu erfahren, welche Rolle Petter Bull tatsächlich im Zusammenhang mit Ivar Killis Tod zukam. Jetzt saß er an seinem Schreibtisch und las den Bericht, während es in seinem Bauch grummelte und pfiff. Viele Fotos und Zahlenmaterial in den Anlagen. Die Schlussfolgerung hingegen war einfach. Ivar Killi und Darak Fares waren mit derselben Waffe getötet worden. Die Mordwaffe war der Revolver, der bei dem Gebrauchtwarenhändler Mustafa Halal beschlagnahmt worden war. Petter Bulls TC war *nicht* die Mordwaffe.

Rindal atmete auf. Nicht einmal als er las, auf welchen Namen die Mordwaffe registriert war, spürte er Schmerzen im Bauch. Er legte die Papiere weg, als Gunnarstranda zur Tür hereinsah.

»Was willst du?«

»Es brennt ein Licht in der Nacht«, zitierte Gunnarstranda.

Rindal saß da und dachte nach.

Gunnarstranda nutzte die Gelegenheit, um hereinzukommen und die Tür hinter sich zu schließen.

»Gib mir einen Tipp«, sagte Rindal schließlich.

»1986.«

Rindals Gesicht erstrahlte in einem schrägen Hackman-Lächeln: »Der Palme-Mord. Hans Holmérs Antwort auf der Pressekonferenz.«

Gunnarstranda nickte anerkennend. »Ein Punkt für dich.«

Rindal realisierte erst jetzt, dass Gunnarstranda in seinem Büro war und die Tür hinter sich geschlossen hatte. »Was willst du?«, brummte er ärgerlich.

Gunnarstranda nahm Platz und räusperte sich. »Du erinnerst dich vielleicht, dass ich von einem Zusammenhang zwischen dem Fall Killi und dem von diesem Anwalt gesprochen habe, der verschwunden war?«

Rindal nickte.

»Ich dachte, ich informiere dich mal, was ich herausgefunden habe.«

Rindal betrachtete ihn verkniffen und ärgerlich von der Seite. »Der Fall Welhaven ist abgeschlossen. Der halbe Polizeistab schwitzt Blut und Wasser, weil einer unserer Kollegen mit seiner eigenen Waffe erschossen wurde. Was hast du –«

»Mit seiner eigenen Waffe?«, unterbrach ihn Gunnarstranda.

Rindal sah ihn an. »Die Waffe, die deinem Hehler angeboten wurde, ist auf Ivar Killi zugelassen. Und es ist die Mordwaffe.«

Gunnarstranda schwieg nachdenklich.

»Du und der Hehler, ihr habt also gute Arbeit geleistet«, sagte Rindal ärgerlich. »Jetzt hast du mich dazu gebracht, es zu sagen, und das war's. Du bist gekommen, um mich über irgendetwas zu informieren. Ist das, was du sagen willst, für ungeklärte Fälle mit hoher Priorität relevant?«

Gunnarstranda dachte nach, bevor er antwortete. »Keine Ahnung.«

»Diese Art von Briefing bedeutet also, dass ich meine Zeit vergeude?«

»Meine Information wird uns Aufschluss darüber geben, was Killi vor seinem Tod getan oder auch gelassen hat.«

Eine Weile betrachteten sie sich abschätzend, dann atmete Rindal schwer und langsam aus. »Na los«, seufzte er. »Erzähl mir, warum Killi Welhaven beschattet hat.«

»Killi hat allen möglichen Dreck gesammelt, den der Anwalt am Stecken hat.« Gunnarstranda holte ein zerknittertes Stück Zeitung aus seiner Jackentasche und legte es auf den Tisch. Strich es glatt. Fuhr sorgfältig über jede Falte und schob es seinem Gegenüber über den Tisch.

»Was ist das?« Rindal nickte in Richtung Zeitungsausschnitt.

»Ein Nachruf, von Ivar Killi.«

»Und wer ist gestorben?«

»Sein Vater. Der Mann war Erfinder. Hatte mehrere Patente auf solchen Spielkram für Handys und anderen elektronischen Schnickschnack. Hatte eine eigene Firma. Die auch verdammt gut lief. War außerdem ein richtiger Biofreak. Ernährte sich ökologisch und machte Wanderungen durch Wald und Feld – kannst du alles Killis Nachruf entnehmen. Ist jeden Tag zur Arbeit geradelt. Und dann wird er eines Tages angefahren – am Advokat Dehlis Plass, nicht weit von meiner Wohnung entfernt. Fahrrad gegen Lastwagen. Peng. Nach einem längeren Krankenhausaufenthalt war der Mann vom Hals abwärts gelähmt und hatte einen dauerhaften Hirnschaden. Er musste gefüttert werden, trug Windeln, saß im Rollstuhl und konnte nicht sprechen. Seine Erfindereigenschaften waren bedeutend reduziert, milde ausgedrückt. Seine Frau kam mit einem Anwalt ins Gespräch, der der Familie vormachte, sie könnten einen riesigen Schadenersatz vom Unfallverursacher bekommen. Und nun darfst du raten.«

»Raten?«

»Mit welchem Anwalt die Frau verhandelt hat.«

»Welhaven?«

Gunnarstranda nickte. »Der Stundenlohn stand in angemessenem Verhältnis zur Höhe des zu erwartenden Schadenersatzbetrags. Welhaven hat ungeheuerliche Gagen verlangt. Die Frau und der Sohn haben einen Kredit aufgenommen, um ihn zu bezahlen.«

»Und wie ist die Sache ausgegangen?«

»Den Bach runter. Die Versicherungsgesellschaft hatte Zeugen des Unfalls ausfindig gemacht. Die waren sich in zwei Dingen einig: Erstens war der Alte auf der linken Straßenseite gefahren – hatte also gegen die Verkehrsregeln verstoßen. Außerdem sei er dem Lastwagen direkt vor den Kühler gefahren. Ein Zeuge meinte, der Radfahrer sei auf den Lastwagen draufgefahren und nicht umgekehrt. Und der Alte fuhr ohne Helm – nein, ganz im Ernst – das wurde als wichtiges Moment angeführt. Schlussfolgerung: Der Fahrer war nicht unachtsam gewesen und konnte für das Geschehene nicht verantwortlich gemacht werden. Der Betrag, der dem Erfinder erstattet wurde, reichte vielleicht für das Busticket nach Hause – aber nicht, um den Verlust von Einkommen, Renten und die Zinsen für den Kredit oder für das Anwaltshonorar und *angefallene Gerichtskosten* zu decken.«

»Toller Anwalt.«

»Das kannst du laut sagen«, sagte Gunnarstranda lächelnd. »Und ich bin noch nicht einmal bei der Pointe angekommen. Das Sahnehäubchen ist nämlich, dass der Sohn des Opfers, Ivar Killi, gut mit dem Sohn des Anwalts, Marius Welhaven, befreundet war. Sie haben sich gleichzeitig für die Polizeischule beworben. Marius Welhaven ist abgesprungen, zum Militär gegangen und hat da Karriere gemacht, zum Schluss beim Telemark Bataillon.«

Endlich zeigte Rindal Interesse. »Womit kannst du belegen, dass die beiden befreundet waren?«

»Seine Schwester, Fride Welhaven, hat es mir vor weniger als einer Stunde erzählt.«

Rindal wollte mehr hören.

»Frølich ist ein guter Polizist«, sagte Gunnarstranda plötzlich. »Als wir darüber diskutiert haben, wie wahrscheinlich es ist, dass sich Welhaven das Leben genommen hat, fehlte ihm das auslösende Ereignis. Die ganze Sache mit dem Selbstmord ist völlig verrückt. Natürlich hat Welhaven getrauert. Erst verliert er seine Frau und dann plötzlich auch seinen Sohn. Er soll sehr deprimiert gewesen sein, aber ihm und seiner Tochter ging es sonst angeblich gut. Die Frage war also, was seine Situation so plötzlich verändert hat, warum er diesen Schritt tat, ohne dass seine Tochter irgendetwas davon ahnte. Aber dann fiel der Tochter ein, dass ihr Vater ein Päckchen vom Militär bekommen hatte, kurz bevor er verschwand.«

Das Telefon auf Rindals Schreibtisch klingelte. Gunnarstranda hielt inne. Rindal hob den Hörer ein paar Zentimeter an, warf ihn wieder auf die Gabel und gab Gunnarstranda ein Zeichen, dass er fortfahren solle.

»Als sie jetzt in seiner Wohnung aufräumen wollte, hat sie die Sachen gefunden. Der Inhalt des Pakets waren die persönlichen Gegenstände ihres Bruders, aus Afghanistan. Darunter befand sich auch ein Brief an ihren Vater. Der Umschlag war geöffnet. Der Vater hatte den Brief gelesen, der niemals versandt worden war. Der Sohn hatte ihn am Abend vor seinem Tod geschrieben. Fride Welhaven hat den Brief auch gelesen. Es war offenbar erschütternd. Danach betrank sie sich und landete in unserer Ausnüchterungszelle.«

»Ich gehe davon aus, dass du den Brief auch gelesen hast?«, fragte Rindal.

Gunnarstranda nickte.

»Der Sohn hatte von Ivar Killis Tragödie erfahren und

seinem Vater heftige Vorwürfe gemacht. Als der Vater den Brief mit den Anklagen seines Sohnes las, war der Junge schon seit Wochen tot.«

Sie sahen sich an.

»Unmöglich, Lügen mit Lügen zu begegnen«, sagte Gunnarstranda.

»Was?«

»Welhaven war schachmatt. Unmöglich, zu lügen. Unmöglich, den Schaden wiedergutzumachen – oder seine Version des Geschehenen zu vermitteln. Der Sohn war tot, als der Vater den Brief bekam. Das muss zu viel für Welhaven gewesen sein. Schließlich war er ja schon seit Monaten depressiv. Am selben Abend verschwindet er und macht es wie Ibsens Rosmer.«

Rindal runzelte fragend die Stirn.

»Stürzt sich den Wasserfall hinunter.«

Rindal saß nachdenklich da. »Schön und gut«, sagte er schließlich, »aber der Fall Welhaven liegt auf Eis.«

»Ich meine, das ist zu früh.«

Rindal dachte immer noch nach.

Gunnarstranda ergriff die Chance: »Es ist sicher, dass Ivar Killi Welhaven beobachtet und einiges herausgefunden hat. Zum Beispiel, dass der Anwalt krumme Geschäfte laufen hatte. Ich habe mir mal die Mühe gemacht, Welhavens Vorstrafenregister zu sichten. Offiziell hat er nur einen einzigen Fleck auf der Weste. Eine Anzeige von der *Freien Gerichtshilfe.* Die hatten einen Tipp bekommen, nämlich dass er sowohl von ihnen Geld bekommen hatte als auch von Klienten – für den gleichen Fall. Ich habe mit ihnen telefoniert. Der Tipp kam anonym, und die Sache wurde als so ernst eingestuft, dass sie gezwungen waren, ihn daraufhin anzuzeigen. Ich glaube, Killi hat ihnen den Tipp gegeben, und ich glaube, er hätte sie auch mit Beweisen versorgt.«

Rindals Gesichtszüge verhärteten sich. »Du sprichst über einen toten Polizisten. Kannst du das alles belegen?«

»Ich weiß, dass jemand Welhaven erpresst hat, und es gibt nicht viele Kandidaten, die dafür in Frage kommen.«

»Gunnarstranda, wenn das hier ein Teil deiner persönlichen Abrechnung mit Killi ist, dann –«

»Killi hat der Freien Gerichtshilfe den Tipp gegeben, um Welhaven zu zeigen, dass er es ernst meinte und bereit war, noch mehr belastende Informationen auf den Tisch zu legen. Das hat dazu geführt, dass Welhaven Aktien verkauft hat. Er hat sogar den Safe in einer Kneipe aufgebrochen, um genügend Geld zusammenzukriegen. Kurz bevor er starb, hat er mehrere Millionen Kronen auf ein Konto auf den Bermudas überwiesen.«

Rindals Blick war noch immer streng. »Warum willst du einen toten Bullen in eine Verschwörung um Geld und Steuerparadiese verwickeln? Was du da ausgegraben hast, sind ganz normale dreckige Geschäfte von korrupten Anwälten – Welhaven hat das Geld bestimmt auf ein eigenes Konto überwiesen.«

»Es war nicht sein Konto.«

»Woher weißt du das?«

»Ich habe es mit Leuten durchgecheckt, die was davon verstehen. Alle sagen, dass es idiotisch gewesen wäre, wenn Welhaven sich selbst Geld überwiesen hätte. Die Rechnung geht nur dann auf, wenn das Konto jemand anderem gehört, der Welhaven erpresst hat. Höchstwahrscheinlich wusste Welhaven gar nicht, wer der Erpresser war.«

»Wenn jemand es geschafft hat, diesen Anwalt zu erpressen, dann muss er etwas *sehr* Schwerwiegendes getan haben. Doppelte Buchführung mit der Freien Gerichtshilfe – das ist eine Bagatelle.«

»Killi hat garantiert einen Trumpf auf der Hand gehabt«, sagte Gunnarstranda.

»Was hat er herausgefunden?«

»Das weiß ich nicht – noch nicht.«

Rindal sah Gunnarstranda lange an. Schließlich holte er tief Luft und atmete langsam aus.

»Das weißt du noch nicht.« Er holte noch einmal gefährlich tief Luft und fragte dann mit gedämpfter Stimme: »Korrigiere mich, wenn ich etwas missverstanden habe. Aber du kannst nicht beweisen, dass das Konto auf den Bermudas Killi gehört?«

»Die Bank gibt die Information nur bei Verdacht auf terroristische Aktionen preis. Niemand wird herausbekommen, wem das Konto auf den Bermudas gehört, wenn wir nicht Beweise beim Inhaber finden. Ich bin sicher, es gibt irgendwo in Killis Hinterlassenschaft Beweise dafür, dass ihm dieses Konto auf den Bermudas gehört.«

»Das sind deine Phantasien.« Rindal streckte einen Arm aus und betrachtete seine Armbanduhr, um zu signalisieren, wie bereit er war, das Gespräch zu beenden. »Wir sitzen hier und vergeuden unsere Zeit.«

Gunnarstranda sagte: »Es ist natürlich möglich, dass Ivar Killi Welhaven aus ganz unschuldigen Gründen beschattet hat. Aber diese Informationen haben sich während meiner völlig legitimen Untersuchungen ergeben, und ich muss alles in meine Berichte einbeziehen. Kannst du, als Leiter der Ermittlungen oder als Killis Vorgesetzter, diese Fakten einfach ignorieren?«

Rindal saß stumm und mit zusammengebissenen Zähnen da.

»Eines habe ich noch vergessen zu sagen«, sagte Gunnarstranda. »Ich habe noch eine Information, die dich im Fall Killi einen großen Schritt weiterbringen wird.«

»Spuck's aus.«

Gunnarstranda zögerte.

Jetzt wurde Rindal wütend. Er knallte seine große

Faust auf den Tisch. »Es ist deine verdammte Pflicht, jede Information weiterzugeben, die die Ermittlungen voranbringen kann!«

»Ich habe Informationen. Aber du bekommst sie nicht umsonst.«

»Nein«, brüllte Rindal, sodass es von den Wänden widerhallte. »Die Antwort ist NEIN. Du wirst einen Scheißdreck mit den Ermittlungen im Mordfall Killi zu tun haben! Einen Scheißdreck!«

Gunnarstranda hob resigniert die Arme.

»Ist das klar?«

Gunnarstranda antwortete nicht.

»Und du hast alles, was du weißt, weiterzugeben, du hast verdammt noch mal einen Job, der verpflichtet?«

Das letzte Wort erstarb in einem Flüstern. Rindal setzte sich in seinem Stuhl gerade hin. Er hatte sich den Hals trocken geschrien und musste husten. Tränen traten ihm in die Augen, und er hustete wieder. Die Adern an seiner Stirn waren bis zum Platzen angeschwollen. Er versuchte, den obersten Knopf seiner Uniformjacke zu öffnen, zerrte an seinem Schlips und drehte den Kopf hin und her.

Gunnarstranda sah die Ähnlichkeit mit Hackman und versuchte sich an den Namen des Films zu erinnern, an den er denken musste.

Aber Rindal simulierte nicht. Er stand mit einem Ruck auf, riss sich den Schlips vom Hals und hustete wieder.

»Geht's dir nicht gut?«, fragte Gunnarstranda.

Rindal stolperte zur Tür hinaus, die weit offen stehen blieb. Gunnarstranda stand auf, ging zur Tür und sah, wie Rindal zur Toilette wankte. Gunnarstranda ging ihm nach und fand ihn über das Waschbecken gebeugt, wo er Wasser aus dem Hahn schlürfte und sich dann das Gesicht mit

Papiertüchern abwischte. Er atmete schwer aus und stützte sich gegen die Wand, seufzte und rang wieder nach Luft. Als er sprach, war seine Stimme kaum zu hören: »Dieses Gebäude ist verdammt noch mal nicht groß genug für uns beide.« Er riss mehrere Papiertücher ab und presste sie vor sein Gesicht. »Entweder du oder ich, Gunnarstranda. Aber ich habe nicht vor, dir die Freude zu bereiten, mich im Dienst sterben zu sehen.«

Rindal wankte zurück in sein Büro, Gunnarstranda stapfte ihm nachdenklich hinterher. Sie setzten sich wieder auf ihre Plätze. »Waren wir nicht fertig?«, fragte Rindal müde.

»Da war noch diese Spur.«

Rindal seufzte. »Die du nicht kostenlos preisgeben wolltest.«

»Du weißt, wie das ist. Frølich läuft weg und versteckt sich, sobald er mich sieht. Und ich werde in diesen Mordfall verwickelt, egal, wohin ich mich drehe und wende. Wenn nicht Starum mich nach etwas fragt, dann jemand anders. Ist das richtig, dass ich hier mein Gehalt dafür beziehe, Lottoscheine auszufüllen – während ich in Wirklichkeit heimlich für dich an dem Fall arbeite?«

Rindal holte tief Luft und blickte zur Decke, wie um dort Kraft zu tanken. Schließlich sagte er: »Ich schlage einen Deal vor. Was ich jetzt sage, bleibt ganz und gar unter uns! Und weiter wird nicht verhandelt. Es wird so sein, wie ich es dir jetzt sage: Du erzählst alles, was du weißt. Wenn das, was du zu sagen hast, die Ermittlungen weiterbringt, werde ich über deinen Wunsch nachdenken. Dann werde ich, sobald ich darüber nachgedacht habe, bezüglich deiner zukünftigen Rolle in diesem Fall auf dich zukommen.«

Gunnarstranda stand auf und streckte seine rechte Hand aus. Rindal ergriff sie.

»Abgemacht«, sagte Gunnarstranda und räusperte sich. »Das Motiv für den Mord an Killi, das heißt jedenfalls ein Teil der Erklärung, findet sich im Fall Welhaven. Ich habe einen neuen Link, der Welhaven nicht nur mit Ivar Killi, sondern auch mit dem Mädchen auf dem Foto, Veronika Lange, in Verbindung bringt. Es gibt da jemanden, den sie beide kennen. Eine Frau. Die Psychologin, die das Mädchen wenige Stunden nach Killis Tod in die geschlossene Psychiatrie eingewiesen hat. Sie heißt Maria Hoff und hat auch eine private Praxis. Arne Werner Welhaven war seit zwei Jahren ihr Patient.«

Rindal starrte unbeweglich über den Tisch.

»Und du hast noch nicht angefangen, die Spur mit dem ›Konto auf den Bermudas‹ zu verfolgen«, sagte Gunnarstranda grinsend auf dem Weg zur Tür.

42

Nachdem Gunnarstranda Rindals Büro verlassen hatte, nahm er den Fahrstuhl zur Asservatenstelle. Svenaas hatte die Füße auf den Tisch gelegt und spielte mit einem Kugelschreiber. Gunnarstranda blieb vor dem Tresen stehen, bis Svenaas ihn bemerkte, die Füße vom Tisch nahm und seinen Stuhl herumdrehte. »Ich sammle Kugelschreiber«, sagte er und wedelte mit dem Stift. »Ich habe schon über vierhundert. Die Schwierigkeit ist, eine richtig gute Sammlung anzulegen. Frage mich, ob ich dickes Papier oder eine Art Pappe verwenden soll und jeden Stift auf einem Blatt ausstellen, damit alle zu ihrem Recht kommen. Es ist gar nicht leicht, die Stifte auf dem Blatt zu befestigen. Ich dachte mir, ich nehme eine Art Gummiband-System oder eine Art von Clips – ich sehe es dir an, du fragst dich, ob es so viele Arten von Kugelschreibern gibt, ob es genug unterschiedliche Varianten gibt, stimmt's? Das kann ich dir versprechen. Man kann Kugelschreiber beispielsweise nach der Marke ordnen, von Bic bis Ballograf, oder man kann sie nach ihrem Design systematisieren, dick, dünn, mit oder ohne Clip oder reine *Torpedos*, dann hast du die Technologie, Federsystem, Schraubsystem, also mit oder ohne Klick, mit dem Druckknopf seitlich oder oben, und dann gibt es ja eine Anzahl von Systemen, was die Reklame angeht, Hotels, Reklamebüros, Kommunalbehörden und was weiß ich alles. Man kann alle möglichen Sorten von Kugelschreibern sammeln, bis man umfällt, Mann.«

Svenaas holte Luft, und Gunnarstranda fragte blitzschnell: »Das Handy von Darak Fares, das hast du sicher für Vibeke Starum überprüft, oder?«

Svenaas sah schwermütig zu ihm auf. »Ich habe noch drei Jahre bis zur Pensionierung, Gunnarstranda. Ich will nicht meinen Job riskieren.«

»Keine Sorge, Svenaas. Ich bin wieder mit von der Partie. Komme gerade von Rindal!«

Svenaas sah skeptisch in Gunnarstrandas unschuldsblaue Augen. Er seufzte. Schließlich gab er nach. »Darak Fares hat mit dem Mädchen telefoniert, mit Veronika Lange.«

»Wann?«

»Um zehn Uhr abends. Zweieinhalb Stunden bevor Killi erschossen wurde. Danach wurde es erst um zehn nach halb zwölf wieder benutzt. Da hat er mit Sharif gesprochen.«

»Zwanzig vor zwölf?«

»Yes.«

»Sicher?«

»Warum sollte ich nicht sicher sein? Uhrzeiten werden elektronisch festgehalten.«

»Es ist nur, weil Khan und Sharif um zehn nach halb eins in Grønland aufliefen«, sagte Gunnarstranda nachdenklich. »Sie haben eine ganze Stunde gebraucht, vom Anruf bis zum Ankommen. Wir haben die ganze Zeit gedacht, Darak Fares hätte seine Kumpels später angerufen, als er Ärger mit der Serviererin bekommen hatte.«

»Da kann ich dir nicht weiterhelfen«, sagte Svenaas und begann wieder, mit dem Kugelschreiber zu spielen. Plötzlich lächelte er schief. »Aber Darak Fares hat Veronika Lange noch einmal angerufen«, sagte er.

»Wann?«

»Freitag, den 11. August. Am Tag, als er aus der U-Haft entlassen wurde.«

Gunnarstranda schwieg.

Nach einer Weile sagte Svenaas grinsend: »Na, Genie bei der Arbeit?«

Gunnarstranda kam wieder zu sich. »Starum hat Beweismaterial aus Petter Bulls Wohnung mitgebracht, oder?«

Svenaas nickte.

»Sie hat nach Ivar Killis PC gesucht. Hat sie ihn gefunden?«

Svenaas schüttelte den Kopf.

»Ich habe gehört, auf der Liste mit den Beweismitteln stand auch ein PC.«

»Das war ein Laptop, aber der gehörte nicht Ivar, sondern das war der von Petter Bull.«

Gunnarstranda betrachtete Svenaas lächelnd.

»Was ist?«

»Na komm schon«, lächelte Gunnarstranda. »Hol ihn her.«

Svenaas betrachtete den Bildschirm, während Gunnarstranda zum Telefon ging und Vibeke Starum anrief. Sie war im Büro. Er sagte: »Ich habe gesehen, dass Sie sich das Mädchen noch einmal vorgenommen haben.«

»Ja, und dabei ist viel Merkwürdiges rausgekommen. Sie hat sehr eigenartige Erklärungen abgegeben. Ein Lichtblick ist immerhin, sie gibt zu, am Samstagabend im *Asylet* gewesen zu sein.«

»Haben Sie gefragt, was Darak Fares wollte, als er sie an dem Tag, als er aus der U-Haft kam, angerufen hat?«

»Wer plaudert Ihnen solche Sachen aus?«, fragte Starum scharf.

»Ich bin unten bei der Asservatenstelle. Svenaas hat Spitzenarbeit geleistet.«

»Indem er Ihnen geheime Informationen weitergibt?«

»Etwas ganz anderes. Svenaas hat eine neue Serie von Bondage-Fotos gefunden, die Killi gemacht hat.«

»Wenn man eins gesehen hat, hat man alle gesehen, finde ich.«

»Aber das hier ist eine neue Frau«, sagte Gunnarstranda kurz.

»Ich komme.«

»Tun Sie das«, sagte Gunnarstranda und legte auf. Er drehte sich zum dröhnenden Drucker herum. Das Bild, das die Maschine ausspuckte, zeigte eine Frau, die an einen Sprossenstuhl gefesselt war. Sie trug lange Stiefel und sonst nichts. Ein Seil schnitt tief in ihre Brüste ein. Sie war Psychologin und hieß Maria Hoff.

43

Maria Hoff empfing sie in ihrem Büro in der Klinik, einem hellen und freundlichen Raum, dessen eine Wand von Kinderzeichnungen bedeckt war. Gelbe Sonnen und Strichmännchen zierten die Blätter, und *Für Maria* mit Buntstiften in mehr oder weniger wackliger Schrift.

Vor dem Fenster stand eine kleine Couch. Die zwei Beamten ließen sich darauf nieder. Maria Hoff schob ihren Bürostuhl herüber und setzte sich ihnen gegenüber.

»Wir wollen ganz offen zu Ihnen sein«, sagte Vibeke Starum.

Maria Hoff nickte. Sie hantierte mit einem Hebel unter der Sitzfläche und senkte sie ab.

»Die Polizei wird eine neue und unabhängige Überprüfung des Gesundheitszustands von Veronika Lange anordnen.«

Die Psychologin schien endlich zufrieden mit der Sitzhöhe. Sie fragte: »Ist es unverschämt zu fragen, weshalb?«

»Veronika hat Schwierigkeiten, der Polizei eine glaubwürdige Erklärung zu geben, wo sie sich vor und während der Zeit befand, in der Killi erschossen wurde. Die Polizei erwägt, Veronikas Status in dem Verfahren zu ändern. Im Zusammenhang damit erscheint es der Polizei auffällig, dass Sie das Mädchen, nur wenige Stunden nachdem Killi erschossen wurde, in diese Klinik eingewiesen haben. Wir möchten überprüfen, ob die psychiatrischen Sachverständigen des Gerichts Ihre Einschätzung und die des Jugendpsychiatrischen Teams teilen, auf deren Grundlage Veronika eingewiesen wurde. Darüber hinaus möchten wir ihren Zustand im Hinblick auf eine eventuelle Anzeige klären.«

Das Telefon auf dem Schreibtisch der Psychologin klingelte. Sie schielte hinüber.

»Veronika anzeigen? Für was?«

»Mord.«

Das Telefon klingelte noch immer. Beide Polizeibeamten beobachteten die Psychologin schweigend, bis das Telefon verstummte.

Vibeke Starum setzte sich gerade hin. Sie sagte: »Wir kommen mit der Absicht, ein polizeiliches Verhör mit Ihnen durchzuführen. Das heißt, wir werden Ihnen einige Fragen stellen. Sie können die Aussage jederzeit verweigern. Ihre Antworten werden in diesem Fall wie Zeugenaussagen behandelt und können jederzeit auch gegen Sie verwendet werden. Sie können also die Aussage verweigern. Aber das möchten wir jetzt wissen. Sollten Sie sie verweigern, wird auch das juristisch als Handlung betrachtet, die vor Gericht berücksichtigt wird. Haben Sie das verstanden?«

Maria Hoff nickte ernst.

»Sind Sie bereit auszusagen?«

Sie nickte wieder.

»Können wir dieses Verhör durchführen, ohne vom Telefon unterbrochen zu werden?«

»Es ist an einen Anrufbeantworter angeschlossen, wir können es einfach ignorieren.«

Vibeke Starum legte ihr kleines Aufnahmegerät auf den Tisch, schloss das Mikrofon an und fragte: »Also – was Veronikas Einweisung betrifft: Wann hat sie am Sonntag, dem 6. August Kontakt zu Ihnen aufgenommen?«

»Frühmorgens.«

»Uhrzeit?«

»Das weiß ich nicht mehr genau. Aber es muss um vier oder fünf Uhr gewesen sein.«

»Wo?«

»Bei mir zu Hause.«

»Per Telefon? Oder kam sie zu Ihnen?«

»Sie hat an der Tür geklingelt und mich geweckt.«

»Was wollte sie?«

Maria Hoff zuckte mit den Schultern: »Sie war ganz aufgelöst, brauchte Hilfe. Sie war in einem Zustand, der eine sofortige Einweisung erforderte.«

»Haben Sie Veronika gefragt, was passiert war?«

»Natürlich.«

»Und hat sie erzählt, was geschehen war?«

»Sie war nicht in der Lage, viel Vernünftiges zu sagen. Sie war … ja, Sie können gern Auszüge aus meinem Bericht lesen.«

»Sie haben zu einem früheren Zeitpunkt angegeben, dass Sie vermuten, sie hätte eine Vergewaltigung oder eine versuchte Vergewaltigung erlebt. Wie kamen Sie zu diesem Schluss?«

»Veronika ist schon früher Opfer von sexuellen Übergriffen gewesen. Es war offensichtlich, dass sie an diesem Morgen etwas Traumatisches erlebt hatte, etwas Belastendes, das ich aufgrund ihres Verhaltens und ihrer Antworten auf meine Fragen entsprechend gedeutet habe. Sie hat meinen Verdacht weitgehend bestätigt, als ich sie gefragt habe.«

»Und wann haben Sie sie eingewiesen?«

»Das muss gegen neun oder zehn Uhr gewesen sein.«

»Nachdem sie mit Ihnen Kontakt aufgenommen hatte, vergingen also vier bis fünf Stunden, bis Sie sie eingewiesen haben. Was geschah in dieser Zeit?«

»Ich habe mir ein Bild von ihrem Zustand gemacht. Das hat eine Weile gedauert. Ich musste zuerst versuchen, sie zu beruhigen. Wir haben etwas gegessen, und dann mussten wir ja auch noch hinfahren.«

»Sind Sie zusammen gefahren?«

»Ja. Mit meinem Auto.«

»Sie sind zur Notaufnahme der psychiatrischen Abteilung der Uniklinik Ullevål gefahren?«

»Nein, wir sind direkt hierhergefahren. Sie war hier schon früher Patientin, und ich hatte festgestellt, dass sie dringend eingewiesen werden musste. Es hätte keinen Sinn gehabt, irgendwelche Umwege zu machen, bevor sie hierherkam.«

»Sind Sie bei ihr zu Hause vorbeigefahren?«

»Nein.«

»Waren Sie bei ihrer Großmutter?«

»Ich weiß sehr wenig über ihre Familienverhältnisse.«

»Bitte seien Sie so freundlich, auf die Frage zu antworten.«

»Nein, ich glaube nicht.«

»Sie glauben?«

»Sie hat überhaupt nicht von ihrer Großmutter gesprochen.«

»Haben Sie unterwegs angehalten?«

»Ja.«

»In Ullevål Hageby?«

»Das ist möglich, ja.«

»Sie wissen nicht, wo Sie angehalten haben?«

»Ich kenne mich mit den Straßennamen hier nicht so gut aus. Ich komme nicht aus Oslo.«

»War es in der Nähe vom Ullevål Stadion?«

»Ja.«

»Ein rotes zweistöckiges Holzhaus?«

»Ja.«

»Sie kannten den Ort nicht, sind dort noch nie gewesen?«

»Nein.«

Vibeke Starum drehte sich zu Gunnarstranda um. Er schlug eine Mappe auf und nahm ein Blatt heraus. Es war eine Fotografie. Er reichte sie ihr.

»Kennen Sie die Person auf dem Bild?«, fragte Vibeke Starum.

Maria Hoff holte tief Luft. Sie errötete. »Das bin ich.«

»Sie erkennen sich auf diesem Bild?«

Sie nickte.

»Das Bild wurde in Ivar Killis Wohnung aufgenommen?«

»Ja.«

»Ivar Killis Wohnung ist unter der von Veronikas Großmutter. Sie sind also dort gewesen. Haben Sie das Haus nicht wiedererkannt, als Sie am Sonntagmorgen vor seiner Wohnung hielten?«

Maria Hoff schwieg.

»Bitte seien Sie so freundlich, auf die Frage zu antworten.«

»Doch, ich habe es wiedererkannt.«

»Als ich eben gefragt habe, haben Sie gesagt, Sie würden den Ort nicht kennen und seien dort auch noch nie gewesen. War das eine Lüge?«

»Ja, ich habe gelogen.«

»Warum haben Sie gelogen?«

»Ich schäme mich wegen der Bilder. Ich möchte möglichst nicht daran denken. Er hatte versprochen, sie zu vernichten. Nach der Nacht, in der die Fotos entstanden sind, wollte ich nichts mehr mit diesem Mann zu tun haben. Ich nehme an, dass meine vorherige Antwort automatisch kam, ausgelöst durch … dieses Unbehagen.«

»Warum haben Sie am Sonntagvormittag vor dem Haus gehalten?«

»Veronika wollte etwas holen, von ihrer Großmutter.«

»Also hat sie doch von ihrer Großmutter gesprochen?«

Maria Hoff schloss die Augen, bevor sie antwortete. »Nein, aber sie sagte, dass sie etwas holen wollte.«

»Und Sie deuten es so, dass sie etwas von ihrer Großmutter holen wollte, als sie vor Killis Wohnung hielten?«

»Ich weiß, ihre Großmutter wohnt über Killi, und ich habe gesehen, dass sie mit etwas zum Anziehen zurückkam.«

»Sind Sie ganz sicher?«

Maria Hoff schwieg lange, bevor sie sagte: »Ja, ich bin mir ganz sicher.«

»Sie haben also nicht gelogen, als Sie gerade behaupteten, dass sie nicht von ihrer Großmutter gesprochen hätte?«

»Nein, ich habe nicht gelogen.«

»Sie haben in diesem Verhör bereits einmal eingeräumt, gelogen zu haben. Warum sollten wir Ihnen jetzt glauben?«

»Ich bin nicht jemand, der lügt. Aber was spielt das für eine Rolle, ob wir über ihre Großmutter gesprochen haben oder nicht?«

»Eine Rolle spielt, ob Sie die Wahrheit sagen oder nicht. Wir erfassen die Grundlagen für Ihre Aussage. Sie wollen doch vor Gericht glaubwürdig erscheinen, oder?«

»Ja, das möchte ich.«

»Sind Sie in Killis Wohnung gegangen?«

»Nein.«

»Sie haben keine Gegenstände aus Killis Wohnung entfernt?«

»Ich habe gesagt, dass ich nicht hineingegangen bin!«

»Bitte seien Sie so freundlich, nur auf die Fragen zu antworten. Haben Sie einen oder mehrere Gegenstände aus Killis Wohnung entfernt?«

»Nein. Ich habe nichts entfernt. Ich war nicht in der Wohnung.«

»Wie haben Sie Killi kennen gelernt?«

Maria Hoff seufzte tief. »Das war die banalste Geschichte der Welt. Ich wurde von einem Mann angebaggert, der mehrere Absichten hatte, aber das habe ich anfangs nicht verstanden. Es war im *Odeon* an einem Freitag Ende April, Anfang Mai. Ich ging mit zu ihm. Es war spät in der Nacht, wir hatten eine … Party … und das Bild, das Sie mir gezeigt haben, war ein Teil davon, eine Art Rollenspiel zwischen ihm und mir – ein erotisches Spiel. Aber nach einer Weile kam heraus, dass dieser Mann an jemandem interessiert war, der bei mir in Therapie ist. Als mir das klar wurde, habe ich jede Verbindung zu ihm abgebrochen.«

»War Veronika die Patientin, an der er interessiert war?«

»Nein. Ich habe seitdem viel darüber nachgedacht und bin zu dem Schluss gekommen, dass Killi ein sehr rücksichtsloser Mensch war. Ich glaube, er hat seinen Kontakt zu Veronika dazu benutzt, Dinge über mich herauszufinden. Ich vermute es jedenfalls. Das ist die einzig sinnvolle Erklärung. Der Patient, an dem er interessiert war, war ein Rechtsanwalt, der sich vor kurzem das Leben genommen hat, Arne Werner Welhaven. Als ich Ivar Killi im *Odeon* traf, hatten wir ein Gespräch, das mir damals interessant erschien. Inzwischen habe ich erkannt, dass es sehr hinterhältig von ihm war. Es wirkte nur so besonders, weil er Dinge über mich zu wissen schien. Und ich bin ihm voll auf den Leim gegangen, habe das Gespräch als eine etwas … neue und andere Art zu flirten aufgefasst. Aber seitdem habe ich viel darüber nachgedacht, was er gesagt hat, und bin zu dem Schluss gekommen, dass Ivar Killi all diese Dinge von Veronika erfahren haben muss.«

»Wann haben Sie diese Zusammenhänge erkannt?«

»Wann?«

»Ja, Sie sprechen hier von verschiedenen Erkenntnissen. Sie haben herausgefunden, dass Killis Interesse, Sie kennen zu lernen, sich eigentlich auf einen Patienten bezog. Sie haben herausgefunden, dass er wahrscheinlich Veronika dazu benutzt hatte, Dinge über Sie herauszufinden.«

»Dass er an Welhaven interessiert war, habe ich in der Nacht bemerkt, in der wir uns kennen lernten. Ich habe danach jede Verbindung abgebrochen, bin nicht drangegangen, wenn er anrief – er hat das übrigens nur ein paar Mal getan. Ich habe die Sache abgehakt. Ich habe die Geschichte als eine Art … *incident* betrachtet, der einem in diesem Job passieren kann, shit happens, genauso wie Polizisten von Leuten, die sie treffen, manchmal nach vertraulichen Dingen gefragt werden. Dass Veronika das Bindeglied war, habe ich erst begriffen, als sie an dem Morgen, als wir auf dem Weg hierher waren, wollte, dass ich vor diesem Haus anhielt. Ich habe es wiedererkannt – ein sehr unangenehmes Aha-Erlebnis.«

»Warum ist es Ihnen so schwergefallen, die Wahrheit zu sagen, was diesen Zwischenstopp bei Veronikas Großmutter betrifft?«

Maria Hoff holte tief Luft. »Ich wusste nicht, dass ich mich zu dem albernen Foto äußern musste. Es ist in einer Situation entstanden, die von viel Alkohol und – anderen Faktoren geprägt war. Das Foto hat schließlich nichts mit Veronika zu tun.«

»Aber meine Frage hatte einen ganz sachlichen Hintergrund. Wie verlief der Transport von Ihrer Wohnung zur Klinik? Außerdem haben Sie eine wichtige Information weggelassen, die überhaupt nichts damit zu tun hatte, mit wem Sie vor mehreren Monaten Sex hatten.«

Maria Hoff blinzelte. »Trotzdem sah ich keinen Grund dafür, diese Dinge hier auszubreiten. Tut mir leid!«

»Als Veronika an dem Sonntagmorgen zu Ihnen kam, hatte sie da eine Waffe bei sich?«

»Eine Waffe?«

»Bitte seien Sie so freundlich und beantworten Sie die Frage.«

»Nein. Jedenfalls habe ich keine Waffe gesehen.«

»Könnte sie eine Waffe am Körper versteckt haben?«

»Sie hatte eine Tasche, aber in der Klinik wurde ihr alles abgenommen. Sie hatte keine Waffe dabei.«

»Und sie hat die Waffe nicht bei Ihnen zu Hause abgelegt, *bevor* Sie hierhergefahren sind?«

»Nein.«

»Kann es sein, dass sie die Waffe in Ihrer Wohnung oder Ihrem Auto gelassen oder mit hineingenommen hat, als sie ging, um *etwas* von ihrer Großmutter *zu holen*?«

»Keine Ahnung. Aber ich halte es für ausgesprochen unwahrscheinlich. Ich habe keine Waffe gesehen, weder an dem Tag noch später.«

»Kann es sein, dass sie Sie gebeten hat, bei ihrer Großmutter anzuhalten, weil sie dort etwas deponieren wollte?«

Maria Hoff dachte einen Moment nach, bevor sie antwortete. »Keine Ahnung.«

»Würde es Sie überraschen, wenn es so gewesen wäre?«

»Sehr. In dem Fall hätte sie mich total getäuscht, mich auf eine zynische Art benutzt. Das bezweifle ich.«

»Was lässt Sie daran zweifeln?«

»Ich fürchte, ich verstehe nicht, was Sie meinen.«

»Ist das so schwer zu verstehen? Sie zweifeln daran, dass Veronika Sie an dem Morgen benutzt und an der Nase herumgeführt hat. Warum zweifeln Sie daran?«

»Ich bezweifle, dass eine Patientin den Zustand, in dem Veronika sich an dem Morgen befunden hat, simulieren könnte.«

»Wann haben Sie Killi zuletzt gesehen?«

»Vor einigen Monaten. In der Nacht, in der die Bilder entstanden sind.«

»Kennen Sie eine Person mit dem Namen Darak Fares?«

»Nein.«

»Sagt Ihnen der Name etwas?«

»Ja, aus zwei Zusammenhängen. Sie haben ihn erwähnt, als wir das letzte Mal miteinander gesprochen haben, in der Klinik. Außerdem ist er im Rahmen von Veronikas Therapie gefallen. Sie hatte ein Verhältnis mit diesem Mann. Aber ich möchte nicht über Details aus ihrer Therapie sprechen, solange dafür keine richterliche Anordnung vorliegt.«

»In der Nacht zum Samstag, den 12. August, wurde Darak Fares erschossen. Können Sie der Vollständigkeit halber erklären, wo Sie in der Nacht zum 12. August waren?«

Maria Hoff überlegte einen Moment. »In der Nacht zum 12. August«, murmelte sie, drehte sich zum Schreibtisch und sah in einem Kalender nach. »Ich war zu Hause.«

»Kann das irgendjemand bestätigen?«

Sie nickte. »In der Nacht hatte ich Besuch von einem Polizisten. Sein Name ist Frank Frølich.«

Als sie zum Parkplatz zurückgingen, konnte Gunnarstranda sich das Grinsen nicht verkneifen.

Starum blieb gereizt stehen. »Was ist denn so ungemein komisch?«

»Frølich und sein lästiger Schwanz.«

»Sie finden das also komisch«, sagte Starum kalt. »Das ist überhaupt nicht komisch.«

»Dann eben nicht.«

»Irgendetwas an ihrer Erklärung stimmt nicht«, stellte Starum fest.

Gunnarstranda nickte. »Wenn sie in punkto Uhrzeit die Wahrheit gesagt hat, dann haben sie vor Killis Wohnung angehalten, *nachdem* ich dort weggefahren war und *bevor* Sie und ich zusammen dorthin zurückkamen. Als ich die Wohnung verließ, lag der Laptop auf dem Tisch. Als wir kamen, war er verschwunden.«

»Wer von den beiden hat den Rechner genommen? Das Mädchen oder die Psychologin?«

»Keine Ahnung. Aber ich bezweifle, dass das Mädchen das Video ins Internet gestellt hat.«

Vibeke Starum blieb nachdenklich stehen und sagte: »Sie meinen, derjenige, der das Video gemacht hat, hat Killis Computer benutzt?«

»Die Fotos und Filmausschnitte müssen ja irgendwo herkommen, und glauben Sie mir, die kommen von Killis Computer.«

Sie schlenderten langsam weiter zum Parkplatz. Starum war noch immer nicht ganz überzeugt. Sie sagte: »Aber das Foto von Maria Hoff haben wir auf Petter Bulls Rechner gefunden. Wenn Killi das Foto Bull gegeben hat, dann kann er ihm auch die Fotos von dem Mädchen gegeben haben – und Bull hat sie später gelöscht.«

»Petter Bull hat das Video nicht gemacht«, versicherte Gunnarstranda und fügte hinzu: »Petter hat es mit mir zusammen angesehen, und ich habe noch nie einen so entsetzten Polizisten gesehen.«

»Sie meinen also, die Psychologin hat Killis PC gestohlen?«, fragte Starum.

»Das wirkt am wahrscheinlichsten.«

»Warum sollte sie das getan haben?«

»Weil Killi tot war. Sie wollte kompromittierende Fotos von sich verschwinden lassen. Bei den Ermittlungen hätten wir früher oder später auch auf dem Rechner gesucht. Früher oder später hätten wir die Fotos gefunden.«

»Aber wie konnte die Psychologin wissen, dass Killi ermordet worden war? Hat das Mädchen es ihr erzählt?«

Gunnarstranda sagte achselzuckend: »Die Nachricht von einem ermordeten Polizisten auf dem Grønland Torg kam an dem Morgen ständig im Radio.«

»Aber es wurde kein Name genannt. Der Name wurde der Presse erst vier Tage später mitgeteilt.«

Sie schauten sich an.

Gunnarstranda sagte: »Hoff und das Mädchen sind in das Haus gegangen, und der Rechner wurde entfernt. Das einzig Neue, was inzwischen in der Welt geschehen war, war der Mord an Killi.«

Starum seufzte: »Wenn das Mädchen Maria Hoff von Killis Ermordung erzählt hat, dann haben wir gerade eine unglaublich gute Lügnerin in Aktion erlebt, die sich ganz schön tief in die Scheiße geritten hat.«

Sie sahen sich wieder an. »Ich glaube, wir stehen an einem der berüchtigten Kreuzwege«, sagte Gunnarstranda leise. »Das Ergebnis hängt völlig davon ab, was das Mädchen der Psychologin an dem Morgen erzählt hat.«

»Sie haben Recht, und wir sind endlich mal einer Meinung«, sagte Starum.

»Worüber?«

»Ich glaube, wir zweifeln beide gleichermaßen an Maria Hoffs Absicht, die Wahrheit zu sagen.«

Sie blieben nachdenklich stehen.

Es war Gunnarstranda, der das Schweigen brach. »Wenn Maria Hoff also den Film ins Netz gestellt und die

E-Mail geschickt hat«, sagte er nachdenklich, »dann frage ich mich, warum?«

»Ich weiß nicht warum, aber ich wette tausend Kronen darauf, dass sie es war.«

Gunnarstranda streckte einen knochigen Zeigefinger in die Luft.

»Was ist?«, fragte Vibeke Starum.

»Wie sind sie an dem Morgen in Killis Wohnung gekommen?«

»Das Mädchen hatte doch die Schlüssel.«

»Das weiß ich, aber woher hatte sie die Schlüssel?«

»Sie hat sie Killi abgenommen«, antwortete Vibeke Starum zögernd.

Sie sahen sich wieder an. Beiden war klar, welche Hypothesen das nahelegte.

»Wann?«, fragte Gunnarstranda herausfordernd.

Vibeke Starum zuckte mit den Schultern. »Um darüber zu spekulieren, ist es noch zu früh. Wir wissen nur, dass Killi die Schlüssel *nicht* bei sich hatte, als er gefunden wurde!«

»Wir wissen noch mehr.«

»Was denn?«

»Die Großmutter hat mir erzählt, dass Veronika einen Schlüssel hatte!«

Vibeke Starum schwieg. Sie schauten sich die ganze Zeit über das Autodach hinweg an.

»Ich habe sie gefragt«, sagte Gunnarstranda engagiert. »Ich habe sie gefragt, warum sie glaubte, Veronika hätte die Schlüssel gehabt. Sie sagte, Veronika sei in die Wohnung gegangen. Ich habe sie gefragt, wann das war, weil ich dachte, die Großmutter hätte sie am Sonntagmorgen reingehen sehen – nach dem Mord. Aber nein, die Großmutter meinte, Veronika wäre am Samstagnachmittag in Killis Wohnung gewesen. Sie beharrte darauf. Samstagnachmittag. *Sind Sie sicher?,* habe ich gefragt. Ja doch, sie hätte es gesehen, als sie die Post aus dem Briefkasten holte, und die hätte sie Samstagnachmittag geholt. Das Mädchen hatte die Schlüssel also schon, bevor Killi erschossen wurde.«

»Mist!«, fluchte Vibeke Starum. »Mist, Mist, Mist!«

Gunnarstranda grinste schelmisch wie ein Fuchs. »Warten Sie«, flüsterte er. »Das ist doch des Rätsels Lösung! Killi hatte keine Schlüssel bei sich, als er gefunden wurde. Und zwar, weil Veronika sie hatte. Aber sie hatte die Schlüssel schon vorher gestohlen oder geliehen. Sie ging in Killis Wohnung, als er weg war. Und weshalb? Natürlich, um etwas aus seiner Wohnung zu holen.«

»Die Pistole«, sagte Starum.

Sie sahen einander lange an.

»Und kurz vor elf geht Darak Fares in die Stadt, um *eine Waffe zu holen*«, ergänzte Gunnarstranda.

»Wir müssen Veronika noch einmal verhören«, folgerte Vibeke Starum.

»Warten Sie«, sagte Gunnarstranda scharf.

»Warten, worauf?«

»Es gibt da noch einige Unklarheiten. Gehen wir noch mal zurück zu Sonntagfrüh. Die Psychologin und das Mädchen fahren zur Klinik. Wir müssen davon ausgehen, dass das Mädchen völlig aufgelöst war. Die Psychologin will ihr Medikamente geben und eine Therapie anfangen. Dann halten sie unterwegs an – angeblich, damit das Mädchen saubere Klamotten und eine Zahnbürste mitnehmen kann. Aber wir wissen, dass sie Killis Schlüssel dazu benutzt hat, in seine Wohnung zu kommen. Der PC wird entwendet. Irgendetwas stimmt an der Szene überhaupt nicht. Wir reden hier über eine Therapeutin und ihre Patientin. Die Patientin schließt die Tür auf, die Therapeutin stiehlt den Computer …« Gunnarstranda schwieg einige Sekunden, bevor er fortfuhr: »Maria Hoff hätte den Diebstahl unmöglich vor Veronika verheimlichen können. Was hat sie dem Mädchen gesagt?«

»Vielleicht haben sie gemeinsame Sache gemacht!«, schlug Vibeke Starum vor.

Gunnarstranda verzog zweifelnd das Gesicht. »Ob die Therapeutin das allein gemacht hat oder ob die beiden es zusammen gemacht haben, kommt eigentlich auf dasselbe raus. Der entscheidende Punkt ist, dass das Mädchen *mitgekriegt haben muss,* was geschah. Das macht die Sache kompliziert. Worüber haben sich die beiden unterhalten?«

»Das Mädchen kann den Rechner genommen und Maria Hoff darum gebeten haben, ihn für sie aufzubewahren.«

»Weshalb?«

»Sie wollte verhindern, dass die Polizei eine Verbindung zwischen ihr und Killi herstellt.«

Gunnarstranda schüttelte den Kopf. »Dagegen sprechen mehrere Dinge: Die Verbindung zwischen Killi und dem Mädchen wäre früher oder später auch auf anderem Wege herausgekommen, zum Beispiel durch die Großmutter. Ein solches Verhalten würde außerdem bedeuten, dass das Mädchen an dem Morgen kalt und berechnend gehandelt hätte. Das konnte sie aller Wahrscheinlichkeit nach nicht – sie war durcheinander und sollte eingewiesen werden. Maria Hoff hätte den Diebstahl nicht geduldet, wenn sie nicht selbst an dem Rechner interessiert gewesen wäre.«

»Vielleicht hat Veronika behauptet, es sei ihr Rechner und Killi hätte ihn sich nur ausgeliehen.«

»Hätte Maria Hoff ihr das geglaubt? Und wenn es so gewesen wäre, warum hat Maria Hoff dann später so vehement bestritten, etwas aus Killis Wohnung entfernt zu haben? Nein.« Gunnarstranda schüttelte den Kopf und schlussfolgerte: »Es gibt nur eine plausible Erklärung: Maria Hoff muss den Rechner aus eigenem Antrieb mitgenommen haben. Und zwar aus einem einzigen Grund: Das Mädchen hatte ihr erzählt, dass Killi ermordet worden war.«

Vibeke Starum nickte. Gunnarstrandas Schlussfolgerung war wasserdicht. »Also wissen wir, dass Maria Hoff uns anlügt«, stellte sie fest. »Aber wir kommen nicht weiter, bevor wir nicht den Computer gefunden haben. Sie hat ihn, streitet es aber ab. Und damit sind wir noch keinen Schritt weiter.«

»Sie wollen ihre Wohnung durchsuchen?«

Starum nickte. »Wir haben ein triftiges Verdachtsmoment. Sie hat den Rechner.«

Gunnarstranda lächelte. »Das können Sie nicht beweisen.«

»Wir sind doch gerade zu dem Schluss gekommen, dass sie den Rechner genommen haben muss. Und Sie haben mich überzeugt. Dann werden Sie sicher auch das Gericht überzeugen können.«

Gunnarstranda schüttelte den Kopf. »Sie vergessen da zwei Dinge. Wir wissen nicht, warum sie den Rechner gestohlen hat. Ihr Motiv ist unklar. Außerdem war ich an dem Morgen zuerst in der Wohnung. Wir haben es mit einem Chef zu tun, der sehr geneigt ist, mich zu verdächtigen. Sie werden jetzt keine Genehmigung bekommen, Maria Hoffs Wohnung zu durchsuchen.«

Starum atmete hörbar. »Was machen wir also?«

Gunnarstranda grinste wieder. »Fragen *Sie mich* um Rat?«

»Nein. Wir erörtern den Fall, und Sie haben das Recht, Ihre Sichtweise vorzutragen.«

Gunnarstranda verschränkte die Arme hinter dem Rücken. »Entweder hat Maria Hoff den Rechner schon verschwinden lassen, oder aber sie zerbricht sich gerade den Kopf darüber, ob Sie diesen Hausdurchsuchungsbefehl bekommen. Letzteres können Sie zu Ihrem Vorteil nutzen.«

Vibeke Starum hatte ihre Autoschlüssel hervorgeholt. Sie ging die letzten Meter zu ihrem Auto. »Und wie?«, fragte sie und schloss auf.

»Das können Sie mir überlassen«, sagte Gunnarstranda und holte seine eigenen Autoschlüssel aus der Tasche.

44

Gunnarstranda fuhr vom Parkplatz und hielt dann am Straßenrand an. Er blieb im Auto sitzen und wartete. Stellte den Spiegel so ein, dass er den Haupteingang der Klinik sehen konnte. Laufend ging die Tür auf, aber es kam niemand heraus, der aussah wie Maria Hoff. Erst nach zwanzig Minuten. Die Absätze klapperten laut, als eine Frau aus dem niedrigen gemauerten Gebäude eilte. Sie kramte in einer kleinen Handtasche, hängte sie sich über die Schulter und ging mit raschen Schritten zum Parkplatz, wo sie aus seinem Blickfeld verschwand. Gunnarstranda startete den Motor, als er die Scheinwerfer des blauen Golfs aufleuchten sah. Er wartete, bis der Wagen an ihm vorbeigefahren war, und folgte ihm.

Bald schon merkte er, wohin die Fahrt ging, und konnte daher gelassen etwas mehr Abstand halten. Schwierig wurde es, als sie direkt vor ihrer Haustür parkte, statt in die Tiefgarage zu fahren. Am Straßenrand standen die Autos dicht an dicht. Sie fand eine Lücke, hielt an, blinkte und hatte Mühe, das Auto in die Lücke hineinzumanövrieren. Er konnte nur hoffen, dass sie zu beschäftigt war, um auf das Gesicht des Fahrers im Wagen dahinter zu achten. Als sie eingeparkt hatte, war er gezwungen, weiterzufahren. Sie öffnete die Tür nur einen Spalt und wartete, bis er vorbeigefahren war.

Er beobachtete sie im Spiegel. Maria Hoff stieg aus dem Auto und trippelte zur Haustür. Er ging das Risiko ein weiterzufahren, bog rechts ab und fuhr einmal um den Block. Fand einen Platz an der Ecke, die Vorderräder ein gutes Stück auf dem Fußweg. Egal. Das Auto von Maria Hoff stand noch an derselben Stelle.

Er schaltete das Radio ein und wartete. Suchte nach Sendern, fand aber nur Werbung und dummes Geschwätz. Er schaltete es aus.

Je mehr Zeit verstrich, umso unsicherer wurde er, wie gut sein Einfall wirklich gewesen war. Nach einer Viertelstunde war er drauf und dran, aufzugeben und zum Präsidium zu fahren. Anderseits musste es einen Grund dafür geben, dass sie den Wagen nicht in die Tiefgarage gefahren hatte. Er hatte Recht. Zehn Minuten später kam sie heraus, einen schwarzen Müllsack auf dem Arm, den sie in den Kofferraum legte. Dann ging sie wieder hinein, um einen schweren Pappkarton zu holen. Sie schloss die Heckklappe. Stieg ein. Startete den Motor. Fuhr aus der Parklücke heraus. Er folgte ihr. Sie fuhren zunächst auf die Ringstraße, ostwärts in Richtung Sinsen. Als sie sich Sinsenkrysset näherten, fuhr sie auf der linken Spur in Richtung Ryen. Gunnarstranda war zufrieden und meinte zu wissen, wohin sie wollte. Stutzte aber, als sie bei Alnabru abbog und auf der E6 weiter in Richtung Norden fuhr. Gunnarstranda lag fünf Autos hinter ihr und dachte: *Irgendwas stimmt hier nicht.* Er hatte gedacht, sie würde in Richtung Osten bis Ryen, dann weiter nach Siggerud und zur Grønmo Abfalldeponie fahren. Aber Maria Hoff hatte andere Pläne. Sie fuhren die E6 entlang, brausten mit hundert Stundenkilometern an Karihaugen vorbei, raus aus der Stadt, vorbei an Olavsgaard, Skedsmo und weiter in Richtung Gardermoen. Sie passierten die Abfahrt zum Flughafen. Es ging weiter Richtung Norden. Erst bei Mogreina fuhr sie ab, auf eine ruhige Landstraße, die sich zwischen halbreifen Weizenäckern und grünen Wiesen hindurchschlängelte. Jetzt waren keine Autos mehr zwischen ihnen. Deshalb hielt er einen größeren

Abstand und sah gerade noch, wie der blaue Wagen direkt vor dem Bahnhof von Dal rechts abbog.

Das Rätsel löste sich, als er das Schild sah. *Abfallgesellschaft Øvre Romerike, Mülldeponie Dal skog.* Maria Hoff wollte zu einer Mülldeponie, wie er vermutet hatte. Aber diese Deponie lag weit außerhalb der Stadt. Gunnarstranda spürte, wie seine Spannung stieg. Sie fuhren durch ein Villenviertel. Er vergrößerte den Abstand. Konnte gerade noch erkennen, dass sie rechts blinkte und hinter Bäumen verschwand. Als er die Abzweigung erreichte, hielt er an. Sie war auf einen Schotterweg abgebogen, in einen Wald, der die Mülldeponie verbarg. Da er nicht riskieren wollte, dass sie ihn sah, fuhr er ein paar hundert Meter weiter, stellte das Auto dort ab und schlenderte langsam zurück. Er suchte sich einen Platz zwischen den Bäumen und wartete. Jedes Mal, wenn er ein Motorengeräusch hörte, trat er zwischen die Baumstämme zurück. Pkw mit Anhängern voller Abfall fuhren vorbei und randvolle Transporter mit Logos von Handwerksbetrieben auf der Karosserie. Ein Traktor mit einem Anhänger voller Metallschrott bog ein. Autos mit leeren Anhängern kamen zurück. Eine Viertelstunde war vergangen, als der blaue Golf zurückkehrte. Gunnarstranda blieb stehen und wartete, bis sie um die Ecke gebogen war, ehe er zu seinem eigenen Auto zurückschlenderte. Die Mülldeponie war wie ein großer Kreisverkehr aufgebaut, mit Stationen für die Entsorgung von Papier, Plastik, Metall und Holz in unterschiedlichen Containern. Erst als er in den riesigen Container hineinschaute, der randvoll mit identischen schwarzen Müllsäcken mit sogenanntem *Restmüll* gefüllt war, bereute er, sich selbst diesen Auftrag erteilt zu haben.

45

Rindal sprang von seinem Stuhl auf, als Vibeke Starum an seiner offenen Bürotür vorbeiging. Er lehnte sich gegen den Türrahmen und rief ihr hinterher:

»Vibeke!«

Sie drehte sich um und ging langsam zurück. Sie hatte noch eine Rechnung mit Rindal offen und war bereit, ihm eine Lektion zu erteilen.

Rindal fuchtelte mit ihrem Bericht herum. »Stimmt es, dass –«

Sie unterbrach ihn: »Hältst du immer noch deine schützende Hand über Petter Bull?«

Er blieb mit offenem Mund stehen, überrumpelt von ihrer Initiative.

Sie sagte: »Möglicherweise stehen wir endlich vor einem Durchbruch in diesem Fall. Und das verdanken wir ausschließlich einer Tatsache: den Fotos auf dem bei Petter Bull beschlagnahmten PC. Ich verlange eine Erklärung. Was hast du dazu zu sagen?«

Rindal schaute verwirrt und schwieg.

»Ich führe die nötigen Verhöre durch«, sagte sie und machte auf dem Absatz kehrt. Als sie vier Schritte gegangen war, hatte Rindal die Sprache wiedergefunden. Er rief:

»Was sagt Frølich?«

Starum blieb noch einmal stehen. »Maria Hoff hat die Wahrheit gesagt. Frølich war in der Nacht mit ihr im Bett.«

Rindal hielt einige Sekunden inne und schloss die Augen. Dann räusperte er sich und sagte: »Hat der Penner, der den Revolver gefunden hat, ausgesagt?«

»Ein Junkie, der noch nie von Ivar Killi oder Darak Fares gehört hat. Der Typ behauptet, den Revolver im Gebüsch unter der Hausmanns-Brücke gefunden zu haben.«

»Im Gebüsch unter der Hausmanns-Brücke«, grinste Rindal, »das hört sich an wie ein Song aus einer Revue.«

»Genau«, sagte Vibeke Starum gereizt. »Und ich weiß auch, aus was für einer …«

Ärgerlich machte sie auf dem Absatz kehrt, marschierte davon und murmelte: »Wird man in diesem Haus denn nie ernst genommen? Es sind höchstens fünfhundert Meter zwischen beiden Tatorten und der Hausmanns-Brücke.«

Plötzlich stand sie direkt vor Ingrid Kobro.

Kobro räusperte sich.

»Was ist los?« fragte Vibeke Starum ungeduldig.

»Es geht um eine Zeugin«, sagte Kobro zögerlich.

Vibeke Starum schwieg, versuchte die Nachricht auf dem Gesicht der anderen zu lesen. Aber Ingrid Kobro war eine begeisterte Pokerspielerin. Und sie war ein Naturtalent: ein durch viele Zigaretten und lange Nachtschichten gezeichnetes Gesicht, trübe Augen, die schon das meiste gesehen hatten.

»Gerade hat die Psychiatrische Klinik angerufen. Sie hat versucht, sich das Leben zu nehmen.«

Starum erblasste. »Wer?«

»Das Mädchen. Veronika Lange. Sie hat einen Medikamentenschrank aufgebrochen und ein Pillenglas nach dem anderen geleert. Sie hatte schon enorme Mengen intus, als sie sie gefunden haben. Sie haben versucht, ihr den Magen auszupumpen.«

»Wird sie es schaffen?«

»Es heißt, ihr Zustand sei immer noch lebensbedrohlich.«

Vibeke Starum taumelte, musste sich an der Wand abstützen und blieb einige Sekunden mit geschlossenen Augen so stehen. Sie war erschöpft, fürchterlich erschöpft. Sie brauchte eine Tasse Kaffee oder einen Tag Pause mit viel Schlaf. Sie öffnete die Augen und bemerkte eine Bewegung im Flur hinter Ingrid Kobros Pokergesicht. Ein kräftiger Mann bewegte sich auf eine Tür zu. Er drehte den Kopf und warf ihr im Gehen einen aufgebrachten Blick zu. Es war Petter Bull.

46

Frank Frølich saß am Schreibtisch und betrachtete das Telefon mit ambivalenten Gefühlen. Er hatte sich entschieden, Gunnarstrandas Aufforderung nachzukommen und Welhavens Kontobewegungen noch einmal durchzugehen. Aber er konnte sich nicht konzentrieren. Das Gespräch mit Vibeke Starum summte wie ein euphorisierendes Mantra in seinem Kopf. Seine Gedanken wanderten zu der Nacht, die er mit Maria Hoff verbracht hatte, zu den ersten einladenden Berührungen ihrer Finger, als sie auf dem Fußweg am Akerselva gestanden hatten.

Seine Hand zitterte, als er ihre Nummer wählte. Es läutete dreimal, ehe sie abnahm. »Maria hier.«

»Hier ist Frank, von der Polizei. War nett neulich.«

Das hätte er wohl nicht sagen sollen. Sie legte auf. Er wählte noch einmal. Es läutete. Aber sie überließ ihn dem Anrufbeantworter.

Es war später Abend, als er vor ihrem Wohnblock hielt. Er sah zum Fenster hinauf. Es leuchtete gelb. Er drückte den Rücken gegen die Lehne und spürte ein Brennen an der Stelle, an der sie ihn gekratzt hatte. Er schloss die Augen und sah ihr Handgelenk vor sich, die Finger, die sich aus seinem Griff lösen wollten.

Er ging in Gedanken zum x-ten Mal alles durch, woran er sich erinnerte: das zufällige Treffen. Sie auf dem Zebrastreifen. Wie spät war es da gewesen? Er hatte keine Ahnung. Er sah ihre Gestalt vor sich: die Umhängetasche, die sie mit beiden Händen festgehalten hatte. Und nach der merkwürdigen Unterhaltung beim Akerselva? An was erinnert sich ein Mann nach einem solchen einleitenden Kuss – auf dem Weg in das Schlafzimmer einer Frau? Er war geil wie ein Ochse gewesen und erinnerte sich nur an die Stimmung, ihre Hand in seiner, den Nieselregen und die Schritte auf regennassem Asphalt.

Ihre Hand in meiner. Die Umhängetasche?

Und was mache ich hier? In einem Auto vor ihrer Wohnung?

Er fasste nach dem Türgriff und dachte: *Sie ist zu Hause, steig aus, klingle und quetsch eine Erklärung aus ihr raus!*

Er blieb sitzen.

Weshalb? Weil sie einfach aufgelegt hatte? Oder weil …

Er öffnete die Augen und schaute durch die Windschutzscheibe zum Himmel hinauf. Die Wolken türmten sich schwarz auf, wie ein Haufen ölgetränkter Lumpen. Nach einem warmen Tag war in der Abenddämmerung die letzte Hitze über einem Höhenzug auf kühlere Luft getroffen. Die niedrige Wolkendecke bewegte sich schnell. Es wurde noch dunkler, und der Luftdruck stieg. *Da zieht ein Unwetter auf.* Er bekam Recht. Ein zickzackförmiger Blitz zerriss die Dunkelheit im Westen.

In Gedanken zählte er langsam bis zehn, ehe der krachende Donner in der Luft dröhnte. Zehn Sekunden, also war das Gewitter mehr als drei Kilometer entfernt. *Wo bleibt nur der Regen?*, dachte er. Die Farbe des Himmels, der Druck der Wolken – es konnte nur noch Sekunden dauern, bis es wie aus Eimern gießen würde – große, dicke Tropfen, wie in einem Film. Er hatte den Gedanken kaum zu Ende gedacht, da traf auch schon der erste fette Tropfen die Windschutzscheibe. Und noch ein Tropfen. Dann noch einer und noch einer. Er begann wieder zu zählen, kam bis vier. Da öffnete der Himmel seine Schleusen. Die

Straße war binnen weniger Sekunden überschwemmt. Die Fenster beschlugen.

Er startete den Motor, drehte das Gebläse voll auf und ließ die Scheibenwischer gleichmäßig und rhythmisch von einer Seite zur anderen streichen. Das Geräusch seines Motors musste durch die Wände gedrungen sein, denn durch den starken Regen, den aufsteigenden Dampf vom Boden und das von den Autodächern rundherum aufspritzende Wasser konnte er eine Hand erkennen, die die Gardine ein klein wenig zur Seite zog.

Die Hand verschwand. Die Gardine hing wieder ganz still.

Mit geschlossenen Augen sah er den Bogen ihres Rückens vor sich, die Sinuskurve über ihrem Hintern, hinunter zu den runden Oberschenkeln. Den schwarzen Blick, den sie ihm über die Schulter zugeworfen hatte.

Er öffnete die Augen. Ein dunkler Geländewagen mit getönten Scheiben fuhr vor und blieb mitten auf der Straße stehen, den Motor im Leerlauf.

Weshalb stand das Auto dort, mitten auf der Straße? Schwarze Scheiben, rote Rücklichter und Auspuffgase, die den Asphalt entlang- und an der Karosserie hinaufstrichen.

Das Vorfahren des Wagens führte zu einer Reaktion im Schlafzimmer. Sie schaute hinaus. Betrachtete das Auto. Sekunden später bewegte sich die Gardine, und das Licht wurde gelöscht. Im selben Moment fuhr der Wagen mit enormer Geschwindigkeit los.

Frank Frølich zögerte nur eine Sekunde, dann fuhr er hinterher.

Wegen des starken Regens war es unmöglich, das Nummernschild zu lesen. Die roten Rücklichter waren das Einzige, was er erkennen konnte. Der Wagen bog schon bald links ab und fuhr am Fluss entlang in Richtung

Iladalen zu einem um diese Tageszeit einsamen und verlassenen Gewerbegebiet. Er folgte, mit reichlich Abstand. Auf dem löchrigen Asphalt sammelte sich der Regen in kleinen Seen. Andere Wagen waren nicht zu sehen. Sie fuhren über eine Reihe von leeren Parkplätzen. Jetzt musste der Fahrer vor ihm bemerkt haben, dass ihm jemand folgte. Als das Auto um eine Ecke verschwand, hielt Frølich an und schaltete den Motor und das Licht aus. Er wusste, dies war eine Sackgasse. Der Wagen musste also wieder zurückkommen. Er lehnte sich zurück und wartete.

Wieder fragte er sich: *Was mache ich hier?* Welchen Sinn hatte es, einem Wagen zu folgen, von dem er nichts wusste?

Er rekapitulierte die Situation noch einmal. Ihre Hand an der Gardine, ihr flüchtiger Blick, das Löschen des Lichts.

Sie hatte Angst gehabt.

Am anderen Flussufer leuchteten die Straßenlaternen wie eine Kette. Die beschlagenen Scheiben erzeugten den Eindruck, als stünde er im Nebel. Er warf einen Blick auf die Uhr. Es war beinahe ein Uhr nachts. Die Zeit verstrich. Aber der Wagen kam nicht zurück. Keine Menschenseele war zu sehen. Er wartete noch vier lange Minuten, ehe er die Tür öffnete und ausstieg. Der Regen hatte nachgelassen, und das Geräusch des leichten Nieselregens mischte sich mit dem Geplätscher des Akerselva, dem Rauschen der Bäume und dem des Straßenverkehrs jenseits der Häuser. Von irgendwo weit her waren das Gelächter und Gegröle von Jugendlichen zu hören. Er bewegte sich auf die Ecke zu. Zögerte, schaute. Dort stand der Wagen, offenbar leer und verlassen. Er ging darauf zu. Tatsächlich. Er war leer. Frank Frølich überprüfte die Türen – abgeschlossen. Er sah sich um. Menschenleere Gebäude und dunkle Fenster. War er einem Ablenkungsmanöver zum Opfer gefallen? Er sah sich noch einmal um. Sah die Dächer der Häuser hinter der Böschung am anderen Ufer des Flusses. Er spürte, wie es ihm langsam eiskalt den Rücken hinunterlief.

Man hatte ihn ausgetrickst.

Sie waren einen großen Kreis gefahren.

Die Tropfen liefen ihm über die Nase. Die Haare klebten an seiner Stirn, als er zum Auto zurücklief.

47

Maria Hoff wagte nicht, ins Bett zu gehen. Sie saß in ihrem Sessel und starrte das Telefon an. Seit dem ersten Anruf waren zwei Stunden vergangen, und er war nicht misszuverstehen gewesen.

Ihr Blick wanderte vom Telefon zur Tür. Sie war angelehnt. Draußen im Flur war es dunkel. Einen Augenblick dachte sie, dort stünde jemand – im Flur, und starrte sie an.

Da klingelte es an der Tür.

Er ist hier!

Sie wurde leichenblass. Ihre Arme wurden schlaff, ihre Haut taub.

Das Echo der Klingel blieb im Raum hängen. *Das hier ist kein Alptraum. Es hat geklingelt.*

Sie schloss zweimal die Augen und öffnete sie wieder. Stand auf. Wischte sich die feuchten Hände am Rock ab. Wie in Trance bewegte sie sich auf die Tür zum Flur zu.

Im dunklen Flur blieb sie stehen und starrte auf die Haustür. Sollte sie Licht anmachen? Nein. Das Licht würde ins Treppenhaus dringen. Dann wüsste er, dass sie zu Hause war, dass sie hier stand – und nur eine dünne Tür sie trennte.

Als es zum zweiten Mal klingelte, gaben ihre Beine fast unter ihr nach. Sie streckte den Arm aus, um sich an der Wand abzustützen. Räusperte sich. Hörte ihre eigene Stimme sagen: »Wer ist da?« Es klang wie ein Flüstern. Sie versuchte es noch einmal mit kräftigerer Stimme: »Wer ist da?«

Kein Laut war zu hören.

Aber er war da draußen, vor der Tür. Sie konnte es am ganzen Körper spüren.

Im selben Moment schrak sie zurück, als ein splitterndes Krachen ertönte. Die Tür erzitterte im Rahmen. Wie gelähmt erkannte sie in der Tür neben dem Schloss einen Spalt. Die Tür knarrte und bewegte sich. Er war dabei, sie einzuschlagen!

Die Tür erzitterte wieder. Es krachte erneut, als das Pressholz in Stücke gerissen wurde. Sie zuckte zurück, drehte sich um und rannte ins Schlafzimmer. Am Bett vorbei. Zum Fenster. Tastete im Dunklen nach den Griffen. Ihre Hände zitterten. Hinter ihr ertönte das Geräusch berstenden Holzes. Das Fenster schlug auf. Ein sanfter Hauch von Nachtluft strich über ihre Arme. Regentropfen auf den Händen. Sie hob erst das eine Bein, dann das andere. Sprang auf den schmalen Grasstreifen vor dem Bürgersteig. Hielt inne. Matsch. Sah sich um. Nirgends ein Mensch zu sehen. Das Licht von der Eingangstür warf flache Schatten.

Er ist gleich drin. In ein paar Sekunden hat er mich entdeckt.

Sie schlich sich an der Hauswand entlang. Versteckte sich hinter den Büschen vor dem Eingang. Es roch nach Urin, Erde und Abfall.

Ein Geräusch. Sie drehte den Kopf herum. Die Garagentür öffnete sich, rollte scheppernd hoch. Der Lichtkegel eines Autos wanderte über die Innenwand und legte sich dann auf den Asphalt. Sie warf sich nach vorn. Wollte den Wagen anhalten, der aus der Garage kam. Konnte gerade noch mit einer Hand auf die Windschutzscheibe schlagen. Erhaschte einen verschreckten Blick aus dem Wageninneren. Der Fahrer gab Gas und der Wagen verschwand. Sie drehte sich um sich selbst. Das Garagentor senkte sich wieder. Sie sprang hinein. Sekunden später war das Tor geschlossen.

Sie rang in der stockfinsteren Dunkelheit nach Luft. Tastete. Erreichte die Wand. Suchte mit den Fingern nach dem Lichtschalter. Fand ihn. Die Lichtröhren entlang der Kellermauern sprangen mit blassem Flackern an. Der matte Lack der Autodächer reflektierte das diffuse Licht. Die Belüftungsanlage dröhnte. Sie ging langsam zu ihrem Wagen. *Keine Autoschlüssel, kein Handy. Kein Ausweg.*

Das spielte jetzt keine Rolle. Sie konnte warten. Warten, bis er verschwand. Und sich dann zurückschleichen.

Sie drehte sich zum Tor herum. Entdeckte ihre eigenen Fußspuren. Regenwasser und Matsch. *Wenn er jetzt reinkommt, findet er mich.*

In dem Moment hörte sie es: das Geräusch, was sie nicht hören wollte. Das Garagentor öffnete sich.

Sie verharrte zwischen zwei Autos. Ging in die Hocke, sah unter dem Auto hervor.

Das Tor stand jetzt ganz offen. Aber kein Autoscheinwerfer warf sein Licht an die Wand. Sie kniff die Augen zusammen, um besser zu sehen. Zwei Beine. Zwei Joggingschuhe und darüber dunkle Jeans. Ein Mann bewegte sich auf sie zu. In seiner Hand schaukelte ein riesiges, rotes Brecheisen.

Sie warf einen blitzschnellen Blick auf ihren eigenen Wagen. Drei Plätze entfernt.

Die Gestalt blieb stehen.

Er musste die Spuren ihrer nassen Füßen sehen.

Ein schepperndes Geräusch sagte ihr, dass sich das Tor wieder schloss. Und zwar ganz. Sie waren allein.

Frank Frølich ging mit raschen Schritten auf die Eingangstür zu und nahm die kleine Treppe mit zwei Sprüngen. Nur wenige Sekunden stand er reglos und betrachtete die zersplitterte Tür. Sie stand halb offen. In der nächsten Sekunde war er in der Wohnung. Alles deutete darauf hin, dass die Wohnung leer war. Alles stand an seinem Platz, so wie er es in Erinnerung hatte. Aber es war niemand da. Was war passiert?

Er drehte sich zur Schlafzimmertür um.

Sie war geschlossen. Er öffnete sie. Das Licht war an. Breites Bett. Spiegel an der Wand. Schranktüren. Eine Kommode. Die Schubladen lagen ausgekippt auf dem Boden, der Inhalt lag verstreut herum. Unterwäsche. Er hob den Blick. Das Fenster stand weit offen. Die Gardine war nach draußen geweht und streichelte sanft flatternd die Außenwand. Er sah hinaus. Auch draußen war kein Mensch zu sehen. Er schloss das Fenster. Holte das Handy aus der Tasche und rief die Zentrale an.

Sie saß in der Hocke zwischen den Autos. Schaute auf seine braunen Joggingschuhe. Beschloss, einen Versuch zu wagen. Kroch an der Seite des Autos entlang, den Blick starr auf die Joggingschuhe gerichtet. Sie rührten sich nicht. *Wie komme ich bloß weiter?* Sie war gezwungen, die Schuhe einen Moment aus den Augen zu lassen. Eine winzige Sekunde lang. Als sie wieder hinsah, war er nicht mehr da! Sie spürte Panik aufsteigen. Sah auf den Lack des Autos. Sah sich selbst. Eine Bewegung. Sie rannte. Rang nach Atem. Hörte seine Schritte. Duckte sich hinter ihrem Wagen.

Es war ganz still geworden.

Wo ist er?

Sie saß mit gebeugten Knien und stützte die Hände gegen die Flanke des blauen Autos. Bewegte einen Fuß nach rechts. Dann den anderen Fuß hinterher. Noch ein Schritt. Vor dem Wagen, an der Wand stand eine Werkzeugkiste. *Du weißt doch nicht einmal, was in der Werkzeugkiste ist!* Sie hielt den Atem an. Hörte Schritte. *Wo ist er?*

Sie machte noch einen Schritt nach rechts. Ihr Absatz

schabte über den Boden. *Warum musstest du den Fuß bewegen?* Sie hielt wieder den Atem an. Streckte die Hand zur Werkzeugkiste aus und griff nach dem Erstbesten, was sie fand. Ein Schraubenzieher.

Steh auf!

Nein. Bleib sitzen. Er geht vorbei.

Stille. Viel zu still. Sie stützte beide Hände gegen die Flanke des Wagens. Sollte sie einen Blick riskieren? Langsam drehte sie den Kopf und bekam den Seitenspiegel in den Blick. Sie sah ihn im Spiegel. Er lächelte.

Frank Frølich verließ mit langsamen Schritten die Wohnung. Blieb draußen ein paar Sekunden stehen und dachte nach. Betrachtete die geschlossene Tür der Nachbarwohnung. Klingelte. Nichts geschah. Er klingelte noch einmal. Hörte Geräusche. Klopfte hart an die Tür und sagte: »Bitte machen Sie auf. Hier ist die Polizei.«

Mehrere dumpfe Geräusche ertönten von drinnen. Schließlich wurde die Tür geöffnet. Ein kleiner Kopf mit graumeliertem Haar kam zum Vorschein, und ängstlich blickende Augen sahen zu ihm heraus.

Frank Frølich wies sich aus. Zeigte auf die aufgebrochene Tür gegenüber und fragte: »Haben Sie eine Ahnung, was hier passiert ist?«

Die kleine Frau versuchte, ihren Körper und das Nachthemd mit verschränkten Armen zu bedecken. Sie schüttelte den Kopf und sagte zaghaft auf gebrochenem Norwegisch: »Enschuldigen, aber ich nich verstehe Norwegis so gutt.«

Sie nahm die Bewegung im Spiegel nur vage wahr. Ein kurzes Bild von einem Arm und rotem Stahl. Sie warf sich zur Seite. Schabte sich die Haut auf. Aber er verfehlte sie. Sie rollte sich herum. Kam auf die Beine. Und rannte los.

Sah ihren eigenen Schatten. Das lächerliche Haar, das von einer Seite zur anderen flog. In dem Moment verschwand der Boden unter ihr. Sie schabte sich das Kinn auf, die Knie. Verlor den Schraubenzieher. Tastete mit beiden Händen danach und spürte plötzlich sein Knie im Rücken. Dann war das Knie weg. Stattdessen spürte sie seine Hände. Er war stark, sie fühlte sich wie ein hilfloser Sack. Wurde auf den Rücken gerollt. Der Stahl blitzte im Neonlicht. Sie spannte die Muskeln an und rollte sich zur Seite. Blieb auf dem Bauch liegen. Schrie vor Schmerzen, als er sie trat. Er verlor das Brecheisen. Sie konnte sich nicht bewegen. Schrie erneut, als er ihren Arm zwischen den Schulterblättern verdrehte.

Seine Stimme, dicht an ihrem Ohr: »Machst du es freiwillig?«

Sie schrie, als er ihren Arm weiter nach oben presste. Es fühlte sich an, als würde er brechen.

»Gibst du mir, was ich haben will? Hm? Hm?«

Sie schrie wieder auf. Ihr Blick vernebelte sich. Durch das Flimmern sah sie direkt auf den Kuhfuß. Im selben Moment erstarrten sie beide. Das Geräusch. Das scheppernde Geräusch des sich öffnenden Garagentors.

Scheinwerferlicht fiel gelb auf die Wand. Der Fahrer des Wagens gab Gas und fuhr in die Garage hinein.

Sie lag auf dem Bauch, seine Hand vor ihren Mund gepresst, und betete zu Gott: *Der Wagen muss ganz reinfahren, bis hierher! Bitte, lass ihn bis hierher fahren!*

Er veränderte den Griff. Sie konnte ihre Hand bewegen.

Der Wagen hielt. Der Motor verstummte. Sie erbrach sich vor Sauerstoffmangel. Ihr wurde schwarz vor Augen. Eine Wagentür wurde geöffnet. Das Geräusch von Schritten. Die Wagentür wurde zugeschlagen. Das Geräusch von Schritten auf dem Beton. Sie versuchte, ihm in die

Hand zu beißen. Er drückte nur noch fester zu. Es knallte, als ihr Kopf den Boden traf. Für eine Sekunde war sie weg. *Er bringt mich um!* Aber um ihren Kopf auf den Boden zu schlagen, brauchte er beide Hände. Jetzt waren ihre Hände frei. Sie tastete. Er schlug ihren Kopf noch einmal auf den Beton. Dann spürte sie Stahl unter den Fingern. Ihr Blick vernebelte sich wieder. Sie hatte keine Ahnung, wo die Kraft herkam. Aber sie kam. Mit einem Ruck riss sie den Arm und den Kuhfuß hoch und warf ihn nach vorn.

Sie traf.

Sie sog Luft in ihre Lungen. Rappelte sich auf alle viere hoch, als er von ihr herunterrollte. Sie kniete sich hin, den Kuhfuß in den Händen. Hob ihn hoch und schlug zu. Hob ihn wieder hoch und schlug noch einmal zu.

Dann ließ sie den Kuhfuß zu Boden fallen und krabbelte rückwärts, weg von dem Blut, das auf den Beton sickerte.

48

Zwei Menschen saßen im Aufenthaltsraum des Präsidiums. Gunnarstranda schaute abwesend in die Luft, die Hände um einen dampfenden Plastikbecher gefaltet. Lena Stigersand, am anderen Ende des langen Tisches, hatte sich in einen Ferienkatalog vertieft. Das Einzige, was die Stille störte, war das Rascheln, wenn sie umblätterte.

Lena Stigersand sah vom Katalog auf.

Gunnarstranda nippte am Kaffee.

Lena Stigersand räusperte sich. »Findest du nicht, dass es hier etwas sauer riecht?«

Gunnarstranda antwortete nicht.

Lena Stigersand schnüffelte. »Es riecht wie …«

Gunnarstranda sah sie an. »Abfall«, vollendete er ihren Satz.

»Ja. Riechst du es auch?«

»Nein.«

Gunnarstranda stellte den Becher auf den Tisch und faltete die Hände.

Lena Stigersand räusperte sich wieder.

»Du hast also noch keinen Urlaub gehabt?«, fragte er höflich.

»Erst in einer Woche. Aber ich habe Flugangst. Hast du Flugangst?«

»Flugangst hat damit zu tun, ob man bereit ist zu sterben oder nicht.«

Sie sah ihn ein paar Sekunden lang an und blätterte dann um.

»Wenn ich gerade an einem Fall arbeite, dann kommt

es vor, dass ich ein bisschen Flugangst habe«, fügte er hinzu.

Sie sah wieder von ihrem Katalog auf.

»Wo wir gerade von Urlaub sprechen. Weißt du, ob Ivar Killi jemals in der Karibik Urlaub gemacht hat, also auf den Bahamas oder den Bermudas oder so?«

Sie dachte eine Weile nach, bevor sie antwortete: »Keine Ahnung.«

Gunnarstranda konzentrierte sich wieder auf seinen Kaffeebecher.

»Aber ich weiß, dass Petter Bull da war.«

»Bull? Wann?«

»Dieses Jahr. Im Frühling irgendwann. Er wurde sogar deswegen gemobbt.«

»Gemobbt?«

Sie lächelte. »Na also, weißt du, die Bermudas – das ist doch fast, wie wenn man in die Arabischen Emirate fährt. Was macht ein alleinstehender Bulle auf den Bermudas, und so weiter. Warum fragst du?«

»Vergiss es«, sagte Gunnarstranda abwesend.

Sie lächelte schief. »Man hat zu seinem alten Ich zurückgefunden?«

Er antwortete nicht.

Lena Stigersand fragte: »Bist du schon lange da?«

Er schüttelte den Kopf.

»Wunderst du dich, dass sonst niemand hier ist?«

Er sah sich um. Zuckte mit den Schultern.

»Petter Bull liegt im Koma«, sagte sie. »In Ullevål. Hat ein Brecheisen auf den Schädel bekommen, als er versucht hat, eine Zeugin abzumurksen – nachdem er vorher bei ihr eingebrochen ist.«

Gunnarstranda blinzelte erst einmal, dann noch einmal. »Welche Zeugin?«, fragte er unruhig.

»Maria Hoff, die Psychologin von Anwalt Welhaven.«

»Unser kleiner Pfadfinderjunge«, murmelte Gunnarstranda resigniert, »liegt im Koma, nachdem er versucht hat, eine Zeugin abzumurksen.« Er schüttelte langsam den Kopf. »Drück die Daumen, lass uns hoffen, dass sein Gehirn und sein Mundwerk noch funktionieren, wenn er wieder aufwacht.«

Eine Tür im Flur ging auf. Sie hörten klappernde Absätze. Vibeke Starum stand in der Tür. Sie schnüffelte. »Was riecht denn hier so?«

»Keine Ahnung«, sagte Lena Stigersand.

Gunnarstranda stand auf. Er öffnete die Aktentasche, die an seinem Stuhl lehnte, nahm einen Laptop heraus, der in durchsichtiges Plastik verpackt war. »Ivar Killis verschwundener PC«, sagte er. »Aber er ist nicht ganz komplett. Die Festplatte wurde entfernt.«

Starum nahm ihn entgegen. »Woher wissen wir, dass es seiner ist? Ein PC ohne Festplatte ist technisch so wertvoll wie ein Schuhkarton.«

»Ich erkenne ihn wieder.«

Sie wechselten einen Blick, und er fügte hinzu: »Ich weiß, das reicht nicht. Aber ich habe Zeugen, die beschwören, dass Maria Hoff die Letzte war, die ihn in der Hand hatte.«

»Wo haben Sie ihn gefunden?«

»Werde einen Bericht schreiben«, sagte er und ging.

»Wo wollen Sie hin?«, rief sie ihm hinterher.

»Duschen«, sagte Gunnarstranda.

49

Er genehmigte sich zuerst eine Dusche und dann ein paar Stunden Schlaf. Danach versuchte er, mit Hilfe einer Kanne frischen Kaffees seine Tagesform wiederzufinden. Er saß lange am Küchentisch und dachte an Ivar Killi. Versuchte, sich an ihre Zusammenarbeit zu erinnern, seine Meinungen, seine Sprache, seine Reaktionsmuster. Die Bilder, die die Erinnerung beherrschten, bezogen sich auf Killis Willensstärke und seine Nervosität. Immer der Erste sein. Reden. Handeln. Vorpreschen.

Er versuchte, sein Erinnerungsbild mit dem zu verbinden, was er jetzt über Killis Rachepläne in Bezug auf Welhaven wusste. Passte das zusammen? Nach einer Weile verwarf er die Frage. Fakten brauchen keine Qualitätsgarantie. Killi war krankgeschrieben gewesen, und die ganze Abteilung hatte Mitgefühl mit dem armen, verleumdeten Mann gehabt. Zugleich hatte dieser arme Kerl hinter dem Rücken von Vorgesetzten und Kollegen auf eigene Faust Leute beschattet und Ermittlungen angestellt. Killis guter Freund Petter Bull hatte das alles gewusst und war zu einem sogenannten Urlaub auf die Bermudas gefahren. Gunnarstranda zeichnete mit einem Bleistift ein Dreieck auf die Tischplatte. In der einen Ecke der Urlauber Petter Bull, in der nächsten Ecke der Ermittler Killi und in der dritten Ecke Arne Werner Welhaven. – Aber wo war hier der Platz des Unruhestifters Darak Fares?

Als Gunnarstranda einige Zeit später Fares' Vorstrafenregister überprüfte, tat er es ohne das geringste Schuldbewusstsein. Er hatte zwar noch nichts von Rindal gehört, hatte aber auch nicht die geringste Lust auf weitere filmreife Konfrontationen. Stattdessen hatte er beschlossen, Rindals Schweigen als Zustimmung zu deuten.

Darak Fares hatte eine dicke Polizeiakte. Er war in Norwegen geboren, seine Mutter war Norwegerin, der Vater Marokkaner. Einige Jahre hatte er mit seiner Mutter allein gelebt. Als er acht Jahre alt war, hatte sich das Jugendamt eingeschaltet. Von da an bis zu seiner ersten Gefängnisstrafe im Alter von siebzehn Jahren hatte er in verschiedenen Pflegefamilien gelebt. Fünf seiner zweiundreißig Lebensjahre hatte er hinter Gittern verbracht. Sechs Monate dieser Haftzeit war er auf der Flucht gewesen, dann aber bei einer Razzia in der Autowerkstatt *Fixit* verhaftet worden. Darak Fares hatte zweimal wegen schweren Raubes gesessen. Außerdem wegen Drogenhandels. Es gab Anzeigen wegen gewalttätiger Übergriffe, aber kein Urteil. Die Verfahren waren wegen Mangels an Beweisen eingestellt worden. *Also* – dachte Gunnarstranda im Stillen –, *Zeugen und Opfer haben eine tödliche Angst gehabt, gegen ihn auszusagen.* Fares war auch mehrmals wegen unerlaubten Waffenbesitzes verhaftet worden. In einem Protokoll hatte er erklärt, seine Interessen seien soziale Kontakte und Taekwondo. In einem Ermittlungsbericht stand, er gehöre zur führenden Gruppe einer Bande aus dem Osloer Osten – bei der Loyalität und Ehrenkodex Allgemeinbildung und demokratische Werte ersetzten. Darak Fares war Automechaniker gewesen und hatte Teile seiner Ausbildung im Gefängnis absolviert.

Trotz der Betreuung durch das Jugendamt soll Fares eine enge Beziehung zu seiner Mutter gehabt haben. Vor einem Jahr war ihm eine Arbeitsunfähigkeitsrente bewilligt worden. Auch seine Mutter bekam Erwerbsunfähigkeitsrente. Ihr Lebensstil war, genau wie der ihres Sohnes, von einem hohen Geldverbrauch gekennzeichnet.

Als Gunnarstranda fertig war, sah er Staatsanwalt Fristad durch die Eingangstür treten. Er fing ihn ab und sprach ihm wegen des Ausgangs des Falles Fares vor dem Untersuchungsgericht sein Beileid aus.

»Erinnern Sie mich nicht daran«, sagte Fristad und verdrehte die Augen. Dann murmelte er: »Und jetzt ist der Typ auch noch tot.«

»Sie haben sich sicher ein wenig mit seiner Vergangenheit beschäftigt, oder?«

Fristad holte tief Luft und stellte sich wie ein Schauspieler in Pose, als er sprach: »Was wollen Sie wissen?«

»Darak war schon ein halbes Jahr lang flüchtig gewesen, als er bei der Razzia festgenommen wurde.«

»Ja, daran erinnern Sie sich sicher, ein Fall von Kidnapping, der vor ein paar Jahren großes Aufsehen erregt hat. Als die Polizei zuschlug, fand sie zwei Männer, die jeder in einer Zelle im Keller einer Autowerkstatt angekettet waren. Sie hatten Brandmale und Verletzungen, die von Folter herrührten. Sie gehörten einer rivalisierenden Bande an. Alle, die sich im Haus befanden, wurden verhaftet, und einer von ihnen war Darak Fares, der damals schon seit mehreren Monaten gesucht wurde.«

»Und wurde er in dem Kidnappingprozess nicht verurteilt?«

»Allerdings nicht. Das Aufsehenerregendste war, dass ihm die Ausbildungsleiter, als er zur Fachprüfung antreten sollte, die Zeit, die er flüchtig gewesen war, als *Lehrzeit* anerkannten. Aber Sie wundern sich wahrscheinlich, genau wie ich, auch schon lange über nichts mehr, oder?«

»Was für Strafen bekamen die anderen?«

»Das Ganze war ein typischer Bandenkrieg. Ein paar

von den Typen wurden wegen Freiheitsberaubung verurteilt. Aber niemand wegen der Misshandlungen. Die beiden Opfer hielten völlig dicht. Sie wissen, wie das in diesen Milieus mit der Blutrache ist. Man sollte nicht ausschließen, dass der Mord an Darak Fares mit diesen Ritualen zu tun hat.«

»Wie ist er damals aus dem Gefängnis ausgebrochen? Ist er einfach nach einem Ausgangstag nicht wiedergekommen?«

Fristad zuckte mit den Schultern. »Keine Ahnung. Ich bin fertig mit Darak Fares. Er ist tot. Es gibt lange Schlangen von äußerst lebendigen Arschlöchern, die auf meine Anklage warten. Sie entschuldigen mich.« Damit drängte Fristad an Gunnarstranda vorbei und verschwand.

Gunnarstranda nahm die Kopien mit und ging in sein Büro. Er blätterte den Papierstapel durch und überlegte, wo er gelesen hatte, aus welchem Gefängnis Fares damals ausgebrochen war.

50

Frank Frølich wollte gerade gehen, um sich etwas zu essen zu kaufen, als er Gunnarstranda vor dem Fahrstuhl traf. Er wollte nicht, dass der kleine Giftzwerg ihm zuvorkam, und sagte deshalb: »Karthago ist gefallen.«

»Erzähl.«

»Es hat gedauert. Aber jetzt weiß ich alles, was man über die Finanztransaktionen schlampiger Anwälte wissen muss. Ich habe Welhavens Aufträge in Gruppen unterteilt. Gewöhnliche, etwas merkwürdige und völlig verrückte. Der verrückteste war vor ungefähr einem Jahr der Verkauf einiger Ferienwohnungen in Thailand, den Welhaven als Makler betreut hat.«

Gunnarstranda drückte ungeduldig auf den Fahrstuhlknopf. »Na und? Anwälte tun alles Mögliche.«

Frølich wurde wütend. »Was willst du denn damit sagen? Ich habe mir die Mühe gemacht, jeden kleinsten Posten auf dem Konto dieses Mannes zu checken – ein Scheißjob hoch drei. Es hat Stunden gedauert. Geld rein, Geld raus, Konkurse, Gehälter, alles im rhythmischen Walzertakt, ein Konkurs hier, ein Schadenersatz da, und dann taucht plötzlich ein riesiger Millionenbetrag auf, für einen Maklerjob bei einem Immobilienverkauf in Thailand. Den ganzen Scheiß noch einmal durchgehen. Um rauszufinden, dass Welhaven in Norwegen nie als Immobilienmakler tätig war. Auch nachher nie wieder. Eine einzige Transaktion. Diese Gesellschaft, *Nona Investments Ltd.*, die für Welhaven wie vom Himmel fällt, sodass er den Verkauf von thailändischen Ferienwohnungen an reiche Norweger vermitteln kann. Ziemlich verrückt, wenn du mich fragst.«

»Welhaven hat doch mit Aktien spekuliert, warum sollte er nicht auch mit Immobilien handeln?«

»Hallo? Thailand! Und nur ein einziges Mal. Und wo ist *Nona Investments Ltd.* danach abgeblieben? Waren sie mit seinem Ergebnis unzufrieden? Oder sind sie Konkurs gegangen?«

»Netzwerke«, sagte Gunnarstranda.

»Netzwerke?«

Gunnarstranda nickte. »Welhaven hatte Kontakte. Thailand ist ein populärer Ferienort, ein Paradies für manche Norweger. Da werden wie verrückt Ferienwohnungen gebaut nach dem Tsunami. Welhaven hatte wahrscheinlich einen Kumpel, der in der Branche tätig war. Dieser Typ brauchte jemanden, der den Verkauf der Wohnungen für ihn organisierte, und Welhaven bekam den Auftrag.«

»Das glaube ich nicht. Welhaven ist, wenn man seiner Tochter glauben darf, in seinem ganzen Leben nur zweimal in Thailand gewesen. Einmal im Urlaub und ein anderes Mal, als er die Wohnungen inspiziert hat, die er verkaufen sollte. Diese ganze Maklergeschichte stinkt.«

Sie standen beide da und grübelten. Der Fahrstuhl hielt. Die Türen gingen auf. Sie stiegen ein.

Frølich sagte: »Wie gesagt: Es kostet Zeit. Eine scheißlangweilige Papierarbeit. Die Frage ist: Macht es Sinn, das Ganze weiterzuverfolgen?«

»Ich denke ja«, sagte Gunnarstranda.

Frølich seufzte. »Wo du ja immer so viel weißt, weißt du vielleicht auch, wie ich weitermachen soll.«

»Follow the money.«

»Und was meinst du damit?«

»Du hast rausgefunden, dass Welhaven vor ungefähr einem Jahr über seine Anwaltspraxis den Verkauf von

Wohnungen organisiert hat«, sagte Gunnarstranda. »Du hast immer noch Zugang zu seinem Kundenkonto. Finde raus, wohin die Kaufsumme für die Wohnungen gegangen ist.«

Der Fahstuhl hielt wieder. Sie waren unten angekommen.

51

Es war Abend, und wenn es so etwas wie eine Besuchszeit gab, dann war sie lange vorbei. Gunnarstranda hatte eine ganze Weile vor der Rezeption gewartet. Er wurde langsam ungeduldig. Die beiden Frauen, die hinter der Glasscheibe saßen, trugen hellgrüne Pflegerinnenuniformen und waren sehr beschäftigt. Die eine lachte über etwas, das die andere gesagte hatte. Diese tauchte einen Schmalzkringel in eine Tasse Kaffee und sagte etwas, das die erste aufstehen und noch lauter lachen ließ. Sie watschelte durch den Raum auf einen Drucker zu. Ihre Uniformhose saß eng und unterstrich ihren vorstehenden Hintern, der an eine Wespe erinnerte. Sie hatte am Drucker zu tun und war deshalb gezwungen, ihr Gesicht der Luke zuzuwenden. Damit war sie auch gezwungen, Gunnarstranda zu entdecken. Zehn lange Sekunden lang sahen sie sich in die Augen. Die Wespe biss in den sauren Apfel, zwängte ihren Körper um den Drucker herum und kam widerwillig auf die Glasscheibe zugestapft.

»Ich wollte fragen, wo ich Petter Bull finde.«

»Ein Patient?«

Gunnarstranda nickte. Die Frau blätterte in einigen Papieren, setzte sich und studierte einen Bildschirm.

Sah auf, konzentrierter jetzt. »Er liegt auf der Intensivstation.«

»Das weiß ich«, sagte Gunnarstranda und wies sich aus. »Sagen Sie mir einfach die Zimmernummer.«

»203«, sagte sie und fügte hinzu: »Warten Sie, ich werde auf der Station anrufen.«

In dem Krankenzimmer standen zwei Betten. Aber nur eins davon war belegt. Petter Bull lag mit geschlossenen Augen unter der weißen Decke. Der riesige Verband, der sein kurzes Haar verdeckte, erinnerte Gunnarstranda an eine Witzzeichnung. Zwei feine Röhrchen stachen aus seiner Nase, und die Kanülen auf seiner Hand führten zu einem Tropf neben dem Bett.

Gunnarstranda griff nach einem Stuhl, der an der Wand stand, trug ihn zum Bett und setzte sich. Die einzigen Geräusche im Raum waren Bulls kurze hektische Atemzüge und das leise Klicken des Tropfcomputers.

Gunnarstranda räusperte sich. »Petter«, sagte er leise.

Keine Reaktion. Kein zuckendes Augenlid, nichts.

Gunnarstranda sagte: »Petter, ich weiß, dass ihr Welhaven erpresst habt, Ivar Killi und du.«

Er holte tief Luft und betrachtete das Gesicht mit den Verbänden und den Schläuchen. Regte sich etwas? Ein Tropfen Speichel hatte sich in Petter Bulls Mundwinkel gesammelt. Ein winziges Zucken der Augenlider.

Gunnarstranda beugte sich vor und flüsterte Petter Bull ins Ohr: »Killi war nie auf den Bermudas, um dort ein Konto einzurichten. Das hast du gemacht. Ihr beide habt euch das meiste anvertraut. Du hattest ja Killis Sexfotos von Maria Hoff auf deinem PC.«

Er lehnte sich zurück, um den Patienten noch einmal genau zu betrachten.

Der Speicheltropfen rollte an Bulls unrasiertem Kinn herunter, traf auf Widerstand in Form eines dicken Bartstoppels und blieb dort liegen.

Gunnarstranda flüsterte weiter: »Als Killi erschossen wurde, wer war da zuerst am Tatort? Das warst du, Petter Bull. Der Mord führt zu allgemeinem Aufruhr im Polizeikorps. Niemand versteht etwas. Als ich die Fotos von dem Mädchen mit dem Knebel im Mund finde, klaust du sie, bevor ich sie mir richtig anschauen kann. Warum? Damit ich nicht herausfinde, wer sie ist? Aber ich weiß es, Petter. Sie heißt Veronika Lange. Du behinderst die Ermittlungen, Petter. Du hast uns Stöcke zwischen die Beine geworfen. Du wusstest die ganze Zeit, wer das Mädchen war. Dann stellt sich heraus, dass Killis PC aus seiner Wohnung verschwunden ist. Du kriegst Panik. Du suchst nach Veronika, findest heraus, dass sie in der Psychiatrie ist, checkst auch, seit wann. Du beschattest sie und fragst dich, wie du es anstellen sollst. Du weißt, dass Maria Hoff die Therapeutin des Mädchens ist. Du gehst sogar zu ihr und streitest mit ihr. Ich habe in meinem Wagen gesessen und zugeschaut, Petter. Ich bin dir gefolgt, habe dich die ganze Zeit beobachtet. Ich habe mich gefragt: Warum beschattet Petter Bull das Mädchen, nachdem Killi ermordet wurde, und warum bedroht er Maria Hoff? Warum berichtet er das nicht denen, die in dem Mordfall ermitteln? Warum erzählt er nicht von dem Mädchen und ihrer Psychologin?«

Gunnarstranda machte eine Kunstpause, um sich dann noch näher zu der leblosen Gestalt hinunterzubeugen. »Ich weiß, warum«, flüsterte er.

Die Augenlider des Patienten bewegten sich.

»Wegen Ivar Killis PC«, flüsterte Gunnarstranda. »Aber das war sinnlos, Petter, dein Einbruch bei der Psychologin, dass du sie zu Tode erschreckt hast in der Garage und jetzt wie ein Fisch auf dem Trockenen hier liegst, all das war total für die Katz. Als du unten in der Garage Son of Sam gespielt hast, habe ich zugepackt und den PC geholt. Ich habe ihn, Petter. Ich!«

Die Tür ging auf.

Gunnarstranda klappte seinen Mund zu und richtete sich auf. Eine Krankenschwester kam herein, sah ihn skeptisch an und zog die Decke zurecht. Hob eine Hand des Patienten an und legte sie sorgfältig zurück auf die Decke. Auf dem Nachttisch stand ein Pappbecher. Sie holte einen Holzstift mit einem kleinen Schwamm und befeuchtete ihn in dem Becher. Mit dem Schwamm befeuchtete sie Petter Bulls trockene Lippen. Danach blieb sie am Bett stehen und betrachtete ihn teilnahmsvoll.

Die Lippen des Patienten bewegten sich. Ein leiser Laut kam zu ihnen herüber. Ein langer, klagender Laut.

Die Krankenschwester flüsterte. »Er hat offenbar einen Alptraum.«

»Ist er im Koma?«, fragte Gunnarstranda.

Die Krankenschwester nickte und richtete sich auf. »Tiefes Koma«, flüsterte sie.

»Wird er wieder aufwachen?«

»Das hoffen wir. Sind Sie ein Verwandter?«

Gunnarstranda schüttelte den Kopf. »Arbeitskollege.«

»Sprechen Sie ruhig mit ihm, wenn Sie etwas Wichtiges sagen wollen«, flüsterte sie. »Die Ärzte sagen, dass die Patienten jedes Wort hören können.«

»Ja ja«, sagte Gunnarstranda und blinzelte ihr zu. »Das weiß ich.«

Sie schlich sich hinaus.

Er beugte sich noch einmal zu dem Patienten hinunter und murmelte: »Petter, hattest du Angst, ich würde gehen?«

52

Als er das Krankenhaus verließ und zu seinem Wagen ging, vibrierte sein Handy in seiner Jackentasche. Schließlich griff er danach und sah auf das Display. Es war die Nummer von Frank Frølich. Er grinste leicht. Es war fast wie in alten Zeiten.

Frølich war aufgeregt. Er hatte die Posten auf Welhavens Kundenkonto sortiert und war nach dem Ausschlussverfahren vorgegangen. Das Geld von dem Immobilienverkauf in Thailand war auf ein norwegisches Konto überwiesen worden. Mit Hilfe der Abteilung für Wirtschaftskriminalität hatte er den Kontoinhaber ausfindig gemacht. Das Konto gehörte einer Aktiengesellschaft namens *Feriehuset AS*. Diese Gesellschaft wurde vor zwei Jahren von zwei Frauen gegründet. Die eine hieß Anneline Paust, die andere Wenche Jotun.

»Wenche Jotun?«, fragte Gunnarstranda mit neuem Interesse.

»Warte«, sagte Frank Frølich. »Anneline Paust ist mit dem Anwalt verheiratet, mit dem Welhaven sich das Büro teilt, Helmer Paust. Ich habe das mit der Wirtschaftskripo diskutiert, und die sagen, es sei das klassische Rezept für Geldwäsche. Irgendjemand – zum Beispiel Paust – sitzt auf großen Mengen Schwarzgeld. Er schmuggelt das Geld in seinem Gepäck im Urlaub nach Thailand. Hier investiert er das Schwarzgeld in Ferienwohnungen. Zu Hause in Norwegen brennt die neue wohlhabende Mittelschicht darauf, ein paar Kronen loszuwerden. Sie träumen von weißen Urlaubsstränden. Welhaven vermittelt ihnen Ferienwohnungen. Die Kaufsumme wird bezahlt, zuerst an den Makler Welhaven, der den Betrag dann an *Feriehuset AS* überweist. Damit haben die Besitzer von *Feriehuset AS* eine legitime Erklärung dafür, woher ihr ganzes Geld stammt, nämlich aus Immobilienverkäufen.«

Gunnarstranda hörte kaum zu.

»Bist du noch da?«, fragte Frank Frølich. »Helmer Paust hat Dreck am Stecken, das habe ich gesehen, als ich –«

Gunnarstranda ließ ihn nicht ausreden. »Du bist genial, Frølich.«

»Na, na, ich bin nicht besser oder schlechter als andere, das hier ist das Ergebnis von –«

Auch diesen Satz brachte er nicht zu Ende. Gunnarstranda rief in das Handy: »Und wie alle großen Genies hast du keine Ahnung von der Reichweite dessen, was du da rausgefunden hast. Du sagst, die zweite Inhaberin von *Feriehuset AS* heißt Wenche Jotun?«

»Ja.«

»Kannst du mir den Namen buchstabieren?«

»W-E-N-C-H-E-J-O-T-U-N«, sagte Frølich gehorsam.

»Wann ist sie geboren?«

»Mal sehen ... am 23. November 1953.«

»Jetzt«, sagte Gunnarstranda freudestrahlend, »werde ich dir den letzten Teil des Puzzles vorführen. Weil ich nämlich heute das Strafregister durchgesehen habe. Wenche Jotun hat vor zweiunddreißig Jahren einen Sohn geboren. Dieser Junge heißt Darak Fares.«

»Machst du Witze?«

»Nein, ich habe alles genau nachgelesen, was wir über den Jungen haben. Wenche Jotun ist seine Mutter. Frührentnerin. Hat aber mehr Geld, als du Haare auf der Brust hast. Es war nicht Helmer Paust, der mit dem Schwarzgeld nach Thailand gefahren ist. Das war Darak Fares.«

Gunnarstranda war offensichtlich begeistert von seiner Entdeckung. »Wenn ich mich recht erinnere, hat Fride Welhaven dir erzählt, einige der Klienten ihres Vaters seien gefährlich. Es sieht so aus, als hättest du endlich herausgefunden, wen ihr Vater damit gemeint hat. Gratuliere, Frølich. Du hast auch herausgefunden, was Killi gegen Welhaven in der Hand hatte – der Anwalt hat für Leute Geld gewaschen, die mit organisierter Kriminalität zu tun hatten. Wo bist du übrigens?«

»Komme gerade nach Hause«, sagte Frølich.

»Ist es okay, wenn ich kurz bei dir vorbeikomme?«

Frølich zögerte. »Gibt es etwas, das wir nicht auch am Telefon besprechen können?«

»Es ist etwas delikat.«

Er unterbrach die Verbindung und steckte das Handy wieder in die Tasche.

Als er sich in seinen Wagen setzte, fühlte er sich um mehrere Kilo leichter als noch vor wenigen Minuten. Fröhlich pfeifend hielt er vor dem Block, in dem Frølich wohnte. Er stieg aus, schlenderte den kleinen Hügel hinauf auf die Glastüren am Eingang zu. Ein Mann kam gerade heraus und hielt ihm die Tür auf. Gunnarstranda nahm den Fahrstuhl. Obwohl Frølich kein Namensschild an der Tür hatte, fand er seine Wohnung sofort. Hinter der Wohnungstür dröhnte laute Musik.

Er musste viermal klingeln, bevor ein bedächtiger Frank Frølich ihm öffnete.

Drinnen prallten sie auf eine Wand aus Tönen. Der schwere Beat schlug mit dem Takt einer Lokomotive und machte jedes Gespräch unmöglich.

Gunnarstranda formte die Hände zu einer Flüstertüte. »Hättest du etwas dagegen, die Musik ein bisschen leiser zu stellen?«

»Nach dem Solo«, rief Frølich und nickte im Takt. »Das ist Mick Tayler, hör mal, jetzt.«

Frølich drehte lauter.

Gunnarstranda wartete geduldig, während Frank Frølich mit Rücken und Schultern spastische Zuckungen demonstrierte.

Als der Gitarrist endlich fertig war, drehte er leiser. »Verdammt noch mal, ist das gut. Ein Bier?«

Gunnarstranda schüttelte den Kopf. »Ich fahre.«

»Ein Leichtbier?«

»Okay.«

Frølich ließ die Tür zur Küche offen stehen. »Ich verstehe die Leute nicht, die sich eine Hütte in Thailand kaufen«, rief er mit dem Kopf im Kühlschrank.

Er kam ins Wohnzimmer zurück, stellte zwei Bierflaschen auf den Tisch und warf sich in einen Sessel. »Man braucht verdammt noch mal einen ganzen Tag, um hinzukommen, mit dem Flieger, man bindet sich für jeden verdammten Urlaub seines restlichen Lebens an einen bestimmten Ort, und an einen Strand, der am anderen Ende der Welt liegt. Das ist doch von vorne bis hinten nur Stress.«

Gunnarstranda räusperte sich.

»Ja?«

Gunnarstranda räusperte sich erneut und sagte: »Ich bin hergekommen, um zu hören, was eigentlich in der Nacht passiert ist, als du mit der Psychologin geschlafen hast.«

Frølich hielt in der Bewegung inne und sah ihn scharf an. »Ich will nicht unhöflich sein«, sagte er kühl, »Aber wenn das dein Thema ist, dann kannst du genauso gut gleich wieder verschwinden.«

»Versteh mich nicht falsch«, sagte Gunnarstranda vom Sofa her. »Ich interessiere mich nicht für dich oder für sie.«

Frølich schwieg.

»In deiner Aussage steht, dass du ungefähr um Mitternacht in einem Taxi saßt, das zwischen der Storgata und der Henrik Ibsens Gate vor einer roten Ampel hielt. Du bist aus dem Wagen gesprungen und auf Maria Hoff zugegangen. Meine Frage ist: Könnte es sein, dass Petter Bull in der Nähe war, als du sie getroffen hast?«

Frank Frølich war nachdenklich geworden. Er saß da und starrte auf einen Punkt irgendwo über Gunnarstrandas Kopf. »Warum fragst du?«

»Ich möchte wissen, was Petter Bull und Maria Hoff für einen Clinch miteinander haben.«

Frølich grinste. »Du glaubst doch nicht etwa, dass er versucht hat sie umzubringen, weil sie und ich einen One-Night-Stand hatten?«

Gunnarstranda schüttelte den Kopf. »Meine Frage ist rein ermittlungstechnischer Natur«, sagte er leise. »Kann es sein, dass er in der Nähe war, als du sie getroffen hast, oder hinterher?«

»Aber warum sollte er da gewesen sein?«

»Wie gesagt, ich versuche nur, mir ein Bild zu machen, ein Muster zu finden. Du sollst mir nichts anderes sagen, als was du tatsächlich erlebt hast. Aber ich will, dass du nachdenkst. Könnte irgendetwas darauf hindeuten, dass –«

»Als wir auf ein Bier im *Teddys* saßen, hat Emil Yttergjerde ein paar SMS geschickt und Kollegen angerufen«, unterbrach ihn Frølich konzentriert. »Petter Bull könnte natürlich eine dieser Mitteilungen bekommen haben. Es betraf die Aussage von Darak Fares. Wir waren ja total aufgebracht deswegen. Darak Fares hat die gesamte Polizei richtig an der Nase herumgeführt, oder? Jeder Polizist kennt ihn, die Banden, die Drogen verkaufen, bewaffnete Raubüberfälle begehen, Blutrache und Morde. Die ganze

Mannschaft lebt vom Sozialamt oder von der Krankenkasse und läuft mit dicken Goldketten herum, fährt mit Luxusschlitten durch die Gegend und reißt Mädels auf! Und diesmal musste ein Polizist dran glauben, einer von uns. Die Kripo und wir wollten Darak Fares gemeinsam hinter Gitter bringen. Aber Darak Fares macht, was er immer getan hat. Er schweigt. Das Ergebnis war das gleiche wie immer. Er spaziert als freier Mann aus dem Untersuchungsgefängnis. Und dann, hinterher, prahlt er auch noch gegenüber Emil Yttergjerde und sagt, er weiß, was tatsächlich passiert ist. Das war ganz einfach zu viel. Manche sind an dem Abend übergekocht. Ich habe keine Ahnung, wen Emil alles erreicht hat, aber es könnte durchaus sein, dass die SMS auch bei Petter Bull angekommen ist. Petter könnte auch in die Stadt gefahren sein, um Darak Fares zu suchen. Genau das habe ich auch gemacht, als ich Maria Hoff traf.«

»Aber du hast ihn nicht gesehen?«

»Nein. Andererseits –«

»Ja?«

»Am nächsten Tag hatte ich so ein Gefühl, als ob Petter wusste, dass ich bei einer Frau gewesen war.« Frølich hielt inne und dachte nach.

»Wieso?«, fragte Gunnarstranda ungeduldig.

»Ich bin ziemlich frühmorgens bei ihr losgefahren, war kurz hier und habe mich umgezogen. Meine Hose war klitschnass, es hatte abends geregnet, und ich habe sie nicht trocken gekriegt, sozusagen. Als ich zur Arbeit kam, habe ich Petter getroffen und er hat so eine Andeutung gemacht – über Hengste und so was.«

»Bei solchen stimulierenden Gesprächen am Arbeitsplatz kann ich gut verstehen, dass dir meine Gesellschaft zu langweilig war«, sagte Gunnarstranda säuerlich.

»Genau das hat mich irritiert«, sagte Frølich. »Ich rede

nie mit Leuten über so was. Habe auch noch nie mit Petter über Frauen geredet. Ich fand den Kommentar schlüpfrig und hatte so ein Gefühl – ein verdammt komisches Gefühl.«

Frølich starrte in die Luft.

Gunnarstranda betrachtete ihn. Der jüngere Polizeibeamte wirkte plötzlich unkonzentriert und fassungslos. »Was ist?«, fragte Gunnarstranda.

»Sie hat aus dem Fenster geschaut!«

»Wie bitte?«

»Vergiss es«, sagte Frølich düster und starrte mit leeren Augen vor sich hin.

Gunnarstranda wartete noch ein paar Sekunden. Aber Frølich wollte nicht damit heraus, was ihn bedrückte. Er stand auf. »Dann will ich dich nicht weiter stören«, sagte er. »Danke dir.«

Frølich, der immer noch wie ein Schlafwandler wirkte, hob langsam den Kopf. »Du hast dein Bier nicht getrunken. Was ist denn los?«

»Nur so ein Gefühl«, sagte Gunnarstranda milde, »ein verdammt komisches Gefühl.«

53

Als Gunnarstranda gegangen war, blieb Frank Frølich sitzen und sah düster vor sich hin. Er erinnerte sich an ihre Silhouette, vornübergebeugt vor dem Fenster. Die forschenden Augen im Spiegel der Fensterscheibe. Hatte sie möglicherweise Petter Bull beobachtet? Hatte sich deshalb ihre Stimmung so völlig gewandelt, dass sie ihn gebeten hatte zu bleiben?

Er rief sich die Situation bildhaft in Erinnerung: ihre provozierende Frage, ob er mit der Freundin eines Freundes schlafen würde. Ihre Stimmungswechsel, mal einladend, mal abweisend, ihr Temperament. *Die Liebste eines Freundes.*

Er würde diese Gedanken sowieso nicht mehr aus dem Kopf bekommen. Also stand er auf und zog seine Jacke an. Wenige Minuten später war er auf dem Weg zum Taxistand beim Ryenkrysset.

Es war spät und kaum Verkehr, nur wenige Menschen waren unterwegs.

Als das Taxi endlich hielt, stieg er aus und schlenderte zum Hauseingang. Maria Hoffs Fenster waren dunkel. Er blieb stehen und sah in beiden Richtungen die Straße entlang.

Wenn jemand diese Wohnung beobachten wollte und nicht in einem Wagen saß, wo würde er sich dann hinstellen?

Er ging den Bürgersteig entlang, dachte an Orson Welles in *Der dritte Mann*. Harry Lime, der die Wohnung der Frau von einer dunklen Eingangstür her ausspionierte.

Aber hier waren alle Eingangstüren erleuchtet. Nirgends war eine Birne durchgebrannt, keine Leuchtröhre erloschen. Es gab wenig Orte, wo man stehen konnte, ohne Aufmerksamkeit auf sich zu ziehen, nicht einmal eine Bushaltestelle war in der Nähe. Das einzige Versteck waren offenbar die Büsche vor dem Eingang. Konnte Bull in einem Auto gesessen haben?

Aber Maria Hoff und er waren an dem Abend zu Fuß gekommen. Wenn Bull in einem Auto gesessen hatte, dann hätte er auf sie gewartet und wäre ihnen nicht gefolgt.

Er spürte Hunger und Durst. Auf der gegenüberliegenden Straßenseite leuchtete das Schild einer rund um die Uhr geöffneten Kebab-Bude. Er überquerte die Straße und ging hinein. Ein junger Mann mit einem verwaschenen T-Shirt und einem verkehrt herum aufgesetzten Cap nickte ihm zu und stellte sich an die Kasse. Die Speisekarte, die über dem Kopf des Jungen an der Wand hing, zeigte Farbfotos von diversen Gerichten mit und ohne Pitabrot. Frølich ging zum Fenster. Sah hinaus.

Das war der Ort. Er sah direkt auf das Fenster von Maria Hoff.

Eine Bildsequenz in der Erinnerung: sie beide in ihrer Wohnung. Alle Lichter gelöscht. Die langbeinige Gestalt, die zur Stereoanlage ging, Musik auflegte, ans Fenster trat, sich an das Fensterbrett lehnte, aus dem verdunkelten Zimmer hinaussah, auf dieses Lokal, das durch scharfes Neonlicht erleuchtet war. Ihr Blick im Spiegel der Fensterscheibe. Die plötzliche Veränderung.

Der Mann an der Kasse räusperte sich.

Frank Frølich warf ihm einen abwesenden Blick zu und sah wieder aus dem Fenster.

»Ja?«, sagte der Junge mit dem Cap.

Frølich bestellte eine Falafel und Cola.

Der junge Mann nickte zu dem einzigen Tisch neben der Eingangstür. Frølich bezahlte. Er sagte: »Ich hoffe, Sie machen die Sauce mit Liebe. Hab diesen Laden von einem Kumpel empfohlen bekommen. Wenn die Sauce nicht schmeckt, werde ich das petzen – und dann kommt mein Kumpel und verhaut Sie.« Er grinste.

Der Mann hinter dem Tresen grinste zurück. Es ratterte hinter seiner Stirn. »Ihr Kumpel ist bestimmt ein ganz starker Typ, was?«

Frølich nickte. »Größer als ich, über zwei Meter groß, rasierter Schädel, sieht fast dick aus, aber es sind nur Muskeln und Knochen, und wenn er still steht, dann glotzt er einen mit offenem Mund an.«

»Das ist Ihr Kumpel?«

»Glauben Sie mir nicht?«

»Doch, klar. Ist der mal nachts hier gewesen?«

Frølich nickte. »Von Freitag auf Samstag.«

»Schon komisch, dass ausgerechnet der Ihnen diesen Laden empfohlen haben soll. Zu mir hat er gesagt, mein Essen schmeckt Scheiße.«

Frølich ging wieder an den Tisch zurück und rief Gunnarstranda an. »Hast du schon geschlafen?«

»Nein, ist dir was eingefallen?«

»Ich sitze in einer Kebab-Bude gegenüber von ihrer Wohnung. Es sieht aus, als hättest du Recht. Petter Bull war hier in der Nacht.«

Frølich trank Cola und sah aus dem Fenster. Er fühlte sich völlig matt und leer.

Der Junge mit dem Cap kam mit dem Essen.

Frølich betrachtete die frittierten Klöße und merkte, dass ihm überhaupt nicht nach Essen war.

Er bezahlte und versuchte beim Gehen jeden Blickkontakt mit dem Jungen zu vermeiden. Aber der wollte eine Erklärung.

»Was ist los? Sie haben nicht einmal probiert?«

»Ihr Essen ist nicht das Problem«, sagte Frølich und seufzte. »Es ist der Ort.«

In der Sannergata hielt er ein Taxi an, das ihn in nur fünf Minuten nach Torshov brachte. Kurz darauf klingelte er bei Emil Yttergjerde.

Es war spät, aber es leuchtete hell hinter dem kleinen Guckloch in der Tür. Trotzdem reagierte niemand auf sein Klingeln. Emil war zu Hause. Warum zum Teufel machte er nicht auf? Frølich klingelte noch einmal und nahm den Zeigefinger eine Weile nicht vom Klingelknopf. Als er losließ, hörte er ein Geräusch. Noch einmal klingelte er. Endlich erschien ein Schatten im Guckloch. Es klirrte, als Emil Yttergjerde aufschloss, die Tür einen Spalt öffnete und herausspähte. Sein Gesicht war gerötet, und er blinzelte gegen das Licht. »Frank? Was ist los?«

»Muss mit dir sprechen.«

»Kann gerade nicht.« Emil lächelte schief und entblößte eine Schulter. »Ich bin nicht ganz *decent*, wie die Engländer sagen.«

Emil verlagerte sein Gewicht auf den anderen Fuß. Eine Ecke des Handtuchs, das er sich um den Körper gewickelt hatte, löste sich. Er kämpfte ein wenig, um es wieder festzustecken. »Du verstehst sicher, dass ich dich jetzt nicht so einfach hereinbitten kann?«

»Ist vielleicht eine etwas merkwürdige Frage«, sagte Frank Frølich. »Aber du kennst doch Petter Bull. Hat der Erfolg bei Frauen?«

Yttergjerde starrte verwirrt durch den Türspalt.

Frank Frølich räusperte sich. »Okay, vergiss es. Weißt du noch, wie wir damals im *Asylet* waren und ich dich gefragt habe, ob Ivar Killi eine Freundin hat?«, fragte er mit leiser Stimme. »Du hast eine Weile nachgedacht, ohne ja oder nein zu sagen. Warum?«

»Bist du so spät hier angetanzt, um mich das zu fragen?«

»Es ist wichtig.«

Emil schnitt Grimassen, als sei er unsicher, ob er etwas sagen sollte. »Ich habe keine Ahnung. Ivar sah gut aus, er hat seine Bedürfnisse sicher befriedigen können.«

»Aber was hast du gedacht, als ich gefragt habe?«

Emil warf einen Blick über die Schulter. »Ich will nicht indiskret sein, aber da drinnen wartet jemand auf mich.«

»Ich geh gleich wieder, sag mir einfach, was du gedacht hast, als ich gefragt habe.«

»Das war im Sommer. In Huk. Ich war joggen auf Bygdøy. Wollte kurz ins Wasser springen und hab einen freien Platz auf dem Rasen gesucht. Es war total voll. Etwas weiter weg lag eine verdammt tolle Frau, lange dunkle Haare, Busen, hübsch eben. Und dann kommt ein Typ aus dem Wasser. Ivar. Wir sehen uns an, und ich hebe eine Hand, um zu grüßen, aber er wirft sich neben der Frau ins Gras. Ich hab mir natürlich meinen Teil gedacht. Sie wirkten wie ein Paar. Sie hat ihm den Rücken mit Sonnencreme eingerieben und so was. Ich bin kurz ins Wasser, hab aber verstanden, dass Ivar allein sein wollte, also hab ich hinterher allein dagesessen und mir die Frauen angeguckt. Aber als ich loswollte, da gingen die beiden auch gerade. Und da hat er sie mir vorgestellt. Und das war's. Ich hatte einfach den Eindruck, dass da was war. Aber ich hab nie was von der Frau gehört, vorher nicht und hinterher auch nicht. Also hab ich mich wahrscheinlich geirrt, und es war gar nicht so, wie ich gedacht habe.«

»Wie hieß sie?«

»Weiß ich nicht mehr.«

»Wie alt?«

»Dreißig – fünfunddreißig?«

»Hat sie Dialekt gesprochen?«

»Keine Ahnung. Sie war schön und wusste das auch, so ein Typ, bei der man sich ziemlich anstrengen muss, um sie aufzureißen.«

»Hieß sie Maria?«

»Vielleicht. Ich weiß es nicht mehr.«

Frank Frølich ging schon auf die Treppe zu. »Ciao Emil, und verausgabe dich nicht zu sehr.«

Auf dem Weg die Treppe hinunter nahm er sein Handy und rief Vibeke Starum an. »Tut mir leid, dass ich so spät anrufe«, sagte er. »Aber es geht um diese Geschichte zwischen mir und Welhavens Psychologin. Erinnern Sie sich, dass wir darüber gesprochen haben?«

»Ich erinnere mich«, sagte Vibeke Starum. Er konnte hören, wie sie einen tiefen Lungenzug machte und inhalierte.

»Mir ist da noch etwas eingefallen«, fuhr Frølich fort, während er das Haus verließ und zum Taxistand ging. »Habe gehört, dass ihr ein Bondage-Foto von Maria Hoff gefunden habt. Ich frage mich, ob Sie nicht eine Gegenüberstellung von ihr und Emil Yttergjerde veranlassen sollten.«

»Und warum?«

Frank Frølich überquerte die Straße und hob einen Arm, um ein heranfahrendes Taxi anzuhalten. Er zögerte mit seiner Antwort, wusste nicht sofort, wie er sich ausdrücken sollte.

Der Wagen hielt und Frølich öffnete die Beifahrertür. Er sagte: »Ich möchte nicht gern etwas sagen, was ich nicht beweisen kann. Wenn ich ein Foto von Maria Hoff bei mir hätte, dann könnte ich es selbst tun. Aber ich habe das starke Gefühl, dass Killi das Foto geschossen hat.«

»Warum interessiert es Sie, wer das Foto geschossen hat?«

»Ich glaube, dass Emil Yttergjerde die beiden zusammen gesehen hat.«

»Wen?«

»Killi und Maria Hoff.«

Plötzlich wirkte Starum interessiert. »Wann hat er sie zusammen gesehen?«

»Irgendwann im Sommer. Aber das bekommen Sie heraus, wenn Sie ein Foto mitnehmen und mit ihm sprechen.«

Frølich setzte sich ins Taxi.

54

Gunnarstranda saß mit seinem ersten Morgenkaffee in der Hand bei leicht geöffnetem Fenster. Er genoss die milde Augustluft, die vom Fenster her über sein Gesicht strich. Auf dem Tisch lag eine alte Ausgabe des Aftenposten-Magazins. Er beschäftigte sich mit dem Kreuzworträtsel, das immer noch ein paar freie Quadrate aufwies. Als er gerade überlegte, ob er die Stimmung noch mit ein paar Zügen von einer Zigarette vervollkommnen sollte, klingelte das Telefon. Er griff nach dem Hörer. Es war Vibeke Starum.

»Ich möchte, dass wir beide noch einmal mit Maria Hoff sprechen«, sagte sie.

»Und worüber?«

»Sie hat uns schon wieder belogen.«

»Inwiefern?«

»Sie hat behauptet, nach einer ziemlich heißen Begegnung Ende April, Anfang Mai jegliche Verbindung zu Ivar Killi abgebrochen zu haben. Aber Emil Yttergjerde hat sie eine Weile danach am Strand von Huk zusammen gesehen, vor nicht mehr als fünf oder sechs Wochen.«

»Na und?« Gunnarstranda nahm einen Würfel Zucker aus der Schale, die auf dem Tisch stand, hielt es zwischen Daumen und Zeigefinger und ließ eine Ecke die Kaffeeoberfläche berühren. Das Zuckerstück sog sich mit Kaffee voll und wurde sofort braun. Er steckte es in den Mund und nippte an seinem Kaffee.

»Ich meine also, dass es an der Zeit ist, etwas genauer nachzufragen«, ertönte die Stimme aus dem Hörer an seinem Ohr.

»Wonach?«

»Wie sind Sie denn drauf?«

Gunnarstranda spürte, wie sich das Zuckerstück in seinem Mund auflöste. Schlürfte Kaffee. Schluckte.

»Sind Sie noch da?«

Er sagte: »Wir wissen, sie kannte Killi. Es spielt keine Rolle, ob sie ihn ein Mal oder zehn Mal getroffen hat.«

»Es ist ein Unterschied, ob man einen Mann mehrmals trifft oder ob man ihn nach einem Mal abweist, weil man es mit seiner Arbeitsethik nicht vereinbaren kann – wie sie behauptet hat.«

»Ist das alles, worüber Sie mit ihr sprechen wollen?«

»Ich interessiere mich vor allem dafür, was sie zu dem Laptop zu sagen hat, den Sie gefunden haben.«

Gunnarstranda zögerte immer noch.

»Ich hole Sie ab«, sagte sie. »In zwanzig Minuten.«

Maria Hoff wohnte übergangsweise bei ihrem Bruder in einem Reihenhaus in Økern. Ihre Wohnungstür musste repariert werden. Sie war sich sowieso nicht sicher, ob sie weiterhin dort würde wohnen können. »Ich fange zu zittern an, wenn ich nur daran denke«, sagte sie und bat die beiden Polizeibeamten, sich an den Küchentisch zu setzen, wo sie gerade versuchte, ein circa sechs Monate altes Kind zu füttern. Sie erzählte, dass ihr Bruder zwei Jahre älter sei als sie und zum zweiten Mal verheiratet. Das Mädchen auf dem Babystuhl war ein Nachkömmling – ein sogenanntes Kind der Liebe, das ihr Bruder mit seiner Frau bekommen hatte, die fünfzehn Jahre jünger war als er. Maria Hoff flüsterte: »Sie haben sich bei der Arbeit kennen gelernt – beim Radio NRK. Sie wissen ja, wie das mit Künstlern so ist: In dem Milieu ist eben alles erlaubt.«

Maria Hoff hatte große blaue Flecke auf den Wangen, und ihre Stimme klang rostig und scheppernd. Sie tunkte einen Teelöffel in ein Glas Babykost, stopfte ihn in den aufgerissenen Mund des Kindes, das dann das meiste wieder ausspuckte. »Ich habe ein richtig schlechtes Gewissen. Um zu spielen oder sonst irgendwas zu tun, habe ich einfach keine Kraft.«

»Freut mich, dass es Ihnen schon besser geht«, sagte Gunnarstranda ernst.

Maria Hoff versuchte zu nicken. Da ihr Hals in einem dicken, weißen Kragen steckte, brachte sie dabei nicht viel Bewegung zustande. »Ich habe fast keine Stimme«, flüsterte sie und hustete. »Er hat da irgendetwas verletzt, als er zugedrückt hat.«

»Dem Täter geht es nicht viel besser«, sagte Gunnarstranda mitfühlend. »Sie haben gut getroffen. Möglicherweise wird er überleben.«

»Aha.«

»Aber die Ärzte bezweifeln, dass er jemals wieder arbeiten wird.«

»Das hat er sich selbst zuzuschreiben.«

»Er ist Polizist, wussten Sie das?«

»Nein. Aber das schockiert mich ziemlich.«

Gunnarstranda und Vibeke Starum wechselten einen Blick.

Maria Hoff registrierte es und zog fragend die Augenbrauen hoch.

»Ich dachte, Sie würden ihn kennen.«

»Habe den Mann vorher noch nie gesehen.«

»Das ist merkwürdig.«

»Warum ist das merkwürdig?«

Keiner sagte etwas. Nur das kleine Mädchen begann ein kurzes, heftiges Gebrüll, um dann sofort wieder breit zu lächeln und seine zwei Milchzähnchen zu zeigen.

Vibeke Starum schmolz dahin: »Na so was …« Sie tippte dem Kind mit einem langen Zeigefinger auf die

Wange und schnitt Grimassen, woraufhin es weiter mit den beiden Zähnen lächelte und vor Wonne gurrte.

»Ein Zeuge hat gesehen, dass Sie mit Ivar Killi beim Baden waren, an der Badestelle von Huk, vor ungefähr fünf-sechs Wochen.«

Maria Hoff lächelte ungläubig. »Und *was* hat derjenige gesehen?«

Gunnarstranda betrachtete sie, ohne zu antworten.

»Das ist jedenfalls die wildeste Behauptung, die ich je gehört habe.« Sie sah von einem zum anderen. »Seid ihr Polizisten denn jetzt völlig paranoid geworden? Warum sind Sie eigentlich hergekommen? Ich bin ein Opfer grober, unmotivierter Gewalt geworden. Habt ihr euch das überhaupt schon mal klargemacht?«

»Do, do, do, do«, grunzte Vibeke Starum und strich der Kleinen noch einmal über die Wange. Die brüllte diesmal noch lauter.

»Das ist kompletter Blödsinn!«, sagte Maria Hoff und musste ihre klägliche Stimme heben, um gegen das Kind der Liebe und sein Gebrüll anzukommen. »Von Anfang bis Ende!«

Vibeke Starum nahm ihr den Löffel und das Gläschen aus der Hand und begann, das Kind zu füttern. »Huuiii«, machte sie mit breitem Lächelmund. Das Kind sperrte sein Mäulchen auf. Vibeke Starum stopfte Brei hinein. Das Kind lächelte, schaukelte vor und zurück und schluckte.

»Huuiii!« Neuer Löffel ins Mäulchen.

»Haben Sie sich mal überlegt, warum Petter Bull Sie auf diese Weise angegriffen hat?«

»Wie gesagt: Ich habe keine Ahnung, wer er ist. Ich begreife nicht, warum er mir etwas tun wollte.«

»Vor ein paar Tagen bekamen eine ganze Reihe von Polizisten der Abteilung für Gewaltverbrechen eine Mail mit der Internetadresse eines Films«, sagte Gunnarstranda.

»Ja, und?«

»YouTube, modernes Zeugs, wo Leute alles Mögliche verschicken, das sich dann alle anschauen können. Die reinste Seuche.«

Maria Hoff betrachtete ihn geduldig.

»Dieser Film zeigt Aufnahmen von Veronika Lange, ziemlich unschuldige Sachen. Aber es ist doch bemerkenswert, dass jemand die Osloer Polizei auf einen Film aufmerksam macht, der bei YouTube zu finden ist. Einen Film mit Veronika Lange in der Hauptrolle, aufgenommen in Ivar Killis Wohnung. Finden Sie nicht?«

Maria Hoff blickte immer noch verständnislos drein.

»Übrigens schrecklich, die Sache mit ihrem Selbstmordversuch«, sagte Gunnarstranda. »Hoffentlich kommt sie durch.«

»Es war nicht ihr erster Versuch«, sagte Maria Hoff. »Hoffentlich verstehen Sie, warum ich das Gefühl hatte, sie an dem Morgen einweisen zu müssen.«

Gunnarstranda senkte den Blick und öffnete die Kiste, die zwischen seinen Beinen stand. »Der Film, in dem sie mitspielte, wurde von diesem PC aus geschickt.« Er hob einen Laptop aus der Kiste und stellte ihn auf den Tisch. Maria Hoff starrte darauf.

Vibeke Starum vergaß, den Löffel in das Mäulchen des Kindes zu schieben. Das Kind schrie gellend auf.

»Huuiiiii!«

»Das Gerät gehört Ivar Killi«, fuhr Gunnarstranda fort.

Maria Hoff betrachtete den Laptop, als wäre er eine unbestimmbare Kreation, für die sie keine Worte fand.

»Wir möchten gerne wissen«, sagte Gunnarstranda milde, »wie und warum er in Ihren Besitz gekommen ist.«

Endlich hob die Psychologin den Kopf. »Was wollen Sie wissen?«

»Ich habe mir die Mühe gemacht, hinter Ihnen herzufahren, als Sie zur Abfallentsorgungsanlage in Dal gefahren sind und ihn weggeworfen haben.«

»Was reden Sie denn da?«

»Ich habe die ganze Schicht unbezahlt Überstunden machen lassen, während ich bis spät in die Nacht durch Abfall und unbestimmbaren anderen Dreck gestiefelt bin, bis diese Leute darauf gekommen sind, den Mann anzurufen, der sich der gebrauchten elektronischen Geräte annimmt«, sagte Gunnarstranda gleichbleibend freundlich. »Gut für uns, dass Sie umweltbewusst sind und an Wiederverwertung denken. Der Mann hat bestätigt, dass Sie – er hat Sie nach unserer Beschreibung identifiziert – dieses Gerät abgeliefert haben. Das kommt davon, wenn man so aussieht wie Sie. Man wird gesehen und die Leute vergessen einen nicht.«

Das Gesicht des kleinen Kindes war ein konzentrierter Knoten. Das Mädchen machte jedenfalls keinen Hehl daraus, womit es gerade beschäftigt war. Auch der Duft war unverkennbar.

Maria Hoff starrte Gunnarstranda scharf in die Augen. »Sie sagen, dass der Verrückte, der mich überfallen hat, das getan hat, weil er ein Video von Veronika gesehen hat – das auf diesem Gerät drauf war?«

»Streiten Sie ab, den Laptop bei der Abfallentsorgungsanlage in Dal abgegeben zu haben?«

»Das bestreite ich nicht. Ich weiß genau, was ich wo abgebe. Aber was Sie da in der Hand haben, ist mein altes Klappergestell von einem Laptop, nichts anderes.«

Vibeke Starum legte den Löffel aus der Hand und stellte das Gläschen ab.

»Wenn das Ihr Gerät ist, dann möchte ich, dass Sie das beweisen«, sagte Gunnarstranda leise.

»Beweisen? Glauben Sie, ich habe die Quittung aufgehoben – für den Fall, dass die Polizei ihn aus dem Müll holt und –«

»Die Festplatte wurde entfernt«, unterbrach Gunnarstranda sie kühl. »Sie können Sie ja wieder einsetzen, dann werden wir sehen, was auf dem Bildschirm erscheint.«

»Die Festplatte fehlt?«

»Genau.«

»Ich habe keine Ahnung, wieso«, sagte Maria Hoff kühl. »Sie war drin, als ich ihn abgegeben habe.«

55

»Die Runde geht jedenfalls an sie«, sagte Vibeke Starum und konnte sich ein schadenfrohes Lächeln nicht verkneifen. »Und ich hatte gedacht, ich würde Sie glänzen sehen. Haben Sie etwa ihren Biss verloren?«

Er antwortete nicht.

Sie lächelte noch breiter. »Aber lieber Gott, was für ein süßes Baby!«

»War das der Grund, warum Sie wollten, dass wir mit ihr sprechen?«, fragte er verärgert. »Um mich scheitern zu sehen?«

»Sie gehören zu den Menschen, die niemals einsehen, dass sie ab und zu solche Niederlagen verdienen«, sagte sie.

»Ich war es nicht, der dieses Gespräch mit ihr führen wollte«, sagte Gunnarstranda. »Aber Sie wissen genauso gut wie ich, dass sie lügt.«

»Schlimmer als ein Meteorologe«, stimmte sie ihm zu.

Sie saßen im Auto, das am Drahtzaun vor dem Reihenhaus stand. Durch das Fenster konnten sie Maria Hoff sehen. Eine Gestalt, die sich steif bewegte, mit weißer Halskrause, das Kind der Liebe ihres Bruders auf dem Arm.

»Ich weiß, dass sie Petter Bull kannte. Ich habe sie selbst zusammen vor ihrer Haustür stehen und streiten sehen.«

»Warum haben Sie das nicht gesagt?«

»In dem Moment hätte es uns nicht weitergebracht.«

Vibeke Starum wandte ihm das Gesicht zu. »Ist das etwa Ihr Stil?«

»Was für ein Stil?«

»Manipulation?«

»Schweigen ist keine Manipulation«, sagte Gunnarstranda. »Alles hat seine Zeit. Das Gerät gehört Ivar Killi. Sie hat es demontiert und auf den Müll gebracht, ohne Festplatte. Sie kennt Petter Bull. Jetzt müssen Sie und ich eine Entscheidung treffen. Was ist wichtiger – sie dazu zu bringen, zuzugeben, was wir schon wissen, oder herauszufinden, *warum* sie beschlossen hat zu lügen?«

Sie saßen eine Weile schweigend da und überlegten. Schließlich ergriff Gunnarstranda als Erster das Wort.

»In der Nacht, als Killi erschossen wurde, verließ Darak Fares das Klubhaus der *Hells Angels*, um eine Waffe zu holen. Sie vertrauen da Ihrem Informanten?«

Starum nickte. »Habe auch die Bestätigung des Taxifahrers.«

Gunnarstranda fuhr fort. »Veronika ist am Samstagnachmittag in Killis Wohnung gegangen. Die Frage ist, warum Killi die Schlüssel nicht zurückbekommen hat. Es gibt nur eine Antwort: Veronika war mit Killi verabredet. Wann wollten sie sich treffen? Gegen Mitternacht in Grønland. Sie hat Ihnen gegenüber ja zugegeben, dass sie an dem Abend im *Asylet* war. Wir wissen, sie hat mit Killi telefoniert, also haben sie verabredet, sich dort zu treffen, in Grønland.«

Gunnarstranda sah ein paar Sekunden lang vor sich hin, bevor er fortfuhr: »Um halb eins steht Darak Fares an der Bar vom *Asylet* und bestellt ein Bier. In Begleitung einer jungen Frau mit knallroten Haaren. Das kann Veronika gewesen sein. Aber das *Asylet* will schließen, und Darak Fares wird das Bier verweigert. Er wird wütend und reagiert wie gewöhnlich, trifft aber auf eine Bedienung, die sich nicht so leicht einschüchtern lässt. Sie liest ihm die Leviten. Darak Fares wirft ein Glas nach ihr, verlässt das Lokal, sie folgt ihm.

Und was wird aus dem Mädchen? Sie hat das Lokal verlassen – und da draußen auf dem Platz irgendwo ist Ivar Killi. Kurz darauf tauchen Khan und Sharif auf, und die Schlägerei beginnt.«

Gunnarstranda verstummte.

In der Küche des Reihenhauses schrie das Baby. Die Psychologin hatte es an sich gedrückt und ging mit ihm auf und ab.

Starum sagte: »Sie meinen also, Darak Fares hat Veronika gebeten, die Waffe zu stehlen, weil er sie an dem Abend auf Killi richten wollte?«

»Ivar Killi hat Welhaven erpresst«, sagte Gunnarstranda. »Welhavens einziges Geheimnis, das eine Erpressung wert war, ist seine Beziehung zu Darak Fares und dessen Mutter. Versetzen Sie sich in Welhavens Lage. Was würden Sie tun, wenn jemand Ihnen droht, ein Geheimnis zu verraten, das Sie vernichten kann? Sie bezahlen nicht sofort. Sie suchen nach Auswegen. Welhaven konnte nicht zur Polizei gehen. Aber es gibt einen Menschen, zu dem er damit gegangen sein muss.«

»Wen?«

»Darak Fares. Der Erpresser war für Fares eine ebenso große Bedrohung wie für Welhaven. Der Anwalt hat Fares garantiert erzählt, dass ihn jemand erpresst hat, der von der Geldwäsche wusste. Welhaven hatte ja keine Ahnung, wer es war. Das muss Darak Fares alarmiert haben. Er muss herausgefunden haben, dass Killi der Erpresser war …«

»Und wie?«

»Falke gegen Falke.«

»Was meinen Sie damit?«

»Wir wissen, dass Ivar Killi Welhaven beschattet hat. Darak Fares hat vielleicht dasselbe getan und Killi entdeckt«, sagte Gunnarstranda.

»Moment!« Starum schüttelte den Kopf und hob einen

Zeigefinger. »Das kaufe ich Ihnen nicht ab«, sagte sie. »Das klingt eher nach Wunschdenken als nach Wahrscheinlichkeit.«

Gunnarstranda schwieg nachdenklich.

Vibeke Starum fragte: »Warum hat Fares die Schlägerei angezettelt?«

»Um Killi umzubringen und eine möglichst geringe Strafe zu riskieren, falls er gefasst würde. Die Polizei hätte es mit einem Fall zu tun gehabt, bei dem mitten in finsterster Nacht durch einen unglücklichen Zufall bei einer Straßenschlägerei ein Schuss ausgelöst wurde. Der Täter würde nur eine Anklage wegen fahrlässiger Tötung riskieren, denn das Opfer wurde ja mit seiner eigenen Waffe getötet. Darak Fares – wenn er überhaupt verhaftet worden wäre – hätte maximal mit zwei Jahren auf Bewährung rechnen müssen. Aber – wenn die Polizei darauf gekommen wäre, dass Fares die Waffe mit dem Ziel gestohlen hatte, Killi zu töten, hätte er lebenslänglich mit Sicherheitsverwahrung bekommen. Andererseits: Die Wahrscheinlichkeit, dass die Polizei das Motiv erkennen und die Erpressung aufdecken würde, war unglaublich gering. Schließlich war Killi ein maroder Polizist und hatte seine Spuren sicherlich gut verwischt.«

»Aber die Polizei hätte Veronika gefunden, durch die er an die Waffe herangekommen ist.«

»Vielleicht, vielleicht auch nicht. Wenn sein Plan aufgegangen wäre, hätte man ihn niemals gefasst. Und falls sie verhaftet worden wäre, kannte sie weder den Plan noch sein Motiv. Seine Geschichte wäre wasserdicht gewesen. Das Urteil hätte auf fahrlässige Tötung gelautet.«

Starum nickte zustimmend. »Aber was ist schiefgelaufen?«

Gunnarstranda schüttelte unschlüssig den Kopf. »Irgendwie hat der Plan nicht funktioniert. Ich glaube, dass die Kellnerin das meiste durcheinandergebracht hat. Ich glaube, Darak Fares hat es nicht geschafft, die Waffe von Veronika zu bekommen – weil die Kellnerin Schwierigkeiten gemacht hat. Sie war ganz sicher, dass Fares gerade reingekommen war, was die Überwachungskameras in der Stadt zeitlich bestätigen. Wenn er gerade gekommen war, hatte Veronika ihm die Waffe vielleicht noch nicht übergeben können.«

»Und dann kam der Ball ins Rollen«, sagte Starum. »Seine beiden Freunde tauchten auf dem Grønland Torg auf. Die Schlägerei begann. Der Schuss fiel. Wer hat geschossen? Veronika oder Darak Fares?«

»Je nachdem, wer die Waffe hatte.«

»Darak Fares«, schlussfolgerte Starum.

»Warum?«

»Wenn er schon die Schlägerei angefangen hatte, weil er Killi umbringen wollte, dann hat er es wohl auch getan, oder?«

Gunnarstranda verzog zweifelnd das Gesicht. »Ich glaube nicht, dass Fares geschossen hat.«

»Warum nicht?«

»Weil die Waffe verschwunden ist. Wenn es Fares war, dann ist es doch merkwürdig, dass er später mit derselben Waffe getötet wurde. Er wurde von jemandem erschossen, der vor seinem Wagen stand. Die Waffe hatte der Täter mitgebracht. Wenn Darak Fares auf dem Grønland Torg Ivar Killi erschossen hätte, dann hätte er die Waffe sofort weggeworfen, damit die Polizei sie finden konnte. Der Revolver wäre nie wieder vor seinem Autofenster aufgetaucht. Es muss Veronika Lange gewesen sein, die geschossen hat.«

»Aber warum?«

»Keine Ahnung.«

Eine Weile dachten beide schweigend nach.

Schließlich sagte Gunnarstranda: »Unseren bisherigen Erkenntnissen zufolge hat Killi möglicherweise gewusst, dass sie die Waffe gestohlen hatte. Vielleicht ist er aggressiv geworden, oder er hat sie erschreckt. Schließlich war er total betrunken. Es kann alles Mögliche passiert sein, im Dunkeln auf dieser Bank.«

»Nehmen wir mal an, das Mädchen hat geschossen«, dachte Starum laut. »Hinterher ist sie ausgeflippt und ist zu ihrer Therapeutin gelaufen. Wir sind ziemlich sicher, sie hat der Hoff erzählt, dass Killi tot ist. Aber – hat sie ihr auch erzählt, dass sie ihn erschossen hat?«

»Sie muss auf jeden Fall Teile der Wahrheit erzählt haben«, sagte Gunnarstranda. »Das Mädchen muss ja total verzweifelt gewesen sein.«

»Sie meinen, dass das Mädchen und die Psychologin das Team in der Klinik gemeinsam hinters Licht geführt haben, was den Grund für die Einweisung betrifft?«

»Es war gar nicht nötig, irgendein Team hinters Licht zu führen. Vergessen Sie nicht, von dem Moment, als das Mädchen Kontakt zu ihrer Therapeutin aufnahm, bis zu ihrer Ankunft in der Klinik sind vier Stunden vergangen. Maria Hoff hatte vier Stunden Zeit, mit dem Mädchen zu ›sprechen‹. Es war Sonntagvormittag, und es war kein Team da, das die Einweisung vor Ort hätte überprüfen können.«

Wieder schwiegen beide nachdenklich.

»Aber warum?«, fragte Vibeke Starum schließlich. »Jeder professionelle Therapeut würde die Polizei anrufen, wenn er erfährt, dass ein Klient jemanden umgebracht hat. Maria Hoff weist das Mädchen ein. Versteckt sie. Warum?«

»Sie hat eine Entscheidung getroffen.«

»Wenn sie die Situation als fachliches Dilemma empfand, dann –«

»Kein fachliches Dilemma. Sie hat diese Entscheidung

getroffen, weil sie davon profitiert hat. Es gibt keine andere Antwort.«

»Aber was hätte sie zu verlieren gehabt, wenn sie zur Polizei gegangen wäre?«

»Sie kannte zwei Polizisten. Der eine wurde ermordet, der andere war Petter Bull.«

Sie sahen sich an. »Das ist Grund genug, um nicht zur Polizei zu gehen«, sagte Vibeke Starum und dachte laut: »Maria Hoff war die Therapeutin von Welhaven … Genau!«, rief sie plötzlich und stoppte Gunnarstranda mit einer erhobenen Hand, als er sie unterbrechen wollte. »Das ist der Grund! Welhavens Geheimnisse haben den ganzen Alptraum ausgelöst. Die Geschichte mit der Geldwäsche *muss* Welhaven belastet haben – dass er sich von einem Schwerstkriminellen benutzen ließ. Welhaven hat an seinem Selbstbewusstsein gearbeitet, um seinem Sohn ein gutes Vorbild zu sein. Welhaven hatte Vertrauen zu Maria Hoff. Er hat darauf vertraut, dass alles, was er in ihrem Beisein sagte, unter die Schweigepflicht fiel. Er hatte ihr von Anfang an sein Herz ausgeschüttet. Maria Hoff hat schließlich zugegeben, dass Killi sich an sie herangemacht hatte, um Informationen über Welhaven zu bekommen. Sie hat behauptet, sie habe Killi abgewiesen. Und wir wissen, das ist gelogen.«

Gunnarstranda nickte. »Sie muss gar nicht alles weitererzählt haben. Aber Killi war ein Bulle. Er brauchte nur eine kleine Andeutung, um zu wissen, wo er graben musste.«

Vibeke Starum blickte zu Maria Hoff hinter dem Fenster hinauf. »Eigentlich ist es verständlich, dass sie Panik bekommen hat, als das Mädchen an dem Morgen bei ihr aufgetaucht ist.« Dann schlussfolgerte sie sichtlich überzeugt: »Veronika *muss* ihr erzählt haben, dass Killi an dem Morgen ermordet wurde. Sie muss auch von Darak

Fares erzählt haben. Maria Hoff wusste, warum Fares Killi umbringen wollte. Welhaven war verschwunden –«

»Nein,« unterbrach Gunnarstranda sie. »Sie wusste da noch nicht, dass Welhaven verschwunden war. Frølich hat erst am Sonntagabend Kontakt mit ihr aufgenommen.«

»Umso klarer passt alles zusammen«, sagte Starum. »Maria Hoff bekam Panik, als das Mädchen auftauchte. Ihr Nichtdichthalten in Bezug auf Welhaven hatte einen Mord ausgelöst. Sie hat sich persönlich dafür verantwortlich gefühlt. Außerdem muss sie sich Sorgen um ihre Zukunft gemacht haben. Sie wusste, dass die Ermittlungen in ihre Richtung weisen würden und ihre Illoyalität früher oder später ans Licht kommen würde. Als Veronika sie um Schutz bat, hat sie das Mädchen in die Klinik eingewiesen und dann diesen Laptop gestohlen, damit niemand etwas von ihrer Beziehung zu Killi erfuhr.«

Sie schwiegen beide, lange.

Schließlich seufzte Starum. »Aber diese ganze Rekonstruktion steht und fällt damit, ob Darak Fares wusste, dass Killi der Erpresser war. Und das können wir nicht beweisen.«

In der Küche des Reihenhauses stand die Psychologin mit dem Rücken zum Fenster. Sie drückte das Kind an sich, das mit großen, runden Augen über ihre Schulter sah.

»Lassen Sie uns losfahren«, sagte Gunnarstranda ärgerlich. »Mir wird schlecht, wenn ich ihr zusehe.«

Starum drehte den Zündschlüssel herum.

»Haben Sie ein Foto von Fares?«, fragte Gunnarstranda.

»Im Präsidium.«

»Wollen wir hinfahren und es holen?«

»Warum?«

»Mir ist was eingefallen«, sagte Gunnarstranda ohne jede Begeisterung.

56

Sie mussten in einem hellen Eckbüro warten. Edvard Røyse war in einer Sitzung. Das Büro hatte Fenster nach Süden und nach Osten. Sie konnten von Nesodden bis zu den Mauern der Festung von Akershus und zum VIP-Anleger sehen, wo die Christian Radich vor einem anderen, kleineren Holzschoner vor Anker lag. Røyses riesiger Schreibtisch war ganz im englischen Stil, aus Kirschbaumholz. Die Tischplatte und das Leder der Schreibunterlage wurden durch eine dicke Glasplatte geschützt. Auf der Platte stand ein einsamer Laptop und ein Zigarrenanfeuchter aus demselben Holz wie der Schreibtisch. An der Wand hingen zwei Flachbildschirme, die die Börsenkurse anzeigten.

»Mein Gott, dieser Mann muss ein wandelndes Klischee sein«, sagte Starum mit leiser Stimme.

»Nicht ganz«, sagte Gunnarstranda.

»Was fehlt?«

»Die Wanduhren, die die Zeit in New York, Tokyo und London anzeigen.«

»Ich wette hundert Kronen darauf, dass er eine Rolex trägt«, flüsterte sie.

Durch die Glasfenster zur Halle hin konnten sie Røyse kommen sehen: in seinem Nadelstreifenanzug, weißem Hemd und glänzenden, schwarzen Schuhen.

Als er hereinkam, war er die Freundlichkeit in Person. Seine Wangen waren sorgfältig unrasiert und der kleine Haarbüschel unter der Unterlippe wirkte gewachst und gekämmt.

Gunnarstranda stellte ihm Vibeke Starum vor.

»Nun?«, sagte Røyse und setzte sich auf einen hohen Bürostuhl. Das Oberleder seiner Schuhe glänzte, die Bügelfalte war messerscharf, und er unterließ es auch nicht, leicht an den Hosenbeinen zu ziehen, bevor er das eine Bein über das andere schlug und eine Hand in Denkerpose unter dem Kinn platzierte.

Vibeke Starum schob ein Foto über die Schreibtischplatte. »Haben Sie diesen Mann schon einmal gesehen?«

Edvard Røyse griff nach dem Foto und betrachtete es. Er nickte. »Ja«, sagte er leise. »Aber ich erinnere mich gerade nicht mehr daran, wo.«

Gunnarstranda räusperte sich. »Darf ich vielleicht helfen?«

Røyse sah ihn an.

»Könnte es vor Gericht gewesen sein?«

Røyses Gesicht erstrahlte in einem Lächeln. »Ja, genau. Das hier ist Mann Nummer zwei.«

Gunnarstranda nickte und lehnte sich lächelnd zurück.

»Mann Nummer zwei?«, fragte Vibeke Starum.

Røyse sah Gunnarstranda an. »Ist sie mit dem Fall vertraut?«

Gunnarstranda räusperte sich erneut. »Røyse hatte am Freitag, den 4. August, einen Gerichtstermin anlässlich einer Geldforderung an Arne Werner Welhaven. Er und ich haben vor ein paar Tagen darüber gesprochen. Welhaven ist zu dem Termin nicht erschienen, er war ja verschwunden. Aber es kamen zwei Zuhörer. Der eine war Killi. Und der andere war offenbar der Mann auf dem Foto.«

Vibeke Starum sah ihn lange an.

Gunnarstranda stand auf und gab Edvard Røyse die Hand. »Dann werden wir Sie nicht weiter stören.«

Sie verabschiedeten sich.

»Sie schulden mir hundert Kronen«, sagte Gunnarstranda, als sie durch die Reihen von Autos im Parkhaus unter Aker Brygge hindurchschlenderten.

»Aber Sie haben nicht gewettet«, sagte sie. »Eine Rolex hätte ihm übrigens gestanden. Welche Marke war es?«

»Eine Raymond Weil.«

»Nie gehört. Wundert mich, dass Sie solche Sachen wissen.«

»Ich kenne da einen Hehler, der jedes Mal, wenn wir uns sehen, versucht, mir solche Uhren zu verkaufen.«

Sie blieben stehen. »Ich erinnere mich nicht mehr, wo wir den Wagen abgestellt haben«, sagte sie.

»Noch etwas weiter«, sagte er.

»Der Gerichtstermin war also am Freitag«, sagte Vibeke Starum. »Killi ist anwesend. Darak Fares ist anwesend. Am nächsten Tag wird Ivar Killi mit seiner eigenen Waffe erschossen, die Veronika Lange im Auftrag von Fares gestohlen hat. Auch wenn Welhaven nicht wusste, wer der Erpresser war, Fares wusste es nur zu gut.«

»Jetzt können Sie drücken«, sagte Gunnarstranda.

Ein Stück vor ihnen blinkte ein Wagen gelb. Sie gingen darauf zu und setzten sich hinein.

Gunnarstranda legte den Sicherheitsgurt an und sagte: »Darak Fares hatte geplant, Killi umzubringen. Aber Fares und das Mädchen haben sich in dem Chaos aus den Augen verloren. Er begriff, dass das Mädchen Killi erschossen hatte. Aber ihm war auch klar, dass er selbst in Verdacht geraten würde. Ein Haufen von Leuten hatte gesehen, wie er vor der Kneipe durchgedreht war. Also nahm er seine beiden Kumpels mit und haute nach Schweden ab, um dort in Deckung zu gehen, bis die Situation sich beruhigt hätte. Auf dem Weg durch Østfold trat Sharif zu fest aufs Gas. Sie wurden in Halden von der Polizei angehalten. Die Kellnerin erkannte Fares wieder. Sie wollten

Fares in U-Haft bringen, aber er kam frei. Abgesehen von der Psychologin war er der Einzige, der wusste, dass Veronika Killi erschossen hatte. Als er aus der U-Haft kam, musste er natürlich Kontakt zu Veronika aufnehmen. Aber sie war in der Klinik und nicht erreichbar.«

Sie wechselten einen Blick. Beide wussten, was der andere dachte. Schließlich sprach Starum es aus. »An dem Freitag, als Fares freikam, hat er Veronika Lange angerufen.«

»Und die können wir nicht verhören«, sagte Gunnarstranda. »Erinnern Sie sich noch, wann er sie angerufen hat?«

»Um sechs Uhr abends.«

»Yttergjerde und Frølich haben Darak Fares gegen neun Uhr abends in einem Wagen in Grønland gesehen. Er wurde zwischen elf und zwei Uhr nachts erschossen. Maria Hoff und Frølich standen gegen Mitternacht knutschend unter der Hausmanns-Brücke – an dem Ort, wo später die Waffe gefunden wurde. Da hatte er sie ungefähr zehn Minuten vorher getroffen. Für die Zeit zwischen elf Uhr und zehn vor zwölf hat Maria Hoff kein Alibi.«

»Erzählen Sie das Frank Frølich, wenn Sie ihn das nächste Mal sehen«, sagte Starum mit einem schiefen Lächeln um die Mundwinkel. »Maria Hoff bringt Fares um, trifft zufällig auf Frølich und denkt sich: *Den Typen kann ich jetzt gut gebrauchen.* Sie steuert zunächst die Brücke an, um die Waffe loszuwerden, und geht danach mit ihm ins Bett, um sich ein Alibi zu verschaffen.«

Gunnarstranda zögerte immer noch: »Maria Hoff hatte die Waffe, okay. Das Mädchen hatte den Revolver bei sich, als sie am Sonntagmorgen bei ihr auftauchte. Aber warum sollte Maria Hoff den Revolver nehmen und damit Darak Fares erschießen? Das ergibt keinen Sinn.«

Sie sahen eine Weile stumm vor sich hin. Vibeke Starum steckte sich eine Zigarette an. Gunnarstranda sah sie an und kurbelte das Fenster herunter.

»Entschuldigung«, murmelte sie und kurbelte das Fenster auf ihrer Seite ebenfalls herunter. Sie blies den Rauch hinaus – ohne Erfolg. Er wehte wieder herein. Vibeke Starum zeigte einen echten Nikotinhunger. Sie inhalierte schnell und hungrig, sodass die Glut mehrere Zentimeter rot leuchtete.

»Das Ganze kommt mir wie ein fast gelöstes Kreuzworträtsel vor«, sagte Gunnarstranda. »Die Worte stimmen fast alle, aber manche Kästchen sind leer oder falsch ausgefüllt. Ich verstehe immer noch nicht, warum Maria Hoff Darak Fares erschossen haben soll. Wo ist das Motiv?«

Starum schnippte den Rest der Zigarette aus dem Fenster und startete den Wagen. »Keine Ahnung«, antwortete sie kurz. Die Reifen quietschten in der Kurve. »Das mit dem Kreuzworträtsel passt gut.«

Sie fuhren schweigend zum Präsidium zurück. Es war unmöglich, einen Parkplatz zu finden. Schließlich fanden sie eine Lücke in einer Reihe von Autos im Enerhaugen.

Als sie hinunter zur Eingangsschleuse der Haftanstalt gingen, fand Gunnarstranda es an der Zeit zu sagen: »Petter Bull hat Maria Hoff in der Nacht beschattet, als Frølich bei ihr war.«

»Wer sagt das?«

»Frølich ist überzeugt davon. Außerdem sagt er, dass ein Junge in einer Kebab-Bude gegenüber ihrer Wohnung einem Mann ein Kebab verkauft hat, der Petter Bull *sehr* ähnlich war.«

»Wann hat Frølich das gesagt?«

»Sie unterbrechen mich ständig.«

Sie blieb stehen, wutschnaubend. »Andauernd gibt es

Dinge, die Sie mir verschweigen«, schimpfte sie wütend. »Erst waren es Killis Schlüssel und jetzt, dass Petter Bull die Hoff und Frølich beobachtet hat. Was erwarten Sie eigentlich von –«

Gunnarstranda hob beide Arme zu einer besänftigenden Geste: »Ich erzähle es Ihnen ja jetzt. Ich habe es gestern Abend erfahren. Petter Bull befand sich wahrscheinlich vor ihrer Wohnung, als sie mit Frølich ins Bett gehüpft ist. Aber warum war er dort? Kam er einfach so vorbei? Wollte er sichergehen, dass sie gut schlief? Nein. Er muss ihr gefolgt sein. Er wusste, woher sie kam. Also wusste er auch, was sie getan hatte.«

»Und was hatte sie getan? Fares erschossen? Das Motiv, Gunnarstranda, was war ihr Motiv? Wir wissen beide, dass Darak Fares an dem Abend, als er erschossen wurde, Veronika Lange angerufen hat. Er hat sein Handy nicht benutzt, um Maria Hoff anzurufen. Und wenn Bull wusste, dass sie Fares umgebracht hatte, warum hat er sie dann nicht verhaftet? Man kann ja vieles über Bull sagen, aber er ist schließlich immer noch Polizist.«

Gunnarstranda schüttelte den Kopf und sagte: »Bull ist den ganzen Weg allein gegangen.«

»Es gibt einen Unterschied zwischen einem Alleingang und einer Missachtung der Dienstpflicht.«

»Sehen wir uns die Fakten an«, beharrte Gunnarstranda. »Bull hat in der Nacht, in der sie mit Frølich zusammen war, vor Maria Hoffs Wohnung gewartet. Wir müssen uns fragen, warum. Und warum ist er vor zwei Tagen bei Maria Hoff eingebrochen? Warum hat er sie in der Garage angegriffen? Was war sein Plan? Er hat von Anfang an von dem Mädchen in der Klinik gewusst. Er hat die Klinik beobachtet, wenige Tage nachdem Killi ermordet wurde – und er hat nichts gesagt, weder zu Ihnen noch zu mir oder Rindal.«

»Ich habe irgendwie das Gefühl, dass Sie zu wissen glauben, was sein Plan war«, sagte Starum tonlos.

»Er war die ganze Zeit hinter Killis PC her. Aber am Anfang wusste er nicht, wer ihn hatte, das Mädchen oder die Therapeutin. Irgendwann war er dann sicher, dass Maria Hoff ihn hatte. Warum ist er vor Maria Hoffs Wohnung aufgetaucht, als sie mit Frølich zusammen war? Petter ist kein Stalker, der sich in Büschen rumtreibt und nach Maria Hoff geiert. Petter Bull ist auch kein Spanner, der gerne zusieht, wenn seine Kollegen vögeln. Er war da, weil er einem von beiden gefolgt war. Frølich kann er aber nicht gefolgt sein, denn der war vorher ohne Sinn und Verstand mit dem Taxi durch die halbe Stadt gefahren. Also ist Bull der Hoff gefolgt. Wenn Maria Hoff an dem Abend etwas Unerlaubtes getan hat, dann hat er es beobachtet. Später muss er sein Wissen gegen sie eingesetzt haben. Er wollte den PC und hat ihr gedroht oder sie mit dem, was er wusste, erpresst.«

»Und was wusste er?«

»Dass sie in der Tiefgarage war, wo Darak Fares erschossen aufgefunden wurde. Maria Hoff ließ sich nicht erpressen. Als Antwort hat sie den Film von Veronika über YouTube rausgeschickt. Der Film war eine klare Ansage an Petter Bull: *Ich habe Ivars PC. Ich habe einen Haufen Informationen, und ich bin bereit, sie zu benutzen, also bleib mir vom Leib.* Aber sie kannte Petter Bull nicht. Denn seine Reaktion darauf war, bei ihr einzubrechen, mit dem Ziel, sich den PC mit Gewalt zu holen.«

Sie gingen langsam weiter, Seite an Seite, vom Enerhaugen hinunter.

»Petter Bull hat die Hoff also nicht in erster Linie angegriffen, um sie zu verletzen, sondern um an den PC zu kommen?«

»Erst ist er eingebrochen. Sie hat sich in der Garage

versteckt. Er fand keinen PC in der Wohnung, denn den hatte sie an dem Tag auf den Müll geworfen. Als er ihn nicht fand, ging er sie suchen. Es muss auf dem PC Informationen geben, die Petter Bull entweder in ein verdammt schlechtes Licht setzen oder die er verzweifelt braucht.«

»Und was sollte das sein?«

»Welhaven hat das Geld auf ein Konto auf den Bermudas überwiesen. Killi war nie auf den Bermudas, Petter Bull schon. Die beiden – Killi und Bull – haben gemeinsam den Coup gegen Welhaven geplant.«

»Die Daten über die Erpressung sind also auf dem PC?«

»Natürlich. Aber da muss es noch mehr geben.«

»Und was?«

»Zum Beispiel die Dokumente, die Bull braucht, um in den Genuss des Geldes auf den Bermudas zu kommen.«

»Langsam geht es Ihrem Kreuzworträtsel besser«, sagte Vibeke Starum nachdenklich. »Aber warum ist Petter Bull erst vor zwei Tagen gewalttätig geworden? Warum hat er sich bis dahin mit verbalen Drohungen begnügt?«

»Es muss etwas passiert sein«, sagte Gunnarstranda. »Was war vorgestern los?«

Vibeke Starum schwieg nachdenklich. Schließlich sagte sie: »Das Mädchen hat versucht, sich umzubringen.«

»Wusste Petter Bull das?«

»Er war dabei, als ich die Nachricht bekam.«

Sie beschleunigten ihren Schritt, überquerten die Straße und nickten beide den Sicherheitsbeamten am Eingang zu.

»Wir müssen an diese Festplatte kommen«, murmelte Vibeke Starum und ging als Erste hinein.

57

In dieser Nacht schlief er schlecht. Er befand sich in einer Art Dämmerzustand, bei dem er meistens das Gefühl hatte, wach zu sein, aber ab und zu Bilder und Szenen im Kopf hatte, Traumsequenzen, die dafür sprachen, dass doch nicht allein sein Bewusstsein den Gedankenstrom steuerte. Edel war auch dabei, stumm, beobachtend, mit einem Gesichtsausdruck, den er nicht deuten konnte. Kleine Kinder, die er kaum kannte, zogen vorbei. Doch am häufigsten tauchte ein Mann auf, der wahrscheinlich Arne Werner Welhaven war, weil er für einen Moment in einem Sessel saß und redete, um sich im nächsten Moment im Wasser zu winden, wo er nackt an der Oberfläche trieb und den Meeresboden betrachtete.

Als Gunnarstranda aufwachte, fühlte er sich wie gerädert. Er zitterte und war außerstande, die Eindrücke des nächtlichen Kinos loszuwerden. Er war völlig durcheinander. Irgendwo in seinem Inneren war ein Prozess im Gange. Er bekam die Gedanken an Edel nicht aus dem Kopf. Den Gedanken an das Präsidium konnte er kaum ertragen, nicht an diesem Morgen.

Aber was wollte Edel? Was wollte sein Unterbewusstsein ihm durch die Erinnerung an sie sagen?

Nach einem knappen Frühstück setzte er sich ins Auto und fuhr die E18 hinunter. Es dauerte über eine halbe Stunde, bevor ihm klar wurde, wohin er unterwegs war. Er bog in Richtung Moss ab. Fast sofort nachdem er Mosseporten erreicht hatte, stach ihm der Geruch der Papierfabriken in die Nase. Er fuhr an riesigen Feldern von geflößten Baumstämmen vorbei. An der Kreuzung am Stadteingang beschloss er, um das Zentrum herumzufahren. Er fuhr den Hügel hinab zum Meer, über die Eisenbahnbrücke und die Kanalbrücke, dann auf der Jeløy-Seite in Richtung Galleri F15 und Alby.

Er hatte viele schöne Erinnerungen an Jeløya. Die Insel war ein häufiges Ziel der Sonntagsausflüge gewesen, die er und Edel sich gegönnt hatten. Zuerst die gemütliche Fahrt durch Østfold, und dann durch das Netzwerk von Pfaden auf der Insel wandern, vielleicht ein paar Pflanzen bestimmen, auf jeden Fall schließlich eine Ausstellung in der Galerie besuchen oder im Garten sitzen und über den Oslofjord schauen.

Jetzt gönnte er sich denselben Luxus. Kaufte sich eine Tasse Kaffee und für die Vögel einen Keks. Die Sommerwärme hielt auch an diesem Augusttag noch an. Er fand einen Stuhl an einem wackligen Tisch auf dem Kies vor dem Herrschaftshaus bei der Galerie, warf den Spatzen und den Bachstelzen im Sonnenschein Kekskrumen zu und betrachtete die knorrigen Laubbäume, die den Wasserspiegel umrahmten, auf dem eine Autofähre den Oslofjord in Richtung Horten überquerte. Er spürte dem Gefühl nach, hier zu sitzen, allein, ohne Edel. Dachte über den merkwürdigen Traum der letzten Nacht nach, ihren Blick und die Tatsache, dass er seit ihrem Tod nicht mehr an diesem Ort gewesen war.

Er dachte an Welhaven, der es vermieden hatte, zu seinem Sommerhaus zu fahren, nachdem seine Frau gestorben war. Er dachte: *Es ist nicht dieser Ort, den ich versucht habe zu meiden, es ist ein Ort in mir selbst, den ich gemieden habe – die Erinnerungen. Die Vermeidung kommt aus der Angst, etwas in mir zu begegnen.* Er saß da und spürte nach, wie es sich anfühlte, dort zu sein, und versuchte dann, dieses Gefühl mit der Vorstellung, die er davon gehabt hatte, wie es wohl sein würde, zu vergleichen.

In Gedanken versunken saß er da und merkte nicht, wie die Zeit verging.

Die Sonne, die seine Stirn wärmte, das Geräusch von Schritten auf dem Kies, das zarte Zwitschern der kleinen Vögel, der Geruch von Meer und Sommer waren wie immer. Aber die Sehnsucht nach ihr veränderte sein Erleben. *So soll es auch sein*, dachte er, *denn ich sitze allein hier.* Er schloss die Augen und sah Welhavens Kleider in einem Haufen auf dem Felsen liegen. Sah einen weißen Körper, der auf den Rand des Abgrunds zustapfte, sah den Körper vornüberkippen, sah seinen Fall, seinen Aufprall auf dem Stein, Knochen, die brachen, Haut, die riss, sah den Körper, der weiterrollte, in Kaskaden von schäumendem Wasser, hinunter in die Tiefe, wo die Strömung ihn erfasste und unten hielt.

Das Unbehagen ließ ihn vom Stuhl hochfahren.

Zwei ältere Frauen, die mit den Händen im Schoß dagesessen hatten, die Gesichter der Sonne zugewandt, schauten erschrocken und verwundert zu ihm herüber. Gunnarstranda kehrte ihnen den Rücken zu und ging langsam unter den Maronenbäumen auf die flache Mauer vor der Uferböschung zu, die allen Kaffeegästen im Garten eine optische Täuschung bescherte. Der Fjord, der weit unter ihnen und sehr weit weg zu sein schien, war eigentlich nur ein Stolpern entfernt.

Er musste im Stillen über die Symbolik dieses Gedankens lächeln und schaute nach Bastøy hinüber. Erinnerte sich an das letzte Mal, als er dem dortigen Gefängnisdirektor begegnet war. Ein Mann, den Gunnarstranda verdächtigt hatte, ein dreizehnjähriges Mädchen misshandelt und ermordet zu haben, saß in Bastøy ein. Also konnte er nicht am Tatort gewesen sein, hatte er selbst behauptet. So hatte es auch für die Ermittler ausgesehen. Bis Gunnarstranda von einem früheren Insassen erfahren hatte, was der offene Vollzug auf Bastøy für Möglichkeiten bot: Eine Gruppe von Insassen hatte sich ein älteres Boot ergaunert, das am Ufer versteckt lag. Das benutzten sie, um nachts in den Hafen zu rudern und von polnischen Seeleuten Schnaps zu kaufen. So hatte sich das Alibi des Mannes in Luft aufgelöst. Dem Direktor hatte die Geschichte mit dem Boot nicht gefallen. Noch weniger hatte ihm gefallen, dass die Geschichte an die Öffentlichkeit kam. Die Zusammenarbeit zwischen der Polizei und der Gefängnisleitung hatte einwandfrei funktioniert und resultierte in einem Urteil und einer Überführung aus dem offenen Vollzug auf Bastøy in eine geschlossene Zelle im Landesgefängnis Ila.

Gunnarstranda ging zum Badestrand hinunter, das Handy am Ohr. Er rief den Gefängnisdirektor an.

»Ich brauche Hilfe von jemandem, der ein gutes Gedächtnis und ein gutes Archiv hat«, sagte er nach den einleitenden Phrasen.

»Schieß los, Gunnarstranda.«

»Sie hatten mal einen Insassen namens Darak Fares. Er ist abgehauen und war ein halbes Jahr flüchtig.«

»Das ist lange her, Gunnarstranda, glaube kaum, dass ich mich daran erinnern kann.«

»Genau deshalb möchte ich vorbeikommen. Wir könnten zusammen ein bisschen über alte Zeiten plaudern.«

»Wo sind Sie?«

»Gleich nebenan, in Moss. Dachte mir, sie könnten mit dem Boot rüberrauschen und mich abholen«, sagte Gunnarstranda.

»Falsche Seite. Die Foldin-Fähre fährt von Horten.«

Gunnarstranda schaute über den Fjord nach Horten hinüber.

»Meinen Sie, ich muss von hier die Fähre nehmen, an der Insel vorbei, auf die andere Seite des Oslofjords, um dann die Fähre zurück nach Bastøy zu nehmen?«

»So lautet das Gesetz. Und das gilt, wie Sie wissen, für alle gleich.«

58

Als Gunnarstranda am späten Nachmittag wieder im Büro erschien, lag ein Zettel auf seinem Schreibtisch. Vibeke Starum bat ihn, sich zu melden, wenn er Zeit hatte. Sie wollte ein Gespräch mit ihm und Rindal führen. Sie hatte nämlich eine Idee.

Als sie Starums Vorschlag eine halbe Stunde später im Büro des Abteilungsleiters darlegten, war Rindal wenig begeistert. Er sah über die Schreibtischplatte hinweg düster zuerst Gunnarstranda, dann Vibeke Starum an.

»Die Wohnung der Psychologin durchsuchen? Ich habe Ihnen zugehört, und manches davon leuchtet mir ein, aber vieles auch überhaupt nicht. Ihre Schlussfolgerungen beruhen auf Gedankenspielen und Indizien. Soweit ich sehe, haben Sie einen Zeugen, der behauptet, Maria Hoff habe einen Computer bei der Abfallentsorgung abgegeben. Das streitet sie nicht ab. Sie sagt, es sei ihr eigenes Gerät gewesen. Die Festplatte fehlt. Ein Computer ohne Festplatte ist ein toter Computer. Ein unbrauchbares Gehäuse. Man wird also nie herausfinden, wem das Gerät gehört. Das Einzige, was wir in der Hand haben, ist ein Stück Plastik und eine unüberprüfbare Behauptung eines gewissen Polizeibeamten, der glaubt, den PC als den wiederzuerkennen, den er meint in Ivar Killis Wohnung gesehen zu haben. Wir können nicht mit einer so verdammt dünnen Begründung vor Gericht gehen.«

Gunnarstranda und Starum wechselten einen Blick. Schließlich ergriff Starum das Wort: »Wir müssen sowieso in die Wohnung«, sagte sie sachlich. »Die Spuren von Petter Bulls Vandalismus müssen gesichert werden. Es sollte doch möglich sein, die Techniker zu bitten, gleichzeitig nach einer Festplatte zu suchen, wenn sie die Tür und das Schlafzimmerfenster und –«

»Sagen Sie mir nicht, was hier möglich ist und was nicht«, unterbrach sie Rindal mit diesem schwermütigen Gesichtsausdruck, den er jedes Mal aufsetzte, wenn er sich anschickte, einen seiner weisen Sprüche loszulassen. »Es gibt zwei Sorten von Reisen, Vibeke, die einen enden am Ziel, die anderen hören nie auf. Es gibt auch zwei Sorten von Fällen, nämlich solche, die sich lösen lassen, und solche, die keine Lösung haben.«

»Eine Sachinformation«, warf Gunnarstranda ein.

Die beiden wandten sich ihm zu. Starum ahnte Schlimmes und versuchte, eine Katastrophe zu verhindern, indem sie hinter dem wütend blickenden Rindal heftig den Kopf schüttelte.

»War heute Vormittag kurz in Bastøy«, sagte Gunnarstranda.

»Dafür haben wir keine Zeit«, sagte Rindal verärgert.

Starum wollte etwas sagen, um Gunnarstranda aus dem Konzept zu bringen, aber sie kam zu spät.

Er sagte: »Die Psychologin lügt, was ihre Beziehung zu Darak Fares betrifft, genauso wie sie in Bezug auf Petter Bull gelogen hat.«

Erneut drehten sich zwei Köpfe in seine Richtung. Drückendes Schweigen.

Gunnarstranda räusperte sich. »Darak Fares ist aus dem Gefängnis geflohen, als er neunzehn war. Er war sechs Monate lang auf der Flucht. Es war ihm gelungen, abzuhauen, nachdem er einer weiblichen Aufseherin den Hof gemacht hatte.«

»Wem?«

»Maria Hoff?«, fragte Starum.

Gunnarstranda nickte. »Maria Hoff hat damals als Gefängnispsychologin gearbeitet. Sie war zweiundzwanzig. Er war neunzehn.«

Es blieb lange still im Raum.

Schließlich atmete Rindal laut aus. Er hielt den Kopf gesenkt, als er sprach. »Und was hat das mit unserem Thema zu tun?«

»Das bedeutet, dass Maria Hoff noch einmal gelogen und damit noch mehr an Glaubwürdigkeit verloren hat. Das bedeutet auch, dass sie wusste, was ihr bevorstand, wenn Darak Fares aus der U-Haft entlassen würde. Das bedeutet, dass sie vorbereitet war und ihre Vorkehrungen treffen konnte.«

»Sie wissen nicht, ob er Kontakt zu ihr aufgenommen hat«, kläffte Rindal. »Das glauben Sie nur. Fares hat Veronika Lange angerufen, und das Mädchen hat die verdammte Klinik bewiesenermaßen nicht verlassen!«

»Auf jeden Fall hat Hoff beim Polizeiverhör gelogen. Wir haben sowohl auf Band als auch schriftlich und mit Stempel versehen, dass sie abstreitet, Darak Fares jemals begegnet zu sein. Warum hat sie gelogen?«

Rindal schwieg, also formulierte Gunnarstranda die Antwort selbst: »Sie hat darauf spekuliert, dass wir nicht in dreizehn Jahre alten Akten graben würden. In keinem der Berichte taucht der Name der damaligen Betreuerin auf. Der Gefängnisdirektor hat den Namen ausgespuckt – nach einem längeren und intensiven Gespräch mit mir.«

Rindal hatte etwas zum Nachdenken bekommen.

»Dieser Fall lässt sich lösen«, fuhr Gunnarstranda rasch fort. Der Speicher von Killis PC ist der Beweis, der den Fall entscheiden wird, egal, wer auf der Anklagebank sitzt. Wir haben auf jeden Fall die Möglichkeit, in zwei Mordfällen Anklage zu erheben. Alles hängt davon ab, ob wir diese Festplatte finden.«

Rindal biss die Zähne zusammen und presste die Finger gegen die Schläfen. Er war hin- und hergerissen. Das war deutlich.

Vibeke Starum fand es an der Zeit, eine neue Offensive zu starten. »Wir haben schließlich nur die Version der Psychologin von Petter Bulls Einbruch und dem Übergriff«, sagte sie.

Rindal lehnte sich in seinem Stuhl zurück.

Sie fuhr fort: »Petter Bull liegt im Koma. Eine Durchsuchung der Wohnung der Psychologin kann größere Klarheit darüber bringen, was tatsächlich passiert ist, bevor sie in der Garage überfallen wurde. Wenn unsere Leute eine lose Festplatte in der Wohnung finden sollten, dann wäre das doch bloß ein Bonus, oder?«

Rindals Finger lösten sich von den Schläfen, er ballte beide Fäuste, um dann die Finger zu spreizen, als würde er jegliche Verantwortung von sich weisen. »Okay«, seufzte er schwer.

Als sie Rindals Büro verließen, kam ihnen Ingrid Kobro entgegen. Alle drei blieben stehen. Kobros Blick wanderte von einem zur anderen. Sie räusperte sich.

Vibeke Starum fragte: »Was ist los?«

»Sie ist gestorben, eingeschlafen, vor ein paar Stunden.«

»Wer?«

»Das Mädchen, das ihr verdächtigt, Ivar umgebracht zu haben. Veronika Lange.«

Vibeke Starum schlug mit der Faust gegen die Wand und fluchte. Gunnarstranda betrachtete sie. Dann sah er Kobro an. Weiterhin mit Pokerface.

»Ich weiß, dass das in vieler Hinsicht eine schlechte Nachricht ist«, sagte Kobro. »Aber daran können wir wirklich nicht viel ändern.«

»Und damit ist der Fall Killi wegen Mangels an Beweisen zu den Akten gelegt«, sagte Gunnarstranda ruhig. »Täter verstorben.«

»Wir sollten vielleicht der Psychologin Bescheid geben«, sagte Vibeke Starum.

»Das ist nicht nötig«, sagte Kobro. »Sie war diejenige, die mich angerufen und gebeten hat, euch zu informieren.«

Vibeke Starum begann zu lachen. »Verdammte Hexe«, zischte sie und ballte beide Fäuste. »Ruft an, um uns zu informieren!«

59

Er betrachtete nachdenklich den Sessel, auf dem Edel immer gesessen hatte.

Dabei fiel ihm auf, dass Tove, wenn sie ihn besuchte, nie auf diesem Sessel saß. Gleichzeitig musste er zugeben, er selbst saß auch nie dort. Warum hatte er sich nie von ihm getrennt?

Das Telefon klingelte.

Es war Vibeke Starum. Ihre Stimme klang tonlos und wenig optimistisch. »Die Festplatte ist nirgends zu finden. Wir haben jedes Teil in ihrem Medizinschrank umgedreht, in ihrem Kühlschrank und anderen Schränken, wir haben Toilettenspülkästen und Abflüsse demontiert, Matratzen und Kissen überprüft. Es gibt keinen Millimeter in dieser beschissenen Wohnung, den wir nicht untersucht haben.«

Er hielt das Handy ans Ohr. Ging zu dem leeren Sessel, den er die ganze Zeit angestarrt hatte, und setzte sich, steif, auf den äußersten Rand. Dann sagte er: »Sie werfen das Handtuch?«

»Bald. Warten Sie«, sagte sie, »Ich rufe gleich zurück.«

»Was ist denn?«, fragte er scharf. »Haben Sie etwas gefunden?«

»Nein«, flüsterte Starum. »Aber wir bekommen Besuch, von der Wohnungsinhaberin. Ich rufe wieder an.«

Gunnarstranda stand auf, ging rückwärts in die Mitte des Wohnzimmers und betrachtete den leeren Sessel. Groß und schwer okkupierte er mehrere Quadratmeter des Raumes. *Warum zum Teufel habe ich den Sessel nicht längst weggeworfen*?

Er ging um den Tisch herum und setzte sich in den Sessel, in dem er gesessen hatte, bevor das Telefon klingelte. Besser. Er überlegte, ob er sich ein Glas Malt-Whisky einschenken sollte, und sah sofort auf die Uhr. Es war mittlerweile elf Uhr abends. Aus irgendeinem Grund gab es Gedanken, die unwillkürlich dazu führten, dass er auf die Uhr sah. *Ich will einen Machallan*, dachte er, *und außerdem will ich ein paar Züge von einer Selbstgedrehten.*

Er stand auf und holte sich eine noch ungeöffnete Flasche aus der alten Seemannskiste neben dem Fernseher. Öffnete den Eckschrank und fand ein flaches, breites Glas. Schenkte das Glas halb voll und sog den Duft des zwölf Jahre alten Malt-Whiskys ein, hob das Glas und sah in die braunrote Flüssigkeit, die ihn an Teak und Kirschbaumholz denken ließ. Die Zigarette fiel ihm wieder ein, und er stellte das Glas ab. Aus dem Eckschrank holte er ein neues Päckchen Tabak. Es duftete säuerlich. Er öffnete ein ebenfalls neues Päckchen Zigarettenpapier, verteilte ein Häufchen Tabak auf einem Blättchen, entfernte die etwas gröberen Tabakteile, rollte die Zigarette gekonnt ein, leckte am Papier und klebte sie zu, um dann die Reste des Tabaks, der an beiden Seite herausragte, abzukneifen. Er legte die Zigarette neben das Glas mit dem Whisky und genoss den Kontrast zwischen der Farbe der Flüssigkeit und der weißen Zigarette, als das Telefon erneut klingelte.

Er steckte sich die Zigarette an und blies einen Rauchring in die Luft, bevor er abnahm.

»Ich bin es noch einmal«, sagte Vibeke Starum mit leiser Stimme. »Maria Hoff war hier und ist wieder gegangen. Sie hat behauptet, sie sei gekommen, um ihr Auto zu holen. Die Frau ist kalt wie ein Schellfisch. Sie hat nicht einmal eine Augenbraue hochgezogen, als sie uns in der Wohnung vorfand. Ich glaube, die ganze Aktion hier war völlig umsonst. Sie muss die Festplatte bei der Arbeit aufbewahrt haben, und da kommen wir niemals dran.«

Gunnarstranda dachte nach. An dem Tag, als sie beide Maria Hoff vernommen hatten, war sie erschrocken gewesen. Sie war nach Hause gefahren und über zwanzig Minuten in der Wohnung geblieben. In dieser Zeit musste sie die Festplatte ausgebaut haben, um dann das Gerät einzupacken und damit zur Mülldeponie zu fahren. Wenn die Festplatte nicht in der Wohnung war, wo konnte sie dann sein?

»Sind Sie noch da?«, fragte Starum.

»Ja.«

»Was tun Sie gerade?«

»Rauchringe blasen. Jeden Abend sitze ich mit einem Glas Schnaps und blase Rauchringe. Versuche, sie so zu blasen, dass sie in der Luft zittern und dann in das Glas sinken. Ich versuche das schon dreißig Jahre, ohne Erfolg.«

»Tja, es macht jedenfalls keinen Sinn, hier weiterzusuchen.«

»Wie lange ist es her, seit sie wieder gegangen ist?«

»Ein paar Minuten«, sagte Vibeke Starum.

»Das Auto«, rief Gunnarstranda aufgeregt. »Sie hat sie im Auto!« Weiter kam er nicht. Vibeke Starum hatte aufgelegt.

Aus lauter Frustration blies er einen weiteren Rauchring. Zitternd sank er zur Öffnung des Glases hinunter. Traf auf den Rand und löste sich auf. Der halbe Ring blieb draußen. Eine Schicht aus blauem Rauch legte sich über den Whisky im Glas. »Ein Achter«, murmelte er zu sich selbst. »Achteinhalb.«

Noch einmal wurde seine Aufmerksamkeit von dem leeren Sessel in der Ecke angezogen. Ein Fossil aus einer anderen Zeit. *So trage ich die Vergangenheit mit mir herum,* dachte er, lächelte lakonisch über sich selbst und seine Handlungslähmung und fragte sich gleichzeitig, wie viele solcher schweren, unnützen Sessel wohl Platz in seinem Bewusstsein beanspruchten.

60

Maria Hoff hatte es nicht eilig. Es war dunkel. Im Rückspiegel sah sie Scheinwerfer. Aber alle Scheinwerfer sahen gleich aus. Sie löste den Griff um das Lenkrad und betrachtete ihre Finger. Sie zitterten nicht. Zufrieden umfasste sie wieder das Lenkrad. Warf einen weiteren Blick in den Spiegel. Jetzt war es wichtig, ganz sicher zu gehen. Sie musste den richtigen Scheinwerfer erkennen. Sie musste sicher sein, dass sie ihr folgten. Sie dachte: *Wenn jemand mir folgt, dann sicher das Adlergesicht, die mittelalterliche Polizistentante.*

Sie musste lächeln. Wie dusselig der kleine Polizist geschaut hatte, als er erkannte, dass er mit einem hirntoten PC auf dem Schoß dasaß! *Wo ist die Festplatte*?

Sie musste grinsen. Sie lachte laut.

Das Kaninchen aus dem Hut! Plopp! Wo war das Kaninchen geblieben?

Was für eine Idiotentruppe.

Sie trocknete sich die Lachtränen aus den Augenwinkeln und bog bei Bekkelaget rechts in Richtung Ormøya ab. Sie sah in den Spiegel. Die Scheinwerfer waren immer noch da. Sie dachte: *Scheiß drauf*!, und folgte dem Ormsundsveien über die Insel. Das Meer funkelte silbern im Mondlicht. Zwei Silhouetten bewegten sich über das Deck eines Segelboots. Romantisch. *Wenn das hier vorbei ist*, dachte sie, *dann werde ich ein Segelboot kaufen und weit wegfahren.* Scheinwerferlicht im Spiegel. *Das Adlergesicht mit der Blondinenperücke, garantiert*, dachte sie. *Okay, sieh mir zu und halte mich auf, wenn du kannst*! Der Sund zwischen

Ormøya und Malmøya, das Straßenstück mit Wasser zu beiden Seiten, kam näher. Sie öffnete das Handschuhfach und legte die Festplatte auf den Sitz. Der Abstand zwischen Ormøya und Malmøya betrug fast hundert Meter. Sie war jetzt draußen auf der Mole. Fuhr vierzig Meter. Hielt abrupt an. Sah in den Spiegel. Das Adlergesicht hatte auch angehalten. Die Scheinwerfer standen still.

Sie öffnete die Wagentür. War draußen. Nahm Anlauf. Schrie laut beim Werfen. *Wie eine Diskuswerferin*, dachte sie und betrachtete das Schimmern des Metalls in der Dunkelheit, als die Festplatte in einem schönen Bogen weit hinausflog. Sie schrie so lange, dass sie das Platschen nicht hörte, als das Metallstück die Wasseroberfläche durchschlug. Zwei Sekunden später saß sie wieder im Wagen. Schälte sich aus dem Kragen, der ihre Kopfbewegungen einengte. *Zurück. Den Rückwärtsgang einlegen. Gas geben.* Der Motor miaute und piepste angestrengt. Doch ihre Hände zitterten nicht. Der Wagen schlingerte nicht einen Zentimeter. Der Joker war gespielt. Es gab keinen Raum mehr für Zweifel oder Nervosität.

Sie hielt mit quietschenden Bremsen neben dem Wagen mit den leuchtenden Scheinwerfern. Winkte der Frau am Steuer zu, machte eine Kehrtwende und fuhr zurück.

Sie dachte: *Jetzt habt ihr richtig was zu tun.*

Er war verschwitzt und atemlos. Obwohl er sich Zeit gelassen und den Sessel langsam eine Stufe nach der anderen hinuntergezogen hatte, hatte er trotzdem für einen Menschen mit geringer Lungenkapazität Schwerstarbeit geleistet. Jetzt stand er am Fenster und betrachtete den Sessel auf dem Bürgersteig, während er sich die Hemdsärmel runterkrempelte. Wie lange würde es dauern? Als das letzte Mal ein Abfallcontainer in dieser Straße gestanden hatte, war er in weniger als vier Stunden leer geräumt gewesen. Aber jetzt war es Abend und dunkel. Die Geier müssen das Aas erst entdecken, bevor sie es fressen können.

Man soll Geier niemals unterschätzen. Der erste strich schon nach wenigen Minuten an dem Sessel vorbei. Die Gestalt blieb stehen, wendete und kam zum Sessel zurück. Ein Mann mit dickem Bauch, Hochwasserhosen, in ausgetretenen Hausschuhen. Er hob den Kopf und sah sich um. Dann beugte er die Knie und befühlte vorsichtig die Polsterung des Sessels. Er hob den Arm und sah auf die Uhr. Sah sich noch einmal um. Dann saß er Probe, wippte leicht auf und ab, stand wieder auf und trat ins Licht. Gunnarstranda kannte ihn: Ein Mann, der *Friheten* abonniert hatte und auf der anderen Straßenseite im Erdgeschoss wohnte.

Der Mann ging.

Kurz darauf strichen zwei andere Geier vorbei, betasteten den Sessel, sahen sich um.

Da kam der Kommunist zielstrebig zurück und überquerte die Straße mit wedelnden Armen. Eine Diskussion entspann sich. Gunnarstranda öffnete vorsichtig das Fenster, um die Argumente mit anhören zu können. Aber da war es schon vorbei. Der Mann in den Hausschuhen überquerte wieder die Straße. Er trug den Sessel verkehrt herum auf dem Kopf.

Gunnarstranda prostete dem Sessel zu, der gerade ein neues Zuhause gefunden hatte.

Vibeke Starum hielt an derselben Stelle, an der Maria Hoff gehalten hatte. Sie stieg aus und sah über die stille Wasserfläche. Dann holte sie das Handy aus der Tasche und rief Rindal an. »Sie hat sie weggeworfen und überhaupt keinen Hehl daraus gemacht, was sie da tat.«

»Ein Taucher wird sie morgen finden«, sagte Rindal und gähnte.

»Ein Taucher? Es ist leichter, eine Nadel in einem Heuhaufen zu finden! Die kleine Metallplatte sinkt gerade in einen halben Meter Modder und Schlick ein! Das Ding ist weg. Der Fall ist verloren, Rindal. Die verdammte Hündin hat gewonnen! Hier hilft auch kein Taucher mehr!«

»Nun bremsen Sie mal diese negative Wortflut, Starum. Es gibt zwei Möglichkeiten, die Dinge zu betrachten. Die einen sehen darin ein Problem, die anderen eine Herausforderung –«

»Leck mich!«, schrie Starum und unterbrach die Verbindung. Sie stand da und sah in die Dunkelheit.

Das Handy, das sie noch immer in der Hand hielt, klingelte. Sie betrachtete das Display. Es war Rindal. Sie drückte ihn weg. Blieb einfach stehen und sah in die Dunkelheit, zu der Stelle, wo die Festplatte die Wasseroberfläche durchbrochen hatte, und schrie: »Scheiße!«

Lange stand sie so da, bis ein kleiner Frostschauder ihren Körper durchfuhr. Sie stieg wieder in den Wagen und sah über den Oslofjord. Sie machte sich Vorwürfe, den Wagen nicht gleich durchsucht zu haben. Aber woher hätte sie es wissen sollen?

Sie sah wieder auf die Uhr. Es war Mitternacht. Sie fand keine Ruhe. Was sollte sie tun?

Sie atmete tief durch und griff nach dem Handy.

Gunnarstranda legte den Hörer auf.

Er hatte getrunken. Also sollte er nicht Auto fahren. Er ging in die Küche und sah aus dem Fenster. Kein Taxi am Stand. Bevor er die Whiskyflasche zuschraubte, goss er sich noch einen kleinen Schluck in sein Glas. Danach rief er die Taxizentrale an.

Vom Fenster aus betrachtete er den Platz, an dem noch vor wenigen Minuten der Sessel gestanden hatte.

Zum x-ten Mal rekapitulierte er, was in der Nacht geschehen sein musste: Veronika hatte auf Fares' Aufforderung die Waffe beschafft. Er hatte sie auch dazu gebracht, ein Treffen mit Killi in Grønland zu vereinbaren – weil er ihn dort ermorden wollte. Hatte sie das gewusst? Nein, sie hatte es nicht gewusst …

Aber die Pistole war nicht am Tatort gefunden worden!

Gunnarstranda blinzelte. Natürlich hatte Veronika es gewusst!

Gunnarstranda schloss die Augen und erinnerte sich an das Verhör, das er mit Starum durchgeführt hatte. Veronikas Worte über den netten Polizisten, mit dem man reden konnte. Für den sie vieles tat, mit dem sie ins Bett gehen konnte.

Er dachte: *Warum bin ich der Idee erlegen, dass es Veronika war, die Killi erschossen hat? Weil sie die Waffe mit zu Maria Hoff genommen hat.*

Das Puzzle vervollständigte sich langsam.

Er öffnete wieder die Augen.

Was tut jemand, der eine Katastrophe nicht mehr verhindern kann? Er oder sie tut das Vergebliche, nur um überhaupt etwas getan zu haben. Es gab nur einen Menschen, der Ivar Killi tot sehen wollte, und das war Darak Fares.

Aber sein Plan wurde durchkreuzt. Zuerst von der Kellnerin. Das hatte er noch geregelt. Wen er allerdings nicht unter Kontrolle hatte, das war Veronika.

Darak Fares wurde verhaftet und unter Anklage gestellt. Doch er kam frei. Dem Untersuchungsrichter fehlten Beweise, um die Anklage ordentlich zu untermauern.

Danach war es nicht mehr so leicht, ihn erneut unter

Anklage zu stellen. Doch dieses Mal konnte ihm das dennoch passieren – wegen Veronika. Er hatte geplant, es *ohne Zeugen* zu tun. Aber Veronika Lange hatte alles gesehen.

Vor dem Haus hielt ein Taxi.

Gunnarstranda drehte sich um und ging hinaus.

Als er zwanzig Minuten später aus dem Taxi stieg, fragte er sich, ob sein Einfall nun idiotisch oder genial war. Er wusste es nicht. Er ging auf die Glastür zu und versuchte, sie zu öffnen. Sie war verschlossen. Also machte er sich auf die Suche nach einer offenen Tür.

Zögernd blieb er vor dem breiten Einfahrtstor stehen. Sollte er die Zentrale anrufen?

Er war sich nicht sicher.

Sollte er Starum anrufen? Oder Rindal?

Er war sich immer noch nicht sicher.

Schließlich entschied er sich, Starum anzurufen.

»Haben Sie schon geschlafen?«

»Njet«, sagte sie. »Ich bin zu erschüttert, um ins Bett zu gehen. Ich verachte mich selbst.«

»Tun Sie das nicht«, sagte Gunnarstranda, »so was endet meistens schlecht.«

»Was für ein Trost.«

»Ich hatte heute ein Aha-Erlebnis, durch einen alten Sessel.«

»Klingt, als brauchten Sie einen Therapeuten.«

Gunnarstranda grinste. »Die Lunte brennt«, sagte er und setzte sich in Bewegung.

Er ging vor dem Eingang der Notaufnahme auf und ab und erzählte ihr alles.

Dann betrat er das Gebäude und ging die Treppen hinauf.

Ein Krankenhaus ist ein Ort, der niemals schläft, dachte er. Dennoch begegnete ihm auf der Treppe niemand, nicht einmal eine Krankenschwester.

Er öffnete die Tür zu dem langen Korridor. Er war erleuchtet. Von irgendwo ertönte leise Musik aus einem Radio. Er ging langsam weiter.

»He, Sie!«

Gunnarstranda blieb abrupt stehen und drehte sich um. Eine massige Frau stand in der Tür. Es war die Wespe, der er schon einmal begegnet war. Und jetzt war sie sauer. Sie walzte auf ihn zu, beide Fäuste geballt. »Was machen Sie hier?! Ja, Sie, was wollen Sie?«

61

Eine Frau schlenderte mit einer Tragetasche in der Hand den Geitmyrsveien hinauf. Ein Mann mit einem Hund an der Leine kam ihr entgegen. Die Frau ging langsamer. Der Mann und der Hund verschwanden zwischen den Bäumen von St. Hanshaugen. Als der Mann außer Sichtweite war, beschleunigte die Frau ihren Schritt und steuerte auf das Krankenhaus zu.

Die Nacht war still. Sie ging zwischen den schlafenden Gebäuden hindurch auf das einzige zu, in dem noch Licht brannte. Sie näherte sich dem Eingang der Notaufnahme. Blieb hinter ein paar Büschen stehen. Dann befestigte sie die breite, weiße Manschette um ihren Hals und zog den Bademantel an, den sie in der Tragetasche hatte. Sie warf die Schuhe ab. Ging auf die Tür zu. Erhaschte kurz ein Bild von sich selbst in der Glasscheibe. Weiße Manschette, Bademantel, blaue Flecken. Sie war eine Patientin. Eine Patientin, die nicht schlafen konnte.

Sie ging hinein. Blieb stehen. Hielt die Glastür fest und dämpfte das Geräusch, als sie zuschlug. Es war völlig still. Kein Mensch war zu sehen, nicht einmal ein Wachmann. Sie ging bis zur Tür vor dem Treppenhaus. Lauschte. Hörte nichts. Dann lief sie mit schnellen Schritten die Treppen hinauf. Öffnete die Tür zum Korridor. Alles war still. Sie schloss die Tür vorsichtig hinter sich und bewegte sich wie eine schlafwandelnde Patientin den Korridor entlang. Sie näherte sich dem Schwesternzimmer. Ein Radio spielte leise Nachtmusik. Es roch nach Kaffee. Vor der Tür blieb sie stehen und beugte sich vor, um hineinzusehen. Eine offene Brotdose lag auf dem Tisch. Daneben eine Thermoskanne und ein Becher. Aber die Nachtschwester war nicht zu sehen.

Sie setzte sich in Bewegung. Weiter den Korridor entlang. Blieb vor der Tür der Damentoilette stehen. Durch den Türspalt drang Licht. Ein Wasserhahn lief. Sie eilte weiter. Erreichte das Zimmer 203 im selben Moment, als auf der Toilette gespült wurde. Sie schlich hinein.

Den Rücken an die breite Tür gelehnt blieb sie stehen. Das Zimmer lag im Dunkeln, und es roch stark nach Medikamenten. Sie wartete, bis sich ihre Augen an die Dunkelheit gewöhnt hatten. Erkannte zwei Betten. Das eine war leer. In dem anderen lag eine Gestalt. Das Einzige, was sie hörte, war sein schwaches, stakkatoartiges Atmen. Sie ging zu dem leeren Bett und griff nach dem Kopfkissen. Dann drehte sie sich zu dem Patienten herum und hob gleichzeitig das Kissen in die Luft. *Diesen Ausgang hast du dir nicht vorgestellt*, dachte sie und lächelte vor sich hin. Das Kissen war schwer. Sie dachte, es würde so sein, wie ein Neugeborenes zu ersticken.

Sie beugte sich vor. Schluckte. Holte tief Atem. Plötzlich spürte sie Schmerzen in den Knöcheln. Es waren ihre Finger. Ihr Griff war verkrampft. Sie atmete aus und versuchte, ihre Finger zu entspannen. Schloss die Augen. Öffnete sie wieder.

Im selben Moment ging das Licht an.

»Fräulein Hoff«, sagte Gunnarstranda amüsiert, »werfen Sie das Handtuch, das Spiel ist aus!«

Bevor er das letzte Wort ausgesprochen hatte, war sie aus dem Zimmer gerannt. Die Tür schlug zu. Gunnarstranda krabbelte aus dem Bett, ging zur Tür und öffnete sie. Maria Hoff lag am Boden. Zwei Frauen hielten sie fest. Die eine war eine kräftige Krankenschwester. Die andere war Vibeke Starum.

Gunnarstranda musste später immer wieder über diese Episode schmunzeln. Er erzählte Rindal, welche Punchlines er der Psychologin eigentlich servieren wollte.

»Maria Hoff, ergeben Sie sich! Sie sind umzingelt!«

»Fräulein Hoff, ich weiß alles! Jeder Widerstand ist zwecklos!«

In der Hitze des Augenblicks hatte er zwischen »Werfen Sie das Handtuch!« und »Werfen Sie das Kissen!« geschwankt, fand dann aber Letzteres doch ein wenig *over the top*. Es hätte eine Unterschätzung der Verdächtigen beinhaltet, was wiederum unerwünschte Reaktionen bei ihr hätte auslösen können. Immerhin befanden sie sich in einem Krankenhaus, er lag in einem Bett, es war mitten in der Nacht, und er hatte schließlich, wie Rindal wusste, eine sehr schlechte Kondition.

Die beiden überquerten die Marcus Thranes Gate in Richtung Zentrum. Es war Abend geworden, die Autos zogen wie rote Lichterketten an ihnen vorbei. Sie gingen Seite an Seite den Bürgersteig entlang, Rindal einen halben Schritt vor Gunnarstranda, die Hände tief in den Manteltaschen vergraben und Hackmans Hut auf dem Kopf.

»Wo hattest du Petter Bull gelassen?«, fragte er und kaute auf seinem Kaugummi.

»In einen Korridor geschoben. Du weißt ja, es gibt kaum freie Zimmer in den Krankenhäusern. Schrecklich. Und das im reichsten Land der Welt!«

Rindal warf ihm einen schrägen und ärgerlichen Blick zu. »Machst du dich lustig über mich?«

Gunnarstranda schüttelte den Kopf.

»Du hast erraten, dass sie versuchen würde, Petter Bull umzubringen, und du hast auch erraten, dass sie es genau zu dem Zeitpunkt tun würde?«

»Das war das Ergebnis logischer Schlussfolgerungen«,

protestierte Gunnarstranda. »Petter Bull hat gesehen, wie Maria Hoff Darak Fares erschossen hat. Veronika Lange ist tot und kann nicht mehr gegen sie aussagen. Der Einzige, der sie noch entlarven konnte, war Petter Bull.«

»Aber das bedeutete nicht automatisch, dass sie versuchen würde, ihn umzubringen!«

»Doch. Sie hat die Festplatte weggeworfen. Das war ihre einzige Verteidigung gegen Bull. Als wir anfingen, nach der Festplatte zu suchen, hätte sie Zeit gewinnen können, indem sie sie an einen anderen Ort brachte. Stattdessen beschloss sie, sie wegzuwerfen. Also muss sie beschlossen haben, den Weg bis zum bitteren Ende zu gehen. Als Vibeke Starum mich anrief und erzählte, dass Maria Hoff wahrscheinlich Ivar Killis Festplatte ins Meer geworfen hatte, dachte ich mir, diese Tat müsste Konsequenzen für Petter Bull haben. Er lag im Krankenhaus, also musste ich da hin.«

»Wir haben die Festplatte heute Morgen gefunden«, sagte Rindal und blieb vor einem Fußgängerübergang stehen. Ein Kastenwagen bremste brav. Beide warteten, bis der Wagen aus der anderen Richtung auch stehen geblieben war. »Sie wird jetzt gereinigt und untersucht.«

Sie überquerten die Straße. Gunnarstranda blieb auf dem Bürgersteig stehen.

Rindal blieb ebenfalls stehen. »Was ist?«

Gunnarstranda hob einen Arm und zeigte auf eine Eingangstür. »Ich habe die Schlüssel.«

»Wohin gehen wir?«

Gunnarstranda schloss auf. Sie gingen eine kleine Treppe hinauf und blieben vor einer Tür stehen, die polizeilich versiegelt war. Gunnarstranda durchbrach die Versiegelung und schloss die Tür auf.

»Maria Hoffs Wohnung«, erklärte er.

»Was wollen wir hier?«

»Abwarten.«

Sie gingen hinein. Rindal blieb stehen und sah sich um. »Nett, aber ein bisschen wenig Bilder an den Wänden.«

Gunnarstranda hielt einen Zeigefinger vor den Mund.

Rindal sah ihn verständnislos an und flüsterte: »Was ist denn?«

Gunnarstranda lächelte leicht. »Hast du dein Handy dabei?«

»Auf was für einem Trip bist du denn?«

»Na los, hast du dein Handy?«

»Ja.«

»Hol es raus.«

Rindal beschloss merkwürdigerweise zu gehorchen.

»Und jetzt rufst du Veronika Lange an.«

»Veronika Lange ist tot.«

»Ruf sie an.«

»Ich habe die Nummer nicht.«

»Hier.« Gunnarstranda warf ihm einen Zettel zu.

Rindal fing den Zettel auf, betrachtete die Nummer und sah Gunnarstranda kopfschüttelnd an. Er wählte die Nummer. Hielt das Handy ans Ohr.

Plötzlich ertönte ein polyphoner Klingelton, eine Popmelodie – irgendwo in der Nähe.

Gunnarstranda sah sich theatralisch um.

Rindal drehte sich um und begann zu suchen.

Kurz darauf zog er sich Plastikhandschuhe an. Ein Handy lag zum Aufladen auf dem Boden neben dem Sofa. »Hier«, sagte er und fügte hinzu: »Gute Show. Du meinst also, Darak Fares hat Veronika Lange angerufen, das Handy lag hier, und er hat stattdessen mit Maria Hoff gesprochen?«

»Das Mädchen hat an dem Morgen all ihre Sachen hiergelassen, bevor sie in die Klinik gefahren sind. Das Handy, die Waffe, die Munition. Als Fares aus der U-Haft kam und Veronika anrief, ging Maria Hoff dran und hat ein Treffen mit Fares vereinbart.«

»Glaubst du das, oder weißt du es?«

»Sie hat es zugegeben.«

»Erzähl.«

»Als Fares anrief, hat er behauptet, Veronika hätte den Polizisten erschossen. Veronika hatte ihr das Gegenteil erzählt. Wem sollte Maria Hoff glauben? Was gegen Veronikas Version sprach, war, dass das Mädchen an dem Morgen die Waffe bei sich gehabt hatte. Fares' Version machte Maria Hoff plötzlich unsicher, wem sie glauben sollte. Aber sie war sowieso, wie sie selbst es auszudrücken beliebte, *in deep shit*. Fares drohte ihr damit, zu verraten, dass sie Veronika deckte, die er dabei beobachtet hatte, wie sie den Polizisten erschoss. Er meinte, das mache sie mitschuldig an einem Mord. Wenn er die Klappe halten sollte, forderte er von ihr, Veronika zu entlassen.

Sie begriff, dass er kaum ehrliche Absichten hatte, und handelte eine Zwischenlösung aus. Sie könne ein Treffen zwischen ihm und Veronika organisieren, damit die beiden sich aussprechen konnten. Er forderte, dass Veronika allein kommen sollte. Fares traf Maria Hoff. Sie sagt, sie habe solche Angst gehabt, dass sie die Waffe mitgenommen habe, für den Fall, dass er gewalttätig würde.«

»Und dann?«

»Weiter sind wir mit den Verhören noch nicht gekommen. Aber es endete mit einem Schuss und dem Tod von Darak Fares.«

»Und alles, was wir in der Hand haben, ist eine Festplatte, die sich möglicherweise nie wieder reparieren lässt«, sagte Rindal verärgert. »Lass uns gehen.« Er öffnete die Wohnungstür. Gunnarstranda blieb so lange, bis die Tür wieder verschlossen und versiegelt war.

Rindal wartete vor dem Haus.

»Veronika Lange ist tot«, sagte Gunnarstranda. »Darak Fares ist tot. Es gibt niemanden, den wir wegen Mordes an Ivar Killi anklagen können.«

»Haben wir eine Chance herauszufinden, was wirklich passiert ist?«

»Veronika hat Maria Hoff erzählt, sie sei dort gewesen, um Ivar Killi zu treffen, als Darak Fares Ärger mit der Kellnerin vom *Asylet* bekam. Veronika und Ivar hätten auf der Bank gesessen und geredet, als Fares von rechts dazukam und schoss. Killi war sofort tot. Veronika rief um Hilfe und nach einem Arzt. Aber die Leute sind abgehauen. Der Revolver lag auf der Erde. Die Waffe, die sie gestohlen hatte. Sie nahm sie an sich und lief davon, wanderte ein paar Stunden in der Stadt herum, bevor sie gegen Morgen zu Maria Hoff kam.«

»Haben wir Grund, diese Story zu glauben?«

»Maria Hoff hat das Gespräch mit dem Mädchen auf Band aufgezeichnet.«

Rindal schnalzte anerkennend mit der Zunge.

»Irgendwas verschweigt sie«, sagte Gunnarstranda, »aber das tun wir ja auch.«

»Was genau verschweigst du ihr?«

»Dass sie sehr wahrscheinlich wegen vorsätzlichen und überlegten Mordes angeklagt werden wird. Dass sie die Waffe mitgenommen hat, als sie Fares treffen wollte, beinhaltet eine Art Planung – zumindest einen Vorsatz.«

»Kannst du die Vorsätzlichkeit nachweisen?«

»Glaube schon. Tatsache ist, dass Fares im Auto saß. Die Situation schreit nicht gerade nach Selbstverteidigung oder anderen mildernden Umständen. Dazu kommen der Mordversuch an Petter Bull und die Falschaussagen bei den Polizeiverhören.«

»Und was ist mit dem Diebstahl von Killis PC? Kommt der nicht auch noch dazu?«

»Ich hätte es am liebsten, wenn wir den PC da rausließen.«

»Warum?«

Gunnarstranda zögerte.

Rindal seufzte und spuckte sein Kaugummi aus. »Was könnten wir eventuell auf der Festplatte finden?«

»Langweiliges Zeug, das dich sicher nicht interessiert«, sagte Gunnarstranda.

»Spuck's schon aus«, sagte Rindal und warf ihm einen misstrauischen Seitenblick zu.

»Du wirst Beweise dafür finden, dass Ivar Killi und Petter Bull einen einsamen und unglücklichen Anwalt erpresst und um sein letztes Geld, seine Selbstachtung und seinen Stolz gebracht haben. Ich glaube nicht, dass du das sonderlich spannend finden wirst Besonders dann nicht, wenn jemand das Ding nötiger braucht als wir.«

Sie blieben stehen und sahen sich in die Augen. »Bist du wieder so weit?«, fragte Rindal mit einem kleinen Funkeln der alten Wut im Augenwinkel. »Die Festplatte ist ein Beweisstück in einem Mordfall. Du kannst damit nicht so herumtricksen, wie du willst.«

»Bull und Killi haben Welhaven seine Ehre genommen. Seine Tochter hat außerdem einen Teil des Erbes verloren. Du hast die Chance, das wiedergutzumachen. Gib ihr den PC, wenn wir mit ihm fertig sind.«

»Sie bekommt kein Beweisstück von uns.«

»Auf der Festplatte sind Informationen, die ihr Zugang zu dem Konto verschaffen, das die beiden benutzt haben, um ihren Vater zu schröpfen. Sie braucht die Informationen, um sich das Geld zurückzuholen. Das tun wir nicht.«

Sie gingen wieder die Straße entlang. Rindal betrachtete sich in der riesigen Spiegelglasscheibe eines Gebrauchtwarenladens. Er blieb stehen, knöpfte den Mantel zu und rückte den Hackman-Hut zurecht.

Als er endlich zufrieden zu sein schien, hob er eine Hand, um ein heranfahrendes Taxi anzuhalten.

Das Taxi hielt und Rindal setzte sich auf den Rücksitz. »Ich fahre allein, weil wir ja sicherlich nicht in dieselbe Richtung wollen. Wenn du mit der Tochter von Welhaven sprichst, dann mach ihr keine falschen Hoffnungen. Der PC ist Eigentum des Staates, und das bleibt er auch. Das entscheide ich. Punkt.«

Die Tür schlug zu. Sie wechselten einen Blick durch die Scheibe.

Gunnarstranda blieb stehen und sah dem Wagen nach. Ein kräftiger Kopf mit einem blödsinnigen Hut thronte hinter der Heckscheibe, als der Wagen an der nächsten Ampel hielt. Gunnarstranda blieb stehen und sah, wie die Ampel auf Grün sprang. Er wartete, bis der Wagen verschwunden war. Dann wandte er sich nach links und ging nach Hause. Nach ein paar Metern holte er sein Handy aus der Tasche und rief Vibeke Starum an. »Rindal hatte keine Einwände«, sagte er. »Fride Welhaven kann den PC haben, sobald wir mit ihm fertig sind.«